LES AMAZONES LIBRES

ŒUVRES DE MARION ZIMMER BRADLEY
CHEZ POCKET

LA ROMANCE DE TÉNÉBREUSE

L'Atterrissage

1. La Planète aux vents de folie

Les Âges du Chaos

2. Reine des orages !
3. La Belle Fauconnière

Les Cent Royaumes

4. Le Loup des Kilghard
5. Les Héritiers d'Hammerfell

Le Temps des Comyn

6. Redécouverte (avec Mercedes Lackey)

Les Amazones Libres

7. La Chaîne brisée
8. La Maison des Amazones
9. La Cité mirage

L'Âge de Damon Ridenow

10. L'Épée enchantée
11. La Tour interdite
12. L'Étoile du danger
13. La Captive aux cheveux de feu

L'Âge de Regis Hastur

14. Soleil sanglant
15. L'Héritage d'Hastur
16. Projet Jason
17. L'Exil de Sharra
18. Les Casseurs de Mondes

CHRONIQUES DE TÉNÉBREUSE

1. Le Cycle des légendes (1998)
2. Les Âges du Chaos (1996)
3. Les Cent Royaumes (1997)
4. Les Amazones Libres
5. Le Temps des Comyn (1999)
6. L'Alliance (2000)

UNITÉ

1. Chasses sur la lune rouge
2. Les Survivants (1996)
3. Les Ruines d'Isis (1997)

LE GRAND TEMPLE DE LA S.-F.

Les Voix de l'Espace
Les Trois Amazones (avec André Norton & Julian May)

SUR TÉNÉBREUSE

ASIMOV PRÉSENTE

2. Futurs en délire :
   « La Reine de jaune vêtue » par Jacques Goimard.

SCIENCE-FICTION

Collection dirigée par Jacques Goimard

MARION ZIMMER BRADLEY

PRÉSENTE

CHRONIQUES DE TÉNÉBREUSE

LES AMAZONES LIBRES

Traduit de l'américain
par Simone Hilling

POCKET

ISBN 2-266-06414-2

PRÉFACE

LES AMAZONES LIBRES

Marion Zimmer Bradley est née en 1930 et est devenue adolescente pendant la Deuxième Guerre mondiale. C'est à cette époque qu'elle a trouvé le premier modèle réel des Amazones Libres : une femme dont le père était impotent et le mari mobilisé et qui, pour tenir deux fermes, portait le pantalon en permanence. A l'époque, dans un village — même américain —, c'était audacieux, et la communauté le lui faisait sentir. Les choses étaient moins simples pour Marion : son propre frère se promenait en kilt ! Alors, elle « se réjouissait de la diversité de la création[1] ».

Un peu plus tard, elle se retrouva dans la situation classique : les filles ne pensaient qu'aux fringues, au maquillage et aux garçons ; les garçons ne pensaient qu'aux filles et au football. Elle-même prit le football en grippe ; elle passa sa jeunesse à lire, à écrire et à apprendre par cœur des partitions d'opéras[2]. Les fans de science-fiction, qu'elle rencontra à l'université, lui ressemblaient sur bien des points, mais cette proximité ne lui suffit pas.

Un rêve qu'elle fit en 1956 complète le tableau. Dans ce rêve, elle était membre d'une bande de guerrières ; une bande de garçons la capturait et l'interrogeait.

« Qui êtes-vous ?

1. Introduction à *Free Amazons of Darkover*.
2. Introduction à *Renunciates of Darkover*.

— Beaucoup de filles aiment être garçons avec les garçons, mais la plupart d'entre nous préfèrent être filles avec les garçons. Je ne suis pas neutralisée (*neutered*), même si certaines d'entre nous le sont[1]. »

Après ce petit discours de l'inconscient, l'on ne peut pas se contenter de voir dans le motif des Amazones Libres une simple rêverie préféministe ; il y a là, croyons-nous, une authentique réflexion sur l'ambiguïté sexuelle.

Projet Jason fut publié en revue deux ans après le rêve. C'est dans ce roman que Marion crée son premier personnage d'Amazone Libre, Kyla n'ha Raineach. Elle le justifie par des raisons purement narratives : « Un schéma de base pour n'importe quelle œuvre de fiction est que le personnage principal doit avoir l'occasion de grandir et de changer. J'avais besoin de donner à Jay/Jason un problème. Jason pouvait-il accepter une femme comme guide d'une expédition ? Et s'il le pouvait, son double immergé, Jay Allison, misogyne et probablement homosexuel, pouvait-il l'accepter et coopérer avec elle ? Kyla était sortie de mon inconscient pour poser un problème à Jason ; défier sa dominance, pas plus[2]. »

Pas plus ? Écoutons sa description :

« Petite pour une Ténébrane et étroite d'épaules, elle avait un corps de jeune garçon, mais, au premier regard, certainement pas de femme. Un casque de boucles noires couronnait son visage carré, hâlé par le soleil, et ses yeux étaient ombragés de cils noirs si longs que je ne pus distinguer leur couleur. Son nez retroussé aurait pu être mutin, mais il lui donnait, bizarrement, l'air arrogant. Elle avait la bouche large et le menton rond.

« (...) Les Amazones Libres travaillaient dans pratiquement tous les corps de métier, mais la spécialité de guide de montagne avait un petit air bizarre, même pour une Amazone. Elle semblait vigoureuse et agile, et l'on devinait, sous des vêtements qui s'apparentaient à un sac, des

1. *Marion Zimmer Bradley's Darkover*, notice de la première partie.
2. Introduction à *Free Amazons of Darkover*.

hanches et une poitrine presque aussi plates que les miennes; seules ses jambes longues et fuselées étaient incontestablement féminines[1]. »

Tout est dit en quelques mots : Kyla a conquis la liberté en prenant une profession... et un aspect vaguement masculins. Et l'aspect n'est pas seul en cause; comme elle le dit au narrateur un peu plus loin :

« Vous avez ma parole que je ne vous poserai aucun problème de type féminin[2]. »

Promesse dangereuse, et qui ne sera pas tenue malgré de louables efforts de part et d'autre. Mais l'auteur, dans un autre roman, redonne la parole au même homme, quelques années après :

« Autrefois, j'ai aimé une Amazone Libre, dit Jason. A bien des égards, c'était comme aimer un homme, et plus encore à la fin qu'au début.

— J'ai entendu (...) parler des Amazones Libres, mais je croyais qu'elles n'aimaient que d'autres femmes.

— Oh, pas du tout ! Mais elles font ce qui leur plaît, et aucun homme ne peut en retenir une bien longtemps. Kyla est restée trois ans avec moi, et c'est considérable pour une femme sans enfant. Puis elle s'est fatiguée de la ville, mais j'ai décidé de rester[3]. »

Dans le même roman, pour la première fois, l'auteur montre deux Amazones travaillant ensemble comme guides :

« C'étaient deux femmes, membres de la Guilde des Amazones Libres et vêtues de leur costume habituel : bottines de cuir souple, culottes de cuir naturel doublées de fourrure, tuniques de fourrure, assez courtes pour monter à cheval, et vestes de cuir à capuchons richement brodées. (...) Toutes deux avaient l'air dur, quelque peu masculin qu'ont les femmes qui choisissent, contre toutes les sanctions d'une société patriarcale, de faire un travail d'homme et d'adopter une liberté d'homme. Par ailleurs,

1. *Projet Jason*, Pocket, n° 5365, pp. 52-53.
2. *Ibid.*, p. 54.
3. *Les Casseurs de mondes*, Pocket, n° 5366, pp. 199-200.

celle aux cheveux nattés avait le corps plat et le visage marqué d'une femme artificiellement neutralisée. C'était une opération encore illégale sur Ténébreuse, mais qu'on pouvait obtenir, comme toutes choses de contrebande, en y mettant le prix[1]. »

Neutralisée : quinze ans après le rêve, voilà le grand mot lâché. Plus qu'un rêve homosexuel, un rêve asexué. La liberté au prix d'une mutilation. Le féminisme assimilé à un extrémisme. Car Marion Zimmer Bradley, malgré les apparences, ne s'est pas ralliée aux féministes. D'ailleurs celles-ci ne s'y sont pas trompées.

La montée du féminisme est un phénomène des années soixante-dix, et c'est au cours de ces années que Bradley a éprouvé le besoin de prendre position sur le mouvement et de préciser la limite au-delà de laquelle on ne pouvait plus compter sur elle. Sa position, elle la développe dans *La Chaîne brisée* (1976), un roman qui fut l'un de ses plus grands succès et qui a laissé chez bien des lectrices des traces durables.

C'est dans *La Chaîne brisée* qu'est exposée la règle de vie des Amazones — le serment qu'elles prononcent pour être admises dans l'« Ordre des Renonçantes ». Par-delà leur profession de guides — le rôle où l'on peut les rencontrer dans le monde extérieur —, elles apparaissent comme une institution presque monacale, soumise à des lois dont la minutie ne saurait épuiser la diversité des situations possibles. De là une casuistique digne de celle d'Asimov dans son cycle des robots, et qui est une source presque indéfinie de récits.

Voici le texte complet du serment :

« A partir de ce jour, je renonce au droit de me marier, hormis en union libre. Je ne serai liée *di catenas* à aucun homme et n'habiterai dans la maison d'aucun homme comme *barragana*.

« Je jure que je suis prête à me défendre par la force, si l'on m'attaque par la force, et que je ne me tournerai vers aucun homme pour assurer ma protection.

1. *Ibid.*, p. 88.

« A partir de ce jour, je jure de ne jamais porter le nom d'aucun homme, qu'il s'agisse d'un père, d'un tuteur, d'un amant ou d'un mari, mais purement et simplement le nom de ma mère.

« A partir de ce jour, je jure que je ne me donnerai à un homme qu'au moment et à l'époque de mon choix, de mon plein gré et selon mon désir. Jamais je ne gagnerai ma vie en étant l'objet du désir d'un homme.

« A partir de ce jour, je jure que je ne donnerai pas d'enfant à un homme, hormis pour mon plaisir, quand bon me semblera et de mon propre choix. Je ne donnerai pas d'enfant à un homme pour des raisons de famille ou de patrimoine, de clan ou de succession, de fierté ou de postérité. Je jure que je serai seule à décider de la façon d'élever chaque enfant que je mettrai au monde ainsi que de sa mise en nourrice, sans me soucier du rang, de la situation ou de la fierté d'aucun homme.

« A partir de ce jour, je renonce à toute allégeance à une famille, un clan, une maison, un tuteur ou un suzerain. Je ne prête serment d'allégeance qu'aux lois du pays, comme tout citoyen libre se doit de le faire ; au royaume, à la couronne et aux Dieux.

« Je ne ferai appel à aucun homme, comme j'en ai le droit, afin d'obtenir sa protection, son appui ou son aide ; mais je ne devrai fidélité et obéissance qu'à ma marraine du serment, à mes sœurs de la Guilde et à mon employeur, pendant la durée de ma mission.

« Je jure, en outre, que les membres de la Guilde des Amazones Libres seront pour moi, chacune, comme ma mère, ma sœur et ma fille, nées du même sang que moi, et qu'aucune femme liée à la Guilde par le Serment ne fera en vain appel à moi.

« Dès à présent, je jure d'obéir à toutes les lois de la Guilde des Amazones Libres et à tout ordre légitime de ma marraine du serment, des membres de la Guilde ou de ma cheftaine élue pendant la durée de ma mission. Si je trahis un secret de la Guilde, ou si je me révèle parjure à mon serment, je me soumettrai au châtiment que choisiront les Mères de la Guilde. Et si je manque à mes engagements, que chaque femme puisse porter la main sur moi, qu'on me mette à mort comme un animal, qu'on livre mon corps sans sépulture à la putréfaction et mon âme à la merci de la Déesse[1]. »

Ce serment a été souvent commenté, en particulier par Walter Breen, le propre mari de Marion[2]. On en a même donné une version « période techno ».

« A partir de ce jour, je renonce au droit de me marier, hormis en union libre. Aucun homme ne me possédera et je n'habiterai chez aucun homme comme maîtresse. *Et je ne prendrai ni ne retiendrai aucun homme contre sa volonté.* » Etc.

A quelques phrases près, c'est le texte même de Marion traduit en terrien. L'auteur s'appelle Jaida n'ha Sandra, un nom d'Amazone qu'elle a légalement adopté comme une douzaine d'autres femmes. D'autres, plus nombreuses, prononcent ce serment et cherchent à s'y conformer; certaines vivent dans des Maisons de la Guilde et publient des bulletins[3].

C'est là une façon radicale — et passablement fanique — d'en user avec un texte qui, par lui-même, n'a rien de radical : Marion rejette l'autorité patriarcale, elle ne refuse pas aux hommes le droit d'exister. Le roman a d'ailleurs été mal perçu par les féministes et on peut le comprendre; il offre à la féminité toute une gamme de positions : à l'esclavage (Melora), on peut répondre par la guerre (Jaelle) et même par l'ablation du sexe (Camilla); on peut y répondre aussi par la loi des Amazones (Kindra) ou même en reconnaissant la loi virile, quitte à l'utiliser pour prendre tout le pouvoir possible (Rohana). La palette de solutions est nettement plus riche que celle du féminisme extrême, et l'on comprend que beaucoup de femmes aient pu trouver dans *La Chaîne brisée* matière à réfléchir (ou même à rêver, pourquoi pas ?).

En tout cas le motif des Amazones Libres est devenu

1. *La Chaîne brisée*, Pocket, n° 5385, pp. 7-8.
2. *Free Amazones of Darkover.*
3. *Ibid.*

d'un seul coup le plus populaire du cycle de Ténébreuse et n'a plus cessé de l'être. Les anthologies de Marion regorgent de nouvelles écrites sur ce thème et, quand il s'est agi de composer le volume ci-après, nous n'avons eu que l'embarras du choix dans une matière particulièrement riche.

Le cycle s'est complété aux deux extrémités. D'un côté les lecteurs ont voulu la suite des aventures de Magda et de Jaelle; et Marion leur a donné satisfaction dans *La Maison des Amazones* (1983) et *La Cité mirage* (1984). D'autre part, tout le monde s'est demandé comment un groupe de femmes autonomes a pu se constituer dans une société patriarcale et féodale. Ce n'est pas tout de rêver à des femmes de guerre qui, pour un peu, se feraient armer chevalières; l'idéal est de les plausibiliser. Patricia Mathews — un des auteurs cités dans le présent volume — inventa la Sororité de l'Épée. Marion lui emprunta l'idée (avec son autorisation, bien entendu) et, dans *Le Loup des Kilghard* (1980), elle lui opposa une autre confrérie féminine, celle des prêtresses d'Avarra, en laissant prévoir que ces deux groupes allaient finir par converger, vers la fin de la période des Cent Royaumes, pour former la Guilde des Amazones Libres. Dans *La Belle Fauconnière* (1982), elle fit de son héroïne, Romilly, un membre de la Sororité de l'Épée, qui du coup remonte aux Ages du Chaos. Un texte du présent recueil se réfère non à la Guilde, mais à la Sororité; bien entendu, c'est une histoire de fondation.

Les histoires d'Amazones Libres sont très caractéristiques : l'enjeu, c'est toujours la libération d'une femme, réussie ou manquée. Elles n'impliquent pas de transformation de la société en profondeur : les Renonçantes seront toujours des marginales; d'ailleurs les femmes promises à un grand destin (Rohana) renoncent à renoncer. C'est dire que le cycle des Amazones n'a pas d'incidence particulière dans l'histoire politique de la planète : il se situe globalement au temps des Comyn, et seule la force des héroïnes créées par Marion Zimmer Bradley l'a centré sur une période voisine de la redécouverte ou immédiatement postérieure. La créatrice de Ténébreuse domine ce volume de toute sa hauteur (même les noms de ses personnages sont repris à quelques variantes près), ce qui n'empêche pas les textes qu'elle a inspirés d'être originaux et brillants.

J.G.

Les femmes n'ont pas toujours besoin de se révolter pour gagner la partie.

I. PIQUÉ DES VERS

de Roxana Pierson

Tout était calme dans la Grande Maison de Shandar, accablée par la chaleur rouge du soleil de midi. Les serviteurs parlaient bas et les médecins s'entretenaient à mi-voix. Le Maître de la Maison, Zhalara, se mourait.

Les vieux médecins se tiraillaient la barbe et secouaient la tête d'un air funèbre tandis que leurs confrères plus jeunes examinaient Zhalara sous toutes les coutures, palpant et pinçant la peau flasque qui, comme les fanons d'une vache, pendouillait sur son corps décharné. Il y avait quelques mois à peine, le vieil homme était encore gaillard. Il était même si gras qu'il devenait difficile de trouver un cheval capable de supporter son poids. Et maintenant... il se mourait de consomption, d'un mal inconnu accompagné d'étranges hallucinations. Personne n'avait jamais rien vu de pareil, mais Zhalara n'était plus de la première jeunesse, bien sûr, et nul n'était éternel.

— Ma Dame, commença le doyen des médecins, Valeron, en s'inclinant très bas devant Julana, la femme de Zhalara.

Celle-ci était assise avec raideur sur un petit tabouret doré auprès du lit de son époux, ses mains enchaînées nouées sur son ventre rond.

— Parlez, je vous en prie, répondit-elle d'une voix atone, les yeux rivés aux menottes incrustées de joyaux qui ceignaient ses poignets.

— Je... nous avons fait tout ce qui était en notre pouvoir, reprit Valeron en s'éclaircissant nerveusement la gorge. (Il réprouvait secrètement le vieillard d'avoir pris pour épouse une fille qui semblait à peine nubile, et en même temps il lui tirait son chapeau : elle était enceinte jusqu'aux yeux.) Nous nous accordons, mes collègues et moi-même, à reconnaître que nous n'avons jamais vu une affection de ce genre.

— Vous dites qu'il ne mange plus ? intervint Falyn.

En tant que second des médecins, par rang d'âge, il avait le droit d'assister Valeron en interrogeant le malade et sa famille. Leurs cadets, qui n'auraient jamais osé s'adresser directement à une femme de la maisonnée, se bornaient à examiner le patient. A moins que le malade ne soit une malade, naturellement, auquel cas une servante était chargée de leur décrire ses maux.

— Il dit qu'il y a... des bêtes dans sa nourriture, fit Julana d'une voix imperceptible, et ses mains voletèrent jusqu'aux voiles qui dissimulaient son visage comme pour étancher ses larmes. J'ai beau insister pour qu'il s'alimente, au bout d'une ou deux bouchées, il renverse son assiette. Voyez dans quel état il est — couvert de plaies. C'est lui qui se les fait en se grattant. Il dit qu'il a des poux, mais il n'y a pas de poux ici. Absolument pas.

— C'est vrai, confirma la domestique debout derrière la jeune femme en opinant du chef. Lorsque je lui ai apporté son dîner, la semaine dernière, il a déclaré qu'on aurait dit des vers.

— Que lui aviez-vous préparé ? s'enquit Falyn.

— Des nouilles, évidemment ! Tout le monde mange des nouilles le Quatrième Jour des Nouvelles Lunes.

Valeron échangea un coup d'œil exaspéré avec Falyn.

— Vous ne lui avez rien donné d'autre ?

— Du riz, répondit faiblement Julana. Il a toujours aimé le riz.

— Et il l'a mangé ?

— Non, répondit la servante. Il s'est mis à hurler que c'étaient des asticots. Des asticots, je vous jure ! Je lui ai dit que s'il ne mangeait pas, c'est lui qui irait nourrir les vers. Pour ce que ça a servi ! Pas plus tard qu'hier, je l'ai vu se gratter jusqu'au sang, et pourtant il n'avait rien. Il reste assis à regarder le mur pendant des heures, comme vous le voyez là.

— Quelle pitié ! soupira Valeron.

— Affreux, acquiesça Julana.

— Pour moi, c'est une maladie de l'esprit, lâcha Falyn avec une gravité étudiée. Ce sont des choses qui arrivent parfois, avec l'âge, vous savez.

— Je crains qu'il n'y ait pas grand-chose à faire, confia Valeron.

— Rien du tout, acquiesça Falyn. Essayez seulement de lui préparer des mets qui ne ressemblent pas à des vers.

Julana s'appuya à la balustrade sculptée qui surplombait le jardin. Les soleils se fondaient dans le pourpre crépusculaire, et dans la fraîcheur revenue toute chose reprenait vie. Les engoulevents s'appelaient et se répondaient. Des insectes prenaient leur essor. Elle tendit la main et une libellule se posa délicatement au bout de ses doigts.

C'était le moment de la journée qu'elle préférait. Elle trouvait là, dans ce jardin, ses seuls instants de paix, quelques précieuses secondes volées à Zhalara et sa clique. Il passait généralement l'après-midi à dormir jusqu'à ce qu'elle aille le voir, pour son repas du soir. Elle se demanda ce qui se passerait s'il mourait. Elle rêvait d'être libre, aussi libre, du moins, qu'une femme des Villes Sèches pouvait espérer l'être, jusqu'à ce que son fils soit grand — car elle attendait un garçon, elle en était sûre. Et elle comptait bien trouver, avant la majorité de l'enfant, le moyen de se réfugier dans la famille de sa mère, dans les Domaines. C'est à cet espoir qu'elle devait de ne pas avoir sombré dans la folie durant les longs mois de détresse qu'elle avait vécus depuis son mariage.

Julana avait imploré son père de ne pas lui faire épouser Zhalara. Elle avait haï le gros vieillard libidineux à l'instant où elle avait posé les yeux sur lui. Au seul souvenir de leurs noces, elle se sentait bouillir de colère. Qu'avait-elle fait pour qu'on abuse ainsi d'elle ? Quand il avait verrouillé autour de ses poignets les chaînes d'or symbolisant les liens du mariage, elle s'était retenue pour ne pas hurler, le mordre comme une bête prise au piège. Et la nuit qui avait suivi la cérémonie... Rien que d'y penser, elle en était encore malade. Elle ignorait complètement ce qui l'attendait. Sa souffrance et sa terreur n'en avaient été que plus atroces lorsque Zhalara l'avait empalée comme le porc qu'il était. L'idée d'endurer cette torture jusqu'à la fin de ses jours lui avait été insupportable. D'autant que, comme elle l'avait bientôt découvert, Zhalara n'était pas seulement vieux et laid, mais cruel. Julana avait un jour surpris sa mère en train de dire à son père que « les hommes de cet âge n'avaient que la tête de dure ». Elle s'était demandé ce que ça signifiait, à l'époque. Elle ne le savait que trop, à présent. Zhalara évacuait sa frustration en la rouant de coups. La première nuit qu'il l'avait frappée, Julana s'était recroquevillée dans un coin et avait pleuré toutes les larmes de son corps. La deuxième fois, craignant pour la vie de l'enfant qui palpitait déjà en son sein, elle avait juré de se venger.

— Ma Dame ?

Une servante s'approcha timidement et se prosterna, effleurant les sandales de Julana avec son front, selon la coutume.

— Oui ?

— Pardonnez-moi, Maîtresse, de troubler votre repos... C'est que vos parents sont arrivés.

— Où sont-ils ?

— Dans les appartements de notre Maître.

— On leur a offert à boire et à manger ?

— Le Seigneur Jharek a accepté notre hospitalité, mais votre mère a demandé à vous voir avant.

— J'y vais tout de suite ! s'exclama Julana.

Elle releva ses jupes et quitta la pièce en hâte, sa servante sur les talons.

— Il a l'air mal en point, remarqua Jharek en se penchant sur Zhalara avec curiosité.

Le vieil homme ronflotait, inconscient de la présence de ces étrangers à son chevet.

— *Très* mal en point, fit Allira, en écho aux paroles de son mari.

— Il y a longtemps qu'il est dans cet état? s'enquit Jharek.

— Des mois, répondit Julana avec un haussement d'épaules.

— Il avait l'air plutôt en forme, à votre mariage, nota Allira. Tu as fait venir les médecins?

— Évidemment. Ils ne savent pas ce qu'il a. Une sorte de maladie de langueur.

Allira poussa un gros soupir.

— Tu étais trop jeune pour te marier, tu l'es encore davantage pour être veuve. Enfin, au moins tu seras bien pourvue.

— A sa place, je n'y compterais pas trop, intervint Jharek. Il a une énorme famille.

— Tu veux dire qu'ils pèsent tous trois cents livres? risqua Allira.

— Tu sais très bien ce que je veux dire, rétorqua Jharek. C'est son frère — celui qui ne le lâchait pas d'une semelle au mariage — qui héritera de tout. Julana comprise. Elle fait partie de ses biens, au même titre que le reste.

— Mais non, voyons! Les veuves ne peuvent se remarier, dans les Villes Sèches. C'est toi-même qui me l'as dit.

— Pas en dehors de la famille. Mais le frère de Zhalara a parfaitement le droit de l'épouser. Et comme ça, le domaine resterait dans la famille.

— Ce ... ce n'est pas possible! s'exclama Julana, consternée.

— Et qu'espérais-tu?

— Je... je me disais que... tout reviendrait à mon fils, répondit-elle en se laissant tomber sur la première chaise à sa portée.

— *Si* c'est un garçon, répliqua Jharek d'une voix dure. Et même dans ce cas, tu resteras sous la tutelle de la famille Zhalara jusqu'à la majorité de l'enfant. Il serait temps que tu grandisses, ma fille, et que tu apprennes à rester à ta place. Que tu ne veuilles pas me rendre de comptes — soit, mais tu seras bien obligée de te soumettre à ton mari, à sa famille, ou à ton fils. Il vaudrait mieux que tu te mettes ça dans la tête.

— Je vous ai parfaitement compris, Père, répondit Julana avec une résolution affermie.

Peut-être espérait-elle en vain jouir un jour d'une totale liberté, mais elle n'était pas sans défense malgré tout. Elle tendit son esprit vers le mille-pattes qui explorait une fissure du plafond. Soudain, la bête lâcha prise et tomba en plein sur le crâne de Jharek.

Il poussa un cri d'effroi et flanqua une claque à la créature qui s'enroula sur elle-même et lui piqua cruellement la main. Avec un rugissement, il attrapa la scolopendre et la projeta violemment contre le mur où elle s'écrasa.

— Je ne sais pas pourquoi, mais où que tu ailles on dirait que ça grouille d'insectes ! s'exclama-t-il en frottant sa main qui le lançait.

— Ne dis pas de bêtises, rétorqua Allira. Des insectes, il y en a partout.

— C'est vrai, Père, acquiesça calmement Julana. Il y a plus d'insectes que de gens, vous savez. En fait, il est probable qu'il y a encore plus d'insectes que Zhalara n'a de parents !

Et, derrière ses voiles, elle eut un sourire sarcastique.

Mais quand elles se révoltent, elles peuvent déplaire.

II. IL Y A TOUJOURS UNE ALTERNATIVE

de Patricia Mathews

L'époque est rude pour la Garde, me dis-je, tandis que nous repoussions la foule hurlante. La meneuse, mégère hagarde à la tête rasée, juchée sur une caisse, hurlait des obscénités, qui tournèrent à l'incohérence lorsqu'elle plongea dans l'esprit du chef pour y trouver ses fantasmes et les lui renvoyer sous la forme la plus brutale.

Que voulaient-elles ? La destruction de la société, de tout ce qui est beau et bon, de tout ce qui a fait notre grandeur, voilà ce qui les démangeait, me dis-je en nettoyant après l'émeute. Il me tardait de rentrer à la maison, pour revoir mon jeune frère et ôter mes bottes. Il s'était marié avec une fille de bonne famille, originaire de quelque part dans le Nord, et dont la maison avait eu des revers de fortune. En tout cas, c'est ce qu'il m'avait dit ; j'espérais seulement que ce n'était pas un euphémisme annonçant toute une tribu de parents pauvres et cupides. Nous sommes à notre aise, mais nous ne sommes pas riches.

Je terminai le travail et me mis en route pour aller chez Rafe, sans le prévenir de ma venue. Je voulais lui faire la surprise, et, si vous voulez tout savoir, je ne voulais pas perdre de temps ; j'étais épuisé et j'avais la nostalgie de la famille.

Il avait une maison à mi-chemin du centre et des faubourgs, une bonne maison solide à l'épaisse porte de bois sculpté, entourée de plantes bien entretenues. Il avait soit un bon jardinier, soit une bonne épouse. La maison, et tout ce que j'y vis, était nette, propre et d'apparence confortable ; il me tardait de me reposer dans le domaine de ma nouvelle sœur.

Je ne vis d'abord qu'une fillette.

— Je m'appelle Maellen, dit-elle avec le regard grave de ses quatre ans. Ma maman arrive tout de suite.

Une femme fit son entrée ; j'ouvris des yeux ronds ; je restai bouche bée. J'allais trouver ce qu'il fallait dire, quand mon frère parut à son tour, frétillant comme un jeune chiot.

— Dan, je te présente ma femme Annilda et sa fille Maellen ; elle était veuve, ajouta-t-il.

Bon, il fallait bien qu'elle lui dise quelque chose, pensai-je.

Annilda n'est pas un nom très répandu, sauf sur la côte, et c'est justement là que je l'avais rencontrée. Elle était peut-être veuve, mais elle gagnait sa vie.

J'observai Annilda pendant tout le repas, tandis que mon frère bavardait sans rien remarquer. Il la prenait pour une femme irréprochable et une bonne épouse. De toute façon, c'était une bonne comédienne. Elle jouait à la perfection les maîtresses de maison accomplies et les mères sublimes avec la bâtarde qu'elle avait frauduleusement imposée. Je l'entendis répondre à mon frère du ton de toute bonne épouse, s'efforçant de m'inclure dans la conversation comme toute hôtesse qui se respecte. Elle le conseillait même pour ses affaires. Ça me donnait envie de vomir.

— Qu'est-ce qu'il a ton frère, mon chéri ? Il ne dit rien, dit-elle, tandis que je me retenais pour ne pas hurler.

Je m'arrangeai pour la rencontrer seule dans la soirée. Elle me toisa d'un air froid et hautain.

— Bas les pattes, dit-elle à voix basse.

— Et d'où tenez-vous le droit de dire « bas les pattes » à quelque homme que ce soit, Maîtresse Annilda ? demandai-je, en accentuant le titre pour qu'elle ne se méprenne pas sur mes intentions.

Imperturbable et effrontée comme toutes ses pareilles, elle répondit très bas :

— Parce que c'est une chose que j'ai toujours abhorrée... Capitaine.

Elle accompagna ses paroles d'un geste qu'elle n'avait pu apprendre que sur les docks et la colère me prit ; je levai la main sur elle.

— Dan, tu es fou ? s'exclama mon frère en arrêtant mon bras. Excuse-le, Annilda, il combat aux avant-postes de cette guerre civile qui nous dresse les uns contre les autres ; la dernière chose qui nous empêche encore de nous déchirer, c'est la famille.

— Tout le monde se révolte sauf les femmes, dit Annilda avec un sourire étrange.

Rafe eut un rire indulgent.

— Vous autres femmes, vous n'avez aucune raison de vous révolter pour ou contre quoi que ce soit ! Sauf pour obtenir plus d'égards d'un mari trop peu attentionné.

Annilda caressa les cheveux de Maellen, et son visage amer et moqueur de catin s'emplit de douceur. *Traînée ! Menteuse ! Bâtarde !*

Le lendemain, je trouvai une autre occasion de lui reprocher sa façon de s'insinuer dans ma famille ; j'étais bien résolu à la démasquer. Mon pauvre frère ! Elle ne pleurnicha pas et ne supplia pas ; elle s'efforça, bien sûr, de nier les faits. Après tout, sa vie entière était en jeu.

— Je crois que vos souffrances vous ont tourné l'esprit, dit-elle d'une voix douce, bien plus douce qu'au dîner. Vous vous laissez abuser par une ressemblance de hasard. J'ai un physique assez courant.

— Et moi, Maîtresse, je peux produire quand je veux dix Gardes qui se porteront garants de ce que vous êtes.

— Ce que j'étais. Autrefois. Et que je ne suis plus, ni en pensée ni en action. Étiez-vous à dix-huit ans ce que vous êtes aujourd'hui ? Les gens ne peuvent-ils pas changer ? Doivent-ils toujours rester prisonniers d'une condition qu'ils abhorrent ?

— Ce que vous étiez, si vous voulez. Mais quand mon pauvre frère l'apprendra, cela lui brisera le cœur. Je vous donne le choix, Maîtresse : vous disparaissez, en inventant une histoire quelconque, ou je raconte tout.

— A partir de maintenant, dit-elle d'une voix rauque, je ne ferai rien que contrainte et forcée. Parlez, bête malfaisante ; détruisez son bonheur et le mien ; enlevez son père et sa mère à une enfant innocente.

— Je doute que votre bâtarde sache qui est son père, grondai-je avec mépris pour remettre cette mégère à sa place.

J'espère ne jamais revivre la scène qui suivit. Le pauvre Rafe, en état de choc, la supplia de nier. La catin qu'il avait épousée dit de cette voix douce dont elle ne s'était jusque-là servie qu'avec moi :

— C'était ça ; ou voler ou mourir de faim. J'ai essayé les trois. J'ai travaillé comme servante, seul emploi que puisse remplir une femme sans famille. J'étais chaste. Vous connaissez des servantes chastes ? Maintenant, je sais pourquoi vous n'en connaissez pas. Les plaisanteries grossières, les avances brutales, je les ai rejetées et je me suis fait renvoyer, avec injures et quolibets, comme pimbêche. Et puis, il y avait Maellen.

— La bâtarde sans nom !

— Y a-t-il un nom pour *Enfant d'un Garde armé* ? J'étais piégée ; je pouvais la tuer et me tuer ; sinon, comment m'en sortir ? Et on dirait maintenant que cet épisode me colle à la peau quoi que je fasse pour m'en débarrasser.

Maellen s'approcha de Rafe et dit d'une voix suppliante :

— Ne pleure pas, Papa !

Il la repoussa en hurlant :

— Comment cette fille de pute peut-elle m'appeler Papa ?

Annilda serra Maellen contre son cœur, puis, d'un geste vif, m'arracha mon épée. Outré, je m'écriai :

— Vous êtes folle ?

— Vous croyez que je vais couper sa gorge et la mienne sous vos yeux ? C'est bien ce que je devrais faire, car qu'est-ce qui nous reste ? Nous aurions dû être des hommes pour... Ton serviteur a-t-il une chemise et une culotte de rechange, Rafe ? De gros vêtements de travail ?

Elle leva l'épée et se mit à taillader les cheveux de l'enfant.

On parle de ces femmes qui coupent leurs tresses pour en faire des cordes d'arc et on ne sait pas le temps que ça prend. Mon frère, avec des gestes d'automate, lui tendit des ciseaux ; elle finit de couper les cheveux de sa fille, puis s'attaqua aux siens, et j'en profitai pour récupérer mon épée. Rafe revint avec les vêtements d'homme, et, trouvés Dieu sait où, des habits d'enfant. Tachés et déchirés, comme en portent les paysans. Elle se déshabilla devant moi et les enfila. Rafe fut choqué.

— Devant mon frère, Annilda ! protesta-t-il.

— Il peut bien regarder ce qu'il a déjà payé pour voir ! lança-t-elle. Miséricordieuse Avarra, quel hypocrite vous faites, Danvar de la Garde ; imaginez la fille qu'une catin vous a donnée, dénudée, ensanglantée et violée par des brutes de passage, et plus tard méprisée par ces mêmes brutes ; rêvez-en la nuit, car ce rêve se réalisera dans les années qui viennent, et vous en apprendrez tous les détails que rien ne pourra jamais pardonner.

Elle s'habilla et habilla sa fille, se dépouilla de ses bijoux, et s'en alla, pieds nus, dans le vaste monde.

Brisé, mon frère pleurait. Je m'approchai pour le consoler.

— Va-t'en ! Je ne veux plus jamais te revoir ! gronda-t-il en sanglotant. Tu as fait ce que tu devais, mais... va-t'en !

Je m'en allai, pleurant aussi sur mon jeune frère trahi. Dieux du Ciel, cette femme parlait comme si c'était elle l'offensée ! « Que vais-je devenir ? » pleurnichait-elle, comme toutes les putains. « Que deviendra ma fille ? » Comme si ça nous regardait ! « Qu'est-ce que je peux faire ? Qu'est-ce que je pourrais faire ? Dites-moi comment me sortir de cette situation. » Et enfin : « Au moins, cela assure à vos pareils des cohortes inépuisables de servantes pour vos plaisirs brutaux ! Mais pas moi, plus jamais, *plus jamais* ! »

Et ce disant, elle me maudit, comme si j'avais jamais eu une fille ou que je doive jamais en avoir une.

Je la vis un jour travailler dans une équipe d'hommes, vêtue comme un homme et se faisant passer pour un homme, et mon sang ne fit qu'un tour. J'allai trouver le chef et lui dis qui elle était ; plus tard, elle m'aborda et gronda dans un rictus :

— Pourquoi me persécutez-vous ? Vous voulez que je reste dans le cloaque où vous m'avez jetée ?

Sa malédiction s'était réalisée, et je dis :

— Qui a engendré Maellen ?

— Moi ! Maellen fille d'Annilda, et de personne d'autre. Maintenant, allez-vous-en ; j'ai un couteau, et sur les docks, j'ai appris à m'en servir ! Holà ! Un porc ! cria-t-elle.

Et trois des mégères les plus hideuses que j'aie jamais vues s'approchèrent de moi par-derrière, armées de couteaux. L'une était une grosse femme de pêcheur musclée au visage défiguré ; une autre une catin fardée en habits d'homme. Je partis.

Plus tard, j'appris par la rumeur que, dans les quartiers les plus mal famés de la ville, une femme recueillait les ivrognesses, les droguées, les putains, les mendiantes et autres drôlesses et tentait de les organiser. La plupart des hommes pensaient que c'était une bonne blague, et plaisantaient sur les conséquences d'une grève des putes. Ils savaient exactement, bien sûr, comment briser la grève, et moi aussi. En outre, avec tous les mouvements qu'il y a de nos jours, et qui ont tous la destruction pour but, personne n'allait prendre au sérieux les radotages d'une poignée de femmes — et de ce genre de femmes, en plus !

Puis, le bruit se répandit qu'elles constituaient une société d'Amazones, pour vivre sans les hommes et se venger de tout ce qu'elles avaient souffert par les hommes. Parce qu'elles avaient souffert, *elles* ? Quand on pense que c'est l'une d'elles qui a détruit la seule famille que j'aie jamais eue et brisé le cœur de mon pauvre frère !

Bientôt, on m'envoya de nouveau dans le Nord, et mon commandant me dit que ce serait mieux pour tout le monde. Je ne revins qu'au bout de deux ans, et je tombai sur une nouvelle révolte. Des femmes manifestaient dans la rue, ménagères en robes simples, femmes de pêcheurs en jupes et tuniques de travail, quelques femmes de la noblesse en tenue d'équitation, et beaucoup, beaucoup d'autres en vêtements d'hommes, ou dans des costumes bizarres tenant le milieu entre l'homme et la femme. Elles chantaient.

— Qu'est-ce qui se passe ? demandai-je au chef du détachement.

— Elles veulent gouverner avec les hommes, faire des métiers d'hommes, dit-il en les regardant. Et ne plus être gouvernées, séduites, et violées par les hommes. En tout cas, cette bande ne court aucun risque.

Effectivement, elles n'avaient rien d'attrayant. Elles ne portaient ni maquillage ni bijoux, et elles avaient toutes des têtes de marâtres ayant un martinet dans le placard. Je frissonnai.

— *Nous exigeons nos droits, et nous les exigeons maintenant !* braillaient-elles. *Nous voulons nos droits et nous les aurons !*

Puis, quand nous avons chargé, elles se sont mises à nous jeter des pierres. La sorcière, grande femme au regard magnétique, se mit à sonder l'esprit du chef. Soudain, elle arracha son voile en criant :

— Oh non ! Oh, mes sœurs !

Et elle s'enfuit dans la rue. Personne ne put la retenir ; personne ne pouvait toucher une sorcière.

Nous avons dispersé cette manifestation. Mais pas la suivante. Comment charger des femmes ?

A la fin, Annilda en personne fut invitée à venir parler avec les Seigneurs du pays, à présenter ses revendications, et je frissonnai à l'idée qu'une putain siégeait au Grand Conseil de notre gouvernement. C'est après ça que je démissionnai de la Garde et me retirai dans les montagnes sur les terres de ma famille. Le monde peut bien marcher sur la tête, mais sans moi !

Mais ne voilà-t-il pas qu'en sortant du Conseil Annilda me salua de la tête en disant :

— Remercions le Capitaine Danvar; c'est à lui que nous sommes redevables de ce qui nous arrive, mes sœurs !

Pourquoi ?

Ma parole, cette femme doit être folle.

Comment se fonde une Maison de la Guilde.

III. RECRUES

de Maureen Shannon

— Quelle maison ravissante ! s'extasia Esarilda. Et si bien située !

Considérant la petite boulotte debout près de moi, tout le monde aurait pensé qu'elle avait perdu l'esprit. La maison que nous regardions avait été bien des choses, dont bordel et caserne de mercenaires, mais elle n'avait jamais été ravissante. Haute de deux étages et large de trois pièces, la triste construction de pierre noire, presque sans fenêtres, donnait sur l'étroite ruelle où nous nous trouvions. Sur notre droite s'étendait un vaste terrain vague, occupé par les ruines calcinées d'une remise, et les ordures accumulées et pestilentielles de plusieurs douzaines d'années. A gauche, une pauvre taverne partageait le mur ouest de notre maison. De l'autre côté de la rue, une autre taverne flanquée de quelques modestes boutiques. Au bout de l'impasse, une grande bâtisse faisait à la fois office d'asile de nuit, de bordel et d'auberge.

Mais j'approuvais mon amie. La maison était ravissante et très bien située, car elle nous appartenait et représentait le premier essaimage de la Sororité de l'Épée, dont la maison fondatrice s'était ouverte à Thendara quelques courtes années plus tôt. Et elle était déjà pleine à craquer de nouvelles sœurs, si bien que le surpeuplement était devenu l'une de nos principales préoccupations. Puis un homme, dont la sœur avait renoncé à la prostitution pour devenir des nôtres, était mort et nous avait légué ce bien à Caer Donn. C'est pourquoi nous étions venues pour l'inspecter, Esarilda et moi, afin d'évaluer les réparations à faire et la préparer pour les recrues qui nous arriveraient. Mais je ne pouvais m'empêcher de douter de mes capacités à diriger une maison, même si j'avais vécu dans la Maison de Thendara depuis l'âge de cinq ans. Trouverais-je des candidates ? A Thendara, nous ne pouvions compter que sur le bouche à oreille, car la loi nous interdisait de recruter activement. Comment saurait-on que nous étions prêtes à accueillir de nouvelles recrues ? Et s'il en arrivait, serais-je capable de les faire vivre toutes en bonne harmonie ?

— Entrons, dit Esarilda, qui frissonnait dans le vent froid de l'hiver finissant.

Je pris l'énorme clé de laiton pendue à mon cou, et la tournai dans la serrure de la lourde porte renforcée de cuivre. Mais il fallut unir nos forces afin de l'entrouvrir suffisamment pour nous glisser à l'intérieur. Et elle devait être du genre masculin, car elle contesta cette intrusion par de bruyants grincements.

La pièce centrale était une petite forteresse, ainsi aménagée, sans aucun doute, quand la maison abritait des mercenaires. Une unique porte rompait la continuité des murs de bois massifs, et des meurtrières près du plafond permettaient aux occupants de déverser de l'eau bouillante sur des assaillants éventuels. J'eus l'impression que quelques Amazones bien armées pourraient tenir toute une armée en échec dans cette pièce.

La porte ouvrait sur une seconde salle, avec un escalier menant aux étages, et des portes percées dans chaque mur. On alla fouiner dans toutes les pièces, Esarilda poussant de petits cris de ravissement à chaque nouvelle découverte. A ses yeux, tout était extraordinaire, depuis l'immense cuisine à l'ancienne, jusqu'aux nombreuses petites chambres des premier et deuxième étages. Je m'efforçai de partager son optimisme, et l'enthousiasme avec lequel ma compagne, de vingt ans mon aînée chronologiquement, mais émotionnellement ma cadette, affrontait le monde.

— Viens voir ! cria-t-elle. Viens voir ce qu'il y a à l'arrière, Maellen !

Je la suivis par la porte de la cuisine, qui ouvrait sur un étroit passage, menant, ainsi qu'Esarilda l'avait déjà découvert, à une petite laiterie prolongée par une grange de bonne taille. Les deux bâtisses étaient en piteux état, les précédents occupants étant partis sans rien nettoyer. Outils et harnais rouillaient et pourrissaient sur des tas de fumier, tandis que les jattes destinées au lait et au fromage étaient éparpillées partout par terre, en sorte qu'il était impossible de discerner s'il y en avait encore d'utilisables.

— Vite, vite, Maellen ! Dehors ! Regarde ce qu'il y a ici !

Avec l'impression d'être la queue de l'âne — toujours traînant par-derrière — je sortis de la grange dans l'étroit et long jardin de la maison. Le nouveau trésor d'Esarilda consistait en trois arbres rabougris dont les branches dénudées s'ornaient encore de quelques fruits ratatinés. Esarilda, sautillant comme une gerboise, avait disparu dans une masure appuyée contre le mur du fond. Elle en ressortit, essuyant les toiles d'araignées qui lui couvraient la tête, le visage traversé d'un grand sourire.

— Viens voir, Maellen ! cria-t-elle une fois de plus. Quelle trouvaille ! C'est une basse-cour, et devine quoi ? Il y a même une poule en train de couver !

A son ton, on aurait pu croire qu'elle venait de découvrir des richesses incomparables. Elle m'encouragea vivement à entrer pour voir la poule de mes propres yeux.

— Non, non, dis-je, m'arrêtant sur le seuil et lorgnant la poussière, les toiles d'araignées et les cadavres d'insectes accumulés depuis des années. Je vois très bien d'ici. Effectivement, c'est un vrai trésor. Mais maintenant, viens, Esarilda. Il est près de midi, et je commence à avoir faim. On trouvera peut-être à manger à la taverne d'à côté.

Avec un empressement enfantin, Esarilda trottina jusqu'à la porte du fond. J'avais un peu honte de lui faire miroiter la perspective d'un repas, connaissant sa gourmandise. Mais il y avait beaucoup à faire si nous voulions dormir le soir dans notre nouvelle maison. Trop à faire pour deux femmes seules. Jusqu'à quand le resterions-nous, me demandai-je, avant que d'autres viennent se joindre à nous ?

On s'arrêta quelques instants devant la porte de la taverne, dont la charmante enseigne annonçait Le Lapin Cornu Rugissant. Nom bizarre, pensai-je, mais, dès que je vis notre hôte je m'enchantai de la perspicacité de celui qui l'avait trouvé. La clientèle semblait essentiellement constituée des petits boutiquiers d'alentour, dont quelques femmes. Ma compagne et moi, nous nous installâmes à une petite table près du mur, d'où nous avions vue sur la porte, et pouvions, en cas d'attaque, sortir par la porte de derrière menant aux toilettes au fond du jardin. Très affairé, le patron vint prendre notre commande en personne.

— Qu'est-ce que ce sera pour vous, *domnas* ? demanda-t-il, d'une voix vibrante de basse sortant d'un corps rond et jovial de gros nounours. Nous avons des tripes comme plat du jour, et ma femme fait une excellente tarte aux fruits. Ça vous ira ? Je vous assure, poursuivit-il sans nous donner le temps de répondre, c'est ce qu'il y a de mieux au menu d'aujourd'hui. Pas la seule chose, non ; ma Carla est trop bonne cuisinière pour ça. Mais ce qu'il y a de mieux. Alors, tripes et tarte ?

Nous donnant à peine le temps de hocher la tête, il repartit en bondissant comme un lapin cornu effarouché.

— Quel brave homme ! dit Esarilda, battant des mains, ravie.

Ma mère me dit un jour que toute femme venant à la Sororité avait une tragédie dans son passé. Je savais que c'était vrai d'Esarilda également, même si je ne connaissais pas son histoire, ma mère refusant de commérer, et répugnant moi-même à troubler sa joie présente par des questions sur ses malheurs passés. Les hommes l'avaient sûrement maltraitée, comme la majorité d'entre nous ; pourtant, elle parvenait à trouver encore chez certains d'entre eux des qualités qui les rachetaient à ses yeux.

Mais je n'eus pas le temps de m'émerveiller du caractère de mon amie, car la patronne sortit de son domaine pour diriger le service. Elle était aussi grande, mince et calme qu'il était petit, gros et exubérant. Une fois les plats et les assiettes disposés devant nous, elle l'expédia s'occuper d'une autre table, et, attirant une chaise, elle s'assit, demandant, l'air interrogateur :

— Je peux vous tenir compagnie ?

— Avec plaisir, dit Esarilda, la bouche pleine. Miam, ce sont les meilleures tripes que j'ai mangées de ma vie. Quel cordon bleu !

Elle souligna sa sincérité en enfournant une grosse bouchée de tripes.

Notre hôtesse accepta le compliment d'un gracieux hochement de tête, tel qu'en aurait pu faire une noble dame.

— Je m'appelle Carla, et vous, vous êtes les propriétaires de la maison voisine, commença-t-elle. Et vous faites partie de la Sororité de l'Épée. Je dis ça parce que je reconnais votre anneau d'oreille et vos tuniques rouges, car j'ai une cousine à la Maison de Thendara que j'ai vue une ou deux fois habillée comme vous. Mais il y a aussi la grosse clé que tu portes autour du cou, *domna*, et que j'ai vue bien des fois quand le pauvre Larren venait déjeuner ici. Il m'a dit l'hiver dernier, quand il commençait à décliner, ce qu'il voulait faire de sa propriété — en fait, il l'a dit pratiquement à tout Caer Donn, tellement il était fier de « ma sœur, la guerrière » ! J'attendais votre arrivée.

Je posai ma cuillère. Ses paroles et son visage étaient calmes, et je n'aurais su dire si elle était amicale ou hostile.

— Auriez-vous par hasard remarqué notre enseigne en entrant ?

— Oui ?

J'étais polie, réservée, mais la réserve n'est pas le fort d'Esarilda.

— Ravissante, dit-elle. Charmante ! Qui l'a peinte ?

— Ma fille Shaya. Et c'est à cause d'elle que j'attendais votre arrivée. C'est une brave petite, et bonne cuisinière quand elle veut. Mais voilà le hic — elle veut rarement. Elle ne s'intéresse qu'à peindre, comme ce portrait de son père sur l'enseigne, ou à sculpter de petites statues, comme celles que vous voyez sur la cheminée, dit-elle, montrant des douzaines de figurines, toutes confectionnées avec la même fantaisie. J'ai trouvé de bons maris pour mes autres filles, de sorte qu'il ne reste maintenant que les deux petites et ma Shaya. Mais quel homme voudra d'une fille qui passe son temps à rêvasser? Shaya est un peu frêle, je doute qu'elle fasse une bonne guerrière, mais ma cousine me dit que d'autres métiers sont pratiqués dans une Maison de la Guilde.

— Carla, protestai-je, les membres de la Sororité doivent venir de leur plein gré.

— Oh, elle ne demande que ça, et je ne fais que rompre la glace pour elle. Elle est un peu timide, ma Shaya. Elle vous attend en haut, au premier. Monterez-vous la voir quand vous aurez mangé?

J'acceptai de la tête, toujours récalcitrante.

Celles qui prêtent le serment doivent être sûres de leur choix, à cause de tous les obstacles qu'elles rencontreront sur leur route. Trop d'hommes — et aussi de femmes — trouvent notre Sororité contre nature, indécente, et sont persuadés qu'elle représente un danger pour les rapports entre les hommes et les femmes sur toute l'étendue des Cent Royaumes. Et comme cette femme paraissait dominatrice, je craignais qu'elle ne nous impose sa fille dans quelque but inavouable, peut-être pour nous espionner.

Esarilda monta la première, bondissant avec entrain comme si elle n'avait pas consommé assez de nourriture pour suffire à trois grands costauds.

— Salut, petite! l'entendis-je s'écrier. Ta mère nous dit que tu veux adhérer à la Sororité.

J'arrivai quelques pas derrière, ma première impression de Shaya fut donc sa voix mélodieuse et cristalline quand elle répondit à Esarilda.

— Oui. C'est mon rêve depuis que ma cousine Callie est venue nous voir et nous en a parlé. S'il vous plaît, permettez-moi d'essayer.

Le cœur me manqua quand je la vis. Frêle, elle l'était assurément, mais infirme, en plus ; une maladie infantile l'avait laissée avec une jambe plus courte que l'autre. Elle était aussi petite qu'Esarilda, mais deux fois plus mince, avec une masse de cheveux bruns qui formaient comme un halo autour de son petit minois éclairé de deux yeux immenses et rêveurs. Comment pourrait-elle se défendre ? Cette femme ne pourrait jamais empoigner une épée pour affronter un homme !

— Mais, Maellen, moi non plus ! dit Esarilda avec reproche.

Je m'aperçus alors avec embarras que j'avais parlé tout haut.

— Cousine Callie dit que toutes les femmes ne sont pas faites pour combattre, dit Shaya de sa voix douce. Certaines s'engagent comme guides ou comme couturières, d'autres restent à la Maison de la Guilde pour coudre, cuisiner, faire le ménage et ainsi de suite. Je couds très bien, et ma mère m'a appris à faire la cuisine. Je peux être une bonne recrue pour la Sororité, si vous me donnez seulement ma chance. Je sais peindre aussi, ajouta-t-elle modestement, et beaucoup de gens aiment mes peintures. J'aimerais faire une enseigne faisant savoir à tout le monde que c'est la Maison de la Guilde. Je chante et je joue aussi de plusieurs instruments, de sorte que je pourrai divertir les sœurs à la veillée.

Elle avait parlé d'un seul jet, et, quand elle se tut, elle me fixa de ses grands yeux tristes. Je n'étais pas sûre que Shaya fût le genre de femme que recherchait la Sororité ; à Thendara, la plupart des recrues de ma mère étaient des adultes qui avaient l'expérience d'une vie dure et difficile. Pourtant, nous avons pour règle d'accepter toute femme qui veut bien prêter le serment pour un an. Après ça, elle peut s'engager pour trois ans, et finalement devenir membre à vie, comme Esarilda et moi.

— Très bien, dis-je. Si tu veux, tu peux te joindre à nous pour une période d'essai d'un an.

— Je peux venir aujourd'hui ?

Shaya se leva, se soutenant d'une canne merveilleusement sculptée. Elle crée de la beauté par nécessité, pensai-je. Elle s'entendra bien avec Esarilda.

— La maison est une porcherie, l'avertis-je. Il n'y a pas un endroit propre où poser notre tête ce soir, et je doute qu'on ait préparé un repas dans la cuisine depuis des années.

Shaya eut un rire ravi.

— Alors, je peux déjà me rendre utile. Je vous aiderai à nettoyer et cuisiner, pour que nous puissions bien manger et bien dormir dès ce soir.

Elle tint parole, et à nous trois, on nettoya une chambre pour chacune au premier, après quoi on fit les lits avec les draps apportés de Thendara. Nous n'avions pas eu le temps de nous attaquer à la cuisine avant le dîner, mais Carla vint frapper à la porte avec un plateau plein de mets alléchants. Son visage habituellement serein se plissa d'un grand sourire quand elle vit Shaya se mettre à manger avec un enthousiasme plus généralement associé à Esarilda.

— Vous lui avez déjà fait du bien, dit-elle. Elle n'a jamais mangé comme ça à la maison.

Elle partit, promettant, malgré nos protestations, de revenir le lendemain pour nettoyer la cuisine.

— Pour une fois, mes autres filles pourront bien aider leur père sans moi, dit-elle.

Le lendemain, peu après midi, une violente sonnerie nous fit sursauter toutes les quatre. On se leva d'un bond, le cœur battant, en se regardant. Puis Shaya éclata de rire.

— C'est la cloche, glousa-t-elle. Je l'entendais souvent quand les mercenaires vivaient ici. Oh la la! à notre réaction, on aurait cru que c'était Zandru en personne sortant de son enfer le plus noir!

Comme il seyait à ma charge de Mère de la Maison, j'allai répondre à la porte, quand même bien contente que les trois autres me suivent. Je portai la main à la garde de mon épée, dans le maniement de laquelle je suis passée maîtresse. Aurais-je déjà besoin de défendre notre maison?

Carla m'aida à ouvrir la porte récalcitrante. Je regardai au bas des sept marches de notre perron, et je vis une jeune femme accompagnée d'un chien, et d'une ânesse, sur le dos de laquelle était perché l'oiseau le plus laid que j'aie vu de ma vie. L'ânesse décrépite avait une robe pelée, une crinière clairsemée, et une queue réduite à quelques poils. De plus, elle était près de mettre bas, et son ventre était si gonflé qu'on pouvait craindre qu'elle ne s'envole. L'énorme molosse était plus grand et plus large que l'ânesse. Après nous avoir tous examinées, il bâilla, révélant des crocs formidables, puis se coucha par terre et se mit à lécher ses grosses pattes. L'oiseau croassa, redressant sa crête flétrie et nous fixant de ses petits yeux luisants profondément enfoncés dans sa tête déplumée.

— Je suis venue pour rejoindre les femmes de l'Épée, dit la nouvelle venue. Vous avez une étable pour mes amis ?

Elle était aussi insolite que ses animaux. Impossible de ne pas remarquer sa grossesse. Elle avait tailladé ses cheveux à la diable ; les courtes mèches d'un roux jaunâtre encadraient un visage aux grands yeux en amande de couleur gris-vert, et au nez retroussé couvert de taches de rousseur.

— Alors ? Vous me laissez plantée dans la pluie et le froid ou vous me laissez entrer ?

Quelque peu ahurie, car cette nouvelle postulante semblait encore plus inapte que la première, je lui indiquai la grille au fond du jardin et passai par la maison pour aller l'ouvrir. Carla était repartie au Lapin Cornu Rugissant, riant sous cape, tandis qu'Esarilda et Shaya avaient détalé au premier pour nettoyer une autre chambre.

Je conduisis la fille à l'étable, m'excusant du piteux état où elle se trouvait.

— Pas de problème, pas de problème, dit la fille.

Ses mouvements étaient gauches, gênée qu'elle était par son ventre énorme, et pourtant efficaces.

— J'ai encore un peu de grain pour Cassilda, dit-elle, tapotant l'ânesse tout en la guidant dans le box où elle avait ajouté un peu de paille, mais Fang a fini la viande que j'avais emportée. Il faudra lui en trouver pour son dîner.

Le molosse dut comprendre, car il frotta sa grosse tête contre l'épaule de sa maîtresse, qui la caressa distraitement avant de tourner son attention sur l'oiseau.

— Viens, ma beauté, roucoula-t-elle, l'installant sur un perchoir de fortune après s'être assurée qu'il ne se blesserait pas les pattes. Œil-d'Aigle n'est pas vraiment à moi, expliqua-t-elle. Pas comme Cassilda et Fang qui m'appartiennent depuis mon enfance. Il a dû y avoir une bataille, et elle a été laissée pour morte, je crois. Alors, je l'ai emmenée. Je ne pouvais pas la laisser espionner pour une canaille, non? Bien sûr que non.

Un peu étourdie, je suggérai d'entrer dans la maison pour qu'elle se mette à l'aise maintenant qu'elle s'était occupée de ses compagnons. Quand le chien se mit à nous suivre, je proposai qu'elle le laisse à l'étable, mais elle dit qu'elle n'en ferait rien tant qu'il ne serait pas habitué à son nouveau logis. Alors, tandis que je réchauffais du porridge pour notre nouvelle postulante, je donnai au chien les reliefs de notre déjeuner. Ils mangeaient tous les deux comme s'ils n'avaient pas fait un vrai repas depuis des semaines, quand Esarilda et Shaya nous rejoignirent. Ce fut l'attitude amicale d'Esarilda qui lui tira les renseignements que ma réserve m'avait interdit de demander.

— Kadi, répondit-elle quand Esarilda lui demanda son nom. Mon oncle se parait du nom de roi dans les Kilghard où j'ai été mise en tutelle depuis que j'étais tout bébé. Il envisageait de me marier à son plus jeune fils, car ma mère était fille *nedesto* d'un seigneur Serrais; et il désirait ce *laran* pour ses petits-enfants. J'en ai assez peu moi-même, trop peu pour me qualifier pour les Tours, bien que j'aie passé un certain temps à Neskaya pour apprendre à le contrôler.

Elle vit que Shaya était impressionnée et se hâta de la rassurer.

— Vraiment pas grand-chose. Juste assez pour me permettre de travailler avec les animaux, et rien de plus. Vraiment. Ne sois pas jalouse de ça, je t'en prie.

Le rire de Shaya tinta comme un carillon.

— Comme si c'était possible ! Je trouve que c'est merveilleux, même si les villageois se méfient des *Hali'imyn*. Mais ne t'en fais pas. Moi aussi, les gens me trouvent bizarre parce que je peux peindre les animaux comme s'ils étaient vivants. Pour moi, ça ne fait pas de différence. Tu peux même dormir avec moi dans ma chambre ce soir, si tu veux.

Ayant été élevée avec quatorze frères et sœurs, Shaya avait été transportée d'aise à la perspective d'avoir une chambre à elle, pourtant elle était prête à renoncer à ce privilège pour réconforter la nouvelle.

— Je crois qu'il ne vaut mieux pas, dit Kadi. Mon bébé peut naître d'un moment à l'autre.

C'était la première fois qu'elle parlait de sa grossesse. Ravie d'aborder le sujet, Esarilda lui prit la main, son visage poupin éclairé d'un grand sourire.

— Et il est prévu pour quand, ce petit chéri ?

Je grimaçai un peu à son ton extasié. Je savais qu'Esarilda avait mis au monde un certain nombre d'enfants, quoique, à ma connaissance, aucun n'ait vécu. On aurait pu penser que les bébés n'étaient plus une nouveauté pour elle. Ayant passé la plus grande partie de ma vie à la Maison de la Guilde, j'avais vu un certain nombre de bébés arriver et repartir. Si c'étaient des filles, elles pouvaient demeurer et être élevées parmi nous. Mais si c'étaient des garçons, ils ne pouvaient rester que jusqu'à l'âge de cinq ans. Leur trouver des foyers d'accueil et être témoin de la douleur poignante de leurs mères lors de la séparation avait fortifié ma résolution de ne jamais avoir d'enfants. Et il y avait vraiment peu de chances que j'en aie, car j'avais résolu de ne jamais prendre d'homme pour amant. Je sortis brusquement de ma rêverie en entendant la réponse de Kadi.

— D'un instant à l'autre maintenant, si mes calculs sont justes. J'ai ardemment prié Avarra d'arriver ici à temps. Vous comprenez, j'ai conçu le printemps dernier. C'était une nuit à quatre lunes, et, comme vous savez, on dit qu'il ne faut jamais se rappeler ou regretter ce qu'on a fait sous quatre lunes. Eh bien, je ne regrette pas cette nuit-là.

Elle poussa un profond soupir et ferma les yeux, le visage heureux et rêveur. Ouvrant les yeux, elle vit notre air stupéfait et rougit. Se tapotant gauchement le ventre, elle ajouta :

— Et ça, c'est quelque chose qu'on doit se rappeler.

— Qui est le père du bébé ? demanda Esarilda, passant du pain et du fromage à Kadi.

J'en restai bouche bée. Je n'aurais jamais osé poser une question si personnelle. Et si je l'avais fait, la personne s'en serait sûrement offensée. C'est l'intérêt sincère et amical qu'Esarilda porte aux autres qui lui permet de poser les questions les plus indiscrètes, je suppose.

— C'était un technicien de Neskaya, qui avait été gentil avec moi pendant mon séjour à la Tour. Il est mort maintenant, dans la même bataille où mon pauvre oiseau a été blessé. Il y en a tant qui sont morts maintenant, y compris mon oncle et le cousin qu'il voulait me forcer à épouser, si je n'avais pas annoncé que j'attendais un bébé à six pères. S'il avait su que le père était le fils d'un seigneur Ridenow, il ne m'aurait pas jetée dehors, mais il aurait ourdi des manigances afin d'acquérir plus de pouvoir par l'enfant. Enfin, c'est fini maintenant. Le voyage a été long pour arriver jusqu'ici. J'étais en route pour Thendara quand j'ai rencontré quelques Amazones qui avaient participé à la bataille, et elles m'ont dit qu'il y avait une Maison à Caer Donn. Alors, me voilà.

Elle se pencha pour soulever ses jambes et les allonger sur un banc, puis elle se renversa sur sa chaise. Son sourire heureux nous réchauffait autant que le feu du poêle.

— Comme c'est bon d'arriver enfin à la maison ! J'ai désiré appartenir à la Sororité depuis la première fois où j'en ai entendu parler pendant mon séjour à la Tour de Neskaya. Vivre sans un homme pour me donner des ordres, pour dire « fais ci » ou « fais ça », et pour prendre les décisions à ma place comme si j'étais débile. Comme ce sera bon !

J'échangeai un regard avec Esarilda. Avions-nous une révoltée sur les bras ? C'est que la vie dans une Maison de la Guilde est très strictement réglementée. Il me semblait parfois que nous étions corsetées par toutes ces règles, qui nous permettaient pourtant de vivre sans batailler journellement avec les Gardes et tous ceux qui nous en veulent de nous être affranchies de la tutelle des hommes.

Esarilda secoua légèrement la tête, ses cheveux frisottés s'envolant puis retombant à leur place. Elle prit Kadi par la main.

— Viens, mon enfant, il est l'heure de dormir.

Elle aida notre nouvelle recrue à se lever et l'avait tournée vers l'escalier quand soudain Kadi se pencha en se tenant le ventre, l'air stupéfait. Elle poussa un petit jappement.

— Je crois que le bébé va venir dès ce soir.

Plus tard, dans son lit, elle m'adressa un sourire pâlot.

— Si j'ai de la chance, vous aurez bientôt une nouvelle candidate pour la Maison.

Je ne voulais pas la bouleverser, alors je décidai de ne pas lui parler de l'obligation de se séparer d'un fils à cinq ans. Nous aurions tout le temps d'en parler plus tard, pensai-je ; mais, comme d'habitude, Esarilda ne put tenir sa langue.

— Que feras-tu si c'est un garçon ?

Kadi se concentrait sur sa respiration et ne répondit pas tout de suite. Quand la contraction fut passée, elle haleta :

— J'en aviserai le père de Darril. Il reste si peu de mâles dans cette maison, après toutes ces années de guerre, qu'il accueillera à bras ouverts un petit-fils *nedesto*.

— Ça ne te fera rien de lui donner ton bébé ? demanda Shaya, curieuse.

Elle était assise près de Kadi, le molosse couché à ses pieds.

Kadi secoua la tête, serrant très fort la main de Shaya

tout en faisant de rapides inspirations par la bouche. La contraction terminée, elle répondit à Shaya :

— Non, parce que je n'ai pas vraiment choisi d'avoir un bébé maintenant. Si Darril vivait encore, ce serait peut-être différent. Mais je ne crois pas ; je doute qu'il ait eu l'intention de quitter la Tour, et moi, voilà plusieurs années que je projette d'adhérer à la Sororité de l'Épée. Je crois que je ferai une bonne guerrière.

Puis elle n'eut plus le temps de faire la conversation. Esarilda avait été plusieurs années sage-femme à la Maison de Thendara, et elle affirma n'avoir jamais vu accouchement plus rapide et plus facile. La formation reçue à Neskaya aida Kadi à contrôler ses douleurs, et son corps s'était musclé pendant ses semaines de voyage. En fin d'après-midi, elle mit au monde non pas un, mais deux fils roux, petits mais vigoureux, et dont les cris affamés ravirent Esarilda.

— La plupart de mes enfants n'ont jamais respiré une seule fois, dit-elle avec tristesse, mais ces petits princes vont pleurer toute la nuit s'ils n'ont pas à manger. Chut, chut, mon poussin.

Le tintement de la cloche me fournit une bonne excuse pour quitter cette chambre trop chaude, trop bruyante, trop chargée d'émotion. Peu m'importait qu'Esarilda et Shaya y restent, roucoulant aux jumeaux, tandis que leur mère, fatiguée mais triomphante, les couvait du regard.

Deux femmes attendaient en haut du perron, les traits indistincts à la lueur tremblotante de ma torche.

— C'est bien la Maison de la Sororité de l'Épée ? Oui ? Alors, nous demandons asile.

Inquiète de la rapidité des événements, je leur fis signe d'entrer dans le hall, mieux éclairé, ce qui me permit de les voir plus nettement. L'une était solide et trapue, forte et en bonne santé, avec un air d'autorité indiscutable. C'est elle qui, après un dernier regard dans la rue, appliqua l'épaule contre la porte, et poussa. Et cette porte, avec laquelle j'avais bataillé toute la journée, glissa comme en rêve.

Eh bien, me dis-je, plus ou moins cohérente, *au*

moins, j'aurai un poste tout trouvé pour cette nouvelle recrue. Je pourrai la mettre portière.

Puis je secouai la tête, réalisant ma niaiserie.

— Je suis Mhari, voilà Cléa, et nous venons nous engager dans la Sororité de l'Épée. C'est bien ici, au moins ?

Sans attendre ma réponse, elle demanda :

— Où est la Mère de la Maison ?

— C'est moi. Et je recevrai votre serment, mais je dois vous avertir que la Sororité ne prend pas ce serment à la légère.

Je me redressai. Je suis peut-être une inquiète, mais en tant qu'avocate convaincue de nos principes, je suis inflexible.

— Nous exigeons que vous compreniez à quoi vous vous engagez en devenant des nôtres.

Pour la première fois, la plus petite parla.

— Nous savons que nous avons beaucoup à apprendre, mais nous croyons connaître certains principes de la Sororité. La femme d'un garde du château d'Hawkridge s'est enfuie chez les Amazones. Elle avait eu trois enfants en trois ans, et disait qu'elle était fatiguée de n'être qu'une jument reproductrice. Alaric l'a poursuivie, pour lui mettre du plomb dans la tête et la ramener à la maison, mais elle était devenue une Amazone et refusa de le suivre. Il traîna aux alentours un certain temps, apprenant tout ce qu'il pouvait sur les sœurs, puis il finit par renoncer et rentra chez lui. Mais ensuite, il a passé tout l'hiver à déblatérer contre leur organisation, et ce que nous lui avons entendu dire, nous l'avons cru.

Sa voix était un peu stridente en terminant, comme si elle avait peur de ne pas me convaincre et d'être rejetée avec sa compagne.

Mhari lui entoura les épaules d'un bras protecteur et l'embrassa. Puis elle me regarda avec défi.

— Mon mari a pris Cléa pour *barragana*, mais c'est moi qui l'aime. Nous avons entendu dire que les Amazones peuvent aimer les femmes sans que leurs sœurs les trouvent vicieuses et contre nature.

— Oui, en effet. Mais ce n'est pas, et de loin, une raison suffisante pour adhérer à la Sororité.

— Oh, ce n'est pas la seule raison, dit Mhari avec fermeté. J'ai été donnée en mariage par mon père, qui m'a forcée, malgré mes supplications, à accepter mon mari. Il était beaucoup plus vieux que moi et avait déjà enterré deux épouses. Mais j'ai fait mon devoir envers lui et lui ai donné quatre fils. C'était un coureur incorrigible ; il a au moins une douzaine de bâtards dispersés dans tout le pays. Puis il a aussi forcé le père de Cléa à la lui donner — ou plutôt à la lui *vendre*. Et il a tourné mes fils contre moi.

Ce fut alors au tour de Cléa de réconforter Mhari. Elle lui murmura des paroles apaisantes en lui tapotant la main. Mhari lui sourit, puis ramena les yeux sur moi.

— Mon mari a toujours été stupide et a choisi le mauvais parti à la guerre. Maintenant, lui et mes fils sont morts, et le château d'Hawkridge a été donné à l'un des seigneurs partisans du roi Hastur. Nous aurions fait partie de son butin, et aurions été soumises à toutes ses volontés. Alors, Cléa et moi, nous avons fait nos bagages, pris deux chevaux qui nous appartenaient, et nous sommes parties.

— D'abord, poursuivit Cléa, nous avons eu peur d'être obligées de traverser les régions en guerre pour aller à Thendara. Mais l'année dernière, notre seigneur, qui avait affaire à Caer Donn, a entendu parler du testament du vieux Larren. Nous sommes donc venues ici pour attendre votre arrivée. C'est seulement ce matin que nous l'avons apprise. Alors, nous voilà. Je t'en prie, dis que nous pouvons rester.

Soudain, sa mâchoire s'affaissa et elle se serra contre Mhari, qui la poussa derrière elle et tira un long couteau, le tenant comme si elle savait s'en servir. Je pivotai sur moi-même. Le molosse de Kadi était sur le seuil derrière moi.

— Ce n'est rien, dis-je, soulagée. Fang appartient à l'une de nos sœurs.

Puis Shaya arriva en boitillant.

— Kadi s'inquiète, Maellen. Elle a été réveillée par son lien mental avec son ânesse qui a du mal à mettre bas. Kadi veut aller l'assister, mais Esarilda lui interdit de quitter son lit. J'ai pensé que ma mère pourrait sans doute l'aider. Elle a servi de sage-femme à toutes mes sœurs et belles-sœurs. Peut-être que ce n'est pas très différent d'accoucher une ânesse.

Elle était si inquiète qu'elle ne prêta aucune attention à nos dernières recrues.

— C'est un travail pour moi, dit Cléa. Mon père était forgeron, mais faisait aussi un peu le guérisseur et aidait les juments à pouliner. Une ânesse n'est pas très différente d'une jument. Je suis certaine que je peux vous aider.

— Remonte rassurer Kadi, dis-je à Shaya. Moi, j'emmène nos nouvelles sœurs à l'étable.

En chemin, je leur expliquai que Kadi venait de mettre au monde des jumeaux, et qu'elle ne pouvait pas quitter son lit.

— Je suis certaine qu'elle s'inquiète. Elle est liée à ses animaux par le *laran*.

Le molosse nous accompagna et se coucha près de la tête de l'ânesse. Jusque-là, je n'avais jamais eu beaucoup de contacts avec les bêtes, et je ne pus m'empêcher de m'émerveiller du réconfort que s'apportaient mutuellement ces créatures. Cléa savait exactement comment faire pour aider l'ânesse, et je vis bientôt avec étonnement le nouveau-né se mettre debout sur ses pattes chancelantes. Malgré sa gaucherie, il eut tôt fait de trouver le flanc de sa mère, et Cléa guida sa tête vers la tiédeur vivifiante du lait maternel. Quand il eut tété tout son saoul, Mhari le prit dans ses bras et se dirigea vers la porte.

— Où vas-tu ? demandai-je.

— Eh bien, je vais montrer ce petit à sa maîtresse. Elle ne dormira pas tant qu'elle ne l'aura pas vu de ses yeux.

Le molosse cabriola devant nous, et je suivis, sceptique. Un chien dans une chambre d'accouchée, c'était déjà étrange, mais un âne !

Voyant Mhari entrer, avec les pattes grêles de l'âne qui

ballottaient et sa tête aux oreilles ridiculement longues qui pivotait lentement pour tout regarder, Kadi s'assit dans son lit et tendit les bras.

— Oh, comme c'est gentil de me l'apporter ! s'écria-t-elle.

Caressant la douce fourrure de l'ânon, elle sourit à Mhari, qui avait pris Cléa par la taille. Elles lui sourirent toutes les deux en retour, mais ce fut Mhari qui répondit :

— Les sœurs, c'est bien fait pour ça ?

Esarilda et Shaya, chacune un jumeau dans les bras, s'étaient approchées du lit pour admirer l'ânon. Toutes les quatre rayonnaient de bonne volonté, qui s'irradiait à travers la chambre.

Je hochai la tête, souriant moi-même jusqu'aux oreilles. C'était sans aucun doute la bande de recrues la plus bizarre — et la plus charmante — qui ait jamais demandé son adhésion à une Mère de Maison.

Nous étions bien parties.

Comment on adhère à la Guilde.

IV. SON PROPRE SANG

de Margaret L. Carter

La tête martelée d'une douleur sourde, Gwennis regarda timidement la foule de serviteurs et de paysans rassemblée devant Dom Elric Serrais dans la salle d'audience. Elle ne savait toujours pas trop pourquoi sa mère Alanna l'avait amenée là ce matin-là. Elles n'avaient ni pétition ni placet à présenter au petit Seigneur Ridenow qu'elles servaient. A moins qu'Alanna ne voulût en appeler au *vai dom* des raclées que son mari donnait à sa fille. Mais cette idée semblait assez farfelue, car le moindre berger avait le droit de traiter ainsi sa progéniture.

De plus, cette raclée-là n'était que la dernière et la pire sur des centaines. Le matin même, tandis que Gwennis trayait l'unique laitière de la famille, une douleur soudaine avait fulguré dans son cou. Elle avait aperçu le chat qui sautait sur un rongeur dans la paille. Mais elle avait beau savoir que sa souffrance était celle de la petite créature mourante, elle s'était pliée en deux en hurlant, comme si c'était son propre cou que le chat venait de briser. Les murs de l'étable tournoyant autour d'elle, elle avait à peine eu conscience du seau renversé et de son père qui se jetait sur elle. Elle avait senti l'autre souffrance des poings qui lui martelaient le visage et la tête, elle avait entendu l'injure familière :

— Débile aux six pères ! Tu crois donc que le lait sort de terre comme l'eau ?

Quand son père eut été parti aux champs, elle avait montré ses nouvelles ecchymoses à sa mère qui avait dit simplement :

— Ça empire à chaque fois. Il finira par te tuer un jour.

Elle avait parlé sans émotion, car la scène se répétait souvent.

Gwennis se demandait parfois pourquoi elle n'était pas encore devenue aussi débile que l'imaginait son père. Ces crises, avec leur conséquence invariable, la tourmentaient depuis deux ans, depuis son treizième anniversaire. Sa première expérience datait de la naissance de son frère. Tandis que sa mère respirait et s'abandonnait aux mains de la sage-femme sans éprouver la moindre souffrance, Gwennis, allongée sur son lit dans le grenier, se tordait de douleur et hurlait à chaque contraction. Son père, Piedro, jamais très tendre, l'avait claquée pour la faire taire et jetée dehors. Elle avait bientôt réalisé qu'elle ressentait la souffrance de toute créature, animale ou humaine, dans un rayon de quelques douzaines de pas. Les seuls mérites de cette malédiction, c'est qu'elle était de portée réduite et limitée aux créatures assez complexes pour ressentir la douleur. Elle n'avait pas à partager la mort de toutes les mouches et puces de la ferme. Et, pour se protéger, elle avait appris (quand elle avait le temps de retrouver ses esprits) à plonger mentalement vers le centre de la douleur pour l'atténuer. Néanmoins, ces crises se multipliaient, et au moins une ou deux fois par décade, elle était battue pour avoir cassé de la vaisselle, ou arraché un légume à la place d'une mauvaise herbe tant elle était désorientée. Elle avait découvert également qu'elle ne pouvait plus se résoudre à manger de la viande, singularité qui, avec ses attaques, la faisait traiter de malade, sujette aux « vapeurs », par sa mère et ses sœurs. Quant à Piedro, il l'accusait de tirer au flanc et (chose incompréhensible) de « prendre ses grands airs » — comme si le fait de s'évanouir aux moments les plus mal choisis était un attribut aristocratique !

La matinée s'avançant, Gwennis se fatigua de prêter

l'oreille aux griefs de ses voisins par-dessus le brouhaha général. Avec Alanna, elle attendait son tour dans un coin, buvant de l'eau à leur outre et mangeant les fruits secs qu'elles avaient apportés. C'était la première fois qu'elle voyait de si près Dom Elric, homme grand et maigre dont les cheveux jadis cuivrés étaient presque complètement gris. Elle ne savait rien de lui, à part ce que tout le monde en disait, mais il avait la réputation d'être juste et plutôt généreux. Marié quatre fois, il était maintenant veuf, avec un seul enfant survivant, un garçon de moins de cinq ans, que la rumeur prétendait affligé de quelque étrange maladie qui le tuerait sans doute avant l'âge adulte. Les terres de Dom Elric n'étaient pas très vastes, et il était peu probable qu'il trouve une cinquième famille pour lui donner une fille en mariage. Son héritier présomptif était un cousin *emmasca*, et sa maison était gouvernée par sa sœur, veuve et sans enfant. Gwennis n'avait jamais vu la *vai domna*, mais elle avait entendu dire qu'après la mort de son mari, la dame avait refusé de se remarier, comme son frère lui en donnait l'ordre, et avait, à la place, choisi un mode de vie indéfini mais scandaleux.

A midi, tout le monde avait quitté la salle, sauf les serviteurs de Dom Elric et quelques retardataires qui rassemblaient leurs enfants et leurs affaires. Alanna entraîna Gwennis pour s'incliner très bas devant le fauteuil du seigneur.

— *Vai dom*, j'ai une faveur à te demander en particulier.

Il fronça les sourcils, plus perplexe que menaçant.

— Ton nom ne me revient pas, *mestra*.

— Je suis Alanna, épouse de Piedro, le chef de tes bergers. Ma requête concerne ma fille aînée, ici présente.

Gwennis, encore étourdie par ses maux de tête, se demanda comment sa mère pouvait en appeler au seigneur des brutalités de Piedro. Le pouvoir d'un père sur ses enfants était sans limite — à l'exclusion du meurtre. Gwennis sentit sur elle les yeux gris pâle de Dom Elric, comme s'ils lui décalottaient le crâne pour plonger dans son cerveau. Frissonnante, elle se dit qu'il le pouvait peut-être. Tous les descendants d'Hastur n'avaient-ils pas des dons de sorcellerie ?

Après quelques instants de réflexion, il dit :

— Très bien. Je te parlerai dans le bureau du coridom.

Quelques minutes plus tard, un majordome manifestement désapprobateur conduisit la mère et la fille dans une petite pièce très simple, meublée en tout et pour tout d'une table et de deux canapés. Dom Elric s'assit et fit signe aux deux femmes de l'imiter.

— Vous n'êtes pas obligées de rester debout en audience particulière. Quel est donc ce problème si important ? J'espère qu'il l'est assez pour justifier cet enfantillage.

— Je voulais simplement éviter de t'embarrasser en public, *vai dom*, dit Alanna.

Cette insolence voilée, peu coutumière chez sa mère, stupéfia Gwennis.

— Voici ma fille Gwennis, engendrée à la Fête du Solstice d'Hiver voilà quinze ans. Cette nuit-là, j'ai connu plusieurs hommes, dont mon fiancé. Mais un seul d'entre eux a pu lui transmettre cela.

Ce disant, elle saisit une mèche de Gwennis, d'un roux flamboyant.

En état de choc, Gwennis s'étonna de sa propre naïveté. Pendant toutes ces années, elle avait cru que l'épithète favorite de Piedro, « fille aux six pères », n'était qu'une insulte commode. Pas étonnant que son père — non, son père adoptif — la déteste ! Et presque aussi incroyable que son propre parentage, l'idée que sa souillon de mère, au visage ridé et aux cheveux filasses, ait pu autrefois être assez jolie pour tenter un noble. D'ailleurs, qui aurait imaginé ce seigneur si grave se livrant à des activités si frivoles ?

Il reprit la parole :

— Si tu voulais que je la reconnaisse, il fallait en parler il y a quinze ans.

Alanna le regarda dans les yeux.

— Je n'y ai jamais pensé, *vai dom*.

C'était la pure vérité, réalisa Gwennis. Alanna voulait simplement se débarrasser de sa fille d'une façon qui soulagerait sa conscience.

— Elle a des vapeurs, elle est trop maladive pour le travail de la ferme, poursuivit Alanna. Mon mari la bat, et je crains pour sa vie. Je te demande de lui donner un emploi quelconque dans la Grande Maison, où elle pourra travailler sans avoir peur en permanence. Elle n'est pas très vigoureuse, mais elle est adroite, et pas si bête qu'elle en a l'air.

Gwennis grimaça à ce portrait peu flatteur. Qui aurait acheté une laitière ou un *chervine* avec de semblables références ?

Après une de ces pauses méditatives dont il semblait coutumier, Dom Elric appela le coridom qui attendait devant la porte et ordonna :

— Va prier Domna Calinda de nous rejoindre.

Quelques instants plus tard, une femme d'âge mûr, aussi grande que son frère, fit son entrée. Gwennis s'étonna que ses cheveux auburn soient coupés aussi court que ceux d'un garçon, bien que sa robe fût celle d'une noble dame.

— Calinda, dit Dom Elric, as-tu besoin d'une nouvelle servante ?

Après avoir jeté un regard pénétrant à son frère, Dame Calinda toisa Gwennis de la tête aux pieds.

— Sais-tu coudre, ma fille ?

Alanna répondit pour elle :

— Pas des points compliqués, bien sûr, mais elle se débrouille très bien pour les choses simples.

Domna Calinda se tourna vers son frère.

— Nous pourrions la mettre au raccommodage.

— Parfait, dit Dom Elric. Tu vas donc rester ici, mon enfant. Va avec Domna Calinda. Elle t'instruira de tes nouveaux devoirs.

Alanna embrassa sa fille avec raideur en disant :

— Je t'apporterai des vêtements demain. Travaille dur, et ne donne aucun souci à la *vai domna*.

Elle sortit avant que Gwennis ait réalisé ce qui lui arrivait.

Dame Calinda dit, d'un ton qui frisait le dédain :

— Allons, suis-moi, ma fille, ne reste pas là à bayer aux corneilles.

Sa vie de servante à la Grande Maison était très solitaire, mais Gwennis ne le réalisa pas. Dans sa famille aussi elle avait été très seule. Même avant que son infirmité ne se déclare, sa qualité d'aînée et l'aversion de Piedro l'avaient mise à part. Et depuis deux ans, ses sœurs s'étaient encore éloignées d'elle, en partie parce qu'elles lui en voulaient de ses moindres capacités de travail, et en partie par crainte superstitieuse de sa « bizarrerie ». Sa seule affection partagée, elle la vivait avec son frère, encore bébé, et qui était pour elle un animal familier plus qu'un ami. Et sa mère, constamment surmenée, n'avait ni le temps ni l'envie de manifester des attentions spéciales à sa fille « différente ». Quant à sa situation matérielle, Gwennis trouvait son lit au dortoir des servantes positivement luxueux, après avoir partagé, sa vie durant, le grenier d'une hutte de deux pièces avec ses quatre sœurs. Les repas aussi étaient plus abondants et variés à la Grande Maison. Ses doigts agiles s'acquittaient facilement de leur tâche. Et, mieux que tout, elle n'avait pas à craindre d'être battue ; Domna Calinda ne tolérait aucune violence, verbale ou physique, dans le châtiment des fautes. En fait, pendant les huit premiers jours de sa nouvelle vie, elle n'eut aucune « crise ».

Par les beaux matins d'été, quand le soleil avait fondu la mince couche de givre, les servantes s'asseyaient souvent dans la cour du château, sous les arbres fruitiers, pour faire leur raccommodage. C'est lors d'une de ces matinées que les deux autres raccommodeuses parlèrent à Gwennis de la famille du seigneur.

Après un regard prudent du côté de la porte, Hilary, une blonde frêle, lui dit :

— Eh bien, Gwen, tu es ici depuis une décade. Que penses-tu de Domna Calinda ?

L'idée de juger la dame de la maison effraya Gwennis. Jusque-là, elle n'éprouvait que gratitude pour la sœur du seigneur, qui, bien que sévère et autoritaire, n'était jamais cruelle. Elle murmura :

— La *vai domna* ne m'a témoigné que des bontés.

— Oui, bien sûr, mais ça ne t'étonne pas, ses cheveux courts, et sa — euh — ses façons hommasses ?

Naturellement que ça l'étonnait, mais elle était bien trop timide pour en parler si crûment.

— Je n'ai jamais vu une dame coiffée de cette façon, hasarda-t-elle, sans lever les yeux du drap qu'elle ourlait.

Hilary sourit de satisfaction à cette occasion de régaler la petite nouvelle des commérages déjà connus de toute la domesticité.

— J'en conclus que tu n'as jamais entendu parler des Amazones Libres.

Stupéfaite au point de lever la tête, Gwennis rétorqua :

— Je ne suis pas si ignorante, mais je ne sais rien d'elles. Des femmes qui vivent comme des hommes — c'est ça ?

Hilary hocha la tête.

— Domna Calinda en fait partie. Après la mort de son jeune mari, elle n'a pas voulu se remarier — refusant l'homme que Dom Elric lui destinait. Il paraît qu'il était furieux quand elle s'est enfuie chez les Amazones.

Ysabet, l'autre servante, leur aînée de quelques années, ajouta :

— Le *vai dom* a failli la jeter dehors quand elle est revenue après la mort en couches de sa dernière femme. J'étais là — il y a eu une scène terrible.

— Mais il l'a quand même gardée ? demanda Gwennis, curieuse malgré elle.

Hilary haussa les épaules.

— Il était bien forcé. Il ne pouvait pas s'occuper du nouveau bébé sans une femme. De plus, elle avait appris à écrire chez les Amazones.

— Elle n'est revenue que pour le petit Lerrys, dit Ysabet. Sinon, je ne crois pas qu'elle accepterait de supporter tout ça.

— De supporter quoi ? demanda Gwennis.

— Le *vai dom* ne lui a jamais pardonné d'être devenue

une Amazone, et il lui rappelle tout le temps qu'elle est un scandale pour la famille. Je suppose qu'elle ne restera pas après la mort du pauvre enfant.

— Qui ne tardera pas, soupira Hilary.

Gwennis avait juste aperçu l'enfant quand il jouait dehors sous les yeux de sa nurse.

— Qu'est-ce qu'il a?

— Quoi? Tu ne le sais pas? dit Hilary, baissant la voix par respect pour ce sujet douloureux. Il a une maladie du sang. Chaque fois qu'il se coupe, il peut saigner à en mourir. D'ailleurs, il a déjà frôlé la mort plusieurs fois.

La porte s'ouvrit, et elle se remit à son ouvrage.

Mhari, la nurse, sortit de la maison, tenant le jeune seigneur par la main. Il était petit pour son âge, guère plus grand que le frère de Gwennis, mais, à le voir, personne n'aurait pu penser qu'il était si maladif; la vérité se devinait à l'agitation de sa nurse, quand, lui lâchant la main, il se mit à sauter à cloche-pied d'un pavé à l'autre.

Mhari s'assit sur un banc près des trois servantes.

— Si seulement il comprenait qu'il doit être prudent, dit-elle. Mais il ne faut pas qu'il ait peur de tout.

Elle continua à se tourner de droite et de gauche pour surveiller tous ses mouvements, comme si elle n'était pas tout à fait persuadée qu'il ne devait pas « avoir peur de tout ». Son angoisse étant contagieuse, Gwennis se surprit à couver Lerrys du coin de l'œil.

Fatigué de sauter à cloche-pied, il monta sur un banc de pierre dressé contre un muret, tentant d'attraper une grappe de fruits noirs.

— Lerrys, descend immédiatement! cria Mhari, prenant un ton autoritaire pour remplacer ses directives de routine.

Comme tout enfant normal, il lui coula un regard en coin, pour évaluer le sérieux de cet ordre, et s'étira un peu plus.

— Lerrys, je t'ai dit de descendre!

Elle se leva et se dirigea vers lui.

Les fruits convoités étant encore hors de portée de sa main, Lerrys posa un genou sur le bord du muret.

— Non ! Arrête !

Il se retourna pour sourire à sa nurse, son pied glissa, et il tenta en vain de se retenir au bord du mur. Mhari arriva, bras tendus, un instant trop tard, et il tomba, face contre les pavés.

Une douleur insoutenable explosa dans la tête de Gwennis à l'instant même où elle perçut les pleurs de l'enfant. Il pleurait moins de souffrance que de peur — il était trop jeune pour comprendre la prudence, mais assez grand pour se souvenir du résultat de ses chutes passées —, mais sa souffrance était réelle. Les mains pressées contre ses tempes, Gwennis chercha à tâtons la source de la douleur et serra, comme pour l'étouffer. Elle sentait cette douleur comme une boule d'argile dans ses mains, et elle la compressa jusqu'à ce qu'elle ne soit plus qu'un tout petit caillou, puis plus rien. Le sang paraissait jouer un rôle dans la douleur, qui ne pouvait pas cesser avant que le sang remonte à sa source, et que la brèche soit réparée. Quand enfin le flot rouge de la souffrance diminua jusqu'à n'être plus qu'un mince filet liquide, elle prit conscience de ses propres gémissements et se força à se taire.

Entre-temps, une partie d'elle-même vit Mhari prendre l'enfant dans ses bras en criant :

— Domna Calinda ! Vite !

Lerrys s'était coupé la lèvre et cogné le nez, et du sang coulait des deux blessures. Bénignes pour un enfant normal, elles ne l'étaient pas pour lui, à l'évidence. La dame de la maison parut immédiatement, et, stupéfaite, regarda le sang qui s'arrêtait de lui-même.

Sa crise passée, Gwennis sentit sur elle le regard de Domna Calinda.

— C'est toi ? murmura la dame.

Maintenant, elle connaît mon infirmité, pensa Gwennis, très malheureuse. *Elle va me renvoyer.*

— Pardonnez-moi, *vai domna* — seulement une seconde de faiblesse ; ça ne se reproduira plus.

La dame sembla ne prêter aucune attention à ces paroles.

— Depuis quand as-tu ce *laran*, ma fille ?

— Je ne sais pas de quoi vous parlez, Domna Calinda. Seuls les descendants d'Hastur ont le *laran*.

Domna Calinda se pencha vers elle et chuchota d'une voix dure :

— Et qui crois-tu donc être, avec ces cheveux ? Penses-tu que je n'ai pas deviné pourquoi mon frère s'est pris d'un intérêt si soudain pour une fille de berger ?

Dans la confusion du moment, personne ne sembla remarquer ces paroles. Domna Calinda prit l'enfant des bras de Mhari et releva ses culottes de cuir.

— Avarra soit louée, il n'a aucune ecchymose aujourd'hui. Emporte-le dans sa chambre.

Elle rentra dans la maison avec l'enfant et sa nurse, sans accorder un autre regard à Gwennis, qui reprit sa couture, feignant d'avoir simplement paniqué à la vue du sang.

Le soir, allongée dans son étroite couchette, Gwennis fut tirée de son sommeil par une main posée sur son épaule. Se réveillant en sursaut, elle vit Mhari, enveloppée d'une vieille robe de chambre, et éclairée par le halo de sa lampe à huile.

— Lève-toi ! Le *vai dom* te demande à la chambre de Maître Lerrys.

Enfilant à la hâte sa culotte et sa tunique, et fourrant ses pieds dans ses brodequins, Gwennis marmonna d'une voix ensommeillée :

— Mais je ne sais même pas où elle est.

Mhari la précéda dans les sombres couloirs d'une partie du château qu'elle ne connaissait pas, jusqu'aux appartements privés du seigneur. Elle pensait sans arrêt que Dom Elric, prévenu de son infirmité, allait la renvoyer. Plus tard, elle réalisa que c'était absurde, que le seigneur ne congédiait jamais personnellement les servantes, surtout à minuit. Mhari entra sans frapper dans la chambre de Lerrys. Domna Calinda et Dom Elric étaient là, ce dernier encore en habits de jour ; il n'était peut-être pas très tard, après tout.

— Entre, ma fille ! ordonna Dame Calinda comme Gwennis s'arrêtait sur le seuil.

En s'approchant du lit, elle vit Lerrys tout pâle, dormant d'un sommeil agité. Quelque part en elle, elle ressentit une douleur sourde.

— Ma sœur me dit que tu as un *laran* qui peut soulager mon fils, dit Dom Elric.

— C'est... c'est ce qu'elle dit, *vai dom*. Mais je ne sais rien de la sorcellerie.

— Eh bien, tu vas toujours essayer.

Rabattant les couvertures, il souleva la chemise de l'enfant, révélant une grosse ecchymose violette à un genou.

— Quand il se cogne, il a des épanchements de sang sous la peau qui peuvent durer des heures. Peux-tu arrêter ce saignement comme tu as fait pour les autres ce matin ?

Gwennis chancela presque à cette demande. Jusque-là, elle n'avait jamais essayé de contrôler son infirmité. Ce qu'il lui demandait, c'était d'aller au-devant de la douleur, au lieu de la fuir. Elle n'était pas sûre d'avoir le courage de supporter cette épreuve. Elle dit simplement :

— Je ne sais pas, *vai dom*, je n'ai jamais essayé.

— Alors, fais de ton mieux, soupira-t-il.

Elle sentit le regard pénétrant de Domna Calinda qui la transperçait. Elle s'en détourna et se concentra sur la jambe contusionnée de Lerrys. Presque immédiatement, la chambre, le lit, et les contours de l'enfant s'estompèrent. Elle ne vit plus que la tache sombre et pulsante. Cette souffrance, contrairement à celle du matin, n'était pas d'une intensité intolérable. Elle pouvait s'en distancier ou s'en libérer facilement. Mais elle devait au contraire aller à sa rencontre et s'y immerger. La respiration haletante, elle s'en approcha mentalement, jusqu'au moment où elle vit la source du mal sous la forme d'un lent courant en spirale dans une mare stagnante. Il menaçait de l'entraîner au fond, de la noyer. Elle dut faire un violent effort pour ne pas se retirer.

Maintenant, elle était désincarnée, réduite à une étincelle de conscience qui planait. Effleurant la surface de l'eau bourbeuse, elle vit la source de la douleur et du sang comme une déchirure au fond de la mare, d'où suintait un courant nauséabond. Elle réalisa qu'elle ne pouvait vaincre sa peur d'être noyée qu'en s'immergeant volontairement. Elle plongea donc au plus profond de la mare et bloqua la déchirure de son être — qu'elle visualisa comme un point lumineux qui la contenait. Le poison faillit l'étouffer, mais elle continua à déverser de la lumière pour le neutraliser. Un instant plus tard, le courant se tarit, la pulsation douloureuse ralentit, puis disparut.

Elle avait gagné ! Dans une explosion de joie, elle remonta à la surface. Mais au lieu de se retrouver dans son corps, elle s'aperçut qu'elle flottait au-dessus du lit de Lerrys. Elle vit l'enfant, Mhari, Dom Elric, Domna Calinda, et elle-même, effondrée dans un fauteuil ; elle remarqua qu'elle avait les yeux vitreux, comme si elle était en transe, et que Mhari lui soutenait le buste.

Domna Calinda disait :

— Regarde, elle a réussi ! Je n'ai jamais vu tant de puissance chez quelqu'un de si jeune — et sans même une matrice !

Dom Elric la secoua par l'épaule, et elle rentra brusquement dans son corps, aveuglée par le vertige, la chambre tournoyant autour d'elle. A travers un bourdonnement bizarre dans ses oreilles, elle entendit qu'il lui disait :

— Tu m'as rendu un grand service, mon enfant. Grâce à toi, et même si cela se reproduit souvent, mon pauvre garçon aura la chance de vivre aussi longtemps que les Dieux le permettront — même s'il ne survit pas jusqu'à l'âge adulte. Tu es ma fille *nedesto*...

Dame Calinda l'interrompit.

— Ce n'est pas le moment de parler de ces choses-là. Ne vois-tu pas dans quel état elle est ?

Il haussa les épaules.

— Peu importe, il faut que je le lui dise. Mon enfant — Gwennis — tu es ma fille, et je te reconnaîtrai comme telle. Je veillerai à ce que tu fasses un bon mariage, et ton fils sera mon héritier.

Domna Calinda aida Gwennis à se lever, la portant presque.

— Assez. Viens, ma fille, tu as besoin de repos.

Gwennis fit docilement un pas vers la porte, mais, tout d'un coup, le bourdonnement dans sa tête s'enfla jusqu'à devenir un rugissement, et elle sombra dans le noir.

Quand elle reprit connaissance, elle sentit immédiatement que ses draps n'étaient plus du tissu grossier d'un lit de servante. Répugnant à ouvrir les yeux, par crainte du vertige qui la guettait, elle demeura immobile et écouta quelques secondes. Quelqu'un assis près de son lit remua, et elle entendit un frou-frou d'étoffe. Elle sut, avant de regarder, que c'était Dame Calinda. Ouvrant enfin les paupières, elle vit qu'elle était dans une chambre, petite mais bien meublée, avec des tapisseries passées sur les murs, des rideaux autour du lit, et un édredon de duvet sur ses draps. La dame la regarda et lui tendit une boisson chaude.

— Peux-tu t'asseoir ? dit-elle. Tu dois boire et manger.

Gwennis obéit machinalement à sa maîtresse. La chambre fit un bond, et son estomac aussi. Elle détourna la tête de la tasse.

— Il faut boire, répéta Dame Calinda. L'usage du *laran* draine les forces.

Acceptant la tisane fumante avec une grimace, elle constata avec étonnement qu'elle se sentait réconfortée après la première gorgée. Elle termina la tisane sans ressentir de nausée, et s'apprêta à s'intéresser à la suite, un bol de porridge généreusement assaisonné de miel.

— C'est vraiment le *laran, vai domna* ?

— Oui, et très puissant, répondit-elle, revêche. Sinon, ferions-nous tant d'histoires ?

Gwennis commençait à comprendre pourquoi elle se trouvait dans une chambre particulière, servie par la dame de la maison, mais elle n'était pas encore assez hardie pour poser d'autres questions. Quand Domna Calinda la quitta, lui ordonnant de dormir, elle se rappela la promesse de Dom Elric — la reconnaître pour sa fille et faire de son fils son héritier. Si elle avait jamais un fils. Elle avait l'impression de vivre un rêve. Avant ce jour, elle ne se croyait qu'à moitié la fille de Dom Elric. Maintenant, elle avait découvert les siens, elle avait été découverte par eux, par les gens de son propre sang. On lui ferait une place ; elle ferait partie de la famille. Curieusement, incompréhensiblement, sa « maladie » n'était plus une malédiction mais un don. Alors, pourquoi n'était-elle pas plus heureuse ? Peut-être qu'elle le serait quand elle aurait eu le temps de s'habituer à cette idée, quand tout redeviendrait réel.

Elle dormit — deux heures, découvrit-elle plus tard — puis, de nouveau, on la secoua par l'épaule. Dom Elric et Domna Calinda étaient debout près de son lit.

— Lève-toi, mon enfant, dit-il. L'hémorragie interne a repris — nous avons besoin de toi.

Gwennis s'assit dans son lit, et la chambre se remit à tournoyer autour d'elle, au point qu'elle avait l'impression que la pièce allait s'arracher à la maison et s'en aller en tourbillonnant dans la nuit.

— Tu n'es pas obligée de venir, ma fille, dit Domna Calinda. Elric, on ne peut pas lui demander une seconde intervention si tôt après la première.

— Ne te mêle pas de ça, dit-il sèchement. Nous n'avons pas le choix, je te l'ai déjà dit.

Plus alarmée par la querelle dont elle était la cause que par son vertige, Gwennis se cramponna à une colonne du lit et s'efforça de se lever.

— Je viens...

Le vertige s'intensifia. Elle se sentit projetée de force hors de son corps. Sa vue et son ouïe prirent immédiatement une acuité extraordinaire, tandis que toutes ses autres perceptions s'émoussaient. Planant quelque part près du plafond, elle baissa les yeux sur Dom Elric et Domna Calinda qui s'agitaient autour de sa forme inanimée.

— Tu vois ? dit Domna Calinda. A ce rythme, tu vas la tuer, sans aucun profit pour ton fils. Je ne suis pas *leronis*, mais je connais bien les effets de la maladie du seuil. Et plus puissant le *laran*, plus grand le danger, dit-on.

— Sa puissance, c'est exactement ce dont Lerrys a besoin en ce moment, dit Dom Elric. Et je risquerais n'importe quoi pour le sauver.

— Y compris la vie de cette enfant, trop ignorante pour comprendre seulement ce que tu lui demandes ? Et si elle meurt, que devient ton dernier espoir d'héritier ?

— Je n'aurais pas à m'en soucier si tu avais le sens de la famille. Si tu t'étais remariée comme c'était ton devoir...

— Je l'ai fait une fois, mon « devoir », sur ton ordre — j'ai épousé un homme que je connaissais à peine et j'ai eu un enfant mort-né dont j'ai failli mourir en couches. Quand la mort de Lorill m'a libérée, j'ai interprété cela comme une seconde chance que me donnait la Déesse.

— Et tu l'as gâchée chez les Amazones. Ces mégères contre nature — elles devraient être hors la loi, pour enseigner aux femmes à faire passer leurs désirs égoïstes avant le devoir envers le clan et le sang.

Pendant cette conversation, Gwennis se vit porter dans son lit, et sentit sa conscience retomber dans son corps. Pourtant, il lui semblait entendre les deux voix qui s'éloignaient dans les couloirs, et voir les deux personnages à travers les murs qui étaient mystérieusement devenus transparents.

— Égoïstes ? rétorqua Domna Calinda. Est-ce égoïste de la part d'une femme que d'aspirer à ce que tout homme a de droit à sa naissance, le choix de sa propre destinée ?

— Quel choix ? Tu crois que j'ai pris quatre femmes par plaisir ? Mais je sais qu'il est important que j'aie un héritier de mon sang, même si tu ne le sais pas.

— Alors, tu es un imbécile, mon frère. Et cette petite sera sacrifiée à ta folie, comme j'ai failli l'être. Pauvre enfant ! Elle croit sans doute que c'est un grand honneur que de se marier pour te donner un petit-fils !

La portée de sa vue étrangement augmentée, Gwennis les vit entrer dans la chambre de Lerrys ; Mhari pleurait à son chevet. Gwennis ressentit la souffrance de l'enfant comme une pulsation rouge, sourde et lointaine. Il lui sembla qu'elle étendait des mains fantômes, et caressait la jambe meurtrie jusqu'à ce que la rougeur disparaisse.

Puis elle se retrouva dans son lit à colonnes, fermement établie dans son corps, tandis qu'un flot de sensations désordonnées la submergeait. Elle chercha à s'évader dans cet état désincarné qu'elle venait de connaître, mais elle ne savait pas comment faire. Piégée, elle se mit à crier mentalement ; combien de temps, elle n'aurait su le dire. Finalement, une main saisit la sienne.

Quand elle revint à elle, il faisait toujours nuit ; Domna Calinda, silhouettée à la lueur de la chandelle, était revenue à son chevet.

— Je... je crois que je vous ai appelée, *vai domna.*

Domna Calinda hocha la tête.

— Je t'ai entendue, quoique mon *laran* n'ait rien d'exceptionnel.

— Je m'excuse de vous causer tant de problèmes.

— Des problèmes ? dit-elle. Mon frère pense que tu es un présent du Seigneur de la Lumière en personne.

— Comment va le petit garçon ?

— Bien, au moins pour le moment.

Gardant les yeux baissés, Gwennis se força à formuler ses doutes.

— *Vai domna*, je ne suis pas sûre d'avoir envie d'épouser un noble — ou tout autre homme auquel pense le *vai dom.*

Dame Calinda lui lança un regard perçant ; elle savait que Gwennis avait entendu leur querelle.

— Et que voudrais-tu faire à la place, ma fille ?

— Je vous ai entendue parler des Amazones Libres — dire qu'elles donnaient aux femmes le choix de leur destinée.

— Alors, tu voudrais donc aller chez les Renonçantes ?

— Je ne sais pas, dit Gwennis. Être guerrière — et renoncer pour toujours à l'amour...

Pourtant, pensa-t-elle, ce qu'elle savait des hommes ne lui donnait guère envie de les connaître davantage.

— Trouves-tu que j'ai l'air d'une guerrière? dit Domna Calinda en souriant. Nous exerçons tous les métiers honorables. Notre credo affirme que toutes les femmes sont différentes, exactement comme le sont tous les hommes. Toi, par exemple, tu pourrais devenir guérisseuse.

Cette idée frappa Gwennis comme une révélation. Elle n'avait jamais cru posséder aucun talent spécial.

— Vous croyez que je pourrais?

— Peut-être — qui sait? Le *laran* seul n'est pas suffisant. Quant à renoncer aux hommes, il s'agit là aussi d'un malentendu. Beaucoup de Renonçantes s'unissent à un homme en mariage libre. Nous promettons seulement de ne pas être la propriété d'un homme, et de ne pas porter d'enfants pour la maison ou pour le clan.

Gwennis pensa un moment à Dom Elric, qui, sans doute plein de bonnes intentions, s'intéressait à elle uniquement à cause des avantages de son *laran* récemment découvert. Pas plus que son beau-père, il ne s'intéressait à elle en tant que personne. Tandis que les Amazones lui donneraient l'occasion de découvrir qui elle était.

— Oui, je crois que j'aimerais aller chez elles.

— Si ton désir est sincère, je peux t'envoyer à la Maison de Serrais. C'est à un jour de marche, en seras-tu capable? Il faudra partir à l'aube, sans escorte et même sans monture, si tu ne veux pas qu'Elric te voie. Car il sera fou furieux quand il s'apercevra de ton absence.

Gwennis reconnut dans ces paroles la première mise à l'épreuve de sa résolution, de sa volonté de s'affranchir des protections coutumières qu'on accordait aux « faiblesses » féminines. Elle perçut en un éclair les doutes inexprimés de Calinda : « Cette fille se comporte comme un lapin cornu tombé dans les griffes d'un banshee. La Maison de la Guilde n'est pas un refuge pour les faibles. »

— Je ferai ce que je dois, *vai domna.* Mais — et Lerrys? Si je m'en vais maintenant...

— Il ne sera pas plus mal loti qu'avant ton arrivée. Je ne suis pas la gardienne de ta conscience, Gwennis, mais tu sais sans doute qu'un télépathe non entraîné peut être très dangereux. Plus tard, tes compétences te permettront de le soulager davantage.

Pour la première fois, Domna Calinda l'avait appelée par son nom. Gwennis rejeta ses draps et se leva. Cette fois, elle n'eut pas le vertige.

— Alors, *j'irai* à la Maison de la Guilde. Et je reviendrai, si Dom Elric veut bien de moi, pour aider mon demi-frère — après avoir trouvé ma propre voie.

*Il faut du courage pour entrer à la Guilde...
et pour y rester.*

V. COUTEAUX

de Marion Zimmer Bradley

Marna frissonna sur le perron en entendant tinter la cloche quelque part dans les profondeurs de la maison — cette étrange maison où elle n'avait jamais pensé se réfugier un jour. La plaque, elle le savait, annonçait la Maison de la Guilde des Comhi-Letzii, mais elle ne savait épeler que quelques lettres. Son beau-père disait à sa mère qu'une fille devait simplement savoir lire les pancartes publiques et signer son contrat de mariage. Son vrai père avait exigé qu'elle ait une gouvernante et qu'elle partage les leçons de son frère. Elle déglutit avec effort, la gorge serrée au souvenir de son père. Il l'aurait protégée, lui, contrairement à sa mère. Non, se dit-elle, elle ne pleurerait pas, elle ne devait pas pleurer.

Elle se demanda laquelle des Amazones lui ouvrirait la porte ; peut-être la grande qu'elle avait vue à Heathvine, montant à califourchon comme un homme, sa trousse de sage-femme accrochée derrière elle à sa selle. *J'aurais dû lui parler à Heathvine*, pensa Marna. Mais alors, elle était trop intimidée, trop effrayée. Son beau-frère l'aurait sûrement tuée s'il avait seulement soupçonné... Elle grimaça, comme si elle sentait la main sur son épaule, le froid de la dague contre sa gorge. Il lui avait interdit de parler à l'Amazone sage-femme, appuyant sa menace de violents pinçons qui lui avaient laissé les bras tout bleus.

Elle regarda craintivement autour d'elle, comme si Ruyvil d'Heathvine allait surgir au coin de la rue d'un instant à l'autre. Pourquoi n'ouvraient-elles pas la porte ? S'il la trouvait ici, il la tuerait sûrement cette fois.

La porte s'ouvrit sur une femme qui fronçait les sourcils. Elle était grande et vêtue d'une sorte de grande robe floue, et Marna, tout d'abord, ne reconnut pas la sage-femme d'Heathvine. Mais celle-ci la reconnut.

— Ta mère est encore malade, Domna Marna ?

— Non, ma mère va bien.

Un sanglot réprimé l'étouffa. *Oh oui, elle va bien, alors elle ne veut pas risquer de perdre le jeune étranger qu'elle appelle son mari. Elle préfère traiter sa fille aînée de menteuse et de catin.*

— Alors, en quoi puis-je t'être utile ?

— Je veux entrer ; je veux... me joindre à vous, bredouilla Marna. Je veux être des vôtres.

La femme haussa les sourcils.

— Je crois que tu es trop jeune.

Puis elle remarqua ses regards craintifs vers la place et la rue qui y débouchait, comme si elle redoutait le couteau d'un assassin. De quoi avait-elle peur ?

— Ne restons pas comme ça sur le seuil, dit la femme. Entre.

Marna entendit retomber le loquet de bronze, et un frisson de soulagement la parcourut de la tête aux pieds. Maintenant, elle se rappelait le nom de la sage-femme.

— *Mestra* Reva...

— Nous n'acceptons pas de jeunes filles ici ; pour cela, il faut aller à Neskaya ou à Arilinn.

Neskaya était à quatre jours de cheval et Arilinn de l'autre côté des Kilghard. Elle n'y était jamais allée ; autant lui dire d'aller jusqu'au Mur-Autour-Du-Monde ! Elle déglutit avec effort et dit d'un ton désespéré :

— Je ne connais pas le chemin.

Elle n'avait pas de cheval, et tout voyageur à qui elle demanderait de l'y emmener ne vaudrait pas mieux que Ruyvil, ou serait encore pire...

— Quel âge as-tu ? demanda Reva.

— J'aurai quatorze ans au Solstice d'Hiver.

Reva n'ha Melora soupira, regardant les mains de la

jeune fille — des mains fines, qui n'étaient pas usées par le travail — et l'étoffe cossue de sa robe et de son châle.

— Nous ne sommes pas autorisées à faire prêter serment à une femme de moins de quinze ans. Rentre chez toi, mon enfant ; tu reviendras quand tu seras en âge. Crois-moi, la vie n'est pas facile chez nous ; tu y travailleras bien plus dur que dans la cuisine de ta mère ; et, à l'évidence, tu as été élevée dans un luxe que tu ne trouveras pas ici. Non, mon enfant ; il vaut mieux que tu rentres à la maison, même si ta mère est un peu dure avec toi.

La voix de Marna s'étrangla dans sa gorge. Elle murmura :

— Je... je *ne peux pas* rentrer à la maison. Je t'en supplie, ne me renvoie pas !

— Nous ne donnons pas asile à des fugueuses, dit Reva, les yeux flamboyants. Pourquoi ne peux-tu pas rentrer chez toi ? Non, regarde-moi, mon enfant. De quoi as-tu peur ? Pourquoi es-tu venue chez nous ?

Marna savait qu'elle devait tout dire, même si cette vieille femme ne la croyait pas. Elle ne s'en porterait pas plus mal ; après tout, sa mère ne l'avait pas crue non plus.

— Mon beau-père... il...

Les mots lui restèrent dans la gorge.

— Ma mère ne m'a pas crue. Elle a dit que j'essayais de détruire son mariage...

De nouveau, elle ravala sa salive ; elle *ne pouvait pas* pleurer devant cette femme, elle ne pleurerait pas !

— Ah ! dit enfin Reva, fronçant de nouveau les sourcils.

Oui, à Heathvine, elle avait vu comme Dorilys d'Heathvine dorlotait son jeune mari ; Dom Ruyvil s'était trouvé un nid douillet en épousant la riche veuve d'Heathvine. Mais Reva avait également remarqué que le jeune homme se souciait fort peu de son épouse.

Marna battit farouchement des paupières pour refouler ses larmes.

— Ça a commencé quand ma mère était enceinte du

petit Rafi... et elle ne m'a pas crue quand je le lui ai dit! sanglota-t-elle. Moi, je *ne voulais pas*, hoqueta-t-elle, je ne voulais vraiment pas. J'avais tellement peur... lui... il m'a menacée de son couteau, et il a dit qu'il dirait à ma mère que j'avais essayé de le séduire... mais je n'ai jamais fait la catin, jamais...

Les yeux baissés sur le sol, elle s'efforçait de retenir ses larmes. Elle crut sentir une main douce qui lui effleurait les cheveux, mais quand elle releva la tête, Reva arpentait la pièce avec colère.

— Si ce que tu me dis est vrai, Marna...

— Je le jure par la Bienheureuse Cassilda!

— Écoute-moi bien, Marna, dit Reva. C'est la seule circonstance où nous puissions recueillir une fille de moins de quinze ans : quand son père naturel ou son tuteur a abusé d'elle. Mais nous devons en être sûres, car la loi nous interdit d'accueillir les fugueuses ordinaires. T'a-t-il mise enceinte?

Marna se sentit rougir jusqu'aux oreilles; elle n'avait jamais eu aussi honte de sa vie.

— Il a dit que non — qu'il avait fait quelque chose pour l'empêcher, mais je ne sais pas... je ne sais pas ce que ça peut être...

Mestra Reva jura en tapant du pied; Marna eut un mouvement de recul.

— Il ne s'agit pas de toi, mon enfant. Je maudissais les lois selon lesquelles un homme est tellement maître chez lui que les femmes de sa maison ne sont pas plus protégées que ses chevaux ou ses chiens. Ce genre d'homme devrait être pendu à la croisée des chemins, ses *cojones* dans la bouche! Reste donc, soupira-t-elle. Cela nous créera des problèmes, mais nous sommes là pour ça. Tu es venue à pied d'Heathvine?

— N... non, bredouilla-t-elle. Il est venu au marché; il est en train de boire à la taverne, et je me suis éclipsée, disant que je voulais acheter des rubans — il m'a même donné quelques piécettes —, et je me suis sauvée. C'est maman qui m'a obligée à venir; elle voulait que je lui achète des dentelles. Je l'ai suppliée de ne pas m'envoyer ici avec Ruyvil, alors elle m'a giflée en disant qu'elle était fatiguée de mes mensonges...

De nouveau, Marna baissa les yeux sur le sol. En chemin, Ruyvil s'était vanté de trouver un refuge de voyageurs au retour, et cette fois, lui avait-il promis, ça lui plairait et il n'aurait pas besoin de la menacer de son couteau... C'est pourquoi elle avait fait cette démarche désespérée, car elle ne pouvait pas supporter cette idée.

Reva, devant ses mains tremblantes, son visage honteux, cessa de la questionner. A l'évidence, elle disait la vérité et elle avait peur.

— Bon, reste toujours dîner avec nous. Suspends ton manteau dans le hall.

Elle la fit entrer dans une vaste cuisine au sol dallé de pierres, où quatre femmes étaient assises autour d'une table ronde.

— Marna, va t'asseoir à côté de Gwennis, dit Reva. C'est la fille d'Ysabet, et la plus jeune de la maison.

Gwennis était une fille de douze ou treize ans ; Ysabet, une femme râblée d'une quarantaine d'années. Près d'elle, une grande femme émaciée, balafrée comme un soldat, lui fut présentée sous le nom de Camilla n'ha Mhari. La dernière était une petite femme aux cheveux gris qu'elles appelaient Mère Dio.

— Voici Marna n'ha Dorilys, dit Reva. Elle est trop jeune pour prêter serment, mais elle sera notre pupille puisque son tuteur naturel a abusé d'elle. Elle peut couper ses cheveux et promettre de vivre selon nos règles et de prêter serment quand elle aura quinze ans.

Elle servit à Marna une louche de la soupe qui mijotait sur le feu dans une grande marmite. Mère Dio lui coupa un bout de pain grossier, lui demandant si elle voulait du beurre ou du miel. La soupe était bonne, mais Marna était trop fatiguée pour manger, et trop intimidée pour répondre à aucune des nombreuses questions de Gwennis. Après le dîner, Mère Dio la fit venir près d'elle et lui coupa les cheveux au ras de la nuque.

— Marna n'ha Dorilys, tu es des nôtres maintenant, bien que tu n'aies pas encore prêté serment. A partir de ce jour, nos lois t'interdisent de compter sur la protection ou l'héritage d'aucun homme ; tu dois apprendre à ne pas faire appel à une protection masculine et à te défendre toi-même. Tu dois travailler comme nous, sans revendiquer aucun des privilèges de ta noble naissance ; tu dois promettre d'être une sœur pour toutes les Renonçantes de la Guilde, quelle que soit leur origine, de les soigner et les secourir pour le meilleur ou pour le pire. Promets-tu de vivre selon nos lois, Marna ?

— Je le promets.

— Apprendras-tu à te défendre et à ne jamais demander de protection à personne ?

— Je le promets.

Mère Dio l'embrassa sur la joue.

— Alors, tu es la bienvenue parmi nous, et quand tu seras en âge, tu pourras prêter le serment de Renonçante.

Marna se sentit toute nue, impudique sans ses cheveux ; elle regarda ses tresses rousses par terre et eut envie de pleurer. Ruyvil avait joué avec cette chevelure, en lui caressant la nuque ; aucun homme ne dirait plus jamais qu'elle l'avait séduit par sa beauté ! Elle regarda leurs grossiers vêtements hommasses, les longs couteaux qu'elles portaient à la ceinture et frissonna. Elles avaient toutes l'air si fortes ! Comment parviendrait-elle jamais à apprendre à se défendre avec un couteau pareil ?

— Viens, Marna, dit Gwennis, la prenant par la main. Je suis bien contente que tu sois là — je n'avais personne à qui parler, pas de sœur de mon âge ! Les filles du village ne sont pas autorisées à me fréquenter, parce qu'on dit que mes culottes et mes cheveux courts sont impudiques. Elles me trouvent garçonnière, comme si j'allais leur enseigner des horreurs ! Tu seras mon amie, hein ? Je veux dire, tu es forcée d'être ma sœur, c'est la loi de la Guilde ; mais seras-tu aussi mon amie ?

Marna eut un sourire contraint. Gwennis était différente de toutes les filles qu'elle connaissait, et sa mère n'aurait pas approuvé sa tenue, mais Marna avait toujours obéi à sa mère, et pour ce que ça lui avait servi !

— Oui, je serai ton amie.

— Monte avec elle, Gwennis, et fais-lui visiter la maison, dit Reva. Demain, nous lui trouverons des vêtements — tes vieilles culottes et ta vieille tunique devraient lui aller, Ysabet. Et Camilla pourra lui montrer les rudiments de l'autodéfense avant de s'en retourner à Thendara.

— Il faudra que tu ailles la déclarer au magistrat, Reva, dit Camilla, car tu es allée à Heathvine et tu connais sa famille. Tu peux leur dire qu'il est très probable que Ruyvil l'a violée comme elle le prétend. J'ai rencontré ce Ruyvil quand il n'était encore qu'un traîne-savates sans toit sur la tête. J'imagine très bien qu'il a pu abuser de sa propre belle-fille.

Plus tard dans la soirée, quand Marna fut bordée dans son lit de camp, Reva revint près d'elle pour lui poser quelques questions. Quand Reva lui releva sa chemise, toutes les horreurs qu'elle avait entendues sur les Amazones lui revinrent à l'esprit, mais Reva se contenta de l'examiner rapidement.

— Tu as eu de la chance, dit-elle. Je crois que tu n'es pas enceinte. Demain, Dio te fera boire une tisane, et si tes règles ne sont retardées que par le choc et la peur, nous le saurons bientôt. Mais je pourrai témoigner que tu as été maltraitée ; un homme qui prend une fille consentante ne laisse pas *ce* genre de marques. Ainsi, je pourrai jurer devant le magistrat que tu as été violée, et que tu ne faisais pas la catin, comme ta mère le prétend. Tu pourras alors rester ici légalement. Maintenant, dors, mon enfant, ne t'inquiète plus.

Et Marna s'endormit comme un bébé.

La Maison de la Guilde d'Alberes n'était pas grande ; seules quatre femmes y vivaient en permanence, mais parfois des Amazones en déplacement, comme Camilla, s'y arrêtaient quelques jours ou y passaient une saison. Reva, la sage-femme, gagnait le plus clair de leurs revenus, qu'elles complétaient par la vente de châles tissés avec la laine de leurs animaux. Marna, qui avait appris à broder, les encouragea à décorer leurs châles de jolies broderies. Elles cultivaient aussi les simples qu'elles vendaient comme remèdes, et quand leurs vaches avaient vêlé, elles apportaient du beurre au marché. La vie était dure, comme Reva le lui avait dit; elles passaient leurs journées à tisser et jardiner. Pendant des jours, Marna trembla chaque fois qu'on frappa la porte, craignant que Dom Ruyvil ne vienne la chercher de force, mais elle finit par se calmer. Elle aimait sa nouvelle vie. Certains enseignements furent pour elle un vrai bonheur, comme l'apprentissage de la lecture et de l'écriture. Elle n'aimait pas faire la cuisine et frotter les parquets, mais toutes les femmes de la maison devaient faire les gros travaux à tour de rôle, et il en était de même pour la tonte, le filage et le tissage de la laine. La vieille *emmasca*, Camilla, qui avait été mercenaire et vivait à la Maison de Thendara, lui enseigna les rudiments du combat au couteau et à mains nues, mais Marna n'était pas très douée; elle était timide et gauche, et plus Camilla criait, plus elle commettait de maladresses.

La saison prochaine, lui dit-on, on l'enverrait à la Maison de Thendara pour le stage régulier de six mois, mais, en attendant, elle devait apprendre les coutumes. La plupart du temps, on la gardait dans la maison et le jardin, mais un jour que Gwennis était malade, on l'envoya vendre le beurre au marché. Elle y était allée plusieurs fois avec Mère Dio ou Ysabet, et connaissait les règles de base du comportement d'une Amazone en public : ne parler à aucun homme sauf pour les besoins de la vente, ne pas parler aux filles du village qui pouvaient être punies pour avoir frayé avec elle. Marna trouvait que c'était idiot. Les filles auraient dû savoir qu'elles pouvaient mener une vie plus agréable que celle d'esclave de leurs parents jusqu'au moment où un homme les achèterait comme des bêtes. Mais la loi était la loi, et, pour avoir le droit d'exister, les Amazones avaient été obligées d'accepter des compromis. L'un d'eux stipulait qu'elles ne pouvaient recruter aucune femme qui ne venait pas leur demander asile de son plein gré. Marna soupçonnait qu'elles se livraient discrètement à un peu de recrutement, mais tant qu'elle était trop jeune pour prêter serment, elle devait respecter le règlement à la lettre.

Elle partit donc, les yeux baissés, et alla au marché où elle donna son beurre à la crémière. Elle avait des sachets de simples plein ses poches, et Mère Dio lui avait dit de les troquer contre le miel dont elles avaient besoin. Marna passa une heure agréable au marché, et repartit enfin pour la Maison de la Guilde, le pot de miel enveloppé dans un sac de toile. Elle l'avait eu contre un peu de garance.

La nuit commençait à tomber. Passant devant la taverne, un jeune homme qui détachait son cheval — et tellement saoul qu'elle sentait son haleine avinée à cette distance — lui cria :

— Hé, petite, tu veux passer la nuit avec moi ? Ne sois donc pas si pimbêche !

Il se retourna et s'avança vers elle en titubant.

— Ah... une de ces mégères qui veulent porter l'épée comme un homme !

Il l'attrapa rudement par le bras.

— Pourquoi passer ta vie avec ces harpies ? Tu ne veux pas plutôt être une vraie femme ?

Il se mit à la tripoter.

Tremblant de tous ses membres, Marna parvint à se dégager et s'enfuit. L'homme lui cria d'une voix imbibée :

— Aaah, bon débarras ! Qui peut avoir envie de filles comme vous, je me le demande ?

Courant à toutes jambes, le cœur battant, la bouche sèche, Marna s'efforça de se ressaisir. Qu'est-ce qui avait pu le faire penser qu'elle était ce genre de fille ? Dom Ruyvil l'avait accusée, lui aussi, de le séduire, alors même qu'elle avait repoussé ses avances et s'était débattue. Qu'y avait-il en elle qui poussait les hommes à agir ainsi ? Elle porta la main à la garde de son couteau. Si l'homme avait vraiment cherché à la retenir, aurait-elle pu dégainer pour tâcher de lui faire peur ? Aurait-elle eu le courage de frapper ?

A demi aveuglée par les larmes et avançant sans voir où elle allait, elle finit par se cogner dans un homme de haute taille. Elle s'excusa poliment, puis sentit qu'on lui serrait le bras et entendit la voix détestée.

— Tiens, c'est Marna ! Petite catin menteuse, tu m'as mis dans un beau pétrin — Dorilys a failli me mettre à la porte ! T'enfuir de la maison pour aller pleurnicher chez ces sales mégères — et maintenant, tu es devenue comme elles !

Elle se débattit pour se libérer.

— Toi ! Ruyvil !

— Tu diras « beau-père » ou « dom » quand tu t'adresseras à moi ! gronda-t-il.

— Non ! s'écria-t-elle. Tu n'es pas mon père, et je ne te dois rien — ni respect, ni obéissance, rien !

Il la gifla à toute volée.

— Assez ! Tu rentres à la maison avec moi. Regarde-moi ton allure — effrontée comme personne, avec tes cheveux courts, tes bottes et tes culottes, montrant ton... (Il cracha un mot ordurier.) Allons viens — j'ai un cheval, et je te ramène chez ta mère, et, par les orteils de Zandru, si tu vas encore lui raconter des mensonges, je te brise tous les os menu.

Elle lui fit face, tremblante, mais soutenue par ce que les Amazones lui avaient dit : elle devait apprendre à se défendre, sans faire appel à personne pour la protéger.

— Tout ce que j'ai dit à ma mère et au magistrat était vrai...

— Ça te plaisait, sale petite traînée ; ne viens pas me dire que tu ne faisais pas des œillades à tous les palefreniers...

— C'est faux ! s'écria-t-elle. Tu peux dire tous les mensonges que tu veux à ma mère, mais tu sais très bien que je dis la vérité...

— Je t'interdis de me parler sur ce ton !

Il la jeta à terre où elle s'étala de tout son long ; tremblante de terreur, elle le regarda dégainer son couteau... faisant appel à ses dernières forces, elle parvint à se remettre sur pied, saisit le pot de miel miraculeusement intact, s'enfuit en courant comme un *chervine*, puis se cacha dans l'encoignure d'une porte. Pas de jupes pour gêner ses mouvements, cette fois ! Paniquée, elle tambourina du poing à la porte de la Guilde ; le temps que Gwennis lui ouvre, elle haletait un peu moins. Non, elle ne devait rien dire à personne. On lui avait dit clairement qu'elle devait se défendre toute seule.

Et je n'ai pas pu me défendre, pensa-t-elle avec désespoir. *Je n'ai pas pu dégainer mon couteau, je n'y ai même pas pensé, j'ai juste couru à toutes jambes comme un lapin cornu ! J'aurais dû tuer Ruyvil, plonger ma lame dans ses entrailles ! Mais j'avais peur...*

Croit-il vraiment que j'ai cherché à le séduire ? Y a-t-il quelque chose en moi qui fasse penser cela aux hommes ? L'autre, l'ivrogne de la taverne, parlait comme lui...

— Tu es hors d'haleine, dit Gwennis. Qu'est-ce qu'il y a, Marna ? Tu as couru ?

— Oui — il était tard, il faisait sombre et froid, alors j'ai couru pour me réchauffer, dit Marna, furieuse de s'entendre mentir.

Mais Gwennis, elle le savait, avait été entraînée à se défendre. Comme elle mépriserait Marna si elle connaissait sa lâcheté !

Après ça, Marna resta dans la maison autant qu'elle le put, et chaque fois qu'elle devait sortir, il lui semblait que Dom Ruyvil la guettait à chaque coin de rue. Mais, le temps passant, elle commença à se rassurer et accepta de retourner au marché. Dans trois mois, elle aurait quinze ans et pourrait prêter serment. Et alors, elle serait en sécurité. Elles avaient fait une bonne récolte de simples et elles partageaient l'éventaire de la crémière qui vendait parfois leur beurre. Marna étala soigneusement ses petits paquets d'herbes, fière des étiquettes qu'elle avait écrites de sa main — elle avait la plus belle écriture de la maison, et c'était elle qui dessinait toutes leurs broderies. Quand elle eut fini, elle leva les yeux en entendant une voix familière.

— Tes boutons d'or sont-ils bien secs ? Dans ce cas, j'en prendrai deux paquets — Marna ! s'écria la femme, souffle coupé.

Et Marna se trouva devant sa mère.

— Marna, ainsi, c'est là que tu t'es enfuie ! Oh,

Marna, comment as-tu pu faire une chose pareille ? Oh, ma petite fille — où sont tes beaux cheveux ? Qu'ont-elles fait de toi, ces affreuses femmes ? Marna, tu ne veux pas embrasser ta mère ?

Marna avait envie de pleurer, envie de crier : *Oui, c'est Dom Ruyvil qui a abusé de moi, mais c'est toi qui l'as laissé faire, toi qui n'as pas voulu croire ta propre fille...* pourtant, devant le visage en larmes de sa mère, elle n'eut pas le courage de refuser. Elle la serra dans ses bras, pensant : *Maintenant, je suis plus grande qu'elle, plus forte qu'elle — elle ne pourrait jamais apprendre à se défendre toute seule.*

— Comme tu as grandi — et comme tu es sombre et sévère ! dit Dorilys d'Heathvine. T'ont-elles fait jurer des tas d'horreurs, ma pauvre petite fille ? Oh, Bienheureuse Cassilda, je ne me pardonnerai jamais...

— Alors, tu me crois maintenant ? dit Marna d'une voix dure.

— Oh, Marna, dit sa mère, ouvrant les mains dans un geste d'impuissance. Que pouvais-je faire ? Il a dit qu'il me quitterait en emportant son fils — et j'étais seule au monde, avec ton frère qui est Cadet dans la Garde de Thendara, seule avec les bébés —, et si Ruyvil me quittait, que deviendrais-je ? Une femme n'a d'autre choix que de vivre avec son mari — et si j'avais porté plainte devant le magistrat, il m'aurait battue, ou pire...

— N'en parlons plus, Mère, je comprends, dit-elle d'une voix étranglée.

Pourtant, elle ne comprenait pas. Elle ne comprendrait jamais. Si elle avait une fille et qu'un homme l'ait traitée de cette façon, elle n'aurait pas continué à l'aimer et à partager son lit ! Elle en aurait appelé au magistrat et aurait fait jeter Ruyvil à la rue ! Mais sa mère n'avait même pas eu la force ou le bon sens de s'enfuir.

— Marna, ma petite fille, reviendras-tu à la maison ? Je te le promets — tu pourras faire coucher une servante dans ta chambre, et il ne t'importunera plus, je te le jure ! Tu me manques tellement, je n'ai personne à qui parler, à aimer...

— Non, Mère, dit Marna, gentiment mais sans la moindre pitié. Je ne vivrai plus jamais sous ton toit. Je viendrai te voir quelquefois quand Dom Ruyvil s'absentera, si tu me préviens ; ou alors, tu peux venir me rendre visite à la Maison de la Guilde.

— La Maison de la Guilde ? Qu'est-ce que je pourrais bien y... Ruyvil serait furieux que je parle à ce genre de femmes !

— Oh, Mère, ce sont des femmes comme toi, dit Marna avec impatience. Sauf qu'elles ne se laissent pas battre et violer par les hommes ! Ce sont d'honnêtes femmes, qui vivent de la vente de leurs tissages et de leurs herbes !

— Hum ! Quelles idées t'ont-elles fourrées dans la tête ? Quel homme acceptera de t'épouser maintenant ?

— Aucun, j'espère ! dit Marna avec humeur. Crois-moi si tu veux, Mère, mais je n'échangerais pas ma vie contre la tienne ! Et si tu penses que je mène une vie de débauche à la Guilde, alors prends ton courage à deux mains et viens chez nous voir comment je passe mes journées !

Quand sa mère partit en pleurant, Marna lui courut après — elle avait oublié ses paquets de boutons d'or ; oui, elle devait les emporter, elle était toute pâle. Non, pas d'argent, elle les avait cueillis et séchés elle-même, c'était un cadeau... En commençant à remballer ses marchandises, car le soleil déclinait, elle se sentit mieux. Malgré sa colère, elle aimait sa mère, et elle était contente de la savoir en vie et en bonne santé.

A moins que cette canaille de Ruyvil ne la tue un jour ou ne l'engrosse jusqu'à ce qu'elle en meure !

Enfin, elle ne pouvait rien y faire.

— Gwennis, où est Ysabet et notre cheval ? demanda-t-elle. Il faudrait le charger pour être rentrées avant la nuit. Ce sera vite fait, d'ailleurs ; nous avons vendu toutes nos broderies et tous nos châles sauf trois.

— Tu avais raison, Marna, ce sont les brodés qui se vendent le mieux. Qui était cette dame avec qui tu parlais ?

— Ma mère, dit Marna, sans rien ajouter.

Gwennis était pleine de questions, mais elle vit l'expression de Marna et s'abstint de les poser. Elle dit simplement :

— Aide-moi à détacher la bride ; comme ça, tout sera prêt quand Ysabet reviendra — que Zandru crache les flammes ! jura-t-elle.

La bride, s'étant entortillée sur un coin de l'éventaire, accrocha quelque chose, et les sachets de simples, les châles et les pots de beurre dégringolèrent par terre. Les deux adolescentes se précipitèrent pour tout ramasser, mais un pot de beurre s'était cassé, et répandu sur les châles et la chaussée.

— Bon, je vais aller emprunter une serpillière pour nettoyer, dit Gwennis d'une voix rauque, regardant la place du marché presque déserte.

Maintenant, la plupart des éventaires étaient vides, et le crépuscule tombait.

— Rinda, à la taverne, m'en prêtera une. Je lui ai bandé la cheville quand elle se l'est foulée.

— Ne me laisse pas seule, supplia Marna. Il commence à faire sombre ; attends qu'Ysabet arrive avec le cheval !

— Mais quelqu'un pourrait glisser et se rompre le cou, dit Gwennis, choquée. Ne sois donc pas si poltronne. Tu dois apprendre à rester seule.

Gwennis s'en alla, et Marna, frissonnante, remballa les simples. Soudain, une main rude lui saisit l'épaule, et une voix qu'elle redoutait et haïssait gronda :

— Alors, c'est là que tu te cachais ! Sale petite traînée, je vais t'apprendre à parler comme ça à ta mère ! Elle m'a dit qu'elle t'avait vue ici. Tu rentres à la maison avec moi, et pas de discussion ! Tu sens ça ?

Marna sentit la lame d'un couteau sur sa gorge. Ruyvil appuya un peu plus fort, la peau céda et du sang perla sur son cou.

— Tu vas obéir maintenant ?

Morte de peur, Marna hocha la tête, et Ruyvil retira son couteau. La bousculant d'une main rude, il ajouta :

— Maintenant, tu vas me faire le plaisir de venir sans faire d'histoires ! Non mais, tu m'as ridiculisé à aller te plaindre au magistrat et à raconter de telles horreurs que ta mère ne trouve plus aucune servante. Je te le dis, Marna, je vais te donner une bonne leçon, même si c'est la dernière chose que je fais de ma vie ! Tu vas rentrer à la maison où est ta place, et tout le monde verra que je peux gouverner ma famille et mes femmes, et au diable les magistrats ! C'est du propre qu'un homme ne puisse pas régler ses affaires sans avoir le gouvernement sur le dos ! Ce n'est pas comme si tu étais de mon sang, comme si je t'avais porté préjudice !

Il lui tordit violemment le poignet.

— Donne-moi tes mains.

Elle vit qu'il tenait une corde ; il allait l'attacher, la traîner à la maison...

Elle lui échappa en hurlant. Il se rua sur elle et la jeta à terre.

— Marna, je te tuerai pour ça ! gronda-t-il.

Elle dégaina son couteau, gauchement, morte de peur. Oh, il allait la tuer avec ce couteau — mais plutôt ça que d'être traînée de force à la maison, où il lui ferait subir le pire — mais soudain il saisit le couteau de Marna, et elle maudit sa maladresse.

— Lâche-la ! cria quelqu'un derrière eux.

Et Gwennis abattit le manche de son balai sur la tête de Ruyvil qui se mit à cracher le sang. Il se rua sur elle, épée au poing, et Marna, sans réaliser ce qu'elle faisait, ramassa son arme, se jeta entre eux et pointa son couteau d'Amazone — pas tout à fait aussi long qu'une épée — sur le ventre de Ruyvil.

— Fais un seul geste, dit-elle, étonnée que sa voix résonne si ferme et résolue dans le marché désert, et je te passe cette lame au travers du corps, *beau-père* !

— Abaisse cette lame ! ragea-t-il. Au diable...

Gwennis, qui s'était relevée entre-temps, ramassa son couteau et enleva son épée à Ruyvil.

— Je devrais lui couper la gorge, dit-elle, mais nous avons assez de problèmes comme ça. Je vais lui lier les mains, et il pourra se détacher plus tard. Qui sait si le magistrat nous croirait ? Tiens, Marna, attache-le ; tu fais les nœuds mieux que moi. Et il ne se libérera pas avant que nous soyons en sûreté à la Guilde. Et s'il veut raconter comment deux filles de moins de quinze ans l'ont réduit à l'impuissance, qu'il se ridiculise lui-même !

Ysabet arriva alors avec le cheval et considéra Ruyvil qui rageait, les mains attachées derrière le dos.

— Écoutez-moi bien, Dom Ruyvil. Nous envoyons bientôt votre belle-fille à la Maison de la Guilde de Neskaya ; voulez-vous un examen public par *leronis* pour que tout le pays sache qu'elle disait la vérité ?

Il se calma enfin et dit d'un air penaud :

— Non. Je jurerai...

— Vos serments ne valent pas un crottin de cheval, dit Ysabet. Mais si vous nous laissez tranquilles, nous nous en tiendrons là, même si la main me démange de vous mettre dans l'incapacité de violer toute fille à l'avenir.

Elle brandit son couteau, et Ruyvil recula, hurlant, pleurant et suppliant. Marna se demanda comment elle avait jamais pu avoir peur de lui.

Comme elles rentraient dans le crépuscule, Gwennis dit — Ysabet marchait devant avec le cheval :

— Si ton beau-père te suivait et te guettait dans les rues, pourquoi ne nous l'as-tu pas dit ?

— J'avais honte, murmura Marna. On m'a tellement dit que je devais apprendre à me défendre, à ne demander de protection à personne...

— Pourtant, tu dois protéger tes sœurs, et elles doivent te protéger, la tança doucement Gwennis, un bras autour de sa taille. C'est ça, le sens du serment : nous jurons de nous assister mutuellement — n'aurais-tu pas protégé ta mère ? Et tu as trouvé le courage de tirer ton couteau quand il m'a menacée, *moi*...

Marna se mit à pleurer ; elle ne pouvait pas protéger sa mère contre Ruyvil ; sa mère ne désirait pas de protection, ne voulait même pas faire appel à ses sœurs. Pire, sa mère avait une si haute opinion de Ruyvil qu'elle n'avait même pas protégé sa propre fille. Pour la première fois depuis son arrivée à la maison des Amazones, elle pleura et pleura, continuant à sangloter même quand elles furent à l'intérieur. Gwennis, inquiète, envoya chercher Reva qui lui fit boire du vin et finalement la gifla.

— Je peux vivre avec ce que Ruyvil m'a fait, hoqueta Marna, le visage inondé de larmes, et maintenant, je peux me défendre contre n'importe quel homme. Mais ce que je n'arrive pas à accepter, c'est que ma mère ne m'ait pas protégée, qu'elle ait laissé maltraiter et violer sa fille plutôt que de perdre l'homme qu'elle aimait... qu'elle ne m'ait pas aimée assez pour l'affronter...

Elle pleurait à chaudes larmes, s'accrochant à Reva, qui, maintenant radoucie, la serrait dans ses bras et la réconfortait.

— Mais c'est la raison d'être du serment des Amazones, répéta Gwennis. Chacune d'entre nous te protégera, comme ta mère aurait dû le faire, comme toutes les femmes devraient le faire entre elles. On ne peut pas obliger ta mère à te défendre comme elle l'aurait dû — ce qui est fait est fait, et on ne peut rien y changer. Mais tu as une mère de serment maintenant, et beaucoup de sœurs. Et si tu ne t'es pas défendue, tu as eu le courage de me défendre, *moi* !

— Tu n'avais pas mérité ça, dit Marna en reniflant. Je veux dire, tu n'avais *rien fait, toi*. Je ne pouvais pas le laisser te faire du mal !

Gwennis la prit dans ses bras.

— Mais tu n'avais *rien fait* non plus, *toi*, et tu ne méritais pas ça non plus, dit-elle avec véhémence. Et si ce vieux cochon pensait le contraire, alors c'est encore pire que ce qu'il t'a fait chez ta mère !

Elle embrassa Marna.

— Tu me manqueras, ma sœur, quand on t'enverra à Thendara, dit-elle. Mais quand tu reviendras, tu auras appris à te défendre et à vivre avec tous les problèmes que nous rencontrons dans la vie, *breda*.

Timidement, elle dégaina son couteau et dit :

— Tu m'as défendue alors que tu ne te défendais pas toi-même. Veux-tu échanger ton couteau contre le mien, Marna ?

Un instant interdite, Marna tira aussi son couteau, et, solennellement, chacune le mit dans le fourreau de l'autre, puis elles se donnèrent l'accolade. Marna dit, de nouveau en larmes :

— Je ne veux pas m'en aller! Je vous aime toutes; vous avez été si bonnes pour moi...

— Mais tu as des sœurs partout, dit Reva avec douceur. Bientôt, tu prêteras le serment et tu seras vraiment des nôtres.

Marna porta la main à la garde du couteau de Gwennis. Oui, sa sœur avait tiré ce couteau pour la défendre; maintenant, elle le dégainerait pour se défendre elle-même. Une femme avait failli à son devoir envers elle, mais, regardant ses sœurs autour d'elle, elle sut qu'aucune ne lui manquerait jamais. Elle réalisa avec stupéfaction que Dom Ruyvil ne l'avait pas détruite; il l'avait précipitée dans une nouvelle vie — la vraie vie. Ce qui lui avait paru la fin du monde l'avait amenée ici.

Il l'avait libérée.

Pour faire vivre la Maison, il faut bien en sortir.

VI. LIBÉRATION

de Linda MacKendrick

Appuyé sur son arc, Chadris humait l'odeur des feuilles du dernier automne écrasées sous ses pieds. Il savourait cette brève apparition du soleil. Les premiers jours du printemps l'enchantaient toujours. Lentement, il déplaça ses pieds et se retourna vers le sentier en contrebas. Dans deux ou trois jours, il serait assez loin dans la forêt pour commencer à chasser sérieusement.

Des plaques de neige persistaient sous les broussailles, mais à d'autres endroits, les plantes étaient déjà en fleurs. Il avançait dans la végétation nouvelle, laissant à peine une trace de son passage. Le soleil n'était pas encore au zénith quand des marques de piétinements lui indiquèrent qu'un groupe important était passé par là. Cette voie était peu fréquentée, sauf par des solitaires. Il décida de continuer avec prudence. Il ne fallait pas se méfier de tous les étrangers, mais il est sage de savoir qui vous précède. Les traces semblaient dater de la veille. Au moins, il pourrait tester ses talents de pisteur. Une sonnette d'alarme résonna dans sa tête un peu plus tard quand il trouva les vestiges du campement, abandonné quelques heures plus tôt et très proche du grand chemin traversant ces montagnes. Une embuscade, c'était chose fréquente dans la région, et il n'avait pas envie d'y tomber tête baissée.

A sa grande consternation, ses soupçons se confirmèrent quand il rejoignit le chemin principal. Le groupe s'était déployé le long du sentier, deux hommes d'un côté, trois de l'autre. Il redoubla de prudence, se demandant ce qu'il allait trouver. Leurs mouvements annonçaient des bandits. Une heure plus tard, les traces prouvèrent qu'il ne s'était pas trompé. Il y avait eu une brève escarmouche, puis les assaillants étaient repartis avec les deux chevaux des victimes. Celles-ci avaient dû être emmenées en captivité. Elles ne seraient libérées que contre rançon.

Maintenant qu'il connaissait les intentions des bandits, il ne voulait pas risquer de les rencontrer. Il quitta le sentier sur sa droite, bien décidé à continuer dans cette direction, quand quelque chose de bizarre attira son regard. C'était une tache rouge vif, comme une fleur, mais au milieu d'une plaque de neige. C'était rouge, rouge sang, et, dans l'ombre, il distingua bientôt une silhouette jetée pour morte dans la congère. Le sang continuait à couler d'une blessure à la tête, mais le froid devait avoir ralenti l'hémorragie. Ça paraissait grave, mais ça ne voulait rien dire ; ce genre de blessure saignait toujours beaucoup. Doucement, il sortit de la neige la forme inerte, appliqua un bandage serré sur la tête, et inspecta soigneusement les autres blessures. C'était un jeune garçon. Qu'est-ce qu'il faisait là ? Pourquoi les bandits avaient-ils emmené une victime et pas l'autre ? Son examen le rassura, à part la blessure à la tête, le garçon n'avait que quelques ecchymoses et égratignures.

Puis, avec un sourire ironique, Chadris réalisa : *Je n'ai pas d'aussi bons yeux que je pensais — ce garçon est une fille ! J'aurais dû le savoir ; son costume est celui d'une Amazone Libre.* Au moins, ça expliquait pourquoi elle avait été laissée pour morte, elle exerçait sans doute la fonction de guide. Regardant autour de lui, Chadris réalisa qu'ils étaient trop près du chemin. Il devait prendre le risque de la laisser seule pour chercher un campement plus abrité. Il revint dix minutes plus tard et la porta dans un lieu discret près d'un ruisseau.

Maintenant, il se méfiait de quiconque se déplaçait dans ces bois, et il ne voulait pas attirer l'attention. Pourtant, il lui faudrait nourriture et chaleur si elle devait survivre. Pensant que ces besoins passaient avant la prudence, il alluma un petit feu. L'attente serait longue avant qu'elle reprenne connaissance. Il descendit au bord du ruisseau pour pêcher sans la perdre de vue. Avec beaucoup de temps et de patience, il parvint à attraper quelques petits poissons à mains nues. Il les vida, les écailla et les mit à mijoter sur le feu.

Le jour avait fait place au crépuscule, puis à la nuit, quand elle remua enfin. Elle ouvrit les yeux ; son regard, d'abord fixe, se concentra bientôt sur lui et sur le feu. Ses iris étaient d'un bleu sombre inouï, qui se mariait très bien avec ses cheveux noirs et sa frêle silhouette. D'une voix douce encore mal assurée, elle demanda :

— Où est Dame Marissa ? Qu'est-ce que... tu as fait d'elle ?

Un instant, il crut qu'elle allait reperdre connaissance, mais elle se domina et répéta ses questions.

Avec autant de ménagements que possible, il répondit :

— Ceux qui vous ont attaquées t'ont laissée pour morte, et, je suppose, ont emmené Dame Marissa. Tu as reçu un coup sur la tête et tu as perdu du sang. Le seul remède que j'aie à te proposer, c'est de bouger la tête le moins possible et d'essayer de recouvrer tes forces en mangeant quelque chose.

Avec un sourire qu'il espérait encourageant, il ajouta :

— J'ai préparé un ragoût. Il n'est pas extra, mais il devrait être nourrissant.

Elle se souleva sur les coudes, trop vite — s'immobilisa, porta une main à sa tête, une autre à son estomac, et eut des haut-le-cœur. Ce n'étaient que des spasmes qui cessèrent bientôt. Déglutissant avec effort, elle dit :

— Je crois que je ferais mieux de ne pas manger.

— Si tu bouges doucement, tu n'auras pas la nausée. Goûte un peu, dit-il, lui offrant son ragoût. Je vais t'aider.

Passant un bras dans son dos, il lui souleva le buste et lui soutint la tête.

— Qu'est-ce que c'est ? demanda-t-elle après deux cuillerées. C'est mauvais !

Soulagé qu'elle soit suffisamment remise pour protester, il dit :

— Du ragoût.

Puis il avoua :

— Je n'avais que du bœuf séché et du poisson ; je me suis dit que ça irait bien ensemble.

Il l'encouragea à absorber quelques cuillerées de plus. Chadris s'était promis d'attendre, mais, sa curiosité prenant le dessus, il demanda :

— Pourquoi n'étiez-vous que deux pour voyager dans les Kilghard ? Il y a des tas de maraudeurs par ici.

Elle répondit sarcastiquement :

— Et deux femmes ne peuvent pas se défendre sans l'aide d'un homme, je suppose ?

D'une voix ferme, elle ajouta :

— Tu sauras pour ta gouverne que je suis une Amazone Libre, guide et garde du corps diplômée. Je suis parfaitement capable de me défendre.

Il soupira.

— Voilà pourquoi, je suppose, je t'ai trouvée saignant à mort dans une congère ? *N'importe qui* peut tomber dans une embuscade par ici, et les gens voyagent en groupe pour ne pas tenter le diable. Que faisiez-vous par ici, et qui vous a attaquées ? J'aimerais bien le savoir. Car d'autres membres de cette bande rôdent peut-être encore dans les parages. Je ne tiens pas à tomber dans une seconde embuscade.

— Je ne sais pas pourquoi on nous a attaquées, dit-elle. Et ils n'ont pas pris le temps de se présenter.

Puis, penchant la tête et plissant les yeux, elle ajouta :

— Mais je ne sais pas non plus qui tu es, ni pourquoi tu m'as secourue.

Assis en tailleur devant elle, il répondit en souriant :

— Je m'appelle Chadris, ci-devant Garde de la Cité de Thendara, et actuellement chasseur pour la maison de ma mère près de Braemore. Je t'ai secourue parce que je t'ai trouvée et que tu étais vivante. J'espère que tu en aurais fait autant pour moi. Et toi, quel est ton nom ?

Elle releva la tête, lentement mais fièrement.

— Je suis Elana n'ha Mhari, guide et garde du corps diplômée de la Maison de Ferndale. J'ai été engagée pour protéger et guider Dame Marissa Cuerva qui retournait sur les terres de son père.

Au nom de la dame, il fronça les sourcils, ouvrit la bouche, se ravisa et réfléchit. A Thendara, il avait rencontré une fois Dame Marissa Cuerva — pendant une émeute. C'était une femme orgueilleuse et arrogante, qui avait insisté pour passer à travers les émeutiers, simplement parce que c'était son chemin et qu'elle ne voulait pas faire un détour. Elle avait réussi — seule. Pourquoi ? C'est ce qu'il n'avait jamais compris. Il était possible qu'une telle femme ait choisi de voyager avec un seul guide, et pourtant, il l'aurait plutôt imaginée avec une nombreuse escorte. Et il n'aurait jamais pensé non plus que son orgueil de Comyn lui permette de choisir une Amazone Libre pour guide, mais il garda cette réflexion pour lui. Adressant à sa protégée un sourire presque malicieux, il dit :

— Si tu veux recouvrer tes forces, il faut que tu finisses ce ragoût, quoi que tu penses de ma cuisine.

Elle le regarda, soupçonneuse.

— Tu en as mangé, toi ?

— Bien sûr. C'est une de mes plus belles réussites culinaires.

Elle gémit, mais continua à manger. Sans haut-le-cœur cette fois. Quand elle eut terminé, elle se rallongea pour se reposer. Il lui donna son sac comme oreiller, et s'adossa à un arbre pour monter la garde toute la nuit.

Le lendemain matin, son état s'était grandement amélioré ; le coup ne devait pas être si grave. Elle avait retrouvé sa facilité de mouvement, et elle apprécia même les poissons frits du petit déjeuner. Il l'observa un moment avant de demander :

— Par quoi vas-tu commencer : ton rapport à ta Maison de Guilde, ou ton rapport à Cuerva ?

Elle leva les yeux, stupéfaite.

— Ni l'un ni l'autre. J'ai l'intention de libérer ma cliente et de remplir mon contrat.

— Quoi ? s'écria-t-il, n'en croyant pas ses oreilles.

Les Amazones dispensaient un enseignement pratique ; elles devaient savoir qu'une personne isolée ne s'attaque pas à un nombre indéterminé de bandits.

— Pas toute seule.

— Mais si, dit-elle avec un calme souverain. La Guilde nous enseigne à affronter toutes les situations. Si je veux rester garde du corps, j'ai intérêt à retrouver ma cliente.

Tentant d'expliquer sa première réaction, il dit :

— Tes motivations sont formidables, mais tu ne peux pas agir seule. Tu n'as plus ni armes ni vivres, et tu vas te mesurer à cinq hommes qui t'ont cueillie en embuscade, plus tous ceux qui peuvent se trouver à leur repaire.

Sentant que l'argument avait porté, il ajouta :

— Quelle expérience as-tu ? Suivre quelqu'un à la trace peut paraître d'une facilité trompeuse, et j'ai vu de bons traqueurs perdre leur proie dans cette forêt.

Il poursuivit, précisant sa pensée :

— Il y a beaucoup de gibier et de bêtes sauvages par ici. Tous ces animaux laissent des traces, qui coupent et recoupent celles que tu suis, et il est très facile de lâcher la bonne piste pour suivre la mauvaise.

— Je suis une Amazone Libre, instruite par la Maison de Ferndale et par Fionella, la meilleure de nos guides.

— Je ne t'ai pas demandé qui t'a instruite, quoique sa compétence soit bien connue, mais quelle expérience tu avais.

Par Aldones, elle m'a l'air bien jeune, et, qui plus est, nouvelle à la Guilde. Je ne la quitterai pas avant d'être sûr qu'elle peut assurer. Tout haut, il reprit, d'un ton aussi raisonnable que possible :

— Il y a une grande différence entre la théorie et la pratique. Combien de missions as-tu effectuées ?

— Plusieurs, dit-elle, s'efforçant de prendre un ton convaincant, mais sans le regarder. Je sais ce que je fais.

— Combien, dis-tu ?

— Trois. J'étais la meilleure élève de Fionella.

— J'en suis certain, dit-il, conciliant, ou Ferndale ne t'aurait pas permis de partir comme guide unique et garde du corps. Les Guildes ont des normes plus strictes que ceux qui dispensent les diplômes.

A quoi bon, disait le vieux dicton, *survivre au blizzard pour servir de repas à un banshee* ? Il chercha un moyen d'expliquer sa pensée autrement :

— Le problème, c'est qu'il y a des probabilités très faibles qu'une personne seule, quelle que soit sa compétence, retrouve le repaire et la Dame, puis parvienne à la libérer. Tu as été blessée ; une commotion cérébrale peut modifier temporairement ton sens de l'équilibre et du temps, ce qui pourrait être d'une importance cruciale. Alors, vas-tu maintenant chercher de l'aide ?

Assise par terre, elle suivait les mouvements d'un petit crapaud entré dans son champ visuel. Elle prit son temps pour répondre.

— Je n'ai pas le choix. Si j'allais chercher de l'aide, je perdrais la piste. De plus, j'ai dit que je pouvais réussir seule, j'ai engagé ma future réputation sur ma capacité à la protéger. Je dois la retrouver.

Il soupira, repoussant ses cheveux auburn tombés sur ses yeux. Il se sentait encore responsable.

— Accepterais-tu un compagnon, au moins pour une partie du chemin ? Je voulais aller chasser plus loin, et une direction en vaut une autre.

— C'est mon travail, pas le tien !

Elle remarqua ses dents serrées, son regard dur. Elle sourit et changea de tactique.

— Si tu insistes pour m'accompagner, mets-toi bien dans la tête que c'est moi qui commande. Toutes les décisions prises seront prises sous ma responsabilité. D'accord ?

— Naturellement.

Elle parut frappée de stupeur ; à l'évidence, le ton qu'elle avait pris aurait exaspéré tous les hommes de sa connaissance. Mais elle se ressaisit.

— Alors, en route.

Pendant cette conversation, il avait effacé toute trace de leur campement ; même le feu n'était plus détectable. La seule chose qui aurait pu trahir leur présence, c'étaient les herbes couchées, mais qui se redresseraient après leur départ. Ils retournèrent au chemin principal où il l'avait trouvée, et reprirent la piste des ravisseurs. Ils avaient près d'un jour d'avance, mais heureusement, ils s'étaient montrés maladroits et trop sûrs d'eux et leurs traces étaient très distinctes. Elana passa devant et, à midi, ils avaient couvert une bonne distance. Jusque-là, les bandits étaient restés sur le chemin. Même avec deux chevaux, ils semblaient avoir pris tout leur temps, peut-être à cause de Dame Marissa. Chadris proposa une pause, et essuya un refus d'Elana ; elle n'avait nul besoin d'être dorlotée, lui apprit-elle avec froideur. Une heure plus tard, elle était très pâle et chancelait un peu.

Chadris s'assit sur un tronc d'arbre, ouvrit son sac et en sortit de la viande séchée et du pain de garnison.

— Tu peux continuer si tu veux. Pour moi, je suis fatigué et j'ai faim. Je ne bouge plus avant d'avoir mangé quelque chose.

Il espérait qu'elle s'arrêterait aussi ; elle semblait en avoir besoin.

Elle parut tentée, mais lui tourna le dos et continua, exhalant l'orgueil dans tous ses mouvements. Quelques mètres plus loin, elle trébucha sur une racine et s'étala de tout son long. A peine avait-elle touché terre qu'il était là.

— Alors, tu vas cesser de jouer les entêtées et penser un peu à toi ? Si tu continues comme ça, je serai obligé de te porter sur mon dos pour sortir de ces bois, ce qui, j'en suis sûr, blesserait encore plus ta dignité que de prendre un peu de repos.

Il l'aida à se relever et la conduisit à son tronc d'arbre.

— Crois-tu sérieusement que le fait d'être une Amazone Libre t'empêche d'être humaine, avec toutes les faiblesses humaines que ça suppose ? Tout ce que ça te donne, c'est une bonne instruction, un métier, et le droit de choisir ta propre destinée.

Il fit une pause, puis ajouta d'un ton plus mesuré :

— Je sais que je n'ai pas le droit de te faire la morale. Mais je suis désolé de te voir gâcher ta vie et ton intelligence. Je ne veux pas dire que tu ne dois pas être fière d'être une Amazone Libre ; c'est une fierté légitime. Mais, ajouta-t-il en souriant, même Hastur et Cassilda avaient besoin de se reposer de temps en temps. La sagesse, c'est de le savoir et de l'accepter. Maintenant, tu vas me faire le plaisir de t'asseoir, de te reposer et de manger un peu. Après tout, tu dois être en forme pour suivre la piste.

Elle parut confondue, mais elle s'assit et mangea un peu.

— Je ne te comprends pas. Tu ne te comportes pas du tout comme les hommes que je connais.

Elle passa un bon moment à mâcher lentement son ragoût, le regardant de temps en temps, le front barré d'un léger pli. Elle dit finalement :

— Je n'ai jamais connu aucun homme qui s'intéresse à moi en tant que personne. Pour mon père, les femmes n'étaient bonnes qu'à faire des enfants ; ma mère a passé toute sa vie d'adulte enceinte, jusqu'à ce qu'elle meure en couches. Pour que mon père ait cinq fils et une fille à tyranniser. Et mes frères faisaient la fierté de leur père, remarqua-t-elle, d'un ton triste et amer. Quand j'ai été en âge d'être mariée, chacun m'a trouvé un prétendant. Oh, ils avaient tous leurs qualifications, chacun pouvait favoriser les ambitions d'un de mes frères. Mais celui sur lequel ils se mirent finalement d'accord tous les cinq était gros, chauve, et il avait soixante-dix ans.

Elle frissonna à ce souvenir.

— Il me tripotait de ses grosses pattes à la moindre occasion, et mes frères...

La gorge serrée, elle ne put continuer.

— Mes frères l'*encourageaient*, reprit-elle. Et tout ça, parce qu'il avait des terres et pas d'héritiers. Me retrouver dans un lit avec *ça* !

Sa voix se brisa.

— Je les aimais. J'avais confiance en eux.

Elle se tut, refoulant la vieille blessure, et se ressaisit.

D'une voix plus ferme, elle continua :

— Je ne savais pas ce qu'était le respect de soi-même avant d'entrer dans les Amazones Libres, à la Maison de

Ferndale. Elles m'ont appris l'autodéfense, et m'ont découvert un don naturel pour pister les animaux. Je suis devenue une personne respectable à cause de mes capacités. C'est très important pour moi.

Penchant un peu la tête, elle le regarda dans les yeux.

— Tu as l'air de penser un peu comme les Amazones, ce qui est très rare pour un homme. Pourquoi ?

Il dit, haussant gentiment les épaules :

— Je suis comme ça parce que ma famille croit à la dignité de l'individu. Mes parents étaient convaincus que les gens doivent apprendre à connaître leurs forces et leurs faiblesses, et respecter mutuellement leurs différences. Nous habitions près de la Maison de la Guilde de Braemore, et nous partagions nos terres avec elles. Mon père voulait que nous soyons aussi instruits que possible. En guise de loyer pour nos terres, les Amazones nous ont appris à lire et à écrire, et elles nous ont même enseigné un peu de médecine.

Elana le regardait parler, la tête penchée, les yeux dilatés. Étant donné son passé, elle devait trouver ses paroles incroyables. Il rit doucement.

— J'ai quatre sœurs, alors, ce n'est pas très étonnant que les Amazones aient accepté de nous instruire. Après tout, comme tu l'as dit, l'un des objectifs de la Guilde, c'est de donner conscience aux femmes de leur valeur individuelle. Quant à moi, ma tante Sybil n'ha Linnea m'a enseigné à chasser ; c'est la sœur de ma mère, et elle est guide diplômée. Ma sœur Carla est aussi devenue Amazone ; elle a choisi de consacrer sa vie à la médecine. Mes autres sœurs sont plus conventionnellement romanesques, mais malheur à l'homme qui leur fait des avances importunes.

— Mais ton père, que dit-il de ta sœur Amazone et de ses principes ?

Elle semblait perdue, comme si elle n'avait pas compris ses paroles. Puis elle se ressaisit et répondit elle-même à sa question.

— Non, il n'y trouve rien à redire, et toi non plus. C'est très nouveau pour moi.

Elle leva les yeux vers le soleil.

— Nous devrions repartir tant qu'il fait encore jour. Qui peut savoir combien le beau temps va durer? Et s'il pleut, nous pourrions perdre la piste.

Elle se leva en souriant, et lui proposa de porter un peu le sac. Ils marchèrent jusqu'à la nuit.

Les deux jours suivants passèrent sans histoire. Ils s'élevèrent de plus en plus haut dans les Kilghard, suivant la piste des ravisseurs. L'après-midi du quatrième jour, les traces se terminèrent dans la confusion, éclatant dans toutes les directions. Il y avait là de quoi mettre à l'épreuve les capacités d'Elana. Appuyé sur son arc, Chadris attendit sa décision. Elle s'agenouilla et examina le sol. Enfin, elle se releva, et indiqua les traces sur la droite. Il n'y avait pas d'empreintes nettes; elle semblait penser que seules les grosses bottes des bandits avaient pu ainsi piétiner le sol. Elle partit devant, et Chadris la suivit en haussant les épaules. Pendant environ une demi-heure, ils avancèrent péniblement dans le sous-bois, et arrivèrent enfin en terrain découvert, sur un sol ramolli par la neige fondue, où l'on distinguait nettement des empreintes de sabots de cerfs. Elana s'empourpra. Ils avaient suivi une mauvaise piste. Elle leva les yeux sur Chadris, qui s'efforçait de garder son sérieux sans y réussir complètement. Ses yeux pétillaient, et les commissures de ses lèvres frémissaient. Elle tenta de s'en offenser, sans y parvenir. Elle éclata de rire et il l'imita.

— Au moins, je pourrais t'aider à la chasse, dit-elle.

Puis fronçant les sourcils, elle comprit.

— Tu savais que nous suivions des cerfs, pourtant, il n'y avait pas de traces nettes par terre. Comment as-tu fait?

Il eut un grand sourire.

— Il y a deux raisons. La première, c'est que j'ai déjà chassé le cerf, et ils ont cela de caractéristique que leurs bois tracent leur chemin dans les feuillages, dit-il, lui montrant les branches arrachées au-dessus de leurs têtes. Ça forme comme un triangle inversé. C'est le contraire pour les hommes et les chevaux.

— Et la deuxième raison ?

— Ça, c'est plus facile, la taquina-t-il.

Elle attendit la suite, refusant de mordre à l'hameçon comme elle l'aurait fait quelques jours plus tôt. Il poursuivit, avec un sourire penaud :

— Il m'est aussi arrivé de suivre une mauvaise piste. Je n'oublierai jamais mon embarras la première fois que Tante Sybil m'a laissé diriger une chasse. Pendant une demi-journée, j'ai suivi un autre groupe de chasseurs au lieu de suivre les cerfs — nous sommes tombés en plein dans leur camp. Sybil m'a laissé faire, sachant très bien que c'était le meilleur moyen pour que je retienne la leçon.

Sur un ton de nouvelle camaraderie, elle dit :

— Maintenant que j'ai reçu *ma* leçon, voyons où je me suis trompée.

Ils retournèrent sur leurs pas et trouvèrent la bonne piste. A la tombée de la nuit, ils perçurent des odeurs de fumée et de cuisine. La forteresse ne pouvait plus être loin. Plutôt que de tomber à l'improviste sur les ravisseurs, ils passèrent la nuit blottis sur une pente. Il faisait trop froid pour dormir ; Elana parla de sa maison dans les montagnes, et des randonnées qu'elle faisait avec ses frères, dévalisant les nids de faucons pour les écuries du seigneur local. Il lui parla de son service dans la Garde de Thendara, ajoutant qu'il préférait de loin le bon air de Braemore et des Kilghard.

Ils s'éveillèrent dans une aube pluvieuse, et virent à travers les arbres une ancienne forteresse de pierre. Les murailles étaient écroulées en plusieurs endroits, et des plantes, et même un arbre ou deux, avaient pris racine dans les décombres. Des gravats bloquaient la grille d'entrée. Il y avait une grille latérale encore intacte, qui, à en juger aux traces de passage, était très utilisée. Un garde somnolait contre le mur, abruti par une longue nuit de guet. Ils firent deux fois le tour de la forteresse, cherchant un accès plus sûr que la grille latérale. D'un commun accord, ils grimpèrent sur des gravats et se postèrent dans un arbre, absurdement perché sur un reste de parapet. Pendant la journée, ils ne comptèrent pas moins de dix bandits évoluant dans la cour. Mais ce qui excitait leur attention, c'était la forteresse elle-même, impressionnante, et qui, sans aucun doute, avait autrefois appartenu au seigneur d'un Domaine. Elle pouvait abriter cent guerriers et leurs familles. Pour des raisons inconnues, elle avait été abandonnée voilà très longtemps. Des marques noires sur la muraille indiquaient qu'elle avait subi un incendie.

Dans cette région écartée, elle n'abritait sans doute pas plus d'une vingtaine de hors-la-loi à la fois. Ceux-ci, bien organisés pour l'embuscade, n'avaient pourtant fait aucun effort pour couvrir leurs traces. (Il faut dire que la seule qui aurait pu les suivre avait été laissée pour morte dans la forêt.) Mais même ici, dans leur forteresse, seule la grille était gardée, et encore, par une unique sentinelle, et la vie dans la cour n'avait rien de militaire. On voyait, le long d'un mur, une pile de crottin auquel s'ajoutaient les ordures ménagères. Seul le froid l'empêchait de dégager des odeurs pestilentielles. Compte tenu de ce manque de discipline, il serait sans doute assez facile d'arriver jusqu'à Marissa, mais s'enfuir avec elle serait plus délicat.

Au crépuscule, ils s'enhardirent à traverser la cour, évitant les endroits les plus bruyants. Heureusement, il n'y avait aucun bandit en vue. Arrivant devant une longue crevasse de la muraille, Elana se mit à grimper, son expérience d'alpiniste lui permettant de trouver des prises pour Chadris. L'escalade parut une éternité au jeune homme, mais bientôt ils entrèrent par une fenêtre à quarante pieds du sol dans une pièce abandonnée. Des décennies de poussière accumulée leur firent regretter le bon air de la forêt. La porte était entrouverte. Ils entrèrent dans un sombre couloir. Elana prit la tête, se guidant d'une main sur le mur et traînant les pieds pour ne pas trébucher sur un obstacle quelconque. Ils étaient très haut dans la forteresse, mais ils avaient l'impression d'explorer une grotte. Trente pas, virage à gauche, quinze pas, une porte ouverte, puis un autre tournant et un escalier désaffecté. Elana faillit y tomber, car il s'ouvrit brusquement sur sa droite. Chadris tendit vivement le bras pour la rattraper.

— Merci ; je ne m'attendais pas à ça. Descendons.

Ils furent bientôt arrêtés par une porte fermée. Ils durent unir leurs efforts pour l'ouvrir ; le grattement du battant sur le sol, plutôt discret, leur parut assourdissant. Ils étaient maintenant dans la partie habitée du château. Ils avancèrent furtivement dans le couloir en retenant leur souffle. Ils entendirent des voix sous une arche à un bout du corridor — dont une voix féminine. Ils s'orientèrent vers elle, passèrent sous l'arche et se retrouvèrent sur un balcon dominant ce qui avait été autrefois la salle des banquets.

Elle était magnifique, et, à l'époque de sa splendeur, sans doute digne d'un Hastur. D'immenses tapisseries pendaient aux murs, si anciennes que les images n'en étaient plus discernables. Le sol était de pierre bleue polie, et, en son centre, se dressait une longue table en bois pétrifié. Au haut bout de la table, un immense fauteuil de bois sculpté, presque un trône ; et, assis dans ce fauteuil, un homme jeune, grand et musclé, hâlé même en cette saison. Il était vêtu de couleurs flamboyantes, avec de nombreuses chaînes de cuivre autour du cou et les mains couvertes de bagues. Ses cheveux noirs et brillants et sa courte barbe ajoutaient encore à son air conquérant. Il mangeait, prenant avec ses doigts dans un plat les morceaux de viande, dont la graisse lui dégoulinait jusqu'au coude. Assise près de lui, Dame Marissa, les mains aussi rouges que sa chevelure embroussaillée. Elle se plaignait.

— Jamais de ma vie je n'ai rien fait de si dégoûtant que la cuisine et la vaisselle. Je t'ai épousé pour éviter de devenir une fabrique de bébés comme mes stupides parentes, pas pour devenir ta servante. Corwin, tu es peut-être un excellent amant, mais je suis une *Comynara* et *j'exige* que tu me donnes les servantes qu'a toute femme de ma condition.

Il leva la tête, but une lampée de vin, s'essuya la bouche sur sa manche, et rota dans sa direction.

— Femme, dit-il, la regardant avec mépris, ma mère était capable de laver la vaisselle et les planchers, de coudre, de cuisiner et d'élever ses enfants sans aucune aide ; elle n'en est pas morte. Te prétendrais-tu meilleure qu'elle ? Réfléchis bien à ta réponse ; ma mère était une sainte.

Elle le dévisagea, et répondit d'une voix suave :

— Je n'ai pas connu ta mère, alors je ne peux rien en dire.

Puis, comme frappée d'une idée subite, elle ajouta :

— Quel âge avait-elle à sa mort ?

— Quarante ans.

Il fronça les sourcils, perplexe.

— Elle aurait pu vivre bien plus longtemps avec des servantes pour l'aider. Tu ne veux pas que je meure jeune, usée avant mon temps ?

Revenant à son assiette, il grogna :

— Quand tu auras sept enfants, je te trouverai une servante. D'ici-là, apprends. Tu peux commencer par la vaisselle. Plains-toi, et je te ferai nettoyer l'écurie.

Levant les yeux, il ordonna :

— Immédiatement, femme !

Elle se leva, l'air boudeur, et sortit les mains vides. Corwin posa un coude sur la table et jura. Elle revint bientôt, et, l'air dédaigneux, rassembla la vaisselle.

— Corwin, je vais laver tout cela, pas à cause de ce que tu as dit, mais parce que je refuse de manger dans des assiettes sales.

Elle se retourna et sortit dignement. Grommelant entre ses dents, Corwin emporta sa bouteille sous le balcon, et s'assit devant la cheminée où flambait un grand feu.

D'un geste, Chadris indiqua à Elana qu'ils devaient retourner dans le couloir. Ils se consultèrent à voix basse, et décidèrent qu'une conversation avec Dame Marissa s'imposait. La nécessité de la secourir semblait douteuse à Chadris. Elle avait épousé cet homme de son plein gré, semblait-il. Sa vie luxueuse lui manquerait, mais sans doute pas plus qu'à bien d'autres femmes des Domaines — ou encore aux Amazones. Mais Elana ne voulut rien entendre. Il fallait proposer à Marissa l'évasion et la liberté.

Parcourant la forteresse, ils finirent par trouver une

suite probablement destinée aux maîtres de la maison ; de toutes les chambres qu'ils avaient vues, c'étaient les mieux entretenues. L'une des trois chambres devait être celle de Marissa, où, avec un peu de chance, ils pourraient lui parler seul à seul. Sous les fenêtres s'étendait une cour intérieure couverte de mauvaises herbes où, malgré des décennies d'abandon, des fleurs s'épanouissaient encore. De là montait vers les pièces privées de la suite un escalier en spirale dont la porte s'ornait de sculptures représentant Hastur, Cassilda et Camilla. Les murs et les sols étaient décorés de scènes mythologiques. Contre un mur intérieur s'ouvrait une immense cheminée, au feu couvert pour le moment, derrière ce mur s'étendait la chambre du Seigneur, contenant encore une partie de l'ameublement originel, dont un lit encastré dans le mur de la cheminée. Chadris eut un grand sourire. *Astucieux, ces anciens seigneurs. Très confortable par les nuits d'hiver, surtout avec de nombreuses partenaires.* Une fouille rapide ne produisit rien pouvant appartenir à Marissa, même si elle dormait dans cette chambre. Mais dans la chambre adjacente, Elana reconnut certains effets personnels de la jeune femme, et d'autres objets de toilette sans doute volés à des voyageurs pour lui être remis. Elana et Chadris se cachèrent dans un coin ; ils ne voulaient pas faire peur à Marissa, ni être découverts par Corwin.

Ils passèrent deux longues heures dans leur cachette, puis Marissa parut, sale et mouillée. Elle n'avait pas encore maîtrisé l'art de la vaisselle. Elle ôta sa robe de dessus et allait enlever le reste quand Elana s'avança.

— C'est moi, Elana, Dame Marissa, dit-elle d'une voix rassurante. Votre guide. Je suis là pour vous ramener chez vous.

Marissa se retourna vers la voix et demanda :

— Toi ? Que peux-tu faire pour moi ?

Puis elle fronça les sourcils et dévisagea Elana.

— Comment m'as-tu trouvée ? Je croyais que tu étais morte !

— J'ai guéri et je vous ai suivie jusqu'ici. Mon contrat stipulait que je devais vous ramener sur les terres de votre père. Mon devoir était de vous protéger contre des ravisseurs.

— Mes ravisseurs ? dit-elle, hautement amusée. Vous autres, Amazones Libres, vous êtes vraiment incroyables !

— Que voulez-vous dire, Dame Marissa ?

Marissa dit, de sa voix la plus suave :

— Ce qu'il me fallait avant tout pour cette expédition, c'était quelqu'un d'incompétent, facile à neutraliser. J'ai pensé qu'une Amazone Libre serait parfaite pour cet emploi. Je savais que mon père n'accepterait jamais un mariage libre avec Corwin ; il fallait donc trouver quelque chose.

Elle sembla perdre tout intérêt à la présence d'Elana, et continua, comme se parlant à elle-même.

— Finalement, tu as été plus difficile à manœuvrer que je l'imaginais. J'ai même dû t'assommer.

Puis, regardant autour d'elle, elle ajouta :

— Bien sûr, ce château n'est pas ce que j'espérais. Il faudrait du personnel.

Elle se tourna vers la porte, l'air madré.

— Mais avec une bonne servante, ça irait déjà mieux.

Elle prit une profonde inspiration, s'apprêtant à crier, mais Chadris avait suivi sa pensée plus vite qu'Elana. Il bondit, et lui enfonça un bâillon dans la bouche avant qu'elle ait pu émettre un son.

— Trouve quelque chose pour l'attacher. Si on la laisse faire, aucun de nous ne sortira jamais d'ici.

Ils agirent rapidement. Maintenant, le temps était leur ennemi. Ils laissèrent Marissa par terre dans un coin sombre, ligotée et bâillonnée. Corwin pouvait arriver d'un instant à l'autre, et ils n'avaient aucun désir de le rencontrer.

Cette fois, au grand soulagement de Chadris, ils trouvèrent une fenêtre basse d'où ils sautèrent dans la cour. Surveillant le garde et multipliant les précautions, ils retournèrent à leur arbre, où Chadris récupéra son sac et son arc, puis ils se dirigèrent vers la crête la plus proche.

L'aube les trouva à quelques miles de là, courbatus, fatigués et heureux. Une vallée verdoyante s'étendait à leurs pieds, les feuilles nouvelles étincelant dans la lumière. Chadris s'étira en soupirant.

— D'ici, je peux trouver le chemin menant à Candermay. Toi, tu peux prendre l'une des grandes routes traversant ces montagnes. Vas-tu retourner à la Maison de Ferndale maintenant que tu n'as plus d'obligation envers Dame Marissa ?

— Non. Je dois aller d'abord au domaine de Cuerva, pour tout raconter à son père. Ce ne sera pas facile, mais c'est la seule façon de préserver ma réputation. Et toi ? Tu repars chasser ?

— Je ne suis qu'un chasseur parmi beaucoup d'autres. Je me disais qu'un bon couple de guides est plus rare et trouverait facilement à s'employer.

Il la regarda, l'air solennel et interrogateur.

Elle le fixa, stupéfaite; cette idée ne lui était jamais venue.

— Je ne sais pas. Tu es différent de tout ce que j'ai toujours attendu chez un homme. Je sais maintenant ce que Fionella voulait dire en remarquant que tous les êtres n'entraient pas dans les catégories que je leur assignais. Toi, tu n'y entres pas. Et Marissa, bien qu'elle soit femme, *n'est pas* ma sœur. Ce sera difficile de modifier mon attitude, même envers moi.

Puis, avec un rire de dérision, elle ajouta :

— J'ai encore du chemin à faire avant de pouvoir travailler avec quelqu'un. Pour le moment, il faut que je travaille avec moi-même. Nous nous rencontrerons peut-être une autre fois, qui sait ? termina-t-elle avec un doux sourire.

Il accepta de la tête.

— Allons au moins jusqu'à Candermay ensemble.

Avec une lueur malicieuse dans l'œil, il reprit :

— J'ai l'intention d'apprendre à grimper un jour, et il me faudra un bon professeur.

Les hommes ne sont pas chez eux dans la Maison.

VII. RÈGLEMENT INTÉRIEUR

de Marion Zimmer Bradley

— Voilà mon livre, Maman, dit Loren. Je vais lire quelque chose. Tu veux m'écouter?

— Bien sûr mon chéri.

L'enfant gracile s'appuya contre ses genoux, et Lora sentit les larmes lui monter aux yeux. Encore deux mois, et elle devrait le renvoyer à son père. *Pour devenir le genre d'homme que je méprise, le genre d'homme qui remplit les Maisons de la Guilde*. Parce que le règlement intérieur de ces Maisons stipulait qu'un garçon ne pouvait pas vivre parmi des femmes, et que Loren n'était plus un bébé.

Janna fit irruption dans la pièce, les cheveux défaits et emmêlés.

— Qu'est-ce qu'il y a pour dîner, Maman?

— Je n'y ai pas encore pensé, Janni, dit Lora. Va donc voir à la cuisine s'il reste des pommes de terre; je pourrais en faire sauter dans la graisse d'oie.

— J'en ai assez des pommes de terre, dit Janna. Quand est-ce qu'on remangera de la viande?

— Quand nous aurons les moyens de nous en payer, dit Lora. Janna, pourquoi as-tu mis ta robe de fête?

— Parce que c'est la seule présentable, gémit Janna. Tu voudrais que je me promène tout le temps en culottes comme Marji et toi?

— Pourquoi pas? Où serait le mal? C'est confortable pour travailler, dit Lora, mais elle parlait dans le vide.

C'est la faute de Cara. Je n'aurais jamais dû l'accepter

à la Maison. Elle a une très mauvaise influence sur Janni, pensa Lora. Elle reconnaissait à peine sa fille sage et obéissante dans cette effrontée contestataire qui semblait passer toutes ses journées à se coiffer ou à se faire les ongles, qui refusait de travailler à la grange ou au poulailler pour ne pas se salir les mains. De plus, la semaine précédente, elle avait surpris Janni, à peine âgée de dix ans, s'attardant à la grille et faisant du charme au jeune Raul de la Ferme du Roi. Dix ans, et elle décochait déjà des œillades aux garçons. *A quel moment nous sommes-nous trompées, Marji et moi ? Janni était l'une des raisons pour lesquelles j'ai fui la maison de Daren quelques jours après la naissance de Loren... pour qu'elle ne soit pas encouragée à devenir un manche à balai en jolie robe, bonne à rien sauf à se parer, minauder avec les garçons, pouffer avec ses amies en se racontant des histoires sur eux.*

— Lora ? Tu es là ? cria Marji de la porte de derrière, et Lora poussa dans la cuisine sa fille récalcitrante.

— Épluche les pommes de terre et coupe-les en rondelles, ordonna-t-elle à Janna, qui fit la moue.

— Je travaille tout le temps à la cuisine. Si je vivais avec Papa, j'aurais au moins des servantes pour faire le dîner. Je suis une esclave, c'est tout. Et tout ça, parce que Marji et toi...

— Ça suffit ! ordonna Lora. Il n'y a pas d'esclaves à la Guilde, mais tu ne sais rien faire d'autre pour le moment. Marji et moi, nous faisons notre part de travail à la cuisine, mais je n'ai pas que ça à faire. Il faut que je donne son bain à Loren avant le repas, et tu n'es pas encore assez grande pour le faire à ma place. Et cette semaine, Marji aide le fermier Coll à rentrer son foin.

— Tout le monde dit qu'elle aurait pu épouser le fermier Coll, et alors elle n'aurait pas eu à trimer comme ça aux champs.

Mais le jeu en aurait-il valu la chandelle ? Coll avait quarante-neuf ans et avait déjà enterré trois femmes.

— Je m'enfuirai, comme Cara, marmonna Janna. Je l'ai vue hier ; elle m'a dit que quand elle serait mariée avec Ruyval, je pourrais venir habiter chez eux. Elle au moins, c'est une femme, une vraie femme.

— Assez, Janna ! ordonna Lora, qui alla dans le hall d'entrée où Marji n'ha Carisse ôtait ses bottes.

Elles s'embrassèrent, et Marji demanda :

— Bonne journée ?

— Non. Janna recommence. Elle a passé toute la journée à se coiffer et à minauder avec Raul, ce vaurien de la ferme. Cara l'a complètement gâtée. Elle ne pense plus qu'à la toilette et aux garçons.

— Nous aurions dû renvoyer Cara un an plus tôt, acquiesça Marji. Je ne réalisais pas le mal qu'elle faisait à Janna. J'étais comme elle à son âge, ne pensant qu'aux robes et aux garçons. Ça lui passera, tu verras ; ça nous a bien passé, à nous.

— Mais pas à temps, gémit Lora. Maintenant, voilà qu'elle voudrait vivre chez son père et menace tout le temps d'y retourner. C'est déjà assez dur de me séparer de Loren — alors, si je dois perdre aussi ma petite fille !

— Allons, allons, la réconforta Marji. Tu es protégée par le Serment, et le magistrat a dit que Janna pouvait rester avec nous. Mais si elle veut partir, ça ne servira à rien de la retenir. La prochaine fois qu'elle menacera de retourner chez son père, laisse-la partir, *oblige-la* à partir. Ça lui donnera une bonne leçon. Comment va mon bébé ?

— Je ne lui ai pas encore donné son bain, dit Lora d'un ton penaud.

— Ça ne lui fera pas de mal de manquer son bain pour une fois, dit Marji en l'embrassant. Tu as l'air si fatigué, Lori. C'est trop dur pour toi de t'occuper de tous les enfants pendant que je vois du monde toute la journée. Quand les foins seront terminés, je resterai un peu à la maison et tu pourras trouver du travail à l'extérieur. Ce n'est pas juste de te laisser Callie toute la journée en plus des deux tiens.

— Au moins, Callie ne me donne aucun souci. A son âge, pourvu qu'elle soit au sec et ait assez à manger, elle ne demande rien de plus, dit Lori. Et à propos de Callie, il me semble que je l'entends...

Elle courut dans la pièce voisine et en revint avec une fillette de deux ans, ébouriffée et endormie. Marji embrassa sa fille, et, la portant sur son bras, entra à la cuisine où Janna, l'air renfrogné, épluchait les pommes de terre bouillies.

— Donne-moi ça, Janni, je vais faire une béchamel ; et comme la fermière m'a donné du bacon, j'en ferai frire une partie pour ce soir.

Elle se mit à préparer le dîner.

— Non, assieds-toi, Lori, tu es épuisée. Où est Lynifred ?

— Un messager d'Arilinn est venu la chercher ; quelqu'un a un cheval malade, et elle est partie le soigner. Elle ne reviendra pas avant demain, dit Lora.

— Tu lui as rappelé que nous avons besoin de cuir ?

— Oui ; elle a dit qu'elle en rapporterait, et comme ça, je ferai des bottes pour Janna et Callie, et aussi pour Loren quand il partira, dit Lora, se mettant à pleurer.

Marji lui tapota l'épaule, fit sauter les pommes de terre et frire le bacon, puis elle s'assit, sa fille sur les genoux, et la fit manger.

Les deux petits couchés, et tout en rangeant la cuisine, Marji dit à Lori :

— J'ai vu Cara au marché. Elle va se marier avec ce garçon...

— La Déesse la protège, dit Lora. Cara n'a pas seize ans !

— En tout cas, il est temps, dit Marji. Ça commence à se voir.

— Enfin, elle n'a aucun autre endroit où aller maintenant que nous l'avons mise à la porte. J'ai des remords. Nous aurions dû être plus patientes avec elle.

— Mais ma chérie, dit Marji, nous ne pouvions pas la garder, alors qu'elle volait nos affaires. Nous lui avons pardonné une douzaine de fois, mais elle n'avait pas l'esprit d'une Renonçante. Elle se promenait partout avec sa tunique délacée jusque-là, dit Marji, joignant le geste à la parole, et elle passait son temps à pouffer et à s'amuser avec les garçons au lieu de rester à la maison pour t'aider avec les enfants ! Nous aurions dû l'envoyer à Thyndara ou Neskaya, pour qu'elle reçoive une formation correcte —

nous n'avons pas de Mère de la Guilde ici, pour lui apprendre à se tenir. Et quand nous avons ouvert son coffre, et que nous y avons trouvé toutes les meilleures jupes raccourcies à sa taille, et qu'elle a néanmoins juré ne les avoir jamais vues...

— Oui, je sais; mais quand même, j'ai une impression d'échec; j'ai essayé de la traiter comme ma propre fille...

— Moi aussi, de même que Lynifred, dit Marji. Mais ce qui est fait est fait, et elle paraît heureuse. J'espère seulement que Janna ne marchera pas sur ses traces.

— C'est justement ce qui m'inquiète, dit Lora. Mais si elle va passer un an ou deux chez son père, peut-être qu'elle finira par apprécier la Guilde. Viens, mon amie; allons nous coucher.

Allongée près de Marji endormie, Lora repensait à la fondation de la première petite Maison de la Guilde de ce côté de la rivière, avec seulement trois femmes : elle-même, plus sa fille Janna, alors âgée de cinq ans, et le nourrisson Loren, encore au sein; elle fuyait son mari qui l'avait maltraitée et battue.

Pire encore, il lui interdisait de lire, ou de faire la lecture à Janna... les livres, disait-il, ne faisaient qu'éloigner une femme de ses devoirs. Et lorsqu'il avait voulu fiancer Janna à cinq ans au fils du seigneur voisin, âgé de trente ans, elle s'était révoltée et enfuie à la Maison de Neskaya pour prêter le Serment.

Puis elle avait rencontré Marji, nouvelle venue à la Guilde, et à l'époque enceinte de Callie. Son mari ne cessant de harceler la Maison pour qu'on la lui rende, la Mère de la Guilde les avait désignées toutes les deux pour aller fonder une Maison dans ce petit village, avec Lynifred, Renonçante de longue date qui avait près de cinquante ans. Les villageois les avaient traitées en réprouvées pendant plus d'un an, surtout après qu'elles eurent donné asile à Cara, jeune fugueuse de quatorze ans. Puis Lynifred avait guéri une douzaine de chevaux empoisonnés par l'herbe aux sorcières, et Lora avait proposé aux femmes du village de leur enseigner les principes d'obstétrique qu'elle avait appris à la Maison d'Arilinn. Maintenant, elles étaient acceptées dans une certaine mesure ; les femmes en couches faisaient aussi volontiers appel à Lora qu'à la vieille souillon qui, de mémoire de vivant, avait toujours été la sage-femme du village. Lynifred était devenue le vétérinaire local, d'autant plus appréciée qu'elle ne rechignait pas à extraire un os d'un gosier de chat, ou à panser une patte de chien blessée dans un piège.

— Ce sont aussi des créatures de la Déesse, disait-elle, même s'ils ne représentent pas des richesses comme les chevaux et le bétail.

Les problèmes avaient commencé, pensa-t-elle, quand Cara avait découvert les garçons, et, dans un esprit tout à fait contraire à celui des Amazones, décidé de les aguicher. Exemple que Janna avait suivi avec empressement malgré l'interdiction de Lora.

Cara ne s'intéressait qu'à attraper un mari. Eh bien, c'était fait maintenant, et Lora espérait sincèrement qu'elle était heureuse.

Marji se louait pour travailler aux champs, situation bizarre car le fermier Coll désirait l'épouser, et l'avait accusée de lui jeter des sorts pour le pousser au mariage ; heureusement, les villageois n'étaient guère superstitieux. La situation était quand même embarrassante, car toutes les femmes considéraient le fermier Coll comme une prise de choix, et en voulaient à Marji de dédaigner ce qu'elles convoitaient, alors que, de son côté, Marji faisait des vœux pour qu'il épouse l'une d'entre elles et la laisse tranquille.

Lora savait qu'elle devait dormir ; dans trois jours, elle devrait renvoyer Loren à son père, et elle pensait que Janna choisirait de partir avec lui. Lora aimait beaucoup sa fille, qu'elle savait malheureuse ; pourtant, la fillette ne serait sans doute pas plus heureuse chez son père, et Lora souffrait à l'idée de perdre ses deux enfants.

Elle eut l'impression de n'avoir pas du tout dormi quand elle entendit des bruits dans la cuisine et se leva pour allumer le feu. Lynifred était rentrée à l'aube, avec une autre femme, enveloppée d'une lourde cape pour se protéger du froid matinal.

— Je te présente Ferrika, sage-femme à Armida, dit Lynifred.

L'étrangère portait l'anneau d'oreille des Amazones, mais était en jupe ordinaire, et non en tunique et culottes comme les Renonçantes.

— Je travaille parmi des paysans, expliqua Ferrika. Inutile d'éveiller leur hostilité avant qu'ils me connaissent.

Lora mit de l'eau à chauffer pour le thé, prépara un grand pot de porridge et fit frire le reste du bacon apporté par Marji. Les arrivantes s'assirent devant le feu, pour sécher leurs capes raides de neige, et Ferrika s'enquit des nouvelles.

— Rien de nouveau, sauf que la pupille que nous avions été obligées de mettre à la porte s'est mariée et se promène partout avec une grossesse déjà apparente moins d'une décade après la noce, dit Lora d'un air accablé. Ce n'est pas une référence en faveur de notre éducation.

— Les villageois la connaissent aussi bien que nous, j'en suis certaine, dit Lynifred, et ils ne te jugeront pas sur elle.

— Je n'en suis pas si sûre, répondit Lora. Janna commence à l'imiter — elle ne pense qu'aux garçons et à la toilette.

— Presque toutes les adolescentes sont comme ça, dit Ferrika, sauf si elles ont fait l'expérience douloureuse des malheurs que la séduction peut attirer sur elles. Lorsque Janna verra que Cara n'est qu'une esclave pour son mari, elle sera bien contente d'échapper à son sort.

— Ce ne fut pas mon cas, dit Lynifred, et Ferrika éclata de rire.

— Ni le mien, dit Lora. Je me suis mariée, pensant qu'il valait mieux avoir ma cuisine et ma maison à moi plutôt que de servir de domestique à ma mère. Et même ainsi, si j'avais épousé un homme honorable... pourtant, je trouvais mon mari très bien au début.

— Et il l'aurait été, sans doute, dit Ferrika. Ce n'est pas sa faute s'il a fait ce que son père et son grand-père avaient fait avant lui. Tâche d'élever ton fils mieux que ça, afin qu'il sache que les femmes sont des êtres humains, elles aussi, et non des esclaves.

— Mais comment? dit Lora, fondant en larmes. Puisque je dois le renvoyer à Aric, qui en fera le genre d'homme même que je méprise le plus.

— Quand doit-il partir? demanda Ferrika.

— Après-demain.

— Pourquoi le renvoies-tu? Pourquoi ne le gardes-tu pas ici avec toi?

— C'est exigé par le règlement intérieur, dit Lora.

— Quel règlement? Cite-moi la section du Serment qui l'exige.

— Depuis la naissance de Loren, on m'a dit et répété que je devais me préparer à m'en séparer quand il aurait cinq ans...

— Oui, dit Ferrika, c'est ce qu'on t'a dit à Neskaya. Dans les grandes Maisons de la Guilde, c'est une règle toujours appliquée — beaucoup de garçons de quinze ans ou plus, vivant sous le même toit que beaucoup de femmes, poseraient effectivement des problèmes. Mais dis-moi, tes deux compagnes te poussent-elles à le renvoyer? Car certaines Renonçantes refusent la proximité de tous les mâles, y compris des plus jeunes.

Lynifred se détourna du feu en disant :

— Non, j'ai dit à Lora d'envoyer promener cette canaille et de garder le petit. Et Marji est du même avis.

— Ce que je voudrais vraiment, dit Marji, entrant dans la cuisine avec Callie dans les bras, c'est que nous puissions garder Loren, que nous aimons toutes, et renvoyer Janna, qui met toute la maison sens dessus dessous. Désolée, ma chérie; tu sais que j'aime ta fille, mais elle nous fait toutes tourner en bourriques, et si elle marche sur les traces de Cara, elle ne fera guère honneur aux Renonçantes.

— Elle a raison, sanglota Lora. Pourquoi faut-il renvoyer un innocent juste parce qu'il est mâle, et garder Janna uniquement parce qu'elle a eu la chance de naître fille?

— Dans la plupart des cas, dit Ferrika, les garçons — surtout les jeunes voyous élevés dans la rue — ne peuvent pas vivre avec des femmes sans provoquer des problèmes;

je pourrais vous citer des exemples. A une époque, nous gardions les garçons jusqu'à l'âge de dix ans à la Maison de Thendara, mais l'expérience n'a pas marché. Même leurs mères étaient contentes de les voir partir. Les jeunes filles n'étaient plus en sécurité dans la maison ; et quand nous avons voulu les garder jusqu'à la puberté, ce fut un désastre. Il fut donc décidé en assemblée générale qu'ils seraient renvoyés à cinq ans au plus tard, et, en tout cas, *avant* la puberté. Mais sur ce point, chaque Maison adopte son propre règlement.

Et elle cita le Serment des Renonçantes.

— *Moi seule déciderai de l'éducation de tout enfant que je mettrai au monde.* S'il est contraire à ta conscience de renvoyer Loren à son père, Lora, il est de ton devoir de lui trouver un père adoptif ou un tuteur qui — comme tu le dis — n'en fera pas le genre d'homme que tu méprises le plus.

— Je croyais que la loi des Renonçantes interdisait que mon fils vive avec moi passé l'âge de cinq ans.

— Non, dit Ferrika en souriant. Tu confonds la loi qui s'applique à toutes les Renonçantes, et le règlement intérieur particulier de chaque Maison. Dans les plus grandes, il est admis qu'aucune femme ne sera forcée de vivre avec des hommes ou des garçons ; mais ici, vous pouvez adopter une autre règle, pourvu que vous soyez toutes d'accord. Vous pouvez même le faire savoir, de sorte que certaines femmes, qui s'apprêtent à quitter les grandes Maisons parce qu'elles ne se résignent pas à se séparer de leurs fils, puissent venir ici...

— C'est une idée, dit Lynifred. Si certains adolescents étaient élevés par des Renonçantes, ils pourraient un jour témoigner au-dehors de ce que sont les femmes et de ce que les hommes pourraient être.

Elle enfila ses bottes.

— Dorénavant, j'emmènerai Loren dans mes tournées et je lui apprendrai à soigner les chevaux, maintenant qu'il est assez grand pour rester un jour loin de sa mère.

Lynifred pourrait élever un garçon mieux que la plupart des hommes, et certainement mieux que son père, pensa

Lora. *Elle en ferait un adulte fort, travailleur et honorable, et qui saurait qu'une femme peut l'être aussi.*

— Mais que dira mon mari ? demanda-t-elle.

— Si tu te soucies de ce qu'il dit, c'est que tu n'as pas ta place dans cette Maison, dit doucement Ferrika.

— Ce n'est pas tellement ce qu'il dit que je redoute, dit Lora, mais plutôt d'avoir à l'écouter pendant qu'il le dira.

— Nous en sommes toutes là, dit Marji, mais nous te soutiendrons. Je ne crois pas qu'aucun magistrat déciderait qu'il sera un meilleur éducateur que toi.

— Envoie-lui Janna, suggéra Lynifred. Et si, après une année passée à faire la fille de cuisine, lavandière et garde d'enfant pour sa belle-mère, elle ne nous revient pas en courant, c'est sans doute qu'elle mérite de vivre dans cette société.

— Mais je ne supporte pas l'idée de voir Janna retourner à ce...

— Si c'est ce qu'elle désire, tu ne peux pas l'en empêcher, dit Marji. Nous aimons notre vie, mais ce n'est pas une raison pour la lui imposer.

Lora baissa la tête, sachant que Marji avait raison. Janna devant être libre de choisir, comme elle l'avait été elle-même.

— Bon, dit Lynifred, puisque nous sommes toutes là, baptiserons-nous cette réunion « Assemblée Générale », et déciderons-nous que les garçons pourront vivre ici jusqu'à la puberté, pourvu que toutes les femmes y consentent, et que les filles seront obligées de passer un an hors de la Maison avant de prêter le Serment ? Je trouverais ça logique.

— Moi aussi, dit Marji.

Lora s'essuya les yeux et remarqua :

— Je ne suis pas en état de décider ce qui serait logique ou non. Je suis seulement heureuse de pouvoir garder mon fils.

— Et ta fille, dit Marji. Si Cara avait été traitée pendant un an comme le sont les adolescentes de... disons : Neskaya, elle nous serait certainement revenue. Janna nous reviendra.

— Je l'espère, murmura Lora, mais elle n'en était pas si sûre.

Pourtant, si Janna désirait vivre comme la plupart des femmes, Lora ne pouvait pas le lui refuser. Et si d'autres Renonçantes venaient ici avec leurs fils, ils pourraient constituer un premier noyau d'hommes élevés dans le respect des femmes. Cela valait la peine d'essayer.

— Je suis d'accord, dit-elle en souriant.

Et elle se mit à tailler le cuir pour les bottes de Loren. Et en plus, il aurait bientôt besoin d'un fourreau pour sa première épée.

Quand on quitte la Maison, inutile d'y revenir.

VIII. VIOLER LE SERMENT

d'Annette Rodriguez

Épuisée, transie jusqu'aux os par le vent glacé soufflant des Heller, boitant d'un pied suppurant d'une morsure de chien, Aleta se traînait vers la lointaine lumière de la Maison de la Guilde. La nuit avait été impitoyable, ne lui laissant qu'une idée en tête : trouver un abri. Elle retroussa ses lourdes jupes, heureuse de la chaleur qu'elles lui procuraient, pour marcher plus commodément, mais trébucha aussitôt. Non, c'était sans espoir ; elle n'y arriverait jamais. Mais les hurlements du vent lui apportèrent des bruits supplémentaires, qui effrayèrent d'autant plus son cheval qu'ils étaient inconnus. *Des bandits ?* Elle se releva péniblement. Plutôt mourir en marchant que tomber aux mains de ces canailles.

Une lumière était allumée dans la Maison de Neskaya, tremblotante. Tout le monde étant endormi à cette heure tardive, est-ce qu'on l'entendrait frapper à la porte ? Zelda montait-elle toujours la garde à l'entrée, ou les années avaient-elles modifié ses habitudes ?

Sa question la fit frissonner un peu plus, de crainte cette fois. La laisseraient-elles entrer ? D'un poing gourd de froid, elle tambourina à la porte. Les secondes d'attente lui parurent des heures.

Puis, après un bruyant déclic, le battant s'ouvrit lentement. Une bouffée de chaleur la frappa au visage. Les yeux brouillés de larmes, elle reconnut la silhouette corpulente de Zelda, la portière.

— Je viens demander asile, marmonna-t-elle avec effort.

Mais le large visage, compatissant d'abord, s'était durci en la reconnaissant.

— Toi ! s'écria Zelda d'un ton accusateur.

— S'il te plaît ! supplia-t-elle. Je ne sais pas où aller.

Je sais que je n'aurais pas dû venir. J'ai eu tort. J'aurais dû rester prisonnière là où ma folie m'avait menée. Mais il était trop tard. La nuit s'épaississait autour d'elle, resserrant son emprise sur sa conscience. Elle chancela et tendit les mains pour amortir sa chute.

Une seconde silhouette se profila près d'elle. Des bras puissants la soulevèrent et l'emportèrent à l'intérieur. La porte se referma dans un claquement définitif, et, brusquement, l'odeur familière des épices mêlée à celle du cuir brut rappela à ses sens le souvenir de la sécurité d'autrefois.

On porta une tasse à ses lèvres, et elle but. L'acidité du vin lui brûla la gorge. Elle s'étrangla et toussa, mais sa vision s'éclaircit. Elle prit la tasse entre ses mains tremblantes et la vida en quelques gorgées. Mais quand elle releva les yeux pour remercier Zelda, ce qu'ils rencontrèrent, ce fut le visage sévère et émacié d'une femme d'âge mûr aux cheveux bruns coupés court.

— Ainsi, tu as enfin trouvé le courage de revenir, lui dit la femme avec un cynisme qui lui fit mal. Je n'aurais jamais cru ça de toi.

Aleta posa la tasse sans un mot. Derrière elle, la femme rabattit en arrière la fine capuche de son manteau, révélant une cascade de longs cheveux châtains retenus par une riche barrette de cuivre.

— Non seulement tu as violé ton serment, mais tu as laissé repousser tes cheveux et tu as accepté ses cadeaux en même temps que sa protection.

— Je ne pouvais rien faire d'autre, répondit Aleta, se raidissant sous ces dures paroles.

Mais la femme la prit par l'épaule et la força à se tourner vers elle.

— Tu oses me dire ça ! Je t'ai donné la vie, dans cette

Maison de la Guilde. Tu as été élevée parmi nous. Tu as prêté le serment de Renonçante. Tu nous connaissais. Et tu nous a rejetées, tu as trahi tous nos secrets à cause d'un homme !

— Je l'aimais ! s'écria Aleta en pleurant, se dégageant de la rude poigne de sa mère. Il ne pouvait pas prendre pour épouse Aleta n'ha Kira. Il ne pouvait pas accepter une union libre. Il est fils d'un seigneur Comyn. Il n'y avait pas d'autre solution pour nous que le mariage *di catenas*.

— Il y a toujours une autre solution, déclara Kira.

Elle se mit à arpenter la pièce.

— Si tu avais choisi de nous quitter et de te lier à un homme avant de prononcer tes vœux, j'aurais été déçue, mais je l'aurais accepté. Mais violer ton serment comme tu l'as fait, Aleta, c'est très grave. Si même tu étais revenue peu après ton départ, acceptant d'être châtiée et réintégrée parmi nous, j'aurais pu te pardonner. Mais tu es restée avec lui et tu as défié nos lois. Maintenant, tu ne peux attendre de nous qu'une seule chose.

— Je sais, murmura Aleta.

Les derniers mots du serment des Renonçantes résonnèrent dans sa tête — *qu'elles m'abattent comme un animal, et abandonnent mon corps sans sépulture à la corruption*. Pourtant, l'injustice de la situation la poussa à se justifier.

— Tu ne comprends donc pas ? Je n'étais qu'une enfant quand j'ai prêté le serment. Une enfant de quinze ans, impressionnée et aveuglée par vos exploits héroïques. Je voulais être comme toi, et comme Dana, ma mère de serment, qui se vantait de ses cicatrices de guerrière. Mais je n'ai pas pu. Je ne me sentais pas à ma place. C'était différent avec Alan. Je pouvais lui appartenir. Il disait que j'étais jolie. Il disait qu'il m'aimait.

Kira fixait le mur nu tandis qu'Aleta terminait :

— Mais à la fin, il n'a pas été très différent de vous. Ce qu'il voulait, ce n'était pas ce que je suis. J'ai essayé de donner le change, mais j'ai fini par être une étrangère importune dans sa maison.

— Alors, tu n'es pas liée à lui *di catenas*?

Aleta secoua la tête.

— La cérémonie devait avoir lieu à Thendara, à la Fête du Solstice d'Hiver, mais...

— Mais te voilà, soupira Kira. Très bien. Il s'agit d'une affaire sérieuse, qu'on ne peut pas régler au milieu de la nuit. Je devrais te jeter aux chiens pour qu'ils te dévorent, mais tu peux passer la nuit ici. Zelda te donnera une chambre et pourvoira à tes besoins immédiats. Le jugement peut attendre jusqu'à demain.

Aleta se leva, fit un pas en avant, mais grimaça, la douleur de son pied blessé se réveillant. Elle saisit une lueur d'inquiétude, bien vite éteinte, dans les yeux de sa mère. Mais Kira la força quand même à se rasseoir pour examiner son pied.

— Un chien a voulu savoir quel goût j'avais, dit-elle, s'efforçant bravement de sourire pendant que sa mère défaisait son pansement.

Kira, sans un mot, alla chercher de l'eau, des pommades et des bandages propres pour soigner la vilaine blessure. Elle lui administra ses soins d'une main douce, rapide et efficace, et les violents élancements qui n'avaient pas quitté Aleta depuis sa fuite s'adoucirent en une douleur sourde. Mais quand elle se leva pour remercier sa mère, Kira la repoussa rudement.

— Tu n'as pas à me remercier. J'en aurais fait autant pour une bête malade.

Il n'y avait rien à répondre. Aleta regarda Kira sortir, mais, malgré son désir de courir après sa mère pour la serrer dans ses bras de toutes ses forces et anéantir la souffrance qui les séparait, elle se domina. L'attitude de Kira était inflexible et implacable.

Zelda revint, le visage aussi froid et sévère que celui de Kira.

— Par ici, dit-elle, montrant de la main un long couloir menant à l'escalier.

Aleta la suivit docilement, s'efforçant de trouver quelque réconfort dans ses souvenirs d'enfance. Debout devant l'escalier, elle se rappela les courses folles qu'elle faisait avec son amie Melinda, quand elles descendaient les marches trois par trois. *Melinda, je t'avais presque oubliée*, breda.

Zelda l'attendait impatiemment sur le palier, mais Aleta voulait savoir.

— Melinda est toujours ici? Ou bien est-elle partie dans une autre Maison de la Guilde?

— Pour son bien, je regrette qu'elle ne soit pas partie, répondit Zelda avec une nuance de tristesse. Elle est restée, même après que nous avons été certaines que tu ne reviendrais pas. Mais par chance, elle guide actuellement un groupe de voyageurs dans la montagne. Il aurait été trop cruel pour elle d'être témoin de ton retour.

Aleta accepta ces dures paroles parce qu'elle les méritait, mais son courage fléchit un peu plus. En partant, son unique regret avait été de quitter Melinda, sa sœur adoptive. Zelda lui donna une chambre, et referma la porte, la laissant avec ses pensées. Avait-elle le droit de s'attendre à ce que Melinda l'accueille à bras ouverts, comme si rien ne s'était passé? Elle considéra les murs nus autour d'elle. Avait-elle le droit d'attendre de la compassion de la part de sa mère ou des sœurs de la Guilde?

Les murs ne connaissaient pas la réponse. Elle tomba sur le lit, les fatigues de quatre jours de voyage en terrain découvert ayant finalement raison de sa résistance. Le sommeil serait la seule consolation qu'elle recevrait de la Guilde ce soir-là.

Mais alors qu'elle venait juste de poser sa tête sur les doux oreillers, lui sembla-t-il, elle fut réveillée par des pas précipités passant devant sa porte. Un pâle soleil entrait par la fenêtre. Aleta se frotta les yeux, réalisant que c'était le matin.

Elle se leva, et lissa les plis de sa large jupe, car elle s'était endormie tout habillée. La porte n'était pas fermée à clé; elle l'ouvrit, et, après avoir jeté un coup d'œil dans le couloir désert, se dirigea vers l'escalier.

La plus grande confusion régnait à l'étage inférieur. Aleta entendit des voix, et, à leur ton, réalisa qu'il se passait quelque chose sortant de l'ordinaire. Plusieurs femmes se dirigèrent vers l'escalier; entre elles marchait avec une grâce de biche une grande jeune fille aux courtes boucles blondes. Ses culottes d'Amazone étaient tachées et poussiéreuses, et de longues estafilades rouges se voyaient sous sa tunique en lambeaux.

Alarmée, Aleta se plaqua contre le mur, comme pour y disparaître. Les femmes venaient vers elle, et elle saisit leurs paroles.

— C'est un miracle que tu sois encore entière. Une avalanche rocheuse, c'est généralement mortel.

— J'ai bien cru que tout était fini pour moi, mais la Déesse devait avoir d'autres projets. Nous n'avons été qu'un peu contusionnés, et, tout compte fait, j'estime avoir eu de la chance.

— Pas de chance quand même que tu aies perdu tout ton matériel. Tu as bien fait de faire demi-tour, Melinda.

— Si seulement mon client avait pensé comme vous ! Il n'a pas arrêté de fulminer et brailler tout le long de la route jusqu'à...

Le silence qui tomba était plus profond que la nuit la plus noire. Les paroles de Melinda moururent dans sa gorge quand elle rencontra le visage détourné d'Aleta, et elle devint livide. Aleta se retourna et repartit vers sa chambre, presque aveuglée par les larmes. Melinda l'avait vue et s'était rappelée. Son expression avait été le premier signe de bienvenue qu'elle avait pu déceler depuis son retour chez les Renonçantes. Enfin, jusqu'au moment où elle avait fait place à la froide indifférence dont sa mère avait fait preuve, puis à un air d'amer reproche.

Aleta boitilla jusqu'à son lit. Elle s'était attendue à la dureté de sa mère. Et l'hostilité des autres sœurs n'en était que la conséquence. Elle l'acceptait. Elle pouvait même le comprendre. Mais l'inimitié de Melinda était une chose à laquelle elle n'était pas préparée. C'était trop cruel. Ça la blessait jusqu'à l'os.

Elle paniqua à un coup frappé à la porte. Était-ce Melinda ? Elle eut un mouvement de recul, incapable de supporter une telle épreuve en ce moment-là. Dieu merci, ce n'était que Zelda qui entrait avec un plateau pour le petit déjeuner.

— Kira te demande de descendre dès que tu auras mangé et fait ta toilette, déclara-t-elle d'un ton sans réplique. Elles ont pris leur décision.

Aleta jeta un coup d'œil sur le plateau, toute faim bannie par son estomac noué.

— Je serai prête dans quelques minutes, dit-elle à Zelda.

Mais la portière était déjà sortie sans attendre sa réponse.

Aleta se rallongea sur son lit, découragée. *Je dois trouver le courage de les affronter — quoi qu'elles me fassent. Et plus tôt ce sera fait, mieux ça vaudra. Si seulement Melinda n'était pas là, je supporterais cette honte avec plus de fermeté.* Mais ses lamentations n'eurent aucun résultat, sauf de l'amener à la salle de réunion de la Guilde.

Le couloir et l'escalier étaient vides, toutes traces effacées de l'arrivée tumultueuse de Melinda. Aleta prit une profonde inspiration pour maîtriser ses nerfs. Elle n'était pas si pusillanime quand elle avait fui la Maison. Deux ans passés parmi les femmes des Domaines l'avaient amollie. Mais elle se présenterait devant ses sœurs sans trembler. Elle accepterait le sort qui l'attendait. Pourtant, elle savait que son courage était comme le verre, très facile à briser.

Une silhouette s'approcha. C'était Zelda.

— Elles t'attendent.

Aleta hocha la tête à cette remarque inutile. Elle poussa la porte et entra dans la salle. Toutes les sœurs de la Guilde étaient là. Kira se leva à son entrée et fit signe à Dana de la rejoindre. Aleta rencontra le regard de sa mère de serment, n'y voyant une fois de plus que reproche et réprobation.

— Un messager d'Alan vient d'arriver. Pour te ramener chez ton amant, dit Kira, choisissant le terme le plus vulgaire. On dirait que tu lui manques.

Aleta n'osa pas lever les yeux, et encore moins articuler un mot.

— Au moins, il est assez civilisé pour ne pas avoir envoyé une armée chercher sa future femme, reprit Kira du même ton froid. Naturellement, cela n'entre pas en ligne de compte. Ses exigences n'ont aucun droit au regard de nos lois. Et nos lois stipulent que toute femme qui a violé son serment doit se présenter pour être jugée. Toute dérobade est punissable de mort.

— Le problème n'est pas aussi clair dans le cas présent, dit Dana.

Aleta leva vivement les yeux. Comment se faisait-il que quelqu'un parlât en sa faveur ? Mais elle fut encore plus étonnée d'entendre sa mère en tomber d'accord.

— Effectivement, Dana. Nous étions sans doute dans l'erreur en faisant prêter le serment à une adolescente pas assez mûre pour en comprendre toutes les implications. Toutefois, il est bien tard pour réparer. La mort serait un châtiment excessif, mais nous ne pouvons pas permettre qu'on prenne notre serment à la légère. Nous infligerons donc une punition différente.

Aleta, qui avait repris espoir, reperdit tout courage à ces paroles.

— Aleta, tu subiras le même sort que si tu étais morte. Aucune Renonçante ne pourra t'approcher pour te parler, t'aider ou te réconforter. Tu es bannie de toutes les Maisons de la Guilde, et interdite de contact avec ses membres. Le nom d'Aleta n'ha Kira est effacé de nos archives et de nos cœurs. Retourne à l'homme dont tu as préféré la maison à la nôtre, et ne remets plus jamais les pieds sur nos terres.

Sur un geste de Kira, toutes les Renonçantes tournèrent le dos à Aleta.

— Va-t'en, dit-elle à la jeune fille prise de vertige. Et puisses-tu trouver la consolation dans son amour qui t'a fait perdre le nôtre.

Aleta déglutit avec effort, stupéfaite de la dureté de ce jugement. Elle sortit d'un pas raide, comprenant à peine ce qui venait de se passer. La grande porte était ouverte, mais elle se referma lentement derrière elle. *Non, ce n'est pas possible.* Il n'y avait donc ni compréhension ni pardon ?

Il y avait plusieurs Renonçantes dans la cour, mais elles aussi lui tournèrent le dos quand Aleta regarda dans leur direction. Elle était une bannie, seule et abandonnée, à qui l'on refusait jusqu'au droit de se défendre.

Des pas s'approchèrent, et, levant les yeux, elle vit le messager d'Alan s'avancer avec un cheval.

— Dame Aleta, dit-il, vous allez rentrer avec moi.

Aleta hocha la tête. Avait-elle le choix? Elle laissa l'homme l'aider à monter, domptée par l'adversité. Le messager se mit en selle, et guida la monture d'Aleta, s'éloignant des arbres entourant la maison de son enfance — son foyer perdu à jamais.

Les heures s'écoulèrent, interminables, et le soleil sanglant disparut enfin sous l'horizon. Le vent se leva, mais tout était indifférent pour Aleta. Elle n'était plus qu'une marionnette dont les fils avaient été coupés, et insensible à tout.

Des bruits suivirent leur passage à travers la forêt brumeuse. Des bruits qui, si elle n'avait pas été en proie à un profond marasme, l'auraient effrayée. Son cheval hennit, comme pour l'avertir, les narines frémissantes à l'approche du danger. Mais c'est seulement quand le cheval du messager se cabra, jetant son cavalier à terre comme une poupée désarticulée, qu'elle fut tirée de sa léthargie.

Des ombres sortirent des arbres. Des hommes, hideux, lubriques, avancèrent sur elle, leurs couteaux luisant comme des crocs. Aleta aurait voulu hurler, mais la terreur l'étranglait. Tout ce qu'elle put faire, ce fut de détendre la jambe, et de regarder son premier assaillant tomber à la renverse, éberlué.

Elle éperonna vigoureusement sa monture et la sentit s'élancer. Mais quelqu'un la saisit par sa cape, et la fit tomber de sa selle. Elle atterrit lourdement, le souffle coupé. Une grosse main la bâillonna, et elle faillit s'évanouir. Ils étaient trop; elle ne pouvait pas les combattre tous.

Ils la plaquèrent par terre, lui arrachant ses vêtements. Elle se sentit impuissante, simple pion dans une partie qui la dépassait. Tout lui était égal. Mais quand une bouche puante se plaqua sur la sienne, elle se rebiffa. Non, ça ne lui était pas égal. Elle ne se soumettrait pas. Une violente colère fulgura dans tout son être. Tous les mouvements se ralentirent. Les visages n'étaient plus que des taches floues. Les enseignements et l'entraînement de sa jeunesse reprirent le dessus. Elle n'était pas une femme des Domaines, faible et molle, et elle n'était plus la fillette aux grands yeux admiratifs aspirant à l'héroïsme et échouant dans toutes ses tentatives. Elle était Aleta, ni plus ni moins. Et elle ne se laisserait plus bousculer ni manipuler par personne.

Son assaillant reçut un coup de genou dans les parties, et hurla de douleur. Il roula sur le côté, gémissant comme un bébé. Aleta se releva d'un bond, comme mue par un ressort, et se mit à courir. Elle courut comme le vent, enfin libérée du poids qui l'oppressait. Les autres bandits avaient disparu. Si elle pouvait trouver un cheval, elle s'en irait au galop et...

Une silhouette se profila entre deux arbres et avança vers elle. Avant qu'elle ait eu le temps de se défendre, on la précipita face contre terre. On lui immobilisa les mains, et elle ne put que se contorsionner vainement sous la force de cette nouvelle attaque.

Elle balança violemment les jambes, essayant désespérément de déloger son assaillant. Mais un rire musical tinta à son oreille.

— Par tous les enfers de Zandru, Aleta, arrête ou tu vas m'estropier.

— Quoi ? bredouilla Aleta, se redressant car on l'avait lâchée. Qui est-ce ? Qu'est-ce qui se passe ?

— Qui est-ce ? Tu m'as déjà oubliée ? C'est Melinda, *breda* !

Entendant l'inflexion personnelle, Aleta resta médusée.

— Mais comment ? Je veux dire, pourquoi es-tu ici ? J'ai été bannie. Personne n'a le droit de me parler.

— Cet ordre a été rapporté, dit une autre voix très familière.

— Maman ! s'écria Aleta, se levant précipitamment. Je ne comprends pas. Comment es-tu ici ?

Kira entoura de son bras les épaules tremblantes de sa fille.

— Patience, *chiya*. Tu sauras tout dans quelques instants. Dis-moi, es-tu blessée ?

— Non, mais...

— Chut, dit Kira. J'ai dit que j'allais tout t'expliquer. Nous avions appris depuis plusieurs jours que tu avais quitté la demeure de ton seigneur Comyn. Tu revenais chez nous quand deux Renonçantes t'ont rencontrée et t'ont suivie pour te protéger. Nous avions une décision difficile à prendre. Tu comprends, nous étions toutes d'accord pour te reprendre, mais avant, il fallait que tu sois punie, car tu avais violé nos lois. Crois-moi, quand je t'ai vue à la porte, épuisée et blessée, j'ai eu du mal à ne pas te prendre dans mes bras comme un petit enfant.

Aleta était confondue. Fallait-il en croire sa mère, et penser que toutes ses épreuves n'avaient été que faux-semblant, mise en scène conçue pour lui servir de punition ? Cette idée lui fut comme une secousse qui la galvanisa et la redressa. Une fois de plus, son choix, sa vie étaient manipulés. L'injustice de ce traitement l'enflamma de colère.

— A cause de cette imposture, je ne reviendrai pas chez vous, déclara-t-elle. Vous auriez dû me laisser choisir d'accepter ou non le châtiment. C'était mon droit. Au lieu de quoi, vous m'avez dénié ce choix, supposant que j'accepterais docilement votre décision, trop heureuse de retourner parmi vous.

Kira la considérait sans trahir aucune émotion.

— Si tu ne veux pas revenir à la Maison de la Guilde, alors, retourneras-tu chez Alan ?

— Non, dit Aleta, se tournant vers la nuit ténébreuse, sachant que cet épisode de sa vie était terminé. Il est comme vous, il essaye de faire de moi ce que je ne suis pas. Je ne me laisserai plus bousculer, harceler et intimider pour adhérer aux décisions des autres. Je déciderai moi-même de ce que je veux. Et je choisis d'être libre.

Aleta se retourna vers Melinda et sa mère, s'attendant à des visages réprobateurs et furieux. Ce n'était pas ça qui lui ferait changer sa décision, pensa-t-elle. Pourtant, à sa grande surprise, Melinda souriait et le visage heureux de sa mère brillait de larmes de joie.

— Je suis très fière de toi, ma fille, dit doucement Kira. Maintenant, tu as enfin compris ce que c'est que d'être une

Renonçante. Tu as enfin accompli le serment prêté quand tu étais trop jeune pour le comprendre.

Melinda s'avança vers elle.

— Tu comprends maintenant, *breda*? Tu as toujours laissé les autres façonner ta vie, et cela n'est pas la voie des Amazones. Nous choisissons notre destin, comme tu viens de le faire, et nous ne dépendons que de nous-mêmes pour nous protéger. Personne n'a pouvoir sur nous. C'est cela, être libre.

Aleta comprit. Sa colère tomba. Elle avait l'impression de s'être enfin trouvée, d'avoir trouvé sa place. Mais soudain, elle crut voir sur le visage de Melinda les rides creusées par les années, la séparation.

— *Breda*, me pardonneras-tu jamais la peine que je t'ai causée en partant?

Melinda sourit.

— Prends ma main, dit-elle, et tu verras que tout est pardonné.

Aleta s'exécuta, et la poignée de main chaleureuse de Melinda fut comme un baume vivifiant versé sur ses émotions douloureuses. Elle se retourna vers sa mère comme celle-ci la reprenait dans ses bras.

— Mais que sont devenus ces hommes? demanda-t-elle, regardant autour d'elle. Et celui qui m'a attaquée?

Kira éclata de rire en regardant Melinda.

— J'ai peur, *chiya*, qu'ils n'aient eu affaire à trop forte partie avec toi. Quand nous les avons engagés pour ce petit spectacle, nous leur avons dit que tu étais frêle et pas très forte. Aussi, quand ils ont trouvé un lion de montagne à la place de la biche qu'ils attendaient, ils ont fui sans demander leur reste. Ils répandront bientôt d'affreuses rumeurs sur les redoutables Amazones, je suppose.

— Non, gloussa Aleta. Elles ne sont pas si redoutables. Un peu tortueuses, peut-être, surtout certaines Mères de la Guilde et leurs acolytes. Mais je ne vois pas quelle compagnie je pourrais leur préférer.

Kira répondit d'un grand sourire.

— Alors, mes filles, rentrons à la maison. Et que plus rien ne nous sépare jamais.

Prière à laquelle Aleta adhéra du fond du cœur.

Quand on a été chassée de la Maison,
quelle est l'étape suivante ?

IX. L'HONNEUR DE LA GUILDE

de Joan Marie Verba

Janna n'ha Cassilde étudia attentivement le corps allongé devant elle. L'homme n'aurait pas dû être mort. Il ne portait aucune marque de violence, aucun signe de maladie. Elle découvrit la matrice suspendue à son cou, espérant que le *laran* résoudrait le mystère. Espoir déçu. Renveloppant la pierre-étoile avant de la remettre dans sa tunique, elle se retourna pour consulter la femme du défunt. Une foule s'était silencieusement rassemblée derrière elle, dans la vieille cabane où gisait le cadavre.

Janna ignora les regards fixés sur elle.

— Et tu dis que c'est une Renonçante qui l'a tué, *mestra* ? demanda-t-elle à la femme.

— Oui, il n'y a pas de doute. Elle avait les cheveux rasés — et elle portait des culottes et une épée comme toi.

La femme rabattit son châle sur son visage, dissimulant ses traits.

Janna se gratta l'oreille. La femme parlait une langue rustique, bien différente du distingué *casta* ou du *cahuenga* de la cité auquel elle était habituée, mais elle comprit le sens général de ses paroles. La Renonçante se retourna vers le corps, s'attendant presque à ce qu'il se relève, mais il demeura immobile et froid comme devant.

— Et tu dis qu'elle l'a juste regardé, et qu'il est tombé foudroyé ?

— Oui, oui, dit-elle, plus lentement cette fois, et plus hésitante.

— Et il n'y avait aucune raison de le tuer, d'après toi ?

— Non, non, aucune raison. Il travaillait aux champs, c'est tout.

La femme regarda nerveusement Janna, puis un dénommé Ruyvil, qui semblait être l'un des notables de ce pauvre village.

— Toutes les Renonçantes sont folles, si tu veux mon avis, déclara-t-il sans ambages. Le Conseil Comyn devrait révoquer votre charte et vous marier à des hommes qui vous dresseraient à coups de trique. Ce sont les Séchéens qui ont raison — ils enchaînent leurs femmes !

Janna l'ignora.

— Je suis désolée de ce décès, dit-elle à la veuve. J'ai moi-même un compagnon qui m'est très cher...

— Un porteur de sandales, sans doute, grommela Ruyvil.

— ...et si ta famille a besoin de bras pour la moisson, je viendrai t'aider avec toutes mes sœurs.

— Non, merci, *mestra*, dit la veuve, reculant un peu pour mieux dissimuler son visage. J'ai trois fils adultes qui peuvent m'aider, dont deux célibataires.

Janna tendit les bras pour donner une accolade rassurante à la veuve, mais la femme recula craintivement, et Janna se contenta de murmurer quelques mots de politesse et s'éloigna.

Sortant de l'atmosphère confinée de la cabane — tout le village devait être là — Janna respira le bon air avec soulagement. Le hameau se trouvait en territoire Ridenow, à peu près à égale distance des terres de Serrais, d'Alton et des Villes Sèches — c'est-à-dire au milieu de nulle part. Normalement, un si petit village n'aurait pas dû avoir une Maison de la Guilde, mais une matrone de l'endroit, qui jouissait de quelque aisance, s'était faite Renonçante après son veuvage, et, étant sans héritiers, avait légué à la Guilde un élevage de chevaux, qui était devenu l'état-major des Amazones pour la région. Non contentes de fournir toute la Guilde en montures, les sœurs accouchaient les femmes de ces villages écartés, et faisaient des tournées régulières pour surveiller leurs clientes. De plus, elles avaient une parcelle de prairie qui fournissait le fourrage des chevaux et des laitières, et un potager qui produisait tous leurs légumes.

Janna n'était ni une native de l'endroit ni une résidente permanente de la maison. Fille aînée du clan Hastur, elle avait servi son temps dans une Tour, puis, ayant refusé un mariage Comyn, elle était entrée chez les Renonçantes. Elle avait voulu être indépendante, et elle l'était. Elle vivait en union libre avec un charron de Thendara, dont elle avait des enfants, et, maintenant, des petits-enfants. Elle avait souvent servi d'escorte et de garde du corps à des dames Comyn en voyage, traqué le gibier, travaillé sur les lieux d'incendies, et, quand c'était nécessaire, discuté avec le Conseil Comyn des problèmes relatifs aux Renonçantes. Quand Mère Rayna, la Mère de la Maison locale, avait fait savoir à Thendara qu'une Renonçante avait commis un meurtre et demandé de l'aide, la Maison de Thendara avait dépêché Janna.

— La veuve était battue par son mari, non ? demanda Janna à Rayna, suspendant sa cape en rentrant à la Maison.

— Très souvent, dit Rayna, emmenant Janna dans sa chambre.

La Mère de la Guilde était vêtue comme Janna — culottes, grosse chemise, gilet et bottes.

— Elle avait peur de le quitter, et je doute qu'elle soit très affligée de sa mort. Mais c'est la seconde mort en deux décades, et, si nous n'arrêtons pas bientôt la coupable, je crains que le Conseil Comyn n'intervienne et ne révoque notre charte dans les Sept Domaines.

Elle s'assit dans un fauteuil devant la cheminée, et fit signe à Janna d'en faire autant.

Janna s'assit, constatant qu'elle avait les muscles raides et douloureux après sa longue chevauchée, son bref arrêt à la Maison de la Guilde et son aller-retour à la maison de la veuve. Elle n'avait pas encore ôté sa tenue de voyage, et ne savait absolument pas où les sœurs avaient mis ses bagages et sa monture.

— Tu dis qu'après le premier meurtre, tu as mis Liriel aux arrêts dans la Maison, et qu'elle s'est évadée. Pour nous, cela fait d'elle une hors-la-loi. Tu pourrais la pourchasser.

Rayna ouvrit les bras en un geste d'impuissance.

— Essaye donc de l'attraper !

Elle passa la main dans ses cheveux, grisonnants comme ceux de Janna, sauf qu'à l'origine ils étaient noirs, et ceux de Janna cuivrés.

— Liriel était déjà volontaire et entêtée à son arrivée ici. C'est une *nedesto* du clan Ridenow, élevée dans un village un peu au nord d'ici. Un beau jour, elle est venue frapper à notre porte. Généralement, les familles s'enquièrent des femmes qui viennent chez nous — soit en fureur si la femme s'est enfuie, soit pour s'informer de sa santé si elle a prévenu les siens. Mais personne n'est jamais venu demander des nouvelles de Liriel.

— Si c'était une rebelle, pourquoi l'avez-vous acceptée ?

— Elle n'était pas de caractère difficile — du moins au début. Elle était déterminée à devenir Renonçante, et elle a accepté la claustration d'un an dans la Maison avec la même obstination qu'elle apporte à tout ce qu'elle fait. Personne n'a eu à se plaindre d'elle. Elle a parfaitement appris tout ce que nous lui avons enseigné — surtout l'escrime. L'année de claustration terminée, elle a bien servi la Maison. Mais peu à peu, des incidents sont survenus. Elle prétendait qu'une sœur lui avait parlé, et celle-ci le niait. Puis elle affirma entendre des voix sortant des puits. Les sages-femmes me dirent que, lorsqu'elles traversaient la forêt avec elle, Liriel certifiait que les arbres et le ciel lui parlaient.

— Qu'as-tu fait ?

Rayna haussa les épaules.

— Que pouvions-nous faire ? Nous avons essayé de l'occuper constamment. Cela a un peu arrangé les choses, mais les sœurs se sont fatiguées de l'entendre parler sans cesse des voix qu'elle entendait. J'ai alors fait le projet de l'envoyer dans une Tour, pour voir si les *leroni* pourraient faire quelque chose, comme cela arrive souvent dans les cas difficiles. Mais avant que j'aie eu le temps d'écrire ma lettre, Liriel est sortie un soir et a tué Alaric.

Janna déplaça son poids dans son fauteuil.

— Qui était Alaric ?

— Un bon à rien qui avait mauvaise réputation dans tous les villages d'alentour. La plupart des parents cachaient leurs filles en le voyant. Certaines gamines — car Alaric ne choisissait jamais des adultes — disaient qu'Alaric les avait violées. Mais il ne restait jamais assez longtemps au même endroit pour qu'on puisse l'arrêter. Liriel est revenue au matin, avec du sang plein ses vêtements, annonçant que Zandru lui était apparu et lui avait ordonné de lui envoyer Alaric. Parfaitement imperturbable, elle a pris un bain, s'est changée, et a déjeuné avec les autres, muettes de saisissement.

Janna soupira.

— Peu de gens ont regretté Alaric. Certains pères de filles abusées ont dit que Liriel avait fait simplement ce qu'ils auraient fait tôt ou tard. Je lui ai quand même ordonné de rester dans la Maison, jusqu'à ce que j'aie écris aux *leroni*. Mais Liriel s'est évadée avant que j'aie écris ma lettre. C'est alors que j'ai dépêché une sœur à la Tour, et une autre à Thendara. Tu es arrivée la première, et, entre-temps, Liriel a encore tué.

Janna se frictionna le front.

— J'ai servi une saison dans une Tour. Ils ont déjà vu des cas semblables. Ils te répondront qu'ils ne peuvent rien faire, je crois. Il vaudrait mieux qu'elle mange quelque herbe vénéneuse dans la forêt, et que les dieux la rappellent à eux. Sinon, sa vie risque de n'être qu'un long calvaire, où elle serait soit enchaînée pour l'empêcher de tuer de nouveau, soit libre, et donc libre de continuer à tuer au hasard, jusqu'à ce que quelqu'un lui règle son compte.

Un long silence s'ensuivit. Rayna dit enfin :

— Je suis désolée. A parler franchement, Liriel n'a jamais été une amie. Mais si difficile qu'ait été son caractère, je n'ai jamais failli à une sœur de toute ma vie. Dans son cas, j'ai un sentiment d'échec.

— Le pire serait de ne rien faire, dit Janna. Beaucoup s'imaginent que les Renonçantes sont bravaches et perverses. Une seule meurtrière dans nos rangs peut ruiner notre réputation dans les Sept Domaines. Aucun employeur ne nous engagera plus, les gens nous craindront encore davantage, et des voix s'élèveront pour demander la révocation de notre charte au Conseil Comyn. C'est un problème que nous devons résoudre nous-mêmes, et vite.

Rayna sourit.

— Tu peux quand même prendre le temps de te reposer après ton voyage. Et de manger un peu, non?

— Manger... un peu, oui. Puis il faudra que je me lance à sa recherche, avant que la piste ne refroidisse.

— Je ne crois pas qu'elle soit allée bien loin, dit Rayna.

— Tant mieux, elle sera d'autant plus facile à rattraper.

Janna commença ses recherches au champ de la veuve. Les empreintes dataient de la veille, mais étaient faciles à repérer dans la boue séchée. Les épaisses semelles des bottes des Renonçantes, que les sœurs confectionnaient elles-mêmes, présentaient des reliefs destinés à assurer une bonne adhésion à la terre; les motifs en étaient très reconnaissables. Janna leva les yeux, et constata qu'il était juste midi passé. Si Liriel était encore dans les parages, Janna l'aurait localisée d'ici à la tombée de la nuit. Elle se releva, époussetant la poussière de ses mains. Une fois qu'elle aurait retrouvé la fuyarde, elle la ramènerait et l'enfermerait à clé dans une chambre jusqu'à ce que Mère Rayna ait décidé ce qu'elle ferait d'elle. Journée bien remplie en perspective.

Les empreintes la conduisirent à la forêt voisine. Liriel ne faisait aucun effort pour éviter d'être suivie, à en juger aux traces qu'elle laissait derrière elle. Janna se dit qu'il devait avoir plu la veille du second meurtre, car le sol était sec maintenant, mais les empreintes étaient toujours visibles. Elles conduisaient à un ruisseau, au bord duquel était installé un petit camp, avec feu de bois et abri rudimentaire en branches.

Liriel marchait de long en large près du feu. Elle n'avait pas vu Janna, qui continua à avancer prudemment d'arbre en arbre pour se dissimuler à sa vue. En approchant, elle entendit Liriel qui parlait toute seule. Janna avança un peu la tête et prêta l'oreille, tentant de saisir ses paroles.

Brusquement, Liriel se tut. Janna recula sa tête. Le bruit des bottes dans l'herbe humide lui apprit que Liriel venait vers elle. Elle tira son épée. Quand elle jugea que Liriel était juste derrière son arbre, elle se dévoila, épée levée.

Liriel la foudroya du regard. Ses boucles rousses tombaient sur ses grands yeux noisette. Les cheveux n'avaient pas un fil gris. D'une demi-tête plus grande que Janna, elle avait les épaules carrées, le visage lisse et sévère.

— Tu pourrais être déclarée hors la loi pour tirer l'épée contre une sœur, l'avertit Liriel.

— C'est toi qui es hors la loi pour refuser de te soumettre à la discipline de ta Mère de la Guilde.

Liriel se redressa fièrement.

— J'obéis aux lois des dieux d'abord, à celles de la Guilde après. C'est ce que j'ai juré en prêtant le serment.

Janna modifia un peu sa posture, tout en continuant à tenir fermement son épée dégainée. Liriel ne divaguait pas. Peut-être conservait-elle un semblant de rationalité qu'il serait possible de toucher.

— Ainsi, tu as tué ces deux hommes sur l'ordre des dieux ?

— Naturellement, dit Liriel, du ton de celle qui énonce une évidence. J'admets avoir commis une erreur en supprimant le premier par l'épée. Zandru ne m'avait pas encore dit qu'il existait un autre moyen. C'est Avarra qui m'a enseigné comment tuer sans verser le sang et sans arme — par l'esprit, dit-elle en se touchant le front. Elle m'a pardonné mon erreur; en tant que Renonçante, je n'aurais pas dû écouter Zandru de toute façon. Elle m'a assigné une autre tâche. Puisse Avarra me juger elle-même si j'échoue.

Janna s'efforçait toujours de comprendre comment Liriel avait procédé avec son *laran*. Un télépathe possédant le don des Alton pouvait tuer par la pensée. Avait-elle le don des Alton ? Il fallait un Alton pour en tester un autre. Elle-même avait le don des Hastur. Si Liriel était une *nedesto* du clan Ridenow, elle aurait dû avoir le don des Ridenow, qui se manifestait par l'empathie et la capacité de communiquer avec des intelligences non humaines. Mais cela ne signifiait pas qu'elle ne pouvait pas avoir fait ce qu'elle prétendait. Le *laran* était une arme puissante en lui-même.

Janna s'humecta les lèvres, réfléchissant.

— Si tes ordres venaient effectivement des dieux, ma sœur, alors Mère Rayna conviendra que son jugement était erroné. Puis-je leur parler, moi aussi ? Alors, tu seras libre. Sinon, tes sœurs te considéreront toujours comme une hors-la-loi.

— Tu veux... ?

A l'évidence, Liriel ne s'attendait pas à cette requête. Avant que Janna ait pu ajouter un mot, elle détourna brusquement la tête, puis ramena son regard sur Janna.

— Puisque tu es une Hastur d'Hastur, ils disent que tu peux les voir, toi aussi. Rengaine ton épée et suis-moi.

Elle se dirigea vers le feu de camp. Janna s'exécuta, non qu'elle eût confiance en Liriel, mais parce que celle-ci n'avait qu'un couteau, et qu'elle aurait le dessus s'il fallait en venir aux mains.

Liriel s'arrêta devant le feu, et tendit la main.

— Regarde la flamme.

Janna ne vit rien, que le feu. Mais elle sentit comme un chatouillement dans sa gorge, et, sans avoir besoin d'y être encouragée par Liriel, elle sortit sa matrice et regarda le foyer à travers elle par le *laran*.

Elle fut aveuglée. Elle lâcha sa pierre-étoile, qui, suspendue à son cou à un cordon, rebondit sur son sternum.

Elle se protégea le visage de son bras, mais la lumière était dans son esprit, et non dans son regard. Et elle ne disparaissait pas, qu'elle tournât la tête ou fermât les yeux. Elle était partout, dans son crâne, dans ses oreilles. Son odeur remplissait ses narines, son goût envahissait sa bouche. La lumière se répandit dans tout son être, puis se retira, la précipitant dans les ténèbres.

Janna ouvrit les yeux, et vit des étoiles, entourées d'un cercle de frondaisons. Elle était couchée sur le dos. Elle se retourna. Les braises du feu rougeoyaient encore. Liriel avait disparu.

Janna s'assit en gémissant. Elle se tâta les jambes et les bras. Apparemment, elle n'avait rien. Elle n'avait pas de blessure à la tête. Elle se frictionna le front. Elle avait une sourde migraine, comme après une forte fièvre, mais ce n'était pas douloureux. Elle inspira l'air frais de la nuit et l'expira en un soupir... Arrêter Liriel serait plus compliqué qu'elle ne l'avait prévu.

Elle repartit vers le village. Avant d'arriver à la première maison, elle entendit un cri. Courant en direction du son, elle vit un homme effondré devant la porte. Une femme était penchée sur lui et fourrait ses doigts dans sa bouche pour étouffer ses propres cris. Janna se baissa pour examiner le corps. C'était Ruyvil. Comme la victime précédente, son corps ne portait aucune marque.

Janna se releva et vit Mère Rayna arriver en courant.

— Tu as vu qui l'a tué, Gwynnis ? demanda Rayna à la femme.

Gwynnis sortit ses doigts de sa bouche.

— Non, non. J'ai entendu un pas lourd sur le perron, et je me suis dit que c'était Ruyvil, saoul comme d'habitude. J'ai ouvert, et je l'ai trouvé comme ça.

Des badauds commençaient à s'attrouper.

— Je vais m'occuper de mon cousin, dit un homme, foudroyant les Renonçantes.

Rayna et Janna se regardèrent, et repartirent vers la Maison de la Guilde.

— C'est l'œuvre de Liriel, il n'y a pas de doute, dit Rayna quand elles furent rentrées.

Elle conduisit Janna à la cuisine, sortit des pommes et un pâté en croûte qu'elle disposa devant elle, avec une assiette et un couvert.

— Tiens, mange. Tu as l'air de sortir du septième enfer de Zandru.

— C'est peut-être le cas.

Janna raconta les événements de l'après-midi en mangeant. Son repas terminé, elle ajouta :

— Ou bien elle a le don des Alton, qu'elle projetait sur moi, ou bien c'est le don des Ridenow, et elle est en contact avec des êtres de l'au-delà, qu'elle prend pour les dieux.

— Et peut-être qu'elle se sert d'un *laran* ordinaire pour concentrer ses hallucinations sur toi.

— Peut-être, dit Janna, pensive. Pendant mon séjour à la Tour, on nous a amené un jour un sujet au *laran* incontrôlable. La Gardienne a brûlé les centres du *laran* dans son cerveau, le laissant par ailleurs indemne. Le plus charitable serait encore d'arrêter Liriel et de la conduire dans une Tour pour y subir le même traitement.

— Mais parviendrons-nous à l'arrêter sans faire de nouvelles victimes ? dit Rayna. Elle te combattra, et tu seras peut-être obligée de la tuer. Elle est déjà hors la loi, selon nos règles.

Janna se frotta les yeux.

— Peut-être. J'aimerais ressortir pour la chercher...

— Non, dit Rayna, tapant du poing sur la table.

Janna sourit.

— ...mais je ne suis plus aussi jeune qu'autrefois. Il faut que je dorme là-dessus. Le matin m'apportera peut-être la solution.

— Parfait, dit Rayna. Et puisque cette question est réglée, j'ai d'autres nouvelles pour toi. Cet après-midi, pendant que tu cherchais Liriel, nous avons reçu un message de ton frère venant de Thendara. Le Seigneur Serrais a eu vent de ce qui se passe ici, et il arrive avec des Gardes. On murmure que notre charte sera peut-être révoquée par le Conseil. Ton frère fait traîner les choses, mais il n'a pas pu retenir le Seigneur Serrais. Si nous n'arrêtons pas bientôt Liriel, quelqu'un l'arrêtera pour nous.

Janna hocha la tête.

— S'il t'a envoyé un message, il en a sans doute envoyé un aussi à Mère Margali à la Maison de Thendara.

— C'est pratique d'avoir un frère pour soutenir les Renonçantes.

Janna sourit.

— Tous les hommes ne sont pas contre nous. J'en ai épousé un dont c'est le cas.

Le temps d'enfiler ses bottes le lendemain matin, Janna avait échafaudé un plan. Elle déjeuna avec les autres sœurs, dont certaines proposèrent de l'accompagner. Janna se dit qu'un détachement important ferait fuir Liriel ou la pousserait à tuer ou être tuée. Elle déclina donc leur offre, tout en les remerciant.

Les sœurs mirent de quoi manger dans son sac. Elle laissa son cheval à l'écurie et partit à pied comme la veille. A quelque distance du camp — Liriel y était revenue et était à la même place que le jour précédent — Janna s'assit sous un arbre. Un buisson la cachait aux regards de Liriel, mais elle la voyait à travers les branches. Janna s'adossa à son arbre et mangea une partie des provisions. Une fois de plus, elle regarda à travers le feuillage — Liriel était toujours assise près du feu et... elle parlait toute seule.

Avec mille précautions, comme si le bruissement de la soie pouvait s'entendre de loin, Janna découvrit sa matrice. Quand elle était à la Tour, elle exerçait la fonction de monitrice. Elle savait régler les rythmes corporels des autres à distance. Elle avait également appris à guérir, et connaissait le fonctionnement intime de tous les organes. Plus important encore, elle savait où se trouvaient les centres du *laran* dans le cerveau. Si elle parvenait à les affecter d'une façon ou d'une autre, peut-être pourrait-elle libérer Liriel des démons qui la possédaient. C'était une opération délicate, et Liriel pouvait en mourir, mais Janna n'avait plus le choix. Si elle ne faisait rien, les villageois ou le Seigneur Serrais s'en chargeraient à sa place.

Dans les Domaines, le meurtre était généralement considéré comme une affaire privée, du moins en principe, mais Janna avait remarqué que beaucoup de principes reconnus n'étaient pas appliqués dans la pratique. Les trois hommes que Liriel avaient tués ne manqueraient guère à leurs proches, soupçonnait-elle. Mais parce qu'ils étaient morts de la main d'une Renonçante, et non de celle d'un père ou d'un cousin courroucé, l'indignation populaire s'était répandue jusqu'à Thendara. Janna savait par expérience que le meurtre, même d'un méchant homme, créait souvent plus de problèmes qu'il n'en résolvait. Elle n'allait pas compliquer encore la situation en tuant Liriel, pas si elle pouvait l'éviter. De plus, Janna n'avait jamais nui à aucune sœur, pas même à une renégate. Elle avait l'impression que tuer Liriel maintenant reviendrait à se couper le bras pour se débarrasser d'une verrue.

Elle adopta la posture de monitrice, qui ne lui donnerait pas de crampes, même si elle restait immobile jusqu'au soir. Concentrée sur sa matrice, elle vit le réseau d'énergons qu'était le corps de Liriel. Très doucement, pour que Liriel ne s'en aperçoive pas, elle sonda lentement le cerveau, atteignit les centres du *laran*, isola les cellules...

Non.

Janna se retira en douceur. Se penchant de côté, elle vit de nouveau Liriel près du feu. Elle semblait inconsciente de ce sondage psychique. Janna devait avoir rêvé sa réaction ; ça venait sans doute de sa nervosité. Elle remua un peu, exécuta quelques exercices respiratoires pour se calmer, et fit une nouvelle tentative.

Là.

Elle avait trouvé le groupe de cellules qu'elle cherchait. Maintenant, cellule par cellule, elle se mit en devoir d'annihiler cette partie du cerveau.

Quelque chose la saisit. Non, saisit Liriel. Non, c'était de nouveau la lumière, la lumière aveuglante, qui était dans le psychisme de Liriel. Janna affermit sa détermination comme un crochet et tira, avec l'impression d'être un banshee disputant un quartier de viande à un autre, à ceci près que la viande, ici, c'était le *laran* de Liriel. L'adversaire donna une violente secousse. Janna vit, comme par ses propres yeux, les formes, les silhouettes telles que Liriel les voyait. C'étaient des êtres lumineux à forme humaine.

Lâchez-la! dit Janna dans l'esprit de Liriel.

Non, nous avons besoin d'elle pour nous venger.

Vous venger de quoi?

Nous sommes morts ici au cours d'une guerre. Nous avons crié et crié sans que personne nous entende. Celle-ci nous a répondu. Nous nous servirons d'elle pour rechercher ceux qui nous ont envoyés ici.

Il n'y a pas eu de guerre depuis des générations. Ceux qui vous ont tués sont morts depuis longtemps. Les morts n'ont aucun droit sur les vivants.

Alors, nous pouvons tuer leurs fils, et les fils de leurs fils...

Leur colère brûlait comme un acide.

Janna flancha un peu, mais tint bon. Les Alton étaient puissants, les Ridenow étaient sensibles, mais les Hastur de la légende avaient enchaîné et banni jusqu'aux dieux. Janna libéra son don, égalant la force de l'éclat des assaillants. Ils martelèrent ses boucliers mentaux; Janna vacilla, puis s'immobilisa. Quelque chose — quelqu'un la soutenait. Liriel. Sa confiance renforcée, Janna s'éleva au-dessus des esprits vampiriques, les encercla, les étouffa, et les renvoya dans l'oubli du royaume des morts.

Avec un soupir, Janna redescendit dans son corps. Liriel était près d'elle, la tête sur son sein. Épuisée, Janna lui entoura les épaules de son bras.

— Je suis désolée, ma sœur. Je me soumettrai à tout ce que décidera la Guilde.

Janna utilisa ses dernières forces psychiques pour sonder le cerveau de Liriel. Une partie des centres du *laran* était brûlée, mais pas tout.

— Tu entends toujours des voix?

— Non. J'ai l'impression de me réveiller d'un cauchemar.

Janna sourit.

— Je crois que tu as le don des Ridenow, mais en beaucoup plus sensible. Ton esprit a touché une présence que personne n'aurait jamais dû voir.

Elle baisa Liriel au front.

— Ne t'inquiète pas ; c'est terminé maintenant.

— Que va me faire Mère Rayna, à ton avis ? demanda-t-elle, inquiète.

Janna la serra dans ses bras.

— Rien d'aussi épouvantable que tu imagines, j'en suis sûre. Je crois que si tu m'aides à regagner la Maison, cela effacera une bonne partie de ta dette.

Elle gémit doucement quand Liriel l'aida à se mettre debout. Liriel ayant maintenant retrouvé la raison, elle était certaine que la Guilde parviendrait à un accord avec les familles des victimes, et qu'elle, Janna, parviendrait à convaincre le Seigneur Serrais — et le Conseil Comyn — que les Renonçantes savaient discipliner leurs adhérentes. L'honneur de la Guilde était sauf.

Pour celle qui a manqué à son serment,
quelle est la pire des punitions ?

X. ERREUR DE JUGEMENT

de Kelly B. Jaggers

Mère Mori examina la femme debout devant elle. Ses yeux pleins de sagesse s'attristèrent.

— Il s'agit d'une circonstance inhabituelle, Glynis. Nous n'avons aucun précédent. Le meurtre, ça existe, mais jusqu'à présent, il n'en a jamais été commis à la Maison de la Guilde.

Glynis remua nerveusement sous les regards des femmes.

— L'ivresse aussi existe, et, sans l'approuver, nous acceptons le fait. Toutefois, attaquer et tuer une de tes sœurs sous l'influence de l'alcool, c'est inacceptable.

Un murmure parcourut l'assemblée. Glynis sentit la colère des Renonçantes qui battait rageusement dans son dos, et accélérait les battements de son propre cœur.

— Je te plains, Glynis, car tu devras vivre avec cet acte jusqu'à ta mort. J'ai pensé à la situation, et j'ai finalement décidé de ton châtiment.

Glynis se sentit pâlir. Mère Mori se leva et fit signe à Keitha d'avancer. La guerrière s'approcha de Glynis et lui saisit le bras. Terrifiée, Glynis tenta de se dégager.

— Glynis n'ha Mori, tu es bannie de cette Maison et de toutes les autres Maisons de la Guilde, et, à dater de ce jour, tu ne fais plus partie de l'Ordre des Renonçantes.

Glynis étouffa un cri horrifié. Ses jambes se mirent à trembler et elle s'affaissa. Sur un geste de Mère Mori, deux sœurs s'approchèrent pour la soutenir. Keitha saisit l'anneau d'oreille de Glynis et l'arracha. Elle serra les dents, réprimant un cri de douleur, et regarda Keitha s'emparer du couteau qu'elle portait toujours à sa ceinture, et en casser la lame sous son pied. Alors seulement elle hurla, tout son univers se brisant autour d'elle en même temps que son couteau.

Pendant des jours, Glynis erra dans les ruelles de Thendara, dormant sous les porches et cherchant sa nourriture dans les ordures. Peu à peu, le choc qui lui paralysait l'esprit commença à s'estomper, la laissant faible et sans forces. Comme le lobe déchiré de son oreille avait guéri, ainsi guérit aussi son esprit. Elle savait qu'il s'était passé quelque chose la nuit du meurtre, mais, malgré tous ses efforts, elle ne parvenait pas à s'en souvenir.

Glynis se pencha sur le feu qui brûlait perpétuellement au centre du marché, et regarda la foule évoluer sur la place, sans faire grande attention à personne jusqu'au moment où un homme accrocha son regard. Il circulait dans la cohue, s'arrêtant de temps en temps quand quelqu'un l'interpellait. Glynis vit un jeune homme, en uniforme de Cadet de la Garde, s'approcher de lui. Elle allait détourner les yeux quand elle se pétrifia : le jeune homme tendait quelques pièces et recevait un petit paquet en échange. Elle se redressa. Par tous les Dieux ! Elle se rappelait. Du *kireseth* !

Elles prenaient un verre en ville quand Moira avait tiré un petit sachet de sa poche et l'avait offert à Glynis. Glynis l'avait refusé, et Moira était devenue agressive. A mesure que le *kireseth* agissait, Moira devenait de plus en plus violente. Sans avertissement, elle s'était jetée sur sa compagne, qui, attaquée par surprise, l'esprit embrumé par l'alcool, était tout juste parvenue à la repousser. Moira s'était alors postée devant la porte, jurant qu'une seule d'elles deux sortirait de là. Soudain Glynis combattait pour défendre sa vie.

Les Gardes étaient arrivés à la dernière attaque de Moira, alors que Glynis tentait désespérément de bloquer sa lame. Soudain, quelqu'un avait crié. Moira avait sursauté, et, déséquilibrée, avait trébuché de l'avant et s'était empalée sur la lame de Glynis. La dernière chose que se rappelait Glynis, c'était Moira gisant dans une flaque de sang.

Elle leva les yeux comme un autre Cadet saisissait le bras du premier. Ils se mirent à se disputer, et l'homme en profita pour disparaître dans la foule. Une ombre le suivit. Ensemble, ils parcoururent furtivement les rues de Thendara. Il vendait son poison sans discrimination, s'arrêtant sous des porches ou aux coins des rues. Implacable, Glynis continua à le suivre. Elle en était presque malade. Finalement, il tourna dans une ruelle et se dirigea vers une petite grille.

— Faiseur-de-rêves.

Il se tourna lentement face à elle.

— Ah, la Renonçante. Ton amie a encore besoin de poudre ?

Il ricana, faisant sauter un petit sachet dans sa main.

— Là où elle est, Moira n'a plus besoin de ton poison.

— Quel dommage ! fit-il avec un sourire ironique. Et toi, serais-tu intéressée ?

Il recula comme elle entrait dans la ruelle.

— Pour le moment, il n'y a qu'une seule chose qui m'intéresse, Faiseur-de-Rêves.

Elle tira son épée et disparut dans l'obscurité.

Glynis tira sans conviction sur sa tunique en lambeaux, puis renonça ; c'était ridicule. Elle s'adossa au mur ; il la protégeait un peu de la pluie qui s'était mise à tomber. Elle avait la mâchoire douloureuse ; il savait combattre, pas de doute. Glynis releva la tête, et des gouttes lui frappèrent le visage. Elle ferma les yeux et pensa à Moira. Mentalement, elle lui dit adieu.

— Hé là !

Elle ouvrit brusquement les yeux.

— Tu ne peux pas dormir ici !

Elle faillit rire au nez du Cadet, qui paraissait beaucoup plus jeune que tout à l'heure sur la place.

— Depuis quand es-tu dans la Garde, petit ?

Le jeune homme la toisa de la tête aux pieds. Machinalement, il rajusta sa veste, puis il se ressaisit et se redressa fièrement.

— Deux ans.

Se rappelant où il était, il porta la main à la poignée de son épée.

— Tu ne peux pas dormir là ; circule ; en ville, il y a des foyers pour les vagabonds.

Glynis sourit et se détendit, croisant les bras.

— Dis-moi, petit, est-ce que tu es toujours aussi insouciant avec des individus potentiellement dangereux ?

Il recula et la regarda fixement. Le sourire de Glynis s'élargit. Elle savait ce qu'il voyait : une femme qui n'était plus de première jeunesse, vêtue de vieilles hardes venant de quelque Maison de la Guilde.

— Je ne paye pas de mine, hein, petit ?

Stupéfait par la question, il répondit avec franchise.

— Non, pas vraiment.

Il ajouta précipitamment :

— Je suis très capable de me défendre.

Elle plissa les yeux.

— Tes officiers t'enseignent à traîner au marché en bavardant avec les copains ?

Elle était toujours adossée au mur, bras croisés, mais elle ne souriait plus.

— Où est ton partenaire ? demanda-t-elle sèchement.

Le garçon sursauta de peur. Soudain, il n'était plus aussi sûr de lui. La pluie tombait plus dru, éclaboussant les murs de la ruelle. Glynis savait qu'il avait envie de s'en aller. Impitoyable, elle poursuivit :

— Tu es venu sans lui, hein ? Ce soir, il est incapable d'assurer son service, hein ?

Le regard du Cadet se fit hésitant.

— Il plane dans un rêve, hein ?

Sans avertissement, elle lui saisit le bras et le tordit derrière son dos. Le Cadet tenta de bloquer son mouvement, mais elle l'avait plaqué contre le mur avant qu'il ait eu le temps de réaliser ce qui lui arrivait.

Un gémissement lui échappa quand la dague de Glynis lui piqua le cou.

— Qu'est-ce que tu vas faire maintenant, petit ?

Elle sentait la peur qui affectait tous ses sens. Les larmes se mêlaient à la pluie sur son visage ; elle battit des paupières pour s'éclaircir la vue.

— N'est-ce pas pour ça qu'on vous impose de patrouiller par deux ?

Il gémit et se débattit faiblement.

— C'est ça, hein ?

D'une secousse, elle l'écarta du mur, lui fit une prise au cou et abaissa son épée.

— Je n'aurais pas eu la partie aussi belle si vous aviez été deux, hein ? demanda-t-elle, d'une voix rauque de tristesse. Tu ne l'aides pas en ignorant son problème.

Glynis rengaina son épée et recula, portant la main à son lobe déchiré.

— Maintenant, il faudra qu'il trouve un autre fournisseur, ajouta-t-elle à voix basse.

Le Cadet avait pivoté sur lui-même et tiré son épée dès qu'elle l'avait lâché. Stupéfait, il remarqua pour la première fois le cadavre qui gisait à quelques pas, puis il ramena son regard sur elle. Son épée s'abaissa d'elle-même dans sa main molle.

Glynis haussa les épaules.

— Il a mal jugé de la situation.

Avec un dernier sourire, elle haussa les épaules et s'éloigna.

La Guilde peut-elle donner une identité à celles qui n'ont pas de nom ?

XI. RESPECTER LE SERMENT

de Marion Zimmer Bradley

La rougeur du couchant s'attardait sur les cimes. Deux des quatre lunes brillaient dans le ciel : la verte Idriel prête à se coucher, et le minuscule croissant ivoire de Mormallor approchant du zénith. La nuit serait sombre. Au premier abord, Kindra n'ha Mhari ne remarqua rien d'inaccoutumé dans la petite ville — trop contente d'y arriver avant le coucher du soleil, car elle savait y trouver un abri contre la nuit pluvieuse de Ténébreuse, un lit où se reposer après quatre jours de voyage, une coupe de vin avant de dormir.

Peu à peu cependant, elle réalisa qu'il se passait quelque chose d'insolite. Normalement, les femmes auraient dû circuler dans les rues à cette heure, bavardant avec des voisines, faisant quelques achats pour le repas du soir, tandis que les enfants jouaient et se chamaillaient sur la chaussée. Mais ce soir, il n'y avait personne dehors, pas une seule femme, pas un seul enfant.

Que se passait-il ? Fronçant les sourcils, elle dirigea son cheval vers l'auberge. Elle était fatiguée et affamée.

Bien des jours plus tôt, elle avait quitté Dalereuth avec une autre Renonçante qui se rendait à la Maison de Neskaya. Mais — chose qu'elles ignoraient toutes deux — sa compagne était enceinte ; soudain prise d'une forte fièvre, elle avait fait une fausse couche à la Maison de Thendara, où elle était encore dans un état grave. Kindra était repartie seule pour Neskaya, mais elle avait fait un détour de trois jours pour porter un message à la mère de serment de la malade, qu'elle avait trouvée dans un village de montagne, aidant les femmes de l'endroit à installer une petite laiterie.

Kindra n'avait pas peur de voyager seule ; elle avait parcouru ces montagnes en tous sens, par tous les temps et en toutes saisons. Mais ses provisions commençaient à s'épuiser. Heureusement, l'aubergiste était une vieille connaissance ; elle avait peu d'argent sur elle, parce qu'elle avait subi des retards imprévus, mais le vieux Jorik les nourrirait, elle et son cheval, lui donnerait un lit pour la nuit, sachant qu'elle lui enverrait de quoi couvrir ses dépenses — et que, dans le cas contraire, la Maison de Dalereuth paierait à sa place pour l'honneur de la Guilde.

A l'écurie, le palefrenier qui prit son cheval par la bride la connaissait aussi depuis longtemps. Il fronça les sourcils en la voyant démonter.

— Je ne sais pas où je vais mettre ton cheval, *mestra*, avec tous ceux qu'on a déjà là-dedans. Est-ce qu'il partagera un box sans ruer ? Ou est-ce que je l'attache tout seul dans le fond ?

Effectivement, l'écurie était pleine à craquer — deux douzaines de chevaux pour le moins. Ça ne ressemblait plus à une modeste auberge de village, mais plutôt à Neskaya un jour de foire.

— Tu as rencontré des cavaliers sur la route, *mestra* ?

— Non, aucun, dit Kindra, fronçant les sourcils. On dirait que tous les chevaux des Kilghard se sont donné rendez-vous dans ton auberge. Qu'est-ce qui se passe ? Une visite royale ? Et toi, qu'est-ce que tu as ? Tu n'arrêtes pas de regarder par-dessus ton épaule, comme si ton maître s'apprêtait à te corriger à coups de trique ! Et d'ailleurs, où est le vieux Jorik ? Pourquoi n'est-il pas là pour accueillir ses clients ?

— Hélas, *mestra*, le vieux Jorik est mort, dit le vieillard, et Dame Janella tâche de tenir l'auberge toute seule, avec l'aide d'Annelys et Marga.

— Mort ? Que les dieux nous protègent ! Que s'est-il passé ?

— Des bandits, *mestra*, la bande du Balafré. Ils ont abattu Jorik qui portait encore son tablier, et après, ils ont tout ravagé, tout cassé, et quand les hommes les ont chassé à coups de fourche, ils ont juré de revenir pour incendier la ville. Alors Dame Janella et les matrones ont fait une quête, et elles ont engagé Brydar de Fen Hill et ses hommes pour les défendre quand les brigands reviendraient. Et ils sont là depuis, *mestra*, à se saouler et se bagarrer, et à lancer des œillades aux filles, même que les gens commencent à trouver que le remède est pire que le mal ! Mais entre, *mestra*, entre ; Janella sera bien contente de te voir.

La rubiconde et corpulente Janella était plus pâle et mince que d'ordinaire, et elle accueillit Kindra avec une amabilité inusitée. D'ordinaire, elle était plutôt froide à son égard, comme il convenait à une épouse respectable vis-à-vis d'une Amazone Libre. Maintenant, se dit Kindra, elle apprenait qu'une aubergiste ne peut pas se permettre le luxe d'indisposer une cliente. Jorik n'approuvait pas non plus les Amazones, Kindra le savait ; mais l'expérience lui avait appris que c'étaient des clientes tranquilles, qui ne causaient jamais de problèmes, ne s'enivraient jamais, ne cassaient pas le matériel, et payaient sans discuter. *La réputation d'une cliente ne ternit pas la couleur de son argent*, pensa Kindra avec ironie.

— Tu es au courant, *mestra* ? Ces canailles du Balafré ont tué mon cher mari, et pour rien — juste parce qu'il a flanqué une chose à la tête d'un coquin qui posait sa grosse patte sur mon Annelys. Et elle n'a pas quinze ans ! Des monstres, ma parole !

— Et ils l'ont tué pour ça ? Scandaleux ! murmura Kindra.

Mais c'était l'adolescente qu'elle plaignait. Toute sa vie, la jeune Annelys se rappellerait que son père s'était fait tuer pour la protéger, parce qu'elle n'était pas capable de le faire toute seule. Comme toutes les femmes de la Guilde, Kindra avait juré de toujours se défendre elle-même, sans jamais solliciter la protection d'un homme.

Elle avait passé la moitié de sa vie à la Guilde, et elle trouvait choquant qu'un homme mourût en défendant sa fille contre des avances qu'elle aurait dû pouvoir repousser toute seule.

— Ah, *mestra*, tu ne sais pas ce que c'est que d'avoir perdu son mari. Célibataire comme tu es, tu ne peux pas comprendre.

— Eh bien, tu as des filles pour t'aider, dit Kindra.

— Elles ne peuvent pas venir en salle avec tous ces rustres ; elles sont trop jeunes, dit Janella d'un air lugubre.

— C'est la vie ; il faudra bien qu'elles l'apprennent un jour, dit Kindra.

— J'aime mieux qu'elles ne l'apprennent pas trop tôt, soupira la mère.

— Alors, il faut te trouver un autre mari, dit Kindra, sachant qu'il n'y avait aucune communication possible entre elle et Janella. Mais je suis désolée pour toi ; Jorik était un brave homme.

— Ah oui, *mestra*, et c'est peu dire, répondit Janella d'un ton plaintif. Vous autres Amazones, vous dites que vous êtes libres, mais moi, j'ai toujours eu l'impression de l'être, jusqu'à maintenant, où je dois me surveiller jour et nuit, pour que personne n'aille se faire des idées parce que je suis veuve. Encore l'autre jour, l'un des hommes de Brydar m'a dit... et c'est encore un problème, ces hommes de Brydar. Ils épuisent toutes mes provisions, il n'y a plus de place à l'écurie pour les clients payants, et ils boivent la bière de mon cher mari jour et nuit.

Brusquement, elle se rappela ses devoirs d'hôtesse.

— Mais viens te réchauffer dans la salle, *mestra*, et je te servirai à dîner. Ce soir il y a un cuissot de *chervine* rôti ; à moins que tu ne préfères quelque chose de plus léger, une fricassée de lapin cornu aux champignons, par exemple ? La maison est pleine, oui, mais j'ai encore une petite chambre en haut de l'escalier, une belle petite chambre — Dame Hastur elle-même y a couché il y a quelques années. Lilla ! Lilla ! Ah, où est encore passée cette demeurée ? Quand je l'ai prise, sa mère m'a dit qu'elle était simplette, mais ça ne l'empêche pas de faire du charme aux jeunes mercenaires ; que Zandru les emporte tous ! Lilla ! Dépêche-toi ; conduis cette dame à sa chambre, monte-lui de l'eau pour sa toilette et occupe-toi de ses bagages !

Un peu plus tard, Kindra descendit à la salle commune. Comme toutes les femmes de la Guilde, elle avait appris à passer inaperçue quand elle voyageait seule ; une femme seule provoquait des questions, et c'est pourquoi elles allaient toujours par deux. Cela provoquait étonnement et suppositions paillardes, mais décourageait les avances plus importunes auxquelles était soumise une femme voyageant sans escorte sur Ténébreuse. Bien sûr, toutes les femmes de la Guilde savaient se défendre si lesdites avances dépassaient les réflexions grossières, mais cela pouvait causer des problèmes pour toute la Guilde. Il valait mieux se conduire avec discrétion, pour minimiser les possibilités de troubles. Kindra s'assit donc toute seule dans un coin près de la cheminée, sa capuche rabattue sur le visage — elle n'était ni très jeune ni très jolie —, pour boire son vin et se réchauffer les pieds, sans rien faire pour attirer l'attention. Elle qui se disait libre, pensa-t-elle soudain, l'était moins en ce moment que les filles de Janella, qui circulaient dans la salle, protégées par leur maison et la présence de leur mère.

Elle termina son repas — elle avait choisi la fricassée de lapin cornu — et commanda un second verre de vin, trop lasse pour monter à sa chambre, et trop fatiguée pour dormir si elle y montait.

A l'autre bout de la salle, certains mercenaires de Brydar, assis autour d'une longue table, buvaient et jouaient aux dés. Ils constituaient une bande disparate ; Kindra n'en connaissait aucun, mais elle avait rencontré Brydar lui-même plusieurs fois, et il l'avait même engagée un jour pour guider une caravane de marchands dans la traversée du désert jusqu'aux Villes Sèches. Elle le salua courtoisement de la tête, et il lui rendit son salut, mais sans plus faire attention à elle. Il la connaissait assez pour savoir que même une conversation polie lui paraîtrait déplacée dans une salle pleine d'étrangers.

A ce moment un mercenaire, grand jeune homme imberbe aux cheveux roux coupés court, se leva et se dirigea vers elle. Kindra se prépara à l'inévitable. Si elle avait été en compagnie de deux ou trois autres Amazones, elle aurait volontiers pris un verre avec lui en discutant des hasards de la route, mais une Amazone seule NE BUVAIT PAS avec des hommes dans une taverne publique, Brydar le savait aussi bien qu'elle, sapristi !

Les vieux mercenaires avaient dû plaisanter le blanc-bec, le défier de prouver sa virilité en faisant des avances à l'Amazone, s'amusant déjà de la rebuffade qui l'attendait.

L'un d'eux leva la tête et fit une remarque que Kindra n'entendit pas. Le jeune homme porta la main à son épée, les lèvres retroussées en un rictus.

— La ferme, espèce de...

Il prononça un mot ordurier. Puis il s'approcha de la table de Kindra et dit d'une voix à la fois douce et rauque :

— Je te souhaite une bonne soirée, honorable *mestra*.

Étonnée de sa courtoisie, mais toujours circonspecte, Kindra répondit :

— Moi de même, jeune homme.

— Puis-je t'offrir une chope de vin ?

— J'ai assez bu, dit Kindra, mais merci de ton aimable invitation.

Quelque chose d'insolite, de presque efféminé dans l'attitude du jeune homme la mit en garde ; il allait sans doute lui faire une proposition hors de l'ordinaire.

La plupart des gens savaient que les Amazones prenaient des amants quand ça leur chantait, et beaucoup d'hommes en concluaient qu'ils pouvaient mettre n'importe laquelle dans leur lit. Kindra était passée maîtresse dans l'art de repousser les avances sans vexer l'interlocuteur ; s'il se faisait trop pressant, elle l'expédiait plus sèchement. Mais ce n'était pas ce que ce jeune homme avait en tête ; elle savait reconnaître un homme qui lui jetait un regard de désir, accompagné ou non de paroles, mais si ce jeune homme lui portait de l'intérêt, ce n'était pas d'ordre sexuel.

— Puis-je... puis-je m'asseoir et te parler un moment, honorable dame ?

Une grossièreté ne l'aurait pas surprise, mais cette courtoisie la plongea dans la perplexité. Les mercenaires voulaient-ils simplement se divertir à ses dépens, pariant qu'il n'aurait pas le courage de l'aborder ? Elle dit d'un ton neutre :

— Nous sommes dans un lieu public, les chaises ne m'appartiennent pas. Assieds-toi où tu veux.

Encore imberbe, il semblait très jeune, mais il avait déjà les mains calleuses et une longue cicatrice à une joue.

— Tu es une Amazone Libre, *mestra* ? dit-il, se servant du terme ordinaire, plutôt péjoratif.

Mais elle ne lui en voulut pas ; beaucoup d'hommes ne connaissaient pas d'autre appellation.

— En effet, mais je dirais plutôt que j'appartiens à celles qui ont prêté le serment...

Elle utilisa le terme de *Comhi-Letzis*.

— ... c'est-à-dire Renonçante de la Sororité de la Guilde.

— Puis-je te demander — sans vouloir t'offenser — pourquoi cette appellation de Renonçante, *mestra* ?

Kindra ne demandait qu'à l'expliquer.

— Parce que, en échange de notre liberté de femmes de la Guilde, nous jurons de renoncer aux privilèges dont nous aurions pu jouir si nous avions choisi d'appartenir à un homme. Si nous refusons les inconvénients qui s'attachent à la condition de femme-objet, nous devons aussi en refuser les avantages, pour qu'on ne nous accuse pas de vouloir le meilleur de ces deux états.

— Cela me semble honorable, dit-il gravement. C'est la première fois que je rencontre une... une... une Renonçante. Dis-moi, *mestra*, poursuivit-il d'une voix étranglée, tu connais les calomnies qu'on répand sur vous, je suppose. Alors, comment une femme peut-elle trouver le courage d'adhérer à la Guilde, sachant tout ce qu'on dira d'elle ?

— Le moment vient pour chaque femme, dit tranquillement Kindra, où elle réalise qu'il y a pire que d'être l'objet de calomnies, je suppose. Ce fut mon cas.

Il réfléchit à ces paroles, fronçant les sourcils.

— C'est la première fois que je vois une Amazone... euh... une Renonçante voyager seule. Ne voyagez-vous pas toujours par deux, honorable dame ?

— En effet. Mais nécessité fait loi.

Kindra lui expliqua alors que sa compagne était tombée malade à Thendara.

— Et tu es venue si loin pour porter un message ? C'était ta *bredhis* ? demanda le jeune homme, choisissant le terme poli pour parler d'une amante.

Et parce qu'il se servit du terme courtois, et non du mot ordurier, Kindra ne s'offensa pas.

— Non, seulement une camarade.

— Je... je n'aurais pas osé venir te parler si vous aviez été deux...

Kindra éclata de rire.

— Pourquoi ? Même quand nous sommes deux ou trois, nous ne mordons pas.

Le jeune homme baissa les yeux sur ses bottes.

— J'ai des raisons de craindre... les femmes, dit-il, d'un ton presque inaudible. Mais tu avais l'air gentille. Quand tu viens dans ces montagnes, où la vie est si difficile pour les femmes, je suppose, *mestra*, que tu recherches les épouses et les femmes mécontentes de leur sort, afin de les recruter pour la Guilde ?

Plût au ciel! pensa Kindra avec amertume, mais elle secoua la tête.

— Notre charte nous l'interdit. La loi stipule que la femme doit venir de son propre gré demander officiellement son admission parmi nous. Je ne suis même pas autorisée à exposer aux femmes les avantages de la Guilde si elles le demandent. Je peux seulement leur dire à quoi elles devront renoncer.

Pinçant les lèvres, elle ajouta :

— Si nous recherchions les épouses et les filles mécontentes pour les attirer à la Guilde, comme tu le dis, tous les Domaines refuseraient l'installation de nos maisons et brûleraient celles qui existent.

Voilà bien l'injustice; les femmes avaient obtenu cette concession qu'était la charte, mais assortie de tant de restrictions que beaucoup de femmes n'avaient jamais l'occasion de voir une seule sœur de leur vie.

— Ils ont dû découvrir que nous ne sommes pas toutes des catins, je suppose, alors, ils ont décidé que nous sommes toutes des lesbiennes, ne pensant qu'à leur enlever leurs femmes et leurs filles. Pour eux, semble-t-il, nous ne pouvons être que l'un ou l'autre.

— Il n'y a donc pas de lesbiennes parmi vous?

Kindra haussa les épaules.

— Si, dit-elle, car il faut savoir que certaines femmes préféreraient mourir plutôt que se marier; et même avec toutes les restrictions et les renoncements imposés par le serment, cette alternative semble préférable. Mais je t'assure que nous ne le sommes pas toutes. Nous sommes des femmes libres — libres d'être l'un ou l'autre, au choix.

Elle réfléchit quelques instants, puis ajouta :

— Et si tu as une sœur, tu peux le lui dire de ma part.

Le jeune homme sursauta, et Kindra se mordit les lèvres; de nouveau, elle avait baissé sa garde, et venait d'avoir une de ces impressions qui la faisaient accuser par ses sœurs de posséder le don télépathique des hautes castes, le *laran*. Autant qu'elle pouvait le savoir, Kindra était de sang roturier, sans la moindre trace de sang noble ou de don télépathique, et elle se barricadait toujours mentalement; mais elle venait de recevoir une pensée errante, amère : *ma sœur ne croirait jamais...* pensée vite évanouie, si vite qu'elle se demanda si elle ne l'avait pas imaginée.

En face d'elle, le jeune visage s'assombrit.

— Je n'ai plus personne à qui je puisse donner le nom de sœur.

— Désolée, dit Kindra, perplexe. C'est bien triste d'être seul. Puis-je te demander ton nom?

De nouveau, le jeune homme hésita, et, avec sa curieuse intuition, Kindra sut que son vrai nom avait failli lui échapper; mais il se rattrapa de justesse.

— Les hommes de Brydar m'appellent Marco. Ne me demande pas mon lignage; personne ne se réclamera plus de moi maintenant — grâce aux bandits du Balafré.

La bouche tordue d'un rictus il cracha :

— Pourquoi crois-tu que je sois en cette compagnie? Pour les quelques pièces que peuvent payer ces villageois? Non, *mestra*. Moi aussi, j'ai prêté un serment. Un serment de vengeance.

Kindra quitta la salle commune de bonne heure, mais elle eut du mal à s'endormir. Quelque chose dans la voix du jeune homme, dans ses paroles, avait touché en elle une corde sensible. Pourquoi l'avait-il questionnée avec tant d'insistance? Avait-il une sœur, ou une parente, qui avait parlé de se faire Renonçante? Efféminé à l'évidence, était-il jaloux parce qu'elle avait échappé au rôle que la société assignait à son sexe; et pas lui? Cherchait-il, lui aussi, à se dérober aux exigences de la condition d'homme? Sûrement pas; il y avait des métiers plus faciles que celui de mercenaire! Et les hommes avaient le choix de la vie qu'ils voulaient mener — en tout cas, plus de choix que les femmes. Kindra avait choisi de devenir Renonçante, ce qui faisait d'elle une réprouvée aux yeux de la plupart des gens des Domaines. Même l'aubergiste ne faisait que la tolérer, parce que c'était une cliente régulière et qu'elle payait bien, mais elle aurait tout aussi bien toléré une prostituée ou une jongleuse itinérante, et aurait eu moins de préjugés à leur égard.

Ce jeune homme était-il de ces espions que, selon la rumeur, les *cortes* — organes du gouvernement de Thendara — envoyaient dans les campagnes pour prendre sur le fait les Renonçantes qui, violant leur charte, faisaient du prosélytisme et du recrutement actif? Dans ce cas, elle avait résisté à la tentation. Elle n'avait même pas dit, malgré l'envie qu'elle en avait, que si Janella avait été Renonçante, elle se serait sentie capable de diriger son auberge avec l'aide de ses filles.

Plusieurs fois, dans l'histoire de la Guilde, des hommes avaient tenté de les infiltrer sous un déguisement. Démasqués, ils avaient été soumis à une justice sommaire, mais il s'en trouvait toujours de nouveaux. D'ailleurs, pensa-t-elle, ce jeune homme serait assez convaincant déguisé en femme. Non, rectifia-t-elle mentalement, pas avec sa balafre et ses mains calleuses. Puis, tâtant les cals de ses propres mains, elle éclata de rire. Eh bien, s'il était assez fou pour essayer, tant pis pour lui. Riant toujours, elle s'endormit.

Quelques heures plus tard, des bruits de sabots, des cliquetis d'épées et des cris la réveillèrent. Kindra s'habilla à la hâte et dégringola l'escalier. Debout dans la cour, Brydar braillait des ordres. Par-dessus le mur, elle voyait des rougeurs d'incendie. Le Balafré et ses bandits étaient de retour, semblait-il.

— Renwal, va sur leurs arrières, détache leurs chevaux et chasse-les, pour les empêcher de fuir et les obliger à se battre ! ordonna Brydar. Et puisque tous nos chevaux sont ici, l'un de vous devra rester pour les garder. Tous les autres, venez avec moi, arme au poing...

Janella était recroquevillée sous l'auvent, ses filles et ses servantes pressées contre elle comme les poussins autour de la poule.

— Vous allez nous laisser toutes seules, après avoir mangé et logé ici pendant sept jours sans payer un sou ? Le Balafré et ses hommes viendront ici pour les chevaux, c'est sûr, et on sera à leur merci...

Brydar fit signe au jeune Marco.

— Toi, reste là. Tu garderas les femmes et les chevaux...

— Non, gronda le jeune homme. Je me suis engagé dans ta bande sur la promesse que je pourrai combattre le Balafré l'épée au poing ! C'est une affaire d'honneur ! Tu crois que j'ai besoin de ton sale argent ?

Au-delà du mur, tout n'était que cris et confusion.

— Je n'ai pas le temps de discuter, dit Brydar. Kindra, cette querelle ne te concerne pas, mais tu sais que je suis homme de parole ; reste ici pour garder les femmes et les chevaux, et tu ne le regretteras pas !

— La protection d'une femme ? Une femme pour nous garder ? Pourquoi pas une souris pour garder un lion ? glapit Janella.

Les yeux flamboyants, le jeune Marco lui dit d'un ton pressant :

— Tout ce que je dois toucher pour cette campagne est à toi, *mestra*, si tu me libères pour combattre mon ennemi juré !

— Va, je m'occuperai d'elles, dit Kindra.

Il était peu probable que le Balafré vienne si loin, et effectivement, la querelle ne la concernait pas ; normalement, elle combattait avec les hommes et aurait été furieuse qu'on lui confie un poste aussi peu dangereux. Mais les plaintes de Janella l'avaient piquée au vif. Marco prit son épée et se hâta vers les grilles, Brydar sur les talons. Kindra les regarda partir, repensant à ses premières batailles. Quelque chose dans les gestes, dans les paroles du jeune homme, l'avait mise en alerte. *Ce jeune Marco est noble*, pensa-t-elle. *Comyn, sans doute, bâtard de quelque grand seigneur, peut-être même d'Hastur. Je ne sais pas ce qu'il fait avec Brydar, mais ce n'est pas un mercenaire ordinaire !*

Les pleurnicheries de Janella la ramenèrent à son devoir.

— Oh, c'est affreux ! braillait-elle. Juste une femme pour nous protéger...

— Allons, viens, dit sèchement Kindra. Aide-moi à fermer la grille.

— Je ne reçois pas d'ordres d'une effrontée en culottes...

— Alors, laisse la grille ouverte, dit Kindra, perdant patience ; le Balafré entrera plus facilement. Tu veux que j'aille l'inviter moi-même, ou tu préfères lui envoyer une de tes filles ?

— Maman, dit une adolescente en lui lâchant la main, ce n'est pas une façon de parler. Lilla ! Marga ! Aidez notre bonne *mestra* à fermer la grille !

Elle joignit ses forces à celles de Kindra pour pousser le lourd battant de bois et assujettir la barre de sécurité.

Les femmes gémissaient de détresse ; Kindra en désigna une, à la sixième ou septième lunaison de sa grossesse, qui avait jeté une couverture sur sa chemise de nuit.

— Toi, dit-elle, emmène les bébés et les petits en haut dans une chambre, verrouille la porte, et n'ouvre qu'à moi ou à Janella.

La femme ne réagit pas, et continua à sangloter.

— Vite ! dit sèchement Kindra. Ne reste pas là comme un lapin cornu gelé dans la neige ! Remue-toi, sapristi, ou je te claque !

Elle eut un geste menaçant, la femme sursauta, puis se mit à rassembler les enfants et à les pousser vers l'escalier ; elle prit l'un des plus petits dans ses bras, et fit presser les autres à petits cris effarouchés.

Kindra passa en revue le reste des femmes. Janella était inutilisable. Grosse et le souffle court, elle regardait Kindra avec rancœur, furieuse qu'elle assure leur protection. De plus, elle tremblait, au bord de la panique — panique qui risquait de se communiquer à toutes les autres ; si elle avait quelque chose à faire, elle se calmerait peut-être.

— Janella, va à la cuisine préparer du vin chaud, dit-elle. Les hommes en voudront au retour, et ils l'auront bien mérité. Puis trouve des chiffons pour faire des bandages, au cas où il y aurait des blessés. Ne t'inquiète pas, ils n'arriveront pas jusqu'à toi tant que nous serons là. Et emmène celle-ci avec toi, ajouta-t-elle, montrant Lila-la-Simplette, qui, terrifiée, s'accrochait aux jupes de Janella en gémissant, les yeux dilatés de terreur. Elle ne ferait que nous gêner.

Janella partit en grommelant, la demeurée sur les talons, et Kindra passa l'inspection des solides jeunes femmes qui restaient.

— Suivez-moi toutes à l'écurie. Empilez des balles de foin autour des chevaux pour les empêcher de fuir en cas de panique. Non, laisse la lanterne ici ; si le Balafré et ses hommes faisaient une percée, on mettrait le feu au foin et les chevaux affolés pourraient bien en expédier quelques-uns d'une ruade. Et même s'ils venaient jusqu'ici, les femmes en réchapperaient peut-être. Contrairement à ce que vous croyez, les bandits s'intéressent d'abord aux chevaux et aux richesses, et les femmes ne figurent pas au premier rang sur leur liste. Et aucune de vous n'a de bijoux ou de riches vêtements qu'ils vous arracheraient sur le corps.

Personnellement, Kindra savait que le premier qui mettrait la main sur elle pour la violer le regretterait amèrement ; et si elle était dominée par le nombre, on lui avait enseigné des méthodes pour sortir indemne de l'expérience ; mais ces femmes n'avaient pas reçu un tel enseignement. Ce n'était pas juste de leur reprocher leurs craintes.

Je pourrais leur enseigner ces méthodes, mais les lois de notre charte me l'interdisent, et j'ai juré de les observer, ces lois faites non par nos Mères de la Guilde, mais par des hommes qui redoutent ce que nous pourrions dire à leurs femmes !

Enfin, peut-être qu'elles éprouveront quelque fierté à défendre leur foyer contre ces bandits !

Kindra consacra toutes ses forces à l'empilement des balles de foin autour des chevaux ; les autres l'imitèrent, oubliant leur peur dans le travail. Mais l'une d'elles grommela, juste assez haut pour que Kindra l'entende :

— Ça va bien pour elle ! C'est une guerrière et elle a l'habitude de ce genre de travail, mais pas moi !

Ce n'était pas le moment de discuter de l'éthique de la Guilde. Kindra se contenta de lui demander doucement :

— Es-tu fière qu'on ne t'ait pas enseigné à te défendre, mon enfant ?

Mais la fille ne répondit pas, et, boudeuse, continua à s'escrimer sur sa balle de foin.

Kindra suivit sans peine ses pensées : si Brydar n'avait pas été là, chaque villageois aurait protégé ses propres femmes ! Écœurée, Kindra pensa que cet état d'esprit était cause de l'incendie des villages, année après année, aucun homme ne se sentant lié envers le voisin, et aucun ne voulant protéger d'autre maison que la sienne ! Il avait fallu la menace du Balafré pour que ces villageois s'organisent un peu et engagent quelques mercenaires ; mais maintenant, leurs femmes se plaignaient parce que leurs maris ne pouvaient pas rester, chacun devant sa propre porte, pour défendre femmes et foyer !

Une fois les chevaux barricadés, les femmes se rassemblèrent nerveusement dans la cour. Même Janella vint regarder sur le seuil de la cuisine. Kindra s'approcha de la grille, la main sur la garde de son épée. Les autres restèrent sous l'auvent, sauf une adolescente — celle-là même qui avait aidé Kindra à fermer les grilles — qui retroussa ses jupes jusqu'aux genoux, puis alla chercher une lourde hache et se posta devant la porte, en face de Kindra.

— Annelys ! glapit Janella. Viens ici ! Près de moi !

Elle lança un regard méprisant à sa mère et répondit :

— Si un bandit escalade ce mur, il ne mettra pas la main sur moi ni sur ma petite sœur sans danger. Ce n'est pas une épée, mais même entre des mains de femme, je crois que cette hache pourrait le faire réfléchir sérieusement !

Elle regarda Kindra avec défi et ajouta :

— J'ai honte pour elles, qui te laissent seule pour les défendre ! Même un lapin cornu protège ses petits !

Kindra la regarda avec un sourire bienveillant.

— Si tu as autant d'adresse pour manœuvrer cette hache que tu as de courage, petite sœur, j'aime mieux t'avoir avec moi que n'importe quel homme. Tiens le manche, les deux mains rapprochées. Et si tu as à t'en servir, ne fais rien de compliqué, donne-lui juste un bon coup dans les jambes, comme pour abattre un arbre. Le principal, c'est qu'il ne s'y attendra pas, tu comprends ?

Le temps passait. Les femmes, recroquevillées sur du foin ou des caisses, écoutaient avec appréhension les cris et les cliquetis d'épées, réprimant parfois un sanglot. Seule Annelys, debout près de Kindra, avait l'air résolu, les deux mains serrées sur le manche de sa hache. Au bout d'une heure environ, Kindra s'assit sur une balle de foin en disant :

— Tu n'as pas besoin de serrer le manche comme ça ; tu seras fatiguée avant l'attaque. Pose ta hache contre la balle, pour l'avoir à portée de la main le moment venu.

— Comment sais-tu si bien ce qu'il faut faire? demanda Annelys à voix basse. Comment apprenez-vous tout ça, vous, les Amazones Libres — non, vous vous appelez autrement, je crois? —, les femmes de la Guilde? Vous êtes toutes guerrières et mercenaires?

— Non, et nous ne sommes même pas très nombreuses, dit Kindra. Moi, j'ai choisi ce métier parce que je n'avais pas beaucoup d'autres talents. Je ne vaux pas grand-chose pour tisser et broder, et pour le jardinage, ça ne m'intéresse qu'en été. Ma mère de serment est sage-femme — la profession la plus pratiquée et respectée chez nous. Même ceux qui méprisent les Renonçantes reconnaissent que nous sauvons souvent des bébés qui seraient morts avec la guérisseuse du village. Mais je n'avais aucun talent pour ça non plus, et la vue du sang me donne la nausée...

Elle baissa soudain les yeux sur son épée, se remémorant ses nombreuses batailles, et elle éclata de rire; Annelys rit avec elle — un son incongru sur fond de gémissements des autres femmes.

— Toi, malade à la vue du sang?

— Ce n'est pas la même chose, dit Kindra. Je ne supporte pas la souffrance quand je ne peux pas la soulager; on nous appelle rarement pour les accouchements faciles; nous intervenons seulement dans les cas désespérés. Pour moi, c'est plus facile de me battre contre des hommes ou des bêtes, que pour la vie d'une femme ou d'un bébé impuissants...

— Je crois que je serais pareille, dit Annelys, et Kindra pensa: *Si je n'étais pas tenue par les lois de la Guilde, je pourrais lui expliquer ce que nous sommes, et cette petite ferait honneur à la Sororité...*

Mais son serment lui imposait le silence. Elle soupira et regarda Annelys, frustrée.

Elle commençait à penser que toutes ses précautions seraient inutiles, que le Balafré et ses hommes n'arriveraient jamais jusqu'à l'auberge, quand une femme poussa un cri perçant, et Kindra vit le pompon d'un bonnet tricoté apparaître par-dessus le mur. Puis deux hommes surgirent, couteaux entre les dents afin d'avoir les mains libres pour l'escalade.

— Tiens, tiens, c'est là qu'ils ont caché tous les chevaux et les femmes... gronda l'un. Occupe-toi des bêtes, moi je m'occupe... tiens, voilà du nouveau ! s'exclama-t-il comme Kindra se ruait sur lui, épée dégainée.

Il était plus grand que Kindra, et elle arrivait tout juste à se défendre, reculant pas à pas vers l'écurie. Où étaient les hommes ? Comment ces bandits avaient-ils pu arriver si loin ? Étaient-elles la dernière ligne de défense ? Du coin de l'œil, elle vit l'autre bandit approcher par derrière, et elle exécuta un mouvement tournant pour leur faire face à tous deux.

Puis Annelys cria, la hache scintilla, et le second bandit tomba en hurlant, un flot de sang jaillissant de sa jambe. A ce cri, l'adversaire de Kindra eut un instant d'hésitation, et elle lui plongea son épée dans l'épaule, rattrapant le couteau qui glissait de sa main sans force. Il tomba à la renverse, et elle se planta au-dessus de lui.

— Annelys ! cria-t-elle. Holà, les femmes ! Apportez des cordes, des courroies, n'importe quoi pour le ligoter — il va peut-être en venir d'autres...

Janella arriva avec une corde à linge, et regarda Kindra le ficeler, puis, faisant un pas en arrière, regarda l'autre qui gisait dans une mare de sang. Sa jambe était presque sectionnée au genou. Il respirait encore, mais n'avait plus la force de gémir, et il mourut bientôt sous les yeux des femmes. Janella considéra Annelys avec horreur, comme s'il lui était poussé une troisième tête.

— Tu l'as tué, dit-elle en un souffle. Tu lui as coupé la jambe !

— Tu aimerais mieux que ce soit lui qui ait coupé la mienne ? demanda Annelys, se penchant pour regarder l'autre bandit. Il n'est blessé qu'à l'épaule. Il vivra pour être pendu !

Haletante, Kindra se releva, donnant une dernière secousse à la corde.

— Tu m'as sauvé la vie, petite sœur, dit-elle à Annelys.

L'adolescente lui sourit, très excitée, les cheveux dénoués dans le feu de l'action. La neige fondue qui s'était mise à tomber ruisselait sur leurs visages. Soudain, Annelys lui jeta les bras autour du cou, et Kindra la serra contre elle, sous le regard troublé de sa mère.

— Une Renonçante n'aurait pas fait mieux ! Merci, mon enfant !

Sapristi, cette petite avait bien mérité ses remerciements, et si Janella regardait Kindra comme une perverse séductrice, tant pis pour elle ! Elle laissa le bras d'Annelys sur son épaule et dit :

— Écoute ; je crois que les hommes reviennent.

Une minute plus tard, elles entendirent la voix de Brydar et elles enlevèrent la barre de sécurité. Ses hommes poussaient devant eux plus d'une douzaine de bons chevaux, et Brydar dit en riant :

— Les brigands du Balafré n'en auront plus besoin ; alors, nous sommes bien payés ! Et je vois que les femmes ont achevé les deux derniers ?

Il regarda le bandit qui gisait dans son sang, et l'autre ligoté avec la corde à linge de Janella.

— Beau travail, *mestra*. Tu auras ta part du butin.

— La petite m'a aidée, dit Kindra. Sans elle, je serais morte.

— L'un d'eux avait tué mon père, dit Annelys d'un ton farouche, alors, je lui ai rendu la monnaie de sa pièce, c'est tout.

Se tournant vers Janella, elle ordonna :

— Maman, apporte ton punch à nos défenseurs. Immédiatement !

Les hommes de Brydar s'assirent dans la salle commune et burent le vin chaud avec satisfaction. Brydar posa sa chope et se frictionna le front avec un « ouf » de soulagement.

— J'ai des blessés, Dame Janella, dit-il. Tes femmes s'y connaissent en pansements ? Il nous faut des bandages, des pommades et des herbes. Je...

Il s'interrompit, car un de ses hommes lui faisait signe de la porte, et il le rejoignit en courant.

Annelys apporta une chope à Kindra, et la lui mit timidement dans les mains. Kindra goûta ; ce n'était pas le punch de Janella, mais un bon vin blanc des montagnes. Kindra but à petites gorgées, sachant que l'adolescente voulait ainsi lui dire quelque chose. Annelys s'assit en face d'elle, buvant de temps à autre une gorgée de vin chaud. Elles n'avaient pas envie de se séparer.

Au diable ces lois imbéciles qui m'empêchent de lui parler de la Sororité ! Elle est trop bien pour rester ici avec sa crétine de mère ; ce qu'il lui faut pour tenir l'auberge, c'est Lilla-la-Simplette ! Et Janella risque de marier sa fille au premier rustre venu, rien que pour avoir un homme dans la maison ! L'honneur lui imposait de se taire. Pourtant, regardant Annelys et pensant à la vie qu'elle aurait dans cette auberge, elle se demanda ce que c'était que cet honneur, qui exigeait de laisser une fille pareille en un endroit pareil.

Pourtant, c'était sans doute une loi sage, se dit-elle. En tout cas, elle avait été faite par de plus sages qu'elle. Sinon, beaucoup de jeunes filles, éblouies à la perspective d'une vie d'aventures, se seraient engagées dans la Sororité sans avoir pleinement conscience des renoncements et difficultés qui les attendaient. Le nom de Renonçante n'avait pas été choisi à la légère : elles n'avaient pas la vie facile. Et, voyant la façon dont Annelys la regardait, elle aurait été capable de la suivre parce qu'elle l'admirait comme une héroïne. Ce n'était pas possible. Elle soupira et dit :

— Eh bien, les réjouissances sont terminées pour ce soir, je suppose. Je vais me coucher. Demain, j'ai une longue journée devant moi. Écoute ce tintamarre ! Je ne savais pas que Brydar avait des blessés graves...

— Pour moi, ça ressemble plus à une dispute qu'à des gémissements, dit Annelys, prêtant l'oreille aux cris et protestations. Est-ce qu'ils se chamaillent à propos du butin ?

La porte s'ouvrit brusquement, et Brydar de Fen Hill rentra.

— Pardonne-moi, *mestra*, je sais que tu es fatiguée...

— C'est vrai, dit Kindra, mais avec ce tintamarre je ne pourrais pas dormir de toute façon. En quoi puis-je t'aider?

— Veux-tu venir, s'il te plaît? C'est le petit — le jeune Marco; il est blessé, grièvement, mais il refuse de se laisser soigner avant de t'avoir parlé. Il dit qu'il a un message urgent, très urgent, à te transmettre avant de mourir...

— Miséricordieuse Avarra! s'exclama Kindra. Il est donc mourant?

— Je ne sais pas, il ne nous laisse pas approcher. S'il se montrait raisonnable et nous laissait le soigner... il saigne comme un *chervine* égorgé, et il jure de trancher la gorge au premier qui le touche. On a essayé de l'immobiliser pour le soigner quand même, mais il se débat tellement que ça le fait saigner encore plus... alors, viendras-tu, *mestra*?

Kindra le regarda, l'air interrogateur, étonnée qu'il se plie au caprice d'un de ses hommes.

Brydar dit, sur la défensive :

— Ce garçon ne m'est rien; ce n'est pas un frère adoptif, ni un parent ni même un ami. Mais il s'est battu à mon côté, et il est brave. C'est lui qui a tué le Balafré en combat singulier. Et qui en mourra peut-être.

— Pourquoi veut-il me parler?

— Il dit que c'est à propos de sa sœur, *mestra*. Il te supplie de venir au nom d'Avarra-la-Miséricordieuse. Et il est assez jeune pour être ton fils.

— Bon, dit enfin Kindra.

Elle n'avait pas vu son propre fils depuis ses huit ans, et il devait être encore trop jeune pour porter l'épée.

— Je ne peux pas refuser une requête faite au nom de la Déesse.

Elle se leva, fronçant les sourcils. Le jeune Marco avait dit qu'il n'avait pas de sœur. Non, qu'il n'avait plus personne à qui il pouvait donner le nom de sœur, ce qui était différent.

Dans l'escalier, elle entendit la voix d'un mercenaire qui essayait de le raisonner.

— On ne te fera pas mal, petit, mais si on ne te soigne pas tout de suite, tu pourrais en mourir, tu entends ?

— Arrière ! crépita la voix du jeune homme. Je jure par tous les enfers de Zandru, et par les tripes du Balafré que j'ai répandues de ma main, que je tranche la gorge au premier qui me touche !

A la lueur de la torche, Kindra vit Marco mi-assis, mi-couché sur une paillasse, tenant les autres en respect de sa dague ; mais il était pâle comme la mort et avait le front couvert de sueurs froides. Il gisait dans une mare de sang qui rougissait peu à peu la paillasse. Kindra avait vu assez de blessés dans sa vie pour savoir qu'on peut perdre plus de sang que la plupart ne le croient possible sans être en danger sérieux. Mais pour un non-initié, son état paraissait des plus graves.

Marco vit Kindra et haleta :

— *Mestra*, je t'en supplie, il faut que je te parle seul à seul...

— Ce n'est pas une façon de traiter tes camarades, mon vieux, dit un mercenaire, s'agenouillant derrière la paillasse, tandis que Kindra s'agenouillait à côté.

La blessure était haut sur la cuisse, presque à l'aine ; le cuir des culottes avait un peu amorti le coup, sinon il aurait eu le même sort que le bandit abattu à la hache par Annelys.

— Jeune fou, dit Kindra. Je ne peux pas faire la moitié de ce que feraient tes amis.

Les yeux de Marco se fermèrent un instant, de souffrance ou de faiblesse. Pensant qu'il avait perdu connaissance, Kindra fit signe au mercenaire derrière lui.

— Vite, pendant qu'il est évanoui, dit-elle.

Mais les yeux torturés s'ouvrirent brusquement.

— Tu me trahirais, toi aussi ?

Il agita sa dague, mais si faiblement que Kindra s'effraya. Il n'y avait plus de temps à perdre. Il fallait faire ce qu'il voulait.

— Va-t'en, dit-elle au mercenaire. Je vais tâcher de le raisonner, et s'il ne veut rien entendre, il est assez grand pour accepter les conséquences de sa folie.

L'homme sortit, et elle ajouta d'un ton sévère :

— J'espère que ce que tu as à me dire est assez important pour risquer ta vie, jeune imbécile !

A genoux près de la paillasse sanglante, elle fut prise d'un terrible soupçon.

— Jeune idiot, tu sais que cette blessure pourrait causer ta mort ? J'ai peu de connaissances médicales ; tes camarades t'auraient soigné bien mieux que moi.

— Elle causera sûrement ma mort si tu ne m'aides pas, murmura-t-il d'une voix rauque. Je ne suis pas assez ami avec aucun d'eux pour leur faire confiance... aide-moi, *mestra*, je t'en supplie au nom de la Miséricordieuse Avarra — je suis une femme.

Kindra en eut le souffle coupé. Elle s'en doutait depuis un moment — et c'était donc vrai.

— Et aucun des hommes de Brydar ne le sait...

— Aucun. Je combats avec eux depuis six mois, et je crois qu'aucun ne s'en doute... je crains encore plus les femmes, mais toi, j'ai senti que je pouvais te faire confiance...

— Je le jure, dit vivement Kindra. J'ai fait serment de ne jamais refuser mon aide à une femme qui la demande au nom de la Déesse. Mais laisse-moi te soigner, ma pauvre enfant, et prions Avarra qu'il ne soit pas trop tard !

— Même s'il était trop tard, murmura l'étrange fille, j'aime mieux mourir en femme que... que découverte et déshonorée. J'ai connu tant d'épreuves et d'humiliations...

— Chut, tais-toi, mon enfant.

La fille s'était renversée sur la paillasse, enfin évanouie. Kindra découpa les culottes de cuir, examina la profonde entaille, qui, partant de la cuisse, se terminait au pubis. Elle saignait abondamment, mais, pensa Kindra, ce n'était sans doute pas mortel. Prenant une serviette propre laissée par les hommes, elle la pressa contre la blessure. L'épanchement de sang se ralentit, puis se réduisit à un suintement ; elle fronça les sourcils, se disant qu'il fallait suturer. Elle hésita — elle n'était guère habile à ce genre de chose, et elle était certaine que le mercenaire aurait eu la main plus sûre et plus exercée ; mais c'était exactement ce que voulait éviter cette fille — être vue nue par ces hommes. *Si seulement cela pouvait se faire avant qu'elle revienne à elle, elle ne le saurait jamais*, pensa Kindra. Mais elle avait promis le secret, et elle tiendrait parole. La fille ne bougea pas quand elle sortit dans le couloir.

Brydar monta jusqu'au milieu de l'escalier.

— Comment va-t-il ?

— Envoie-moi la jeune Annelys, dit Kindra. Et dis-lui d'apporter une aiguille et du fil ; plus de l'eau chaude, du savon, et des chiffons pour le pansement.

Annelys était forte et courageuse ; mieux encore, si Kindra lui demandait de garder le secret, elle était certaine qu'elle tiendrait sa promesse.

Brydar dit tout bas à l'oreille de Kindra :

— C'est une femme, hein ?

— Tu écoutais ? demanda Kindra, fronçant les sourcils.

— Écouter, tu parles ! Mais je ne suis pas idiot, et j'ai repensé à certaines petites choses. Tu vois une autre raison pour qu'un de mes hommes ne nous laisse pas lui enlever ses culottes ? Mais qui qu'elle soit, elle a du courage pour deux !

Kindra hocha la tête, atterrée. Ainsi, tout ce qu'avait souffert cette fille était inutile ; le scandale éclaterait quand même.

— Brydar, tu m'as dit que si je protégeais les femmes, je ne le regretterais pas. Tu m'es redevable, oui ou non ?

— Oui.

— Alors, jure sur ton épée que tu ne diras jamais un mot de cette affaire à personne, et je serai payée. D'accord ?

Brydar eut un grand sourire.

— Je ne te priverai pas de ta juste part pour ça, dit-il. Tu crois que j'ai envie qu'on répète partout que Brydar de Fen Hill ne sait pas distinguer une femme d'un homme ? Le jeune Marco a fait partie de ma bande pendant six mois, et s'est comporté en homme. S'il a une sœur, une mère ou une cousine qui veut venir le soigner et le ramener chez elle après, mes hommes n'y verront que du feu. Au diable, pas question d'aller leur dire qu'une fille a tué le Balafré juste sous mon nez !

Il posa la main sur la garde de son épée en ajoutant :

— Que Zandru paralyse cette main si j'en souffle jamais mot à personne ! Bon, je t'envoie Annelys, termina-t-il en redescendant.

Kindra retourna au chevet de la fille, toujours sans connaissance. Annelys entra, et Kindra se tourna vers elle en disant :

— Tiens-moi la lampe ; je veux la suturer avant qu'elle revienne à elle. Et tâche de ne pas tomber en faiblesse ; je veux faire vite, pour ne pas avoir à la tenir si elle se réveille.

Annelys déglutit avec effort devant la blessure béante, qui s'était remise à saigner.

— Une femme ! Bienheureuse Evanda ! Kindra, elle fait partie de ta Sororité ? Tu le savais ?

— Non aux deux questions. Bon, tiens-moi la lampe...

— Non, dit, Annelys. J'ai souvent recousu des blessures, et j'ai un bon coup de main. Une fois, j'ai recousu mon frère qui s'était blessé en cassant du bois, et j'ai aussi aidé la sage-femme. Tiens la lampe, toi.

Soulagée, Kindra lui passa l'aiguille, et Annelys se mit à suturer aussi tranquillement que si elle avait brodé un coussin. Au milieu de son travail, la fille se réveilla et poussa un petit cri de frayeur, mais Kindra la rassura, et la fille se mordit les lèvres, serrant très fort la main de la Renonçante.

— Elle est des vôtres, *mestra* ?

— Non, pas plus que toi, mon enfant. Mais c'est une amie, et elle ne dira rien, je le sais, répondit Kindra avec confiance.

Quand Annelys eut fini, elle alla chercher un verre de vin pour la fille, et lui tint la tête pendant qu'elle buvait. Ses joues livides reprirent quelques couleurs, et sa respiration se fit plus régulière. Annelys lui apporta une chemise de nuit à elle.

— Tiens, tu te sentiras mieux là-dedans. Je voudrais te

transporter dans mon lit, mais il vaut mieux ne pas te déplacer pour le moment. Kindra, aide-moi à la soulever.

Elles étendirent un drap propre sur la paillasse, puis y recouchèrent la fille, un oreiller sous la tête. Elle voulut protester quand elles se mirent à la déshabiller, mais elle était trop faible. Et Kindra resta médusée quand elles lui ôtèrent sa sous-tunique. Elle n'aurait jamais cru qu'une femme pût se faire passer pour un homme parmi des hommes, mais maintenant, elle comprenait pourquoi cette fille avait réussi. La poitrine était plate, nue, elle n'avait plus de seins, et elle avait des épaules musclées d'escrimeur. Ses bras étaient couverts de poils que toute femme aurait décolorés ou épilés à la cire. Annelys la dévisagea, stupéfaite, et la fille, devant son air choqué, cacha son visage dans l'oreiller.

— Ne la regarde pas comme ça, dit sèchement Kindra. C'est une *emmasca*, c'est tout. Tu n'en avais donc jamais vu ?

L'opération castratrice était dangereuse, et illégale sur toute l'étendue des Sept Domaines. Chez cette fille, elle avait dû être exécutée avant ou peu après la puberté. Mille questions se pressaient sur ses lèvres, mais la courtoisie lui interdit de les poser.

— Mais... mais... balbutia Annelys, elle est née comme ça ou elle a été opérée ? C'est illégal... qui oserait ?...

— Opérée, dit la fille, le visage toujours caché dans l'oreiller. Si j'étais née ainsi, je n'aurais rien eu à craindre... et j'ai choisi d'être opérée pour ne plus rien avoir à redouter !

La fille serra les dents quand elles la retournèrent ; Annelys ravala son air à la vue des terribles cicatrices qui sillonnaient son dos, comme des coups de fouet, mais elle ne dit rien, et rabaissa charitablement la chemise de nuit sur ces horribles stigmates. Les cheveux blond-roux étaient noirs de sueur, mais d'un roux flamboyant à la racine.

Comyn. La caste télépathique aux cheveux de flammes... Cette femme était noble, née pour gouverner dans les Domaines de Ténébreuse !

Au nom de tous les dieux, pensa Kindra, qui peut-elle être, et que lui est-il arrivé ? Comment en est-elle venue à se déguiser, et à décolorer ses cheveux pour qu'on ne devine pas son lignage ? Et qui l'a ainsi maltraitée ? Elle a dû être battue comme une bête...

Puis, choquée, elle entendit des mots résonner dans sa tête, sans savoir comment.

Le Balafré, dit la voix dans son esprit. *Mais maintenant, je suis vengée, même si je dois en mourir...*

Kindra fut effrayée : jamais elle n'avait rien perçu aussi clairement, jusque-là, son don télépathique rudimentaire se manifestait sous forme d'intuitions, de pressentiments. Elle murmura, atterrée :

— Par la Déesse, qui es-tu, mon enfant ?

Le visage livide se convulsa en une grimace, qui, reconnut Kindra désemparée, voulait être un sourire.

— Je suis... personne, dit-elle. Je me croyais la fille d'Alaric Lindir. Tu connais l'histoire ?

Alaric Lindir. Les Lindir étaient une famille riche et fière, apparentés aux Aillard des Domaines. De trop haute naissance pour que Kindra pût prétendre les connaître, et descendants d'Hastur.

— Oui, c'est une noble famille, murmura la fille. Ma mère s'appelait Kyra, et c'était la sœur cadette de *Dom* Lewis Ardais — pas le souverain du Domaine, son frère cadet. Mais quand même d'assez haut naissance pour que, le jour où elle fut enceinte d'un Hastur de Thendara, on la mariât en toute hâte à Alaric Lindir. Et mon père — celui que j'avais toujours cru mon père — était fier de sa fille aux cheveux cuivrés, et pendant toute mon enfance je l'ai entendu répéter que je serais mariée à un seigneur Comyn ou que j'irais dans une Tour pour devenir une puissante sorcière ou Gardienne. Puis le Balafré est arrivé avec sa bande. Ils ont saccagé le château et enlevé quelques femmes, et le temps que le Balafré découvre que je faisais partie de ses captives — bon, le mal était fait. Il a quand même demandé une rançon à mon père. Et mon père, ce même *Dom* Alaric, si fier de sa beauté rousse qui favoriserait ses ambitions par un beau mariage Comyn, mon père...

Sa voix s'étrangla, puis elle reprit, crachant ses paroles :

— Il a fait dire au Balafré que s'il pouvait garantir que j'étais encore vierge, il paierait la rançon, mais que si j'étais déflorée, il ne paierait rien car je ne lui serais plus d'aucune utilité, et que le Balafré pouvait me prendre ou me donner à l'un de ses hommes au choix.

— Saint Porteur de Fardeaux ! murmura Annelys. Et cet homme t'avait élevée comme sa fille ?

— Oui, et je croyais qu'il m'aimait, dit-elle, refoulant ses larmes.

Kindra ferma les yeux, horrifiée, ne voyant que trop bien l'homme qui avait accueilli la bâtarde de sa femme — mais seulement dans la mesure où elle favorisait son ambition !

Annelys avait les yeux pleins de larmes.

— C'est épouvantable ! Comment un homme peut-il... ?

— N'importe lequel à mon avis, dit la fille, car le Balafré a été si furieux du refus de mon père qu'il m'a donnée à l'un de ses hommes, et vous avez vu comment il m'a traitée. *Celui-là*, je l'ai tué dans son sommeil quand il croyait m'avoir soumise à force de coups. Je me suis évadée et je suis retournée chez ma mère, qui m'a accueillie les larmes aux yeux. Mais j'ai vu dans son esprit que ce qu'elle craignait par-dessus tout, c'était que je mette au monde un bâtard de ce bandit ; elle craignait que mon père ne lui dise *telle mère, telle fille*, et que ma disgrâce réveille la sienne. Je n'ai pas pu pardonner à ma mère de continuer à aimer cet homme qui m'avait rejetée et abandonnée à un tel sort. Je suis donc allée trouver une *leronis* qui a eu pitié de moi — ou peut-être voulait-elle éviter, elle aussi, que je ne déshonore le sang Comyn en devenant prostituée ou fille à soldats, et elle a fait de moi une *emmasca*, comme vous l'avez vu. Puis je me suis engagée dans la bande de Brydar, et aujourd'hui, j'ai enfin pu me venger.

Annelys pleurait, mais la blessée restait impassible comme la pierre. Son calme était plus terrible que ne l'aurait été l'hystérie ; elle était au-delà des larmes, en un lieu où l'affliction et la satisfaction ne faisaient plus qu'un, et cet un avait le visage de la mort.

— Tu es en sécurité maintenant, dit doucement Kindra. Personne ne te fera plus aucun mal. Mais maintenant, il faut te taire et te reposer ; tu es affaiblie par une grosse perte de sang. Tiens, bois le reste de ce vin, et dors, ma fille.

Kindra lui tint la tête tandis qu'elle vidait le verre. Elle était horrifiée, et pourtant admirative. Battue, brisée, violée, cette fille avait gagné sa liberté en tuant l'un de ses ravisseurs ; puis elle avait encore survécu quand sa famille l'avait rejetée, et elle avait alors fait des plans pour sa vengeance, plans qu'elle venait de mettre à exécution.

Et les orgueilleux Comyn ont rejeté cette femme ? Elle a assez de courage pour deux hommes de sa caste ! C'est ce genre d'orgueil et de folie qui finira par amener la chute des Comyns ! Elle frissonna, prise d'une étrange crainte prémonitoire, voyant, grâce à son don télépathique nouvellement éveillé, des visions de flammes au-dessus de Heller, d'étranges vaisseaux du ciel, des étrangers arpentant les rues de Thendara en uniformes de cuir noir...

Les yeux de la fille se fermèrent, ses mains se resserrèrent sur celles de Kindra.

— J'ai eu ma vengeance, murmura-t-elle, et maintenant je peux mourir. Et que mon dernier souffle soit pour te bénir, toi grâce à qui je meurs en femme, et non parmi des hommes sous ce déguisement détesté...

— Mais tu ne mourras pas, dit Kindra. Tu vivras, mon enfant.

— Non, dit-elle, le visage têtu et fermé. Que réserve la vie à une femme sans famille et sans amis ? J'ai supporté de vivre isolée parmi des hommes pendant que je méditais ma vengeance. Mais je hais les mercenaires, j'abhorre la façon dont ils parlent des femmes entre eux, et j'aimerais mieux mourir que retourner dans la bande de Brydar, ou vivre encore parmi des guerriers.

— Mais maintenant, tu es vengée, dit doucement Annelys. Tu pourrais recommencer à vivre en femme.

De nouveau, la fille sans nom secoua la tête.

— Vivre en femme soumise à un homme comme mon père? Retourner supplier ma mère de me donner asile? Oui, sans doute qu'elle me donnerait du pain pour que je ne les déshonore pas un peu plus en mourant à leur porte. Et elle me cacherait au milieu des servantes, à coudre ou à filer, alors que j'ai chevauché libre avec une bande de mercenaires? Ou devrais-je vivre seule, à la merci de n'importe quel homme? Autant compter sur la pitié du blizzard ou des banshees!

Sa main se resserra sur celle de Kindra.

— Non, dit-elle, je préfère mourir.

Kindra la prit dans ses bras et la serra sur son cœur.

— Tais-toi, mon enfant; tu es épuisée; il ne faut pas parler comme ça. Quand tu auras dormi, tu verras la vie autrement, dit-elle d'un ton apaisant.

Mais ce disant, elle sentait le profond désespoir de l'inconnue, et sa rage n'eut plus de bornes.

Les lois de sa Guilde lui interdisaient de parler de la Sororité à cette fille, de lui dire qu'elle pouvait vivre libre, protégée par la Charte de la Guilde, et ne plus jamais être à la merci d'aucun homme. Les lois de la Guilde, qu'elle ne devait pas violer, le serment qu'elle devait respecter. Et pourtant, à un niveau plus profond, n'était-ce pas violer le serment que refuser à cette femme, qui avait tant risqué et qui en avait appelé à elle au nom de la Déesse, le savoir qui pouvait lui redonner la volonté de vivre?

Quoi que je fasse, je suis déjà parjure; ou je renie mon serment en refusant mon aide à cette fille, ou je le renie en lui disant ce que la loi m'interdit de dire.

La loi! Une loi faite par des hommes, et qui la limitait encore de tous les côtés, alors qu'elle avait rejeté les lois ordinaires sous lesquelles les hommes forçaient les femmes à vivre! Et elle serait doublement blâmable si elle parlait de la Guilde devant Annelys, bien que celle-ci ait combattu à son côté. La juste loi des Heller protégerait Annelys de ces connaissances; et la Sororité pourrait avoir de graves ennuis si elle enlevait sa fille à une respectable aubergiste qui avait besoin d'elle — et de son futur mari — pour faire marcher son commerce !

La tête sur sa poitrine, la fille sans nom avait fermé les yeux. Kindra reçut le fil ténu d'une pensée ; elle savait que les télépathes pouvaient se faire mourir par leur volonté... comme cette fille s'était obligée à vivre jusqu'à l'exécution de sa chère vengeance.

Laisse-moi dormir, pour que je puisse encore me croire dans les bras de ma mère, à l'époque où j'étais son enfant et où cette horreur ne m'avait pas touchée... Laisse-moi dormir pour ne jamais me réveiller...

Déjà elle s'éloignait, et, dans un instant de désespoir, Kindra fut tentée de la laisser mourir. *La loi m'interdit de parler*. Et si elle parlait, Annelys, qui déjà vouait à Kindra l'admiration que l'on porte aux héros, qui déjà se rebellait contre le sort des femmes, ayant goûté à l'orgueil de se défendre, Annelys la suivrait, elle aussi. Kindra le comprit, avec un frisson prémonitoire.

Kindra laissa sa rage suivre son cours puis se calmer. Elle secoua la fille sans nom pour la réveiller, sachant qu'elle se faisait mourir volontairement.

— Écoute-moi ! Écoute ! Tu ne dois pas mourir, dit-elle avec colère. Pas alors que tu as tant souffert ! Ce serait une lâcheté, et tu as prouvé maintes fois que tu n'étais pas lâche !

— Mais si, je suis lâche, dit la fille. Trop lâche pour vivre de la seule façon dont puisse vivre une femme — par la charité de femmes comme ma mère — ou à la merci d'hommes comme mon père ou comme le Balafré ! Après avoir assouvi ma vengeance, je rêvais de découvrir une autre façon de vivre. Mais il n'y en a pas.

Alors la rage de Kindra ne connut plus de bornes. Désespérée, elle regarda le visage de la fille sans nom, les yeux effrayés d'Annelys. Elle déglutit avec effort, sachant la gravité de la décision qu'elle prenait.

— Il... il y a une autre façon de vivre, dit-elle, continuant à temporiser. Tu — je ne sais même pas ton nom. Comment t'appelles-tu ?

— Je n'ai plus de nom, dit la fille, le visage dur

comme la pierre. J'ai juré de ne plus jamais prononcer le nom que m'ont donné le père et la mère qui m'ont rejetée. Si j'avais vécu, j'aurais pris un autre nom. Donne-moi celui que tu voudras.

Dans un nouvel accès de colère, Kindra prit sa décision. Elle serra la fille sur son cœur.

— Je te nomme Camilla, dit-elle, et, à partir de ce jour, je serai pour toi une mère et une sœur, comme la Bienheureuse Camilla le fut pour Camilla ; et cela, je le jure. Camilla, tu ne mourras pas, dit-elle, la redressant sur sa paillasse.

Puis, prenant une profonde inspiration, serrant une main de Camilla dans la sienne et tendant l'autre à Annelys, elle commença :

— Mes petites sœurs, laissez-moi vous parler de la Sororité des Femmes Libres, que les hommes appellent Amazones Libres. Laissez-moi vous parler du mode de vie des Renonçantes, les *Comhi-Letzii* liées par le Serment...

La formation est difficile, mais Camilla ne se rend pas, même à l'évidence.

XII. LA QUERELLE

de Marion Zimmer Bradley

Des années plus tard, ni Camilla ni Rafaella ne se rappelaient exactement ce qui avait provoqué leur première querelle. Sans doute une allusion ironique, ou une critique personnelle, qui avait déclenché toute une série d'absurdes chamailleries, de remarques grossières et d'insultes voilées. Mais ni l'une ni l'autre ne put jamais remonter à la source et identifier l'étincelle qui avait mis le feu à l'amadou.

Cet hiver-là, Rafaella avait l'impression que Camilla l'avait prise en grippe, pour une raison qui lui échappait, et ne ratait pas une occasion de l'agresser, à propos de tout et de rien. Elle se rappelait une violente dispute, à propos d'un balai dont elles se servaient, un jour, pour balayer l'écurie, et au cours de laquelle Camilla l'avait — accidentellement, affirmait-elle — fait tomber dans un tas de fumier. Et une autre, à la cuisine, où elle avait, sans le vouloir, dispersé du pied les balayures laborieusement rassemblées par Camilla. Et parce que Camilla l'avait hautement accusée de l'avoir fait exprès, elle ne l'avait pas aidée (ainsi qu'elle l'aurait normalement pour toute autre) à réparer les dégâts.

Camilla — semblait-il encore à Rafaella — ne cessait de faire des remarques désobligeantes sur les femmes qui se vantaient de leurs amants, et un soir qu'à la salle de musique, Rafaella reconnaissait en riant qu'elle avait des raisons de se croire enceinte, Camilla avait murmuré :

« Catin ! », puis s'était levée pour sortir. Furieuse, Rafaella avait lancé « Tu ne pourras jamais en dire autant de *tes* amants ! », sur quoi Camilla l'avait giflée.

Cet incident les avait fait convoquer devant les Mères de la Guilde, qui, sans écouter le récit de leur dispute — Mère Lauria dit qu'elle avait déjà entendu toutes les insultes que des jeunes femmes pouvaient se dire, et que ça ne l'intéressait pas —, les exhortèrent à essayer de vivre en bonne intelligence. Après quoi les Mères de la Guilde, conscientes de leur hostilité, leur assignèrent des tâches séparées : Camilla travaillait dans la cité, Rafaella s'occupait du ménage et du jardin à la Maison, de sorte qu'elles ne se rencontraient pas souvent. En tout cas, pas assez pour se quereller autant qu'autrefois. Toutefois, il devint bientôt évident pour tout le monde qu'elles ne pouvaient pas être dans la même pièce sans se disputer, et, à la salle à manger ou aux assemblées générales, elles s'asseyaient ostensiblement aussi loin que possible l'une de l'autre.

L'incident final survint un soir qu'elles se trouvèrent par hasard ensemble à la salle de bains du deuxième étage, et où Rafaella (par accident, affirma-t-elle toujours) bouscula Camilla sans la voir, la déséquilibrant et l'inondant d'eau sale. Camilla se jeta sur elle, furieuse.

— Regarde ce que tu as fait, grosse pouffiasse ! dit-elle, sa chemise trempée lui collant aux genoux.

— Pouffiasse toi-même ! ragea Rafaella, hors d'elle, parce que, pour une fois, il s'agissait vraiment d'un accident et qu'elle était sur le point de s'excuser et de tendre sa serviette à Camilla quand celle-ci l'avait agressée.

Sans répondre, Camilla prit une cuvette, et déversa quelques litres d'eau froide et savonneuse sur la tête de Rafaella.

Outrée, dégoulinante, aveuglée et bredouillant de saisissement, Rafaella prit un pichet et le lui lança à la tête.

— Je vais te fendre le crâne, vieille sorcière d'*emmasca* !

Le pichet de grès atteignit Camilla à l'épaule ; déséquilibrée, elle tomba ; une sœur l'aida à se relever. Camilla pivota sur elle-même ; ses vêtements étaient posés sur un tabouret et elle tira la dague pendue à sa ceinture.

— Sale catin, comment oses-tu ?

Elle se rua sur Rafaella, qui, instinctivement, saisit son couteau dans sa botte — en état de légitime défense, affirma-t-elle plus tard pour se justifier. Et elles se lancèrent dans un duel furieux, glissant sur les dalles mouillées de la salle de bains, Camilla gênée par sa longue chemise de nuit. Il fallut quatre femmes pour les séparer, et elles saignaient abondamment toutes les deux. Kindra, réveillée pour juger de l'affaire, dit gravement :

— Votre discorde empoisonne l'atmosphère depuis des mois, les accusa-t-elle. Tant que vous vous en êtes tenues aux injures, nous avons fermé les yeux ; mais ça...

Choquée, elle considéra le bras de Rafaella, barré d'une longue estafilade, le visage de Camilla entaillé de deux coupures.

— Ça, c'est sérieux, cela constitue une rupture de serment. Vous avez juré, comme nous toutes, de vivre en paix, comme des parentes et des sœurs.

Camilla baissa la tête. Elle était assez cocasse dans sa chemise trempée et tailladée. Rafaella, sentant le regard de Kindra sur elle, eut envie de pleurer.

— Mes filles, dit Kindra avec douceur, je vous demande maintenant de vous embrasser, de vous demander pardon et de promettre de vivre en paix comme des sœurs. Si vous m'obéissez, cette affaire n'ira pas plus loin.

Rafaella regarda Camilla en prenant un air froid et dégoûté, *comme si*, dit plus tard Camilla, *j'étais un insecte répugnant tombé dans son porridge*.

— Plutôt embrasser un *cralmac* !

— Rafaella, ce n'est pas digne de toi, mon enfant !

— Qu'elle ne m'approche pas, dit Camilla, tremblante de rage, et je te donne ma parole de ne pas l'étrangler. Je ne peux pas promettre plus.

Kindra les regarda, atterrée et furieuse.

— Nous ne pouvons pas tolérer cette situation ! Vous le savez !

— Alors, qu'on me renvoie ! s'emporta Camilla. Dans un endroit où je ne serai plus forcé d'entendre jour et nuit ses sarcasmes ! Il y a d'autres Maisons de la Guilde dans les Domaines !

Les yeux braqués sur Camilla, les lèvres retroussées en un rictus, Rafaella répondit :

— Ce serait sans doute la meilleure solution. Je fais ce que je peux pour ne pas la rencontrer, mais on dirait que la maison n'est pas assez grande pour nous deux. Si elle partait, le problème serait résolu.

Kindra secoua la tête.

— Vous êtes toutes les deux mes filles de serment ; ce n'est pas une solution. Mes enfants, supplia-t-elle, pourquoi ne pas vous asseoir et vider ce différend ?

Elle tendit une main à chacune ; Camilla baissa les yeux, feignant de ne pas la voir, et Kindra reprit, désespérée :

— Je n'aurai donc pas d'autre choix que de porter l'affaire devant les juges ?

— Kindra, dit Rafaella, les yeux pleins de larmes, j'ai essayé, je t'assure que j'ai essayé, mais je ne peux pas vivre avec elle ! Il faut qu'une de nous deux s'en aille, même si ce doit être moi ! termina-t-elle en un sanglot.

Kindra irait-elle jusqu'à la renvoyer ? Elle pensa, pitoyable : *Est-ce qu'elle aime mieux cette* emmasca *que moi* ? Un an plus tôt, elle se serait jetée en pleurant dans les bras de Kindra et lui aurait promis tout ce qu'elle aurait voulu. Elle fit un pas vers Kindra, prête à céder, espérant qu'elle l'embrasserait, mais Kindra recula en fronçant les sourcils.

— Ce n'est pas à moi que tu dois présenter des excuses, Rafaella, mais à Camilla, dit-elle d'une voix dure.

— A *elle* ! s'écria Rafaella, d'un ton froid et incrédule. Jamais !

Elle avait envie de crier : *Kindra, tu ne m'aimes donc plus ?* Mais elle ravala ces paroles, sachant qu'elle n'avait pas le droit de les prononcer.

Kindra prit la main de Camilla dans la sienne et dit :

— Kima, tu es l'aînée, ma fille, et tu es des nôtres depuis plus longtemps. Elle n'est qu'une enfant. Te soumettras-tu ? Je ne devrais pas te le demander, et pourtant, je le fais.

Les yeux secs et le visage dur, Camilla répondit d'une voix rauque :

— Tu es injuste de me demander ça, Kindra. Tu sais que je ferais n'importe quoi pour toi, sauf ça. Je n'ai rien fait pour m'attirer ses persécutions...

— Rien ? s'écria Rafaella. Espèce de...

— *Rafi !*

Kindra n'avait pas parlé fort mais avec une telle autorité que Rafaella se tut immédiatement.

Camilla reprit, obstinée :

— Si elle me présente ses excuses je les accepterai et n'exigerai rien de plus, mais je ne m'abaisserai pas à lui demander pardon des avanies qu'elle m'inflige !

Kindra soupira.

— Vous ne me laissez pas le choix.

Puis, appelant les femmes qui les avaient désarmées, elle leur dit :

— Gardez-les dans des pièces séparées pendant que je convoque les juges.

Restée seule dans la pénombre du crépuscule, Rafaella entendit les paroles du Serment résonner dans sa tête : *et si je devais violer mon Serment, je me soumettrai à toute punition que les Mères de la Guilde jugeront bon de m'infliger, et, en cas de récidive, je les laisserai m'abattre comme un animal et abandonner mon corps sans sépulture à la corruption et mon âme à la miséricorde de la Déesse...*

Violer son serment. Son père avait dit un jour devant elle qu'il n'était pas de crime plus condamnable que tirer l'épée contre un parent ; elle avait été élevée aux accents de la *Ballade du Hors-la-Loi Dément*, qui avait tué ses frères et été exilé par sa dernière sœur survivante... Et elle, elle avait tiré l'épée contre Camilla. Il est vrai que Camilla avait dégainé la première ; mais elle voulait peut-être simplement lui faire peur... le combat aurait pu être évité. La blessure de son bras l'élançait ; personne n'avait pris la peine de la soigner. *De par le Serment, Camilla est ma sœur... mère, sœur et fille de toutes les femmes ayant prêté le Serment à la Guilde. J'ai donc tiré l'épée contre une sœur, et doublement sœur puisqu'elle aussi est fille de serment de Kindra.*

Mais Kindra ne pouvait plus rien pour elle.

Elle ne m'aime pas ! Elle n'a pas voulu échanger le serment avec moi... elle aime Camilla mieux que moi !

Enfin, une femme vint la chercher, et elle vit le visage pâle et furieux de sa coaccusée. On les plaça debout côte à côte devant les quatre Mères de la Guilde, leurs blessures et leurs vêtements tailladés racontant éloquemment leur histoire, Kindra ajoutant qu'elles avaient refusé devant témoins de faire amende honorable et d'enterrer leur querelle. Mère Callista, la plus âgée des quatre et l'un des juges de la Guilde, dit :

— Il s'agit d'un viol du Serment.

Rafaella trembla. *Que vont-elles me faire ?* se demanda-t-elle.

Mère Lauria dit :

— Vous, Camilla n'ha Kyria et Rafaella n'ha Doria, avancez. L'affaire est grave. Je vous demande pour la dernière fois d'unir vos mains, d'échanger le baiser de sœurs, et de promettre de vous amender avant qu'il ne soit trop tard. C'est votre dernière chance.

— Plutôt mourir que m'excuser sans avoir commis aucune faute et ramper devant elle ! dit Camilla, serrant les poings.

— Rafaella, présenteras-tu des excuses ? demanda Mère Callista.

Rafaella pensa lâchement : *Si je m'excuse, peut-être ne puniront-elles que Camilla... mais dans ce cas, elles se diront que j'agis ainsi par peur du châtiment, et elles sauront que je suis plus lâche, et elle, plus brave ! Me montrer lâche devant Camilla ? Jamais !*

Elle répondit, comme crachant ses paroles :

— Battez-moi ou tuez-moi si vous voulez ! Est-ce là la justice des Amazones ?

— Vous tuer ? dit Mère Callista avec un rire sarcastique. Nous ne sommes pas des Gardes pour vous lancer un défi et récompenser ainsi votre entêtement que vous déguisez en héroïsme. Êtes-vous prêtes à vous soumettre au châtiment, ou allez-vous vous excuser et promettre de vivre en paix ?

Rafaella sentit son estomac se nouer, ses genoux prêts à se dérober sous elle. *Qu'est-ce qu'elles vont nous faire ?* Elle avait envie de pleurer, de crier grâce, mais devant l'attitude froide et arrogante de Camilla, elle décida de mourir sur place plutôt que de montrer sa peur. Elles gardèrent le silence, et, finalement, Mère Lauria haussa les épaules.

— Comme vous voulez, jeunes sottes ! Vous ne nous laissez pas le choix. Allez chercher les chaînes.

Les chaînes ! pensa Rafaella, horrifiée. *C'est pire que je ne le craignais...*

Camilla était livide ; Rafaella se demanda un instant si elle n'allait pas s'évanouir.

— Assurez-vous qu'elles n'ont pas d'armes, dit Mère Lauria.

On les fouilla soigneusement, chacune s'efforçant d'ignorer la présence de l'autre. Rafaella tremblait, mais devant les nerfs d'acier de Camilla, elle résolut de ne trahir aucune faiblesse.

Mère Callista tendit la main, et une sœur lui donna une paire de bracelets de fer, joints par une chaîne de trois pouces de long.

— Vous avez refusé d'observer le Serment de votre libre volonté, dit Mère Callista, et de jurer de vivre en bonne intelligence. Maintenant, vous serez enchaînées ensemble, vous mangerez ensemble, dormirez ensemble, travaillerez ensemble jusqu'à ce que vous ayez appris à vivre en sœurs. Quand chacune aura découvert qu'elle ne peut pas faire un pas sans le consentement de l'autre, vous aurez appris que dans tout ce que nous faisons nous avons nécessairement besoin d'une autre. La plupart apprennent cette leçon de façon moins pénible. Camilla, tu es gauchère ?

— Oui, dit Camilla à contrecœur.

— Alors, donne-moi ta main droite. Rafaella, tu es droitière ?

— Exact.

— Parfait, sinon, nous aurions dû tirer à pile ou face.

Les lèvres pincées de colère, elle referma les bracelets sur leurs poignets.

Certaines des assistantes pouffèrent.

— Puissiez-vous ne faire qu'une à jamais ! prononça gravement l'une d'elles, parodiant une phrase du mariage *di catenas*, mais elle se tut devant le regard courroucé de Mère Lauria.

— Laissez-les maintenant, et allez toutes vous coucher, dit Mère Callista. Ce regrettable incident est clos.

— Qu'allons-nous faire maintenant ? demanda nerveusement Camilla.

— C'est à vous d'en décider. Ensemble, dit Mère Callista avec indifférence.

Elle se leva et sortit sans jeter un regard en arrière. Kindra les regarda, sembla sur le point de leur parler, puis, elle aussi, leur tourna le dos et monta se coucher.

L'une des femmes, qui avait été témoin de leur querelle, dit :

— Maintenant, vous ne mettrez plus la maison sens dessus dessous, espèces d'idiotes, et si vous voulez vous battre, vous pourrez le faire là où ça ne dérangera personne !

Rafaella avait le visage inondé de larmes. *Injuste, cruel, humiliant ! Comment Kindra a-t-elle pu les laisser me traiter ainsi ? Pourquoi ne m'a-t-elle pas avertie de ce qui m'attendait ? Est-ce qu'elle ne m'aime plus ? Tout le monde me hait, elles prennent toutes le parti de Camilla...*

Elle leva machinalement la main pour s'essuyer les yeux, et sentit le bracelet de fer tirer le poignet de Camilla vers son visage. Camilla rabaissa son bras d'une secousse en disant :

— Arrête ça, bon sang !

Rafaella se mit à sangloter de plus belle, sa main libre sur son visage.

— Ça te va bien de pleurer maintenant qu'il est trop tard pour arranger les choses ! dit froidement Camilla.

— Et toi, qu'est-ce que tu as fait pour les arranger ? demanda Rafaella en reniflant.

— Rien, dit Camilla d'une voix glaciale. Inutile de me rappeler ma bêtise !

Elles restèrent longtemps immobiles. Le feu baissa et la pièce s'assombrit. Du coin de l'œil, Rafaella vit Camilla lever la main comme pour essuyer des larmes, mais elle pensa : *Pleurer, elle ? Cette* emmasca ? *Je crois qu'elle n'est pas assez humaine pour seulement savoir ce que c'est que pleurer !* Et effectivement, Camilla ne faisait pas un mouvement, n'émettait aucun son.

Très lasse, Rafaella était incapable de réfléchir de façon cohérente. Elle n'avait jamais été aussi fatiguée de sa vie. Comment pourrait-elle supporter cette situation ? Jusqu'à quand durerait-elle ? Mère Callista ayant dit qu'elles devraient manger, travailler et dormir ensemble, elle se demanda si ça durerait longtemps. Comment tolérer d'être enchaînée à son ennemie nuit et jour ? Elle frissonna et vit Camilla la regarder avec colère.

Elle aurait voulu être dans sa chambre, dans son lit. Mais comment se coucher avec Camilla enchaînée à son poignet ? C'était pire qu'une bonne correction ! Elle ne ferait pas le premier pas, elle ne demanderait pas à monter.

Pourtant, tôt ou tard, je devrai aller aux toilettes — et sans doute plus tôt que plus tard car je suis enceinte... mais je ne lui demanderai rien...

Et elle eut l'impression d'avoir remporté une victoire quand Camilla demanda finalement :

— Je suppose qu'on ne va pas rester là toute la nuit. Alors, on monte ?

— Si tu veux, dit Rafaella de mauvaise grâce.

Mais elle avait du mal à égaler les grandes enjambées de Camilla ; elle trébucha sur une marche et tomba, entraînant Camilla avec elle. Camilla jura.

— Tu vas me rompre les os, bon Dieu !

— Tu crois que je risque de me casser la jambe juste pour te contrarier, mégère ?

— Comment savoir ce qui se passe dans ta tête de débile ?

Rafaella s'enferma dans un silence rageur. Des années plus tard, elle se rappelait encore sa colère et son humiliation quand elle avait dû se soulager devant l'autre, et l'effort qu'elle avait dû faire pour ne pas pleurer. *Je ne lui donnerai pas cette satisfaction !* Camilla, quant à elle, fit ses besoins avec un calme olympien, comme si elle était seule. Rafaella se demanda comment elle pouvait rester si détachée.

(Des années plus tard, Camilla lui dit : « J'avais envie de hurler, de pleurer, de te battre. Mais tu étais arrogante et hautaine, comme si tu ne savais même pas que j'étais là. Je ne voulais pas avoir l'air plus faible que toi, alors j'ai fait semblant de garder mon sang-froid... et puis j'avais une plus longue expérience des humiliations. A l'époque, tu ne savais pas ce que j'avais enduré dans le passé, et que cette situation était quand même plus facile à supporter pour moi... »)

— Bon, alors, on va dormir par terre dans le couloir? dit Rafaella avec froideur.

— Pour que tout le monde se moque de nous demain matin ? Sûrement pas !

— Il y a de la place dans mon lit, dit Rafaella à contrecœur.

— Tu veux réveiller toutes tes copines pour qu'elles se moquent de moi ?

Rafaella réalisa que les trois femmes qui dormaient dans sa chambre ignoraient les événements.

— Tu préfères réveiller tes amies à toi ?

— Quelles amies ? demanda Camilla. Je couche seule — ce qui ne t'est sans doute jamais arrivé de ta vie — et au moins, dans mon lit, personne ne nous verra.

Découragée, Rafaella grommela son accord. Dans la chambre de Camilla, elle dut batailler pour ôter ses bottes d'une seule main. Camilla était déjà déshabillée, dans la chemise de nuit tailladée et encore humide qu'elle portait à la salle de bains. Rafaella décida de ne rien enlever d'autre.

Rafaella dormit mal, tout habillée, et du mauvais côté du lit. Chaque fois qu'elle remuait, les menottes la réveillaient. Au matin, elle fut prise de nausées dont les Mères de la Guilde lui avaient dit qu'elles étaient courantes aux premiers stades de la grossesse. Elle s'assit, en proie à un haut-le-cœur, et Camilla, réveillée en sursaut, grommela :

— Rallonge-toi ! Qu'est-ce qui te prend ?

— J'ai envie de vomir, marmonna lamentablement Rafaella, partant en courant dans le couloir, traînant Camilla, furieuse, derrière elle. Elle s'agenouilla devant une bassine et vomit, étreinte d'une détresse sans fond. Devra, levée tôt car c'était son tour de service à la cuisine, lui essuya le visage d'un linge mouillé.

— Pauvre Rafi, j'espérais que ça te serait épargné...

Elle s'interrompit, et regarda Camilla, choquée.

— Qu'est-ce que... ?

Rafaella était trop malade et abattue pour parler. Ce fut Camilla qui répondit d'un ton bref :

— On s'est battues ; c'est notre punition.

Devra les regarda, atterrée.

— Mais, Rafi, c'est terrible, dans ton état — Kindra est au courant ? Comment te faire une chose pareille *en ce moment* ?

Rafaella ne put répondre, elle ne put que penser : *j'ai fait tout ce qu'il fallait pour ça.* Muette de colère, Camilla détournait la tête avec dégoût. Retournant dans la chambre chercher ses bottes, Rafaella s'aperçut qu'elle pleurait à chaudes larmes.

— Oh, arrête ! cria Camilla. C'est tout ce que tu sais faire, pleurer tout le temps ?

— Je... je ne peux pas m'en empêcher...

— Ça ne suffit pas de ne pas fermer l'œil de la nuit parce que tu remues tout le temps, et d'être réveillée avec toi qui vomis partout, il va encore falloir que je t'entende chialer toute la journée ? Arrête, ou je t'assomme !

— Essaye pour voir !

Camilla leva la main pour la frapper, mais s'aperçut que ce mouvement la déséquilibrait, et elles tombèrent toutes les deux sur le lit. Camilla se releva en jurant.

— Où vas-tu ? demanda Rafaella.

— Me laver, sale souillon, et m'habiller. Mais peut-être que tu ne te laves pas, toi ? Et tu voudrais peut-être aussi que je descende déjeuner dans ma chemise sale ?

— Je n'ai pas faim, dit Rafaella d'une voix tremblante.

Elle n'avait pas le courage de se présenter devant toutes les sœurs.

— Moi j'ai faim, je ne suis pas enceinte, dit froidement Camilla.

Et Rafaella n'eut d'autre choix que de la suivre gauchement à la salle de bains où Camilla se lava gauchement d'une seule main, et de détourner obstinément la tête quand Camilla s'habilla. La salle à manger était pleine de sœurs qui les dévisagèrent en pouffant ou en chuchotant. Rafaella se dit qu'elles devaient toutes connaître l'histoire, maintenant. Elles se disputèrent encore pour décider où elles allaient s'asseoir, et s'installèrent finalement au bout d'un banc. Rafaella ne mangea rien, mais but un peu de lait chaud. Kindra, assise à une table voisine, se retourna, mais, bien qu'il semblât à Rafaella qu'elle les regardait avec sympathie, elle ne dit rien.

— Tiens, railla une sœur, vous vous êtes mariées *di catenas*, vous deux ?

— Camilla est une Séchéenne, dit une autre. Elle enchaîne sa femme !

Rafaella commença à réaliser ce dont elle ne s'était jamais doutée jusque-là : Camilla n'était pas particulièrement aimée. La plupart des railleries étaient dirigées contre elle, les rares marques de sympathie s'adressant à Rafaella. Mais la plupart des sœurs les ignorèrent, embarrassées.

La journée fut épouvantable, ponctuée d'insultes et de claques, tandis qu'elles tiraillaient sur leur chaîne et clopinaient gauchement d'un endroit à un autre pour accomplir leurs tâches. Au bout d'un moment, elles s'habituèrent à marcher sans se déséquilibrer mutuellement, mais elles continuèrent à se chamailler avec colère à propos de tout et de rien. Vers le soir, Rafaella se remit à pleurer, Camilla la gifla, et Rafaella se retourna et la prit à la gorge. Elles tombèrent ensemble, cognant, griffant toute partie de l'autre qui leur tombait sous la main, sanglotant de rage et d'humiliation... avec leurs mains enchaînées, elles ne pouvaient même pas s'attraper solidement aux cheveux !

Brusquement, Rafaella se mit à rire. Lâchant Camilla, elle s'allongea sur le tapis et rit à perdre haleine.

— Qu'est-ce qu'il y a de si drôle, bon sang ?

— Toi, hoqueta Rafaella. Et moi. Toutes les deux. Tu ne vois pas comme nous sommes bêtes ? On se bat comme des chiffonnières, et on n'arrive même pas à s'attraper — pas plus qu'on ne peut s'éloigner l'une de l'autre.

Camilla se mit à glousser.

— Et je ne peux même pas partir sans te traîner après moi, dit-elle.

Elles continuèrent à rire, à en pleurer, à s'en tenir les côtes.

— Mon épaule ! gémit Camilla. Je crois qu'elle est cassée...

— C'est moi qui t'ai fait ça ? Désolée, je ne le voulais pas — oh, c'est ridicule...

— Non, je crois que c'est juste une déchirure musculaire. Je t'ai fait mal ? demanda Camilla. Je n'en avais pas l'intention...

Elle aida sa compagne à se relever, et quand Rafaella trébucha dans l'escalier, elle tendit la main pour l'empêcher de tomber. Surprise, Rafaella lui dit merci.

— De rien, grommela Camilla. Si tu tombes, je tombe avec toi !

A la salle de bains, Rafaella regarda une baignoire avec envie.

— Je voudrais bien prendre un bain, mais je ne vois pas comment...

Camilla se mit à rire et remarqua :

— Je ne crois pas qu'il y ait une baignoire assez grande pour nous deux.

Pour une raison inexpliquée, cela leur parut hautement comique.

— Si tu laves ma figure, je laverai la tienne, dit Camilla d'un ton bourru.

Riant aux larmes, elles se lavèrent mutuellement. Quand elles descendirent pour le dîner, Rafaella dit d'un ton hésitant :

— Avant d'entrer, décidons où nous allons nous asseoir, pour ne pas nous tirailler devant les autres...

Camilla haussa les épaules.

— Comme tu voudras. Alors, à la même place que ce matin ?

Quand elles furent assises, Camilla dit durement à la serveuse :

— Nous n'allons pas bâfrer notre viande comme des chiennes. On ne nous a pas rendu nos couteaux. Il nous faut quelque chose pour la couper !

Kindra, qui l'avait entendue, se retourna.

— Tiens, dit-elle, lui tendant son couteau et la regardant couper sa viande.

Quand elle eut fini, Camilla le lui rendit ; Kindra le remit au fourreau sans rien dire et alla s'asseoir à sa place. Rafaella la regarda s'éloigner en pensant : *se réjouit-elle de notre infortune ?*

Après le dîner, certaines allèrent à la salle de musique pour écouter Kindra et Devra chanter des ballades. Camilla et Rafaella s'assirent sur un même coussin, mais la nouveauté de la situation s'était émoussée et on ne fit guère attention à elles. Quand tout le monde se sépara pour aller se coucher, Razi poussa Rafaella du coude en disant :

— Je croyais que tu avais juré de ne jamais partager ton lit avec une femme, Rafi !

Rafaella s'empourpra ; elle savait que Kindra les regardait.

— Laisse-la tranquille ! dit sèchement Camilla.

— Quelle galanterie, Camilla ! Et au bout d'une seule nuit dans son lit ? Dis-moi, quelle fascination peut exercer sur toi une femme comme elle, que tu la protèges déjà jalousement comme une amante ?

— La ferme, bon sang ! dit Camilla, d'une voix dangereusement calme. Je ne serai pas toujours enchaînée.

— Ainsi, maintenant, les ennemies jurées sont devenues des *bredhin'y* ? railla une autre. Comme des fiancés, étrangers avant, et après...

— Sortons d'ici, dit Camilla à voix basse. Nous n'avons pas à supporter ça.

Elles sortirent vivement, dans un concert de huées, railleries et plaisanteries paillardes. Dans l'escalier, voyant les yeux de Rafaella pleins de larmes, Camilla dit doucement :

— Désolée, Rafaella. Je ne t'aurais pas exposée volontairement à ce genre de blagues. Je sais qu'elles ne m'aiment pas, mais je croyais qu'elles étaient tes amies...

Rafaella déglutit avec effort.

— Je le croyais aussi, dit-elle.

— Mais elles se vengent sur moi parce que c'est moi qui ai attiré cette punition sur toi, dit Camilla, amère.

Elle se tut un moment, puis reprit :

— Je suis ton aînée, et c'est moi qui ai tiré l'épée la première. Tu aurais pu le dire à Kindra. Pourquoi ne l'as-tu pas fait ?

Rafaella baissa la tête et marmonna :

— Je ne sais pas.

Elle y avait pensé, et puis elle s'était dit : *si on me renvoie d'ici, même disgraciée, j'ai de la parenté, je ne serai pas complètement seule. Mais Camilla est* emmasca *et Kindra dit que sa famille l'a chassée. Elle n'a aucun endroit où aller.*

Elle dit tout haut à la place :

— J'ai besoin de vêtements propres pour demain. Tu viens avec moi les chercher dans ma chambre ?

— Bien sûr. Mais j'espère que tes camarades de chambre ne seront pas là...

Elle se tut, puis ajouta avec raideur :

— J'ai peur d'elles... je sais qu'elles ne m'aiment pas, et toi, tu es si populaire...

Rafaella dit, sincèrement choquée :

— Mais tout le monde t'aime !

— Non, dit Camilla, amère. Elles observent soigneusement la politesse avec moi, parce que je suis *emmasca, mutilata*... mais personne ne m'aime vraiment, à part Kindra, et maintenant, elle va me haïr, parce que j'ai amené le châtiment et la disgrâce sur toi, sa chouchoute...

— Kindra ne m'aime absolument pas, dit Rafaella, fondant en larmes.

Camilla la regarda, atterrée.

— Elle a pris ton parti contre moi, Camilla... et pourtant, je croyais qu'elle m'aimait...

Et la blessure se rouvrit. S'efforçant de maîtriser ses sanglots, elle prit dans sa commode une tunique, une sous-tunique, des culottes et des bas propres.

— Je ne veux pas dormir une fois de plus toute habillée, dit-elle.

— Tu n'es pas obligée, dit Camilla. Sauf si tu as peur de te déshabiller devant moi, sous prétexte que j'aime les femmes, ajouta-t-elle avec amertume.

— Ne dis pas de bêtises, dit Rafaella. Ça ne m'est jamais venu à l'idée. Tu crois que j'ai écouté leurs blagues obscènes ?

Puis elle réalisa soudain que Camilla ne plaisantait pas.

— Mais tu parles sérieusement ! Je te jure que je n'y ai jamais pensé !

— Dans ce cas, tu es bien la seule, dit Camilla.

Rafaella s'immobilisa et considéra le visage tendu, les lèvres minces. Il lui sembla voir Camilla pour la première fois, et quelque chose qui n'était jusque-là qu'un mot, une insulte, prit réalité à ses yeux. Elle pensa : peut-être même qu'elle était l'amante de Kindra, peut-être est-ce pour ça que Kindra n'a pas voulu s'engager envers moi par serment... mais elle n'osa pas le dire tout haut. Elle dit finalement, avec gaucherie :

— Ce n'était pas... pas nécessaire, Camilla. Je me moque de ce qu'elles pensent.

Que puis-je lui dire ? J'aimais Kindra, et je n'avais jamais compris son refus, et maintenant, je ne sais pas quoi lui dire. Je me sens toute bête. Tremblante, prenant soudain conscience qu'elle ignorait mille et mille choses, se sentant soudain très jeune et enfantine, elle détourna les yeux de Camilla et dit :

— Veux-tu déboutonner ma manchette, s'il te plaît ? Je n'arrive pas à atteindre les boutons de ce poignet.

Elles s'aidèrent mutuellement à se déshabiller. Mais, bien que Camilla ait gardé sa sous-tunique, quand elle se retourna pour ôter ses culottes, Rafaella vit ce qu'elle n'avait pas vu le matin quand sa compagne s'était habillée — les terribles cicatrices qui lui sillonnaient les épaules et le dos. Elle soupira, consternée.

C'est sans doute pour ça qu'elle ne se baigne jamais dans la salle de bains commune, et pour ça qu'elle couche seule. Qui a bien pu lui faire ça ?

— Maintenant, tu as vu, dit Camilla, très bas. Maintenant, tu peux raconter partout mon... mon avilissement, dire que je suis doublement mutilée...

Rafaella se détourna et dit :

— Diable non, j'ai assez de problèmes comme ça.

Camilla prit une profonde inspiration.

— Je croyais... que Kindra t'en avait parlé. On le raconte dans toutes les Maisons de la Guilde, d'ici à Dalereuth, je suppose. On m'a fait mettre nue avant de prêter le Serment, parce que je n'avais rien d'une femme et... et qu'elles ne croyaient pas que j'en étais une.

— Tu fais tort à Kindra si tu la crois capable de répandre une histoire pareille, dit Rafaella. Et aucune des femmes qui t'ont vue nue ne m'en a parlé non plus. Mais d'où te viennent ces cicatrices, Camilla ?

— Je... j'aimerais mieux n'en rien dire, dit Camilla. J'étais très jeune, mais je n'aime pas me rappeler ce souvenir... un jour, peut-être, je te raconterai. Mais pour le moment, je... je ne peux pas en parler.

— Comme tu voudras.

Impressionnée, Rafaella se mit au lit en silence, et remua pour trouver une position confortable.

Elle se réveilla soudain au milieu de la nuit, car Camilla, s'asseyant brusquement dans le lit, se mit à gémir et hurler en agitant les bras.

— Non, ce n'est rien, Camilla. Ce n'est que moi. Il n'y a personne d'autre dans la chambre.

Camilla sursauta, frissonna, et la fixa dans le noir.

— Oh... Rafi, je suis désolée de t'avoir réveillée...

— C'est plutôt moi qui suis désolée que tu fasses des cauchemars.

Camilla dit, au bout d'une longue minute :

— J'avais peur. Je... à une époque, j'étais attachée, comme une bête... et battue comme une bête, aussi. Heureusement, j'ai presque tout oublié, mais parfois, ça me donne encore des cauchemars...

— Eh bien, c'est plus pénible pour toi que pour moi, dit Rafaella avec compassion.

Attachée comme une bête... battue comme une bête... que lui est-il donc arrivé ?

— Camilla, dit-elle enfin, je suis désolée. Je suis responsable de notre querelle ; c'est moi qui t'ai éclaboussée d'eau sale, et j'aurais dû m'excuser, et ne jamais laisser les choses en venir là. Demain, j'irai trouver Kindra et je le lui dirai, en demandant à être la seule punie. Alors tu seras libérée, et la chaîne ne te causera plus de cauchemars.

Camilla baissa la tête et dit :

— J'ai honte quand je t'entends parler comme ça. Je savais que tu allais t'excuser, et je ne le voulais pas, car ça aurait signifié que tu valais mieux que moi. Je crois que si tu m'avais fait des excuses, j'aurais fait semblant de ne pas les entendre pour ne pas avoir à les accepter.

— Alors nous sommes toutes les deux coupables, dit Rafaella.

Elle ajouta avec hésitation :

— Veux-tu que nous échangions le pardon ?

— Volontiers... ma sœur de serment, répondit Camilla, se servant de l'expression rituelle des *com'hiletzis*.

Rafaella se pencha et l'embrassa légèrement sur les lèvres, puis, étonnée, lui effleura le visage de ses doigts. A la Guilde, personne n'avait jamais vu Camilla pleurer. Même quand on l'avait ramenée de la bataille, avec une blessure béante à la jambe, qu'il avait fallu nettoyer et cautériser avec de l'acide, elle n'avait ni crié ni pleuré !

— J'ai toujours désiré être ton amie, dit Camilla. Tu étais parente de Kindra, et pour cela seulement je t'aurais aimée. Et pourtant, je n'ai pas pu m'empêcher de te chercher querelle et t'attirer cela sur toi...

Sa voix se brisa.

— Et parce que tu es belle, que tout le monde t'aime, et parce que tu es enceinte.

— Mais tu es la meilleure guerrière de la Maison, et tout le monde admire ton courage et ta force.

— Je suis un monstre, dit Camilla d'une voix tremblante. Une *emmasca*; je n'ai rien d'une femme.

— Mais Camilla, Camilla... protesta Rafaella, consternée, la serrant dans ses bras.

Il ne lui était jamais venu à l'idée que Camilla, qui après tout, avait choisi de subir l'opération mutilante, pouvait entretenir de tels sentiments. Elle ne devait savoir que bien des années plus tard pourquoi cette opération avait été imposée à Camilla, mais elle sentit qu'il y avait une tragédie dans son passé, et elle en fut attendrie.

— Je croyais que tu méprisais ma féminité; tu te moquais de ma grossesse...

— Me moquer? Si je l'ai fait, c'était par envie, dit Camilla d'une voix étranglée.

— Par envie? dit Rafaella, incrédule. Envie de cette situation impossible où je me suis mise? Moi, je me suis maudite d'avoir été si bête et vulnérable...

— Envie parce que tu vas avoir un enfant, dit Camilla, et que je n'en aurai jamais... ni n'en désirerai maintenant, je suppose, même si parfois ça me paraît dur... et je crois que je ne pourrai jamais me rendre vulnérable de cette façon. Est-ce que ça en vaut la peine, Rafaella? Ce que tu fais avec les hommes, est-ce si merveilleux que ça compense tous les risques?

— Je suppose que ça doit te paraître bizarre, à toi qui affiches tant ton amour pour les femmes.

— J'affiche?

Elle haussa les épaules.

— Peut-être. Si tu avais mon expérience, tu n'aurais peut-être pas grande estime pour ce que les hommes veulent des femmes.

Elle détourna les yeux, mais Rafaella, repensant aux terribles cicatrices, devina quelque chose de trop affreux pour le formuler en paroles. Émue, elle la serra dans ses bras, mais Camilla se raidit.

— Je ne suis pas morte, dit-elle. C'est ce que je n'arrive pas à me pardonner. Vivre avec ce souvenir. C'est ce que les femmes de ma famille ne m'ont pas pardonné ; que j'aie continué à vivre alors que toute femme décente serait morte.

Elle se dégagea des bras de Rafaella en disant :

— Ne me touche pas ; je ne suis pas digne de vivre.

— Ne parle pas comme ça, Camilla, non, dit-elle en la serrant contre elle.

Au bout d'un moment, Camilla frissonna et dit :

— Désolée. Ça me prend de temps en temps. Et quand j'ai appris que tu étais enceinte, j'ai eu l'impression de ne pas pouvoir supporter ma haine — parce que tu étais belle, jeune, aimée... Mais c'était moi que je haïssais... pour tout ce que je n'aurais jamais...

Elle eut un sourire penaud dans le noir.

— Tout cela vient de mes cauchemars ; pardonne-moi, Rafaella.

— Je crois, dit Rafaella, impressionnée, et tournant sa main dans la menotte pour la mettre dans celle de Camilla, je crois que c'est plutôt moi qui devrais te demander de me pardonner, *breda*.

— Alors, pardonnons-nous mutuellement, dit Camilla, serrant les douces mains de Rafaella dans les siennes. Alors, il faut que tu dormes ; veiller, ce n'est pas bon pour une femme enceinte. Là, tu seras mieux comme ça ? dit-elle, glissant un oreiller sous le flanc de Rafaella. Ne bouge pas, et quand tu te réveilleras demain matin, peut-être que tu ne seras pas malade et que je pourrai dormir un peu plus longtemps.

Elles restèrent encore trois jours enchaînées ensemble ; mais elles avaient appris à s'aider l'une l'autre, et cela cimenta une amitié qui devait durer toute leur vie, et devenir si profonde que ni l'une ni l'autre ne se rappela jamais ce qui avait provoqué leur première querelle.

Quant à Rohana, elle aurait bien des raisons de devenir une Amazone...

XIII. LA FIANCÉE VENDUE

de Marion Zimmer Bradley.

Tout autour d'elle était silencieux, dans la chapelle du Château Comyn ; elle était seule, avec les figures de Camilla, Hastur et Cassilda peintes sur les murs ; peintes dans le style archaïque : Camilla les bras pleins de fruits de l'été, Cassilda avec des fleurs de *kireseth* dans les mains, Hastur immobile devant elles, aussi inerte que Gabriel allongé dans son cercueil. Le corps était couvert de lourdes draperies de velours gris et rouge, les couleurs des Aillard, et Rohana, les yeux secs, se rappela les fines étoffes aux mêmes couleurs étalées sur son lit au matin de son mariage.

— On dirait un enterrement de Gardienne, dit-elle, ironique. Et tout ça pour une noce ? Tout ça pour moi ?

— Rohana, dit sa mère avec solennité, c'est un bon mariage. Je ne te comprends pas. Tes sœurs auraient été folles de joie d'épouser le Seigneur d'un Domaine. Pourtant, tu agis comme si cela ne te concernait pas. On dirait...

Dame Liane s'interrompit, et Rohana sut que sa mère avait failli poser une question dont elle préférait ne pas connaître la réponse : *On dirait que tu aurais préféré passer le restant de ta vie à la Tour de Dalereuth.* Mais cela aurait pu s'arranger, après tout. Dame Liane demanda à la place :

— Gabriel Ardais ne te plaît donc pas, jeune ingrate ?

— Comment pourrait-il ne pas lui plaire? demanda Dame Sarita, qui avait allaité les trois filles Aillard et assisté aux mariages des deux aînées. Il est grand et beau, fort et beau parleur...

— Dommage que tu ne puisses pas l'épouser toi-même, Nounou, puisqu'il te plaît tant, dit Rohana, qui n'avait pourtant pas le cœur à plaisanter.

— Vraiment, j'ai toujours juré qu'aucune de mes filles ne serait traînée de force dans le lit conjugal, dit Dame Liane, fronçant les sourcils, et si Gabriel te déplaît tant, tu aurais pu le dire avant que les choses aillent si loin.

Rohana soupira, prenant en pitié la détresse de sa mère.

— Non, ce n'est pas que Gabriel me déplaise; en tout cas, il n'est pas pire que tous ceux qu'on m'a proposés. Mais tu ne peux pas me reprocher de penser que ce jour est plutôt fait pour le plaisir de ma famille que pour le mien ou même celui de Gabriel. Depuis les fiançailles, on n'a pas cessé de me seriner jour et nuit comme il est rare d'unir deux des plus grandes familles des Domaines, l'héritier d'Ardais à la fille d'Aillard; au point que j'ai l'impression qu'il s'agit davantage de reproduction programmée que de mariage.

Elle regarda dans la cour; une fumée s'élevait des deux fosses où rôtissaient des bêtes pour le banquet; l'odeur était alléchante, mais elle lui tourna le cœur.

— Je me demande pourquoi tu n'as pas fait venir des jongleurs, des funambules et l'homme aux trois jambes de Candermay pour divertir les invités. Mais tu as peut-être l'intention de revenir aux coutumes des Ages du Chaos, où les mariés constituaient le clou du spectacle, avec la foule applaudissant autour du lit?

— Rohana, tu n'as pas honte? dit Dame Sarita en rougissant.

— Quelqu'un devrait pourtant s'amuser un peu aujourd'hui, et ce ne sera ni Gabriel ni moi, dit Rohana. C'est Aillard qui s'unit à Ardais, plutôt que Rohana à Gabriel. J'ai appris mon rôle aussi bien que n'importe quelle actrice de Thendara, et je le jouerai aussi bien, mais en me passant des applaudissements.

— Jeune folle, dit la nourrice avec reproche. Toute femme est une reine le jour de son mariage.

— Oui, reine d'un jour, dit Rohana.

En légère chemise de nuit, ses cheveux cuivrés lui tombant jusqu'à la taille, elle considérait en haussant les sourcils les atours étalés sur son lit.

— Dans l'espoir que cette royauté d'un jour lui fera oublier qu'elle sera dorénavant soumise à un homme, après avoir répudié jusqu'à son propre nom.

— Mais Rohana, il n'en est rien, dit Dame Liane. Crois-tu donc que je sois soumise à ton père ?

— Non, Maman, mais tu es une Aillard, et tu as épousé un homme que tu savais ton inférieur ; et mon père savait, dès le jour de son mariage, que tu étais aussi sa suzeraine, et qu'il devait te servir et t'obéir. Moi, j'épouse le chef de la Maison d'Ardais, où l'héritage est patrilinéaire ; sa femme ne sera pas sa supérieure ni même son égale. Je n'ai pas une nature à imposer ma volonté par la force, Maman, et donc...

Elle haussa les épaules.

— ... je ne l'imposerai sans doute pas du tout.

Elle se laissa tomber dans un fauteuil.

— Allons mon bébé, ne sois pas triste, dit Dame Sarita, lui relevant le menton. Le temps viendra où tu te rappelleras ce jour comme le plus heureux de ta vie.

— Est-ce à dire que tous ceux qui suivront seront moins heureux ? soupira Rohana.

— Absolument pas, mon enfant ; je sais que des journées comme celle d'aujourd'hui sont un peu fatigantes, mais elle sera bientôt passée, et tu connaîtras alors toutes les félicités réservées à une jeune épousée. Je me rappelle mon cher mari...

Elle se lançait dans ses souvenirs, mais Dame Liane l'interrompit.

— Sarita, elle n'a pas encore déjeuné. Va lui chercher quelque chose à l'office, un bol de soupe, par exemple, c'est ce qu'elle aime le mieux.

Dame Sarita sortit, et Dame Liane serra Rohana sur son cœur.

— Mon enfant, je ne supporte pas de te voir si triste, dit-elle. Je pensais vraiment que Gabriel te plaisait.

— Et il me plaît, Maman ; je l'aime autant que je peux aimer un homme que j'ai vu en tout une heure.

Curieusement, Dame Liane s'empourpra.

— Et tu sais combien cette heure a violé la coutume, ma fille, dit-elle avec raideur. J'ai dû expliquer au Seigneur Ardais que tu étais *leronis* et habituée à une certaine liberté. Je crains même qu'il ne t'ait trouvée immodeste à vouloir rencontrer ton promis avant la noce.

« Ou est-ce simplement qu'il te déplaît d'être le point de mire de tous ? Il est vrai qu'à la Tour, tu n'as pas pu apprendre à vivre avec tous les yeux fixés sur toi comme le doit une Comynara. Ou peut-être... Rodi, est-ce le mauvais moment du mois ? Si oui, je demanderai à ton père d'avoir un mot en particulier avec Gabriel, pour qu'il attende un ou deux jours...

Rohana grimaça.

— Nounou y a déjà pensé, Maman ; voilà plusieurs jours qu'elle me drogue avec ses remèdes de bonne femme pour m'éviter cet embarras.

Dame Liane sourit, et, pour la première fois de sa vie, Rohana eut l'impression que sa mère lui parlait en égale.

— Je regrette que ma mère ou ma nurse n'aient pas été aussi prévoyantes ; mais à l'époque, personne n'aurait parlé de ces choses à une jeune fille. Pourtant, je dois dire qu'après avoir eu le courage de parler à ton père, il s'est montré très compréhensif.

Elle eut du mal à imaginer ses majestueux parents en jeune couple timide et embarrassé.

— Quel âge avais-tu, Maman ?

— Quinze ans, dit Dame Liane. Sabrina est née avant mon seizième anniversaire. J'étais ravie que mon premier enfant soit une fille pour Aillard ; ton père a été très déçu, mais il a été gentil et m'a offert des fleurs. Et Sabrina avait déjà deux enfants à ton âge. Ta sœur Marélie désirait se marier jeune, elle aussi ; trop jeune. Aussi aurais-je voulu qu'elle passe un an dans une Tour, avant toi ; mais elle n'avait pas de *laran*. C'est pourquoi j'étais si fière que tu possèdes ce don ; et le Seigneur Ardais en est content aussi, car il semble que Gabriel en ait très peu. Si tu désirais passer ta vie dans une Tour, Rohana, il fallait le dire.

Rohana avait fait le pari intérieur que sa mère lui dirait ces choses, et exactement en ces termes, mais elle n'avait plus le cœur à jouer. Elle soupira en secouant la tête.

— Non, dit-elle, je n'ai pas le don suffisant. De notre groupe, c'était Léonie qui le possédait au plus haut point. Et Melora.

Elle déglutit avec effort et enfouit son visage dans ses mains, les yeux pleins de larmes.

— Melora, soupira-t-elle. Depuis notre enfance, nous nous étions mutuellement promis d'être la demoiselle d'honneur de celle qui se marierait la première. Pourquoi personne ne veut-il me dire ce qui lui est arrivé, Maman ? Est-elle morte ? S'est-elle enfuie avec un palefrenier ou un balayeur ?

Dame Liane soupira en secouant la tête.

— Non, ma chérie, nous te l'aurions dit pour que tu ne commettes pas la même erreur. Maintenant, tu es assez grande pour savoir la vérité : elle a été enlevée par des bandits des Villes Sèches, et tous ceux qui sont partis à sa recherche ont disparu sans laisser de traces. J'espère qu'elle est morte.

Rohana eut un mouvement d'effroi, et sa mère l'étreignit en lui caressant les cheveux. En cet instant, Rohana sentit qu'il était possible d'ouvrir son cœur à sa mère et de lui poser toutes les questions, mais Dame Sarita entra avec un plateau, et l'occasion fut perdue, peut-être pour toujours.

— Il faut déjeuner copieusement, car tu ne pourras pas avaler grand-chose dans ta robe de mariée. Je t'ai apporté un bol de soupe aux nouilles, une tranche de volaille rôtie, et du gâteau aux mûres. Regarde, ma chérie, as-tu déjà vu les *catenas* ?

Elle leva dans ses mains les magnifiques bracelets de mariage en filigrane de cuivre.

Dame Liane se leva, embrassa Rohana sur le front, et leur moment d'intimité se termina.

— Je te reverrai quand tu seras habillée, ma chérie, dit-elle, et elle sortit.

Vêtue comme une précieuse poupée aux couleurs d'Ardais, Rohana supporta stoïquement les longues cérémonies toute la journée. On referma les bracelets sur ses poignets, elle échangea le baiser rituel avec Gabriel ; lui aussi avait les lèvres glacées. Il lui donna les clés de sa Grande Maison, et la présenta à ses écuyers, qui lui baisèrent la main tour à tour. Tout le jour, Gabriel demeura aussi réservé et lointain qu'elle-même ; lui avait-on imposé ce mariage, à lui aussi ? Et pourtant, elle ne lui était pas indifférente ; de temps en temps, elle remarquait ses yeux fixés sur elle.

Rohana savait qu'elle était belle ; malgré son jeune âge, des hommes l'avaient déjà désirée. Elle avait appris à jouer l'indifférence ; à la Tour, où il était impossible de ne pas avoir conscience du désir de l'autre, elle avait appris à se barricader. Elle savait quel était le but du mariage, qui lui inspirait une certaine répugnance. Enfin, elle ferait ce qu'on attendait d'elle ; personne ne pouvait en exiger plus. Mais l'intensité du regard de Gabriel l'effrayait.

Le temps qu'on les conduise à leur chambre, elle avait vraiment peur. Elle connaissait la tradition des plaisanteries et farces populaires ; on attendait d'elle qu'elle pouffe et se débatte, peut-être qu'elle crie et rougisse. Eh bien, elle ne leur ferait pas ce plaisir ; elle resta parfaitement maîtresse d'elle-même, souriant à peine aux pires plaisanteries, haussant un peu les sourcils aux plus vulgaires. Les assistants s'étaient préparés à continuer pendant des heures, mais ils se découragèrent devant la froideur de Rohana. Les chansons et les rires moururent un par un, et on les laissa seuls.

Gabriel se tourna vers elle en disant :

— Je n'ai jamais vu tant de sang-froid chez quelqu'un d'aussi jeune ! Où as-tu appris cela ?

— Tu sais que j'étais *leronis* à Dalereuth ; la première chose qu'on nous apprend, c'est la maîtrise de soi, et dans des situations beaucoup plus éprouvantes que celles de ce soir. Je ne voulais pas qu'ils me traitent en monstre de foire.

— Tu permets ? dit-il.

Il se leva, alla pousser le verrou, puis revint s'asseoir au bord du lit. Il n'était pas aussi grand qu'elle l'avait cru, mais plus trapu et plus large d'épaules ; il était très pâle, et des gouttelettes de sueur perlaient à la racine de ses boucles rousses ; *tiens, se dit-elle, il est nerveux lui aussi*, et, pour la première fois, elle considéra ce jeune homme inconnu non plus en complice de ce mariage imposé, mais en victime comme elle. Elle lui tendit les mains.

— Parle-moi, Gabriel, je te connais si peu... étrange, n'est-ce pas, que la coutume exige que mari et femme se rencontrent en étrangers. Je ne sais même pas ton âge.

— J'aurai vingt-six ans aux semailles, dit-il. Mon père a dit au tien que j'avais vingt-trois ans, je le sais, parce qu'il avait peur qu'on ne me trouve trop vieux pour toi ; mais je veux être honnête avec toi, Rohana.

C'était la première fois qu'il l'appelait par son nom.

— On ne t'a pas dit non plus, je crois, que j'ai déjà été marié. Elle est morte en couches après moins d'un an de mariage.

Cela pourrait m'arriver aussi, pensa Rohana. Mais c'était une pensée lointaine, car elle *savait* — grâce au *laran*, qui lui demeurait parfois mystérieux — qu'une telle mort ne lui était pas réservée. Elle se demanda s'il avait aimé cette première épouse, et si ce mariage lui était aussi importun qu'à elle.

Il dit, lui touchant légèrement la main à travers sa manchette de dentelle :

— Je voudrais te demander — je sais que c'est une étrange requête pour une nuit de noces...

Et il se tut.

Rohana se raidit en vue d'une requête inavouable — si c'était embarrassant pour lui, que serait-ce pour elle ? — et dit avec douceur :

— Tu peux toujours demander. Parle, mon mari.

Elle était encore trop timide pour l'appeler par son nom.

— Je voudrais te demander... d'être gentille avec ma fille. Elle n'a que deux ans, et elle n'a pas eu beaucoup d'amour jusqu'ici. Je ne l'ai pas vue souvent. Je lui ai apporté une poupée, mais je crois qu'elle était trop petite pour y faire attention.

— Je ne serai jamais méchante envers une fillette qui ne m'a pas fait de mal. Je ne connais pas bien les enfants — je n'ai pas eu beaucoup d'occasions d'en voir à la Tour — et j'ai peu vu ceux de mes sœurs. Mais je te promets de ne jamais être cruelle envers elle, en paroles ou en action, et de ne jamais la battre. Comment s'appelle-t-elle ?

— Cassilda.

Elle en resta stupéfaite ; dans les plaines de Valeron où elle avait grandi, le nom de Cassilda était trop révéré pour le donner à une enfant humaine.

— Tu as séjourné dans une Tour, Rohana. Te destinais-tu à être *leronis* ?

— Je l'ai pensé un temps ; mais quand je suis partie pour me marier, personne n'a cherché à me retenir. Mon don n'était pas assez remarquable.

Il reprit, sans la regarder :

— Rohana, je sais que dans les Tours... les femmes sont libres d'avoir des amants. Si tu as déjà aimé, je jure de ne jamais te le reprocher. As-tu donné ton cœur à un autre ?

— Non, dit-elle, stupéfaite qu'un homme, et montagnard en plus, soit si compréhensif.

Pourtant, un souvenir la troubla.

Rafael, le cousin de Melora. Il la désirait, et ils avaient failli devenir amants. Non parce qu'elle le désirait — elle comprenait à peine ce qu'était le désir avant d'en être consumée ; mais il la désirait si ardemment qu'elle s'était trouvée tourmentée par son désir, qu'elle avait partagé son ardeur et sa faim ; elle avait souhaité se donner à lui pour le réconforter ; elle se désolait de sa souffrance, mais en même temps, elle ressentait une répugnance instinctive à passer à l'acte ; et il l'avait senti, refusant de la prendre si elle se donnait à contrecœur et par simple gentillesse.

Elle prit la main de Gabriel et dit :

— Non, mon mari ; je te remercie de ta compréhension, mais je n'ai jamais ressenti plus que de l'amitié pour un homme ; et aucun ne peut se vanter d'avoir obtenu de moi davantage qu'une danse au clair de lune et le bout de mes doigts à baiser.

Gabriel pressa sa main dans la sienne.

— Je le regrette presque, dit-il. Puisque tu es mariée à un étranger, il aurait peut-être été bon que tu saches ce que c'est... que d'aimer quelqu'un que tu aurais choisi... avant d'être liée à quelqu'un qu'on ne peut pas te demander d'aimer tellement.

Il avait parlé sans tristesse.

Curieusement, Rohana en fut atterrée. Elle pensa : *Je ne désire pas qu'il m'aime. C'est assez dur de quitter ma famille pour venir vivre parmi des inconnus, assez dur d'être une épouse en pays étranger, sans porter en plus le poids de son amour. Je voudrais que nous accomplissions notre devoir mutuel, sans nous demander davantage l'un à l'autre. Ce serait plus facile si je restais toujours indifférente à sa personne, sans autre lien que les enfants que nous aurons. Si je pouvais rester aussi insensible envers lui, aussi froide que je l'ai été avec ces filles qui nous ont mis au lit...* Mais en même temps, un pervers instinct de contradiction lui soufflait : *Pourquoi est-il si sûr que je ne l'aimerai jamais* ?

Il dit au bout d'un moment, de sorte qu'elle se demanda s'il n'avait pas le *laran* après tout, et n'avait pas lu dans sa pensée :

— Rohana, ce n'est pas un mariage totalement arrangé ; c'est moi qui ai prié mon père de demander ta main, tout en te sachant trop jeune pour moi.

Elle le regarda avec étonnement. Pourquoi avait-il fait une chose pareille ? Elle ne se rappelait pas avoir jamais posé les yeux sur lui, et pourtant ils avaient bien dû se voir de temps en temps à la saison du Conseil, peut-être quand elle était encore enfant, et lui déjà jeune homme.

Bienheureuse Cassilda, je pourrais supporter cela seulement si j'avais à rester indifférente. Elle lui demanda, consciente de l'hostilité de sa voix :

— Pourquoi, Gabriel ?

— Pas seulement parce que tu es belle, non, bredouilla-t-il.

Ainsi, il sait que cela m'offenserait, pensa-t-elle. Au moins, il ne la prenait pas pour une de ces femmes qui se piquent si on ne les complimente pas de leur beauté. Elle en avait connu beaucoup.

— Parce que, reprit-il d'une voix hésitante, un jour que j'étais venu voir ton frère, je t'ai vue chanter en jouant du *rryl*. J'aime la musique plus que tout — à l'exception possible de mes chevaux — et l'idée que nous pourrions avoir cela en commun...

— Tu aimes donc tellement la musique ?

— Jouer d'un instrument ne me réussit pas ; j'ai des mains maladroites qui ne m'obéissent pas bien. Mais avant de muer, je chantais premier dessus dans le chœur de Nevarsin. Il paraît que ma voix est toujours agréable, et j'adore chanter. Rien ne me plairait davantage que d'avoir des enfants doués pour la musique. J'estime ce don plus que le *laran*.

— Je t'ai entendu chanter ce soir, avoua-t-elle — *une de ces affreuses chansons à boire* — et c'est vrai que tu as une voix agréable.

— Je suis content que quelque chose te plaise en moi, dit-il, la regardant avec un sourire plein d'espoir. Je n'ai jamais vu une mariée à l'air si désolé, et je ne supportais pas la pensée que tu me détestais déjà.

Elle dit impulsivement :

— Je ne vois rien de haïssable en toi.

Il sourit — et elle pensa à un chiot qui veut se faire aimer.

— M'estimes-tu moins parce que je ne tiens pas l'alcool comme un homme ? Mes frères se moquent toujours de moi parce que je ne supporte pas le vin et qu'il me rend malade ; ils disent qu'un marié insulte son épouse s'il ne boit pas à sa santé, et que je devais m'enivrer à fond au moins une fois dans ma vie.

— Tu n'as pas besoin de te forcer à boire en mon honneur ; je méprise l'ivresse, dit-elle, souhaitant qu'il ne change pas.

Il eut un sourire hésitant.

— Si je buvais trop, j'aurais peur de ne pas me contrôler et d'être brutal avec toi. Quand j'ai épousé Catalina, dit-il en détournant les yeux, ils m'ont persuadé de m'enivrer — j'avais peur aussi ce jour-là — et après ça, elle a mis longtemps à surmonter la crainte que je lui inspirais ; je crois qu'elle ne s'en était pas encore entièrement libérée à sa mort.

— C'est terrible pour toi ! dit Rohana sans réfléchir.

— Et pour elle aussi, la pauvre. Je ne voulais pas prendre le risque de t'effrayer aussi.

— Je crois que je ne pourrai jamais avoir peur de toi, Gabriel, dit-elle avec chaleur.

— Dieu veuille que tu n'en aies jamais aucune raison.

Il ajouta au bout d'un moment :

— Si un homme peut faire la cour à une... à une maîtresse ou à une courtisane et l'amener à l'aimer, il n'y a aucune raison de ne pas en faire autant avec sa femme. Un jour, tu en viendras peut-être à m'aimer autant qu'un homme que tu aurais choisi toi-même.

Elle s'aperçut avec stupeur qu'il avait les yeux pleins de larmes.

— Après tout, j'ai épousé la Dame la plus belle et la plus noble des Domaines — celle que j'aurais choisie n'importe où.

Et comme autrefois à la Tour, elle sentit le désir monter en lui, et, comme à la Tour, elle se sentit emportée par sa violence, mi-effrayée, mi-excitée.

C'est la même chose qu'autrefois, ce contact de l'esprit sans hésitation et sans peur ; inutile de me refuser ; ce n'est pas mal de partager son désir, sa passion ; c'est même mon devoir. Elle se dit quand même avec un peu de mélancolie : *Est-ce bien là ce que je veux, ou suis-je simplement emportée à partager sa passion, ses souhaits, son désir ? Me reste-t-il quelque chose en propre ?* Mettant sa main dans la sienne, puis levant les bras pour l'embrasser, elle se demanda si cela avait de l'importance.

L'important, c'était qu'ils ne faisaient maintenant plus

qu'un ; qu'importait d'où venait le désir ? *Si*, pensa-t-elle tristement, *cela importe, mais pas au point de résister à cette union, car, bon gré mal gré, j'ai été donnée à lui. Et comme nous sommes maintenant l'un à l'autre, mieux vaut nous unir de bonne grâce qu'à contrecœur.*

Je pourrais rester moi-même et lui résister — je l'ai fait à la Tour. Pourquoi donner à Gabriel ce que j'ai refusé à Rafael, simplement parce que nos familles nous ont mariés sans notre accord ? Ou plutôt, sans mon accord — car Gabriel m'aime. Je pourrais le repousser, mais nous n'aurions pas le bonheur que nous pourrons avoir ensemble, je le sens. Je pourrais demeurer moi-même, et avoir un mariage malheureux. Le prix à payer est-il donc trop fort pour conserver mon intégrité ? Ou dois-je me laisser emporter par cette émotion irrésistible et être très heureuse — au moins un certain temps — et ne plus jamais savoir ce que c'est que d'être moi-même ?

Mais comment pourrais-je être autre chose que moi ? Cette réaction à son désir, n'est-ce pas moi également ? se demanda-t-elle. Puis, Gabriel l'embrassant, elle cessa de se poser des questions.

Et maintenant, il gisait mort devant elle, et elle se demandait si elle avait jamais connu l'amour, si même l'amour existait. Cet homme n'était plus celui qu'elle avait protégé, soigné, à qui elle avait donné des enfants, avec qui elle avait passé plus de la moitié de sa vie. *Maintenant, je suis seule à jamais*, pensa-t-elle.

Mais je suis redevenue moi-même — si je peux me rappeler qui je suis. Et pourquoi.

Il y avait celle qui voulait être Amazone...
et celle qui ne pouvait pas.

XIV. TOUT, SAUF LA LIBERTÉ

de Marion Zimmer Bradley

— Je n'ai pas dit que je n'avais pas de regrets, Jaelle, dit Rohana, très bas, seulement que chaque chose en ce monde a son prix...

— Ainsi, tu penses vraiment que tu as eu à payer. Je croyais que tu venais de me dire que tu avais eu tout ce qu'une femme peut désirer.

Rohana ne regarda pas Jaelle ; elle ne voulait pas se mettre à pleurer.

— Tout, sauf la liberté, Jaelle.

La Chaîne Brisée, 1976.

I

— Regarde ! s'écria Jaelle, se penchant au balcon. Je crois qu'elle arrive.

Dame Rohana la suivit, ralentie par sa grossesse. Elle rejoignit à pas lents sa fille adoptive près de la balustrade et se pencha, s'efforçant de voir au-delà du virage de la route montant vers le Château Ardais.

— Je n'arrive pas à voir si loin, avoua-t-elle.

Et Jaelle, troublée de lui voir le corps à demi au-dessus du vide, la saisit par la taille et la tira en arrière.

Rohana remua pour se dégager.

— J'ai toujours peur des hauteurs, confessa Jaelle. Mon sang se glace à te voir ainsi au bord de l'abîme. Si tu tombais...

Elle ne termina pas, frissonnante.

— Mais la balustrade est trop haute, dit une nouvelle arrivante, et elle ne tomberait pas même si elle le voulait. Regarde, même si je grimpais là...

Dame Alida fit mine de monter sur la balustrade, mais Jaelle était devenue livide, et Rohana secoua la tête.

— Ne la taquine pas, Alida. Elle a vraiment peur.

— Je suis désolée — ça t'a réellement effrayée, *chiya* ?

— Oui. Pas autant qu'à mon arrivée, mais... C'est peut-être stupide...

— Non, dit Rohana, pas vraiment. Élevée dans le désert, tu n'as pas l'habitude de l'altitude.

Jaelle était née et avait grandi dans les Villes Sèches, fille d'une noble Comyn kidnappée et d'un chef du désert qui, aux yeux des Comyn, ne valait guère mieux qu'un bandit. Quatre ans auparavant, un raid audacieux d'Amazones mercenaires avait libéré Melora et Jaelle, alors âgée de douze ans ; mais Melora était morte dans le désert, en mettant au monde le fils du Séchéen. Rohana aurait voulu adopter les deux enfants de Melora, mais Jaelle avait préféré aller vivre à la Maison des Amazones, en qualité de fille adoptive de Kindra n'ha Mhari.

Une fois de plus, Jaelle regarda au loin.

— Maintenant, elle a dépassé le tournant, dit-elle. On la voit bien — oui, c'est Kindra. Aucune autre femme ne monte comme ça.

— Alida, dit Rohana, veux-tu descendre et faire préparer une chambre pour elle ?

— Certainement, ma sœur.

Alida, bien plus jeune que Rohana, était la dernière sœur de Dom Gabriel Ardais, le mari de Rohana. Elle était *leronis*, avait été instruite dans une Tour, et pratiquait tous les arts psychiques des Comyn désignés sous le nom unique de *laran*.

— Tu seras contente de revoir ta mère adoptive, Jaelle? demanda Alida.

— Oh oui, et bien contente aussi de rentrer à la maison! s'exclama étourdiment Jaelle, indifférente aux sentiments de Rohana.

— Au bout d'un an, j'espérais que cette maison serait aussi la tienne, Jaelle, dit Rohana avec douceur.

— Jamais! dit Jaelle avec force.

Puis elle se radoucit et, impulsivement, serra Rohana dans ses bras.

— Oh, je t'en supplie, n'aie pas l'air si malheureux. Tu sais que je t'aime! Mais après avoir connu la liberté, vivre ici m'a donné l'impression d'avoir retrouvé mes chaînes, d'être retournée dans les Villes Sèches!

— C'est à ce point? demanda Rohana. Moi, je n'ai pas l'impression d'être privée de liberté.

— Peut-être que ça ne te fait rien d'être emprisonnée, mais à moi, si, dit Jaelle. Tu ne peux même pas monter à califourchon, et tu es obligée d'accabler ton cheval d'une selle de femme — ce qui est une insulte à tout coursier qui se respecte. Et...

Elle hésita.

— Regarde-toi! Je sais, même si tu ne le dis pas, que tu ne désirais pas cet enfant, avec Elorie qui, à douze ans, est presque une femme, et Kyril et Rian qui sont déjà des adultes. Car Kyril a dix-sept ans, et Rian a le même âge que moi!

Rohana grimaça, n'ayant pas réalisé jusque-là que Jaelle avait si bien compris la situation.

— Dans le mariage, ce n'est pas à une seule personne de tout décider; les décisions doivent être prises d'un commun accord. Personnellement, j'ai souvent imposé mes choix; mais Gabriel désirait un autre enfant, et je ne me suis pas senti le droit de refuser.

— A d'autres! dit sèchement Jaelle.

Elle n'aimait pas son oncle Gabriel, Seigneur d'Ardais, et ne s'en cachait pas.

— Mon oncle était furieux que tu aies adopté mon frère Valentin, et il t'a dit, je le sais, que si tu pouvais élever un bébé qui n'était même pas de ton sang, tu n'avais aucune raison de ne pas lui en donner un autre.

— Jaelle, tu ne comprends pas ces choses, protesta Rohana.

— Non, et j'espère bien ne jamais les comprendre.

— Ce que tu ne comprends pas, c'est que le bonheur de Gabriel compte beaucoup pour moi, dit Rohana, et que cela justifie la naissance d'un autre enfant.

Mais au fond, Rohana était révoltée; c'était vrai, elle n'avait pas désiré un autre enfant, maintenant qu'elle avait la charge du fils de Melora. Le petit Valentin approchait de ses quatre ans. Ses fils n'avaient pas salué avec joie l'arrivée d'un frère adoptif encore dépendant, bien que sa fille traitât Valentin — devenu maintenant un vigoureux bambin — comme un animal familier ou une poupée vivante. Rohana était reconnaissante à Elorie d'aimer son petit pupille; car ses propres enfants avaient dépassé l'adolescence et un nouveau venu, très jeune, était pour elle un lourd fardeau. Arrivée à un âge où elle pouvait considérer qu'elle avait laissé derrière elle couches et tétées, il fallait tout recommencer. Et elle n'était plus aussi forte et infatigable que dans sa jeunesse.

Elle tenta de changer de conversation, abordant un sujet tout aussi controversé.

— Tu es toujours résolue à prêter le Serment de Renonçante aussitôt que possible?

— Oui; tu sais que j'aurais déjà dû le prêter il y a un an, dit Jaelle d'un ton boudeur. Tu m'en as empêchée alors, mais maintenant je suis pleinement majeure, et on ne peut pas me l'interdire légalement.

Jaelle savait que Rohana n'avait pas été la seule à l'empêcher de prêter le Serment qui ferait d'elle une Amazone Libre — membre de la Sororité des Renonçantes. Kindra aussi. Regardant Kindra approcher du château, elle se revit un an plus tôt, montant cette route avec elle, maussade et furieuse.

— Je suis majeure, protestait-elle. J'ai quinze ans. La loi me donne le droit de prêter le Serment. Et comme je vis à la Maison de la Guilde depuis deux ans, je sais ce que je fais. La loi le permet. Pourquoi m'en empêches-tu ?

— Ce n'est pas une question de loi, protestait Kindra. C'est une question d'honneur. J'ai donné ma parole à Dame Rohana. Ma parole n'est-elle rien, mon honneur n'est-il rien pour toi, ma fille ?

— Tu n'avais pas le droit de donner cette parole alors qu'il s'agissait de ma liberté, protestait Jaelle avec colère.

— Jaelle, tu es née Comyn, fille de Melora Aillard, et première dans la ligne de succession au Domaine, lui rappelait Kindra. Même ainsi, le Conseil ne t'a pas interdit de te faire Renonçante. Mais il a exigé que tu vives pendant un an la vie d'une fille de Comyn, ne fût-ce que pour s'assurer que nous ne t'avions pas enlevée ni n'avions illégalement dissimulé ton ascendance.

— Qui irait croire ça ? demandait Jaelle.

— Beaucoup de gens parmi ceux qui ne connaissent pas les Renonçantes, et qui ont des doutes sur notre honneur, disait Kindra. J'ai dû faire cette promesse pour être autorisée à t'élever à la Maison de la Guilde. J'ai donc juré que quand tu serais en âge d'être mariée, tu irais passer un an — ils voulaient trois — à Ardais, pour y vivre en fille de Comyn, afin de connaître — non en enfant, mais en adulte — la lignée et l'héritage auxquels tu renonçais. Tu ne devais pas, pensaient-ils, les rejeter sans en avoir fait l'expérience.

— Ce que je sais des Comyn, je ne le désire, ne le respecte ni ne l'accepte, avait dit Jaelle avec véhémence. Ma vie est ici, parmi les sœurs de la Guilde, et je jure que je n'en connaîtrai jamais d'autre.

— Chut, disait Kindra. Comment peux-tu parler ainsi, alors que tu ne sais même pas à quoi tu renonces ?

— Pour ce que ça a servi à ma mère d'être Comyn ! s'écriait Jaelle. Ils l'ont abandonnée aux mains de mon père, qui en a fait sa concubine et son esclave...

— Que pouvaient-ils faire d'autre ? Voulais-tu qu'ils plongent tous les Domaines dans une guerre sanglante avec les Villes Sèches pour une unique femme ?...

— Si Jalak le Séchéen avait kidnappé l'héritier d'Hastur, ils n'auraient pas hésité un instant à faire la guerre, je le sais, arguait Jaelle.

Et Kindra soupirait, sachant très bien que c'était vrai. Kindra elle-même ne portait pas les Comyn dans son cœur, même si elle admirait et respectait sincèrement Dame Rohana. Il avait été très difficile de persuader Jaelle de passer un an à Ardais, en qualité de fille adoptive de Rohana, pour apprendre ce que c'était que d'être née fille de Comyn.

Maintenant, cette année de mise à l'épreuve était terminée, et Kindra arrivait, comme elle l'avait promis, pour la ramener à la Maison de la Guilde, libre de prêter le Serment, et de vivre à jamais en Amazone Libre, indépendante du clan et de l'héritage.

Elle frôla Rohana dans sa hâte à rentrer, et descendit l'escalier en courant. Arrivant devant la grande porte, elle vit Kindra qui attaquait la dernière côte. Maudissant les jupes qu'elle devait porter à Ardais, Jaelle les retroussa et s'élança sur le sentier; elle se jeta sur Kindra avant même qu'elle soit descendue de cheval, manquant la faire tomber de sa selle.

— Doucement, doucement, mon enfant, l'admonesta Kindra, descendant de cheval et la prenant dans ses bras.

Puis, s'apercevant que Jaelle pleurait, elle l'écarta, et scruta gravement son visage.

— Qu'y a-t-il?

— Oh, je suis... tellement contente de te voir! sanglota Jaelle, s'essuyant vivement les yeux.

— Allons, allons, mon enfant. Je ne croirai jamais que Rohana a pu être dure envers toi, ni que tu as été si malheureuse que ça!

— Non, ce n'est pas Rohana — personne n'aurait pu être plus gentil —, mais j'ai quand même compté les jours! Il me tarde tellement de retrouver la Maison!

Kindra la serra dans ses bras.

— Tu m'as manquée aussi, dit-elle, et nous serons toutes heureuses de te retrouver. Ainsi, tu n'as pas choisi de rester au Domaine et de te marier selon ton rang?

— Jamais! s'exclama-t-elle. Oh, Kindra, tu ne sais pas ce que c'est de vivre ici! Les femmes de Rohana sont tellement stupides : elles ne pensent qu'à leurs toilettes et à leurs coiffures, se demandant tout le temps quel garde leur a souri ou lancé une œillade à la veillée, quand nous dansons dans le hall — elles sont vraiment bêtes ! Même ma cousine, la fille de Rohana... elle ne vaut pas mieux que les autres !

— Il est difficile de croire que Rohana puisse avoir une fille si frivole, dit Kindra avec bonté.

— Enfin, peut-être qu'Elorie n'est pas idiote, reconnut Jaelle à regret. Elle est assez intelligente — mais elle a déjà appris à ne pas se laisser surprendre en train de réfléchir quand son père ou ses frères sont dans une pièce. Elle fait semblant d'être aussi frivole que les autres.

Kindra réprima un sourire.

— Alors, elle est peut-être plus intelligente que tu ne crois, car elle peut penser ce qu'elle veut sans se faire réprimander — une chose que tu n'as pas encore apprise, ma chérie. Viens, montons. Laisse-moi m'acquitter de mes respects à Dame Rohana; il me tarde de la revoir.

— Quand est-ce qu'on repart pour la maison, Kindra? Demain? demanda Jaelle avec espoir.

— Jamais de la vie, dit Kindra, scandalisée. J'ai été invitée à séjourner ici une décade ou plus; trop de hâte à partir serait irrespectueux envers ta famille; tu aurais l'air impatiente de les fuir.

— Mais je le suis marmonna-t-elle, car, devant le regard sévère de Kindra, elle n'osa pas parler tout haut.

Elle appela un palefrenier pour mener le cheval de Kindra à l'écurie, puis elle la précéda sur le perron où Rohana les attendait.

Pendant que les deux femmes s'embrassaient, Jaelle, un peu à l'écart, les observa et nota leurs différences.

Rohana, Dame d'Ardais, était une femme d'environ trente-cinq ans, aux cheveux du roux héréditaire de la caste des Comyn, artistement coiffés et retenus sur la nuque par une barrette de cuivre sertie de perles. Elle était élégamment vêtue d'une riche robe de velours, d'un bleu presque identique à celui de ses yeux; sa sous-robe de couleur claire était richement brodée, et sa sur-robe bordée de fourrure au col et aux poignets. Pour l'heure, avec son ventre distendu par sa grossesse, cette élégance paraissait un peu déplacée. Par contraste, Kindra paraissait franchement mûre, grande femme dégingandée en culottes et bottes d'Amazone, qui faisaient paraître ses jambes encore plus longues qu'elles ne l'étaient. Ses cheveux courts frisottaient, et son visage fin, presque émacié, commençait à se rider. Pratiquement pour la première fois, Jaelle se demanda quel âge elle avait. Elle lui avait toujours paru sans âge. Était-elle plus vieille que Rohana — ou était-ce simplement la vie plus protégée, plus luxueuse, de Rohana qui lui avait conservé une apparente jeunesse ?

— Entrez, mes chéries, dit-elle, prenant Kindra par un bras, et Jaelle par l'autre. J'espère que ta visite sera longue. Mais tu n'es certainement pas venue seule de Thendara ?

Jaelle se demanda avec dédain si Rohana pensait que Kindra avait peur de voyager seule — comme elle en aurait eu peur elle-même. Pour la jeune fille, sa question était insultante ; mais Kindra répondit placidement qu'elle avait eu de la compagnie jusqu'à la route de Scaravel — un groupe d'explorateurs s'enfonçant dans les Heller, et trois sœurs de la Guilde engagées comme guides.

— Rafaella y était, et elle t'envoie son affection et ses amitiés, Jaelle. Tu lui manques, et aussi à sa fille, Doria. Elles espèrent que tu seras avec elles la prochaine fois.

— Oh, quel dommage que Rafi ne t'ait pas accompagnée, dit Jaelle. C'est presque ma meilleure amie !

— Elle sera peut-être rentrée à Thendara quand nous y retournerons, dit Kindra en souriant.

Elle ajouta à l'adresse de Rohana :

— Il s'agissait pour la plupart de Terriens du nouvel astroport. Ils essayent de cartographier les Heller — les routes, les sommets, etc.

— Pas dans des buts militaires, j'espère, dit Rohana.

— Je crois que non ; simplement pour savoir, répondit Kindra. D'après ce que je sais d'eux, les Terriens semblent avoir une passion pour toutes sortes de connaissances inutiles : la hauteur des montagnes, les sources des rivières et ainsi de suite — je n'arrive pas à imaginer pourquoi, mais je suppose que ça peut se révéler utile pour ceux des nôtres qui doivent voyager en montagne.

Elles étaient maintenant dans le grand hall, et, dans un coin où étaient entassés des équipements de chasse, Jaelle vit le Seigneur Gabriel Ardais, mari de Rohana, Gardien et Chef du Domaine d'Ardais. Il était grand, avec un port militaire fringant, qui donnait à ses vieux vêtements de chasse un petit air d'uniforme.

— Tu as une invitée, Rohana ? Tu ne m'as pas prévenu que tu attendais quelqu'un, dit-il d'un ton bourru.

— A strictement parler, cette dame est l'invitée de Jaelle. Je te présente Kindra n'ha Mhari, de la Maison de Thendara, dit Rohana avec calme, mais bien qu'elle soit venue pour ramener Jaelle à la Maison, c'est aussi mon amie et je l'ai invitée à rester un peu pour me tenir compagnie maintenant que je ne dois pas m'éloigner de la maison et du jardin.

Le visage mobile de Dom Gabriel s'était assombri, désapprobateur, devant les culottes et les bottes de Kindra, mais il s'adoucit aux paroles de Rohana et il dit avec une courtoisie parfaite :

— Comme tu voudras, mon amour. *Mestra*, poursuivit-il, choisissant le terme poli d'un grand seigneur s'adressant à une femme d'un rang inférieur, sois la bienvenue ; toute invitée de mon épouse est accueillie à bras ouverts dans ma maison. Je te souhaite un heureux séjour parmi nous.

Il poursuivit, les précédant dans le hall supérieur :

— T'ai-je entendue parler de *Terranans* dans les Heller ? Ces étranges créatures qui prétendent venir d'autres mondes en traversant les gouffres entre les étoiles dans des litières de métal fermées ? Je croyais que c'était un conte de bonne femme.

— D'où qu'ils viennent, *vai dom*, il ne s'agit pas d'un conte de bonne femme, répondit Kindra. J'ai vu les grands vaisseaux dans lesquels ils se déplacent, et l'un des professeurs de la Cité a été autorisé à aller avec eux sur la lune Liriel, où ils ont installé ce qu'ils appellent un observatoire pour étudier les étoiles.

— Et les Seigneurs Hastur l'ont permis ?

— Si nous ne sommes qu'un monde parmi beaucoup d'autres dans les étoiles, Seigneur, je crois qu'il importe peu que les Seigneurs Hastur le permettent ou non, répondit Kindra avec déférence. Mais une chose est certaine : cette vérité va changer notre monde, et les choses ne seront plus jamais les mêmes.

— Je ne vois pas pourquoi, dit Dom Gabriel, de son ton bourru. Qu'ont-ils à voir avec moi ou les Domaines ? Moi, je dirais : qu'ils restent dans leur coin, et restons dans le nôtre !

— Peut-être avez-vous raison, Seigneur, mais si ces gens ont la capacité de voyager de monde en monde, ils ont sans doute beaucoup à nous apprendre.

— Eh bien, qu'ils ne viennent pas à Ardais pour nous l'enseigner. Je suis juge de ce que mes gens doivent apprendre ou pas, et il n'y a pas à en sortir, dit Dom Gabriel.

Il s'approcha d'un buffet chargé de verres et de bouteilles, et en déboucha une, disant à Rohana d'un ton déférent :

— Je suis certain que ça te ferait du bien, mais tu es sans doute encore trop nauséeuse pour boire de si bonne heure, je suppose, ma chérie ? Et toi, *mestra* ?

— Merci, Seigneur, il est encore un peu tôt pour moi, dit Kindra, secouant la tête.

— Jaelle ?

— Non, merci, mon oncle, dit Jaelle, réprimant une grimace de dégoût.

Dom Gabriel se versa une généreuse rasade, qu'il avala d'un trait, puis se resservit et se mit à siroter posément. Rohana soupira, et, s'approchant de lui, dit à voix basse :

— Je t'en prie, Gabriel, l'intendant vient ce matin avec le registre des pedigrees pour organiser la saison des juments.

Dom Gabriel s'assombrit, son visage se durcit.

— Tu devrais avoir honte, Rodi, de parler de ces choses devant une jeune fille.

Rohana soupira.

— Jaelle a été élevée à la campagne, dit-elle, et elle connaît ces choses aussi bien que nos enfants. Gabriel, je t'en prie, ne bois pas jusqu'à l'arrivée de l'intendant.

— Je connais mon devoir, dit Dom Gabriel. Fais le tien, et je ferai le mien.

Il se servit un autre verre.

— Je suis certain que ça te ferait du bien, ma chérie ; tu devrais en prendre un doigt.

— Non, merci, Gabriel, j'ai beaucoup de choses à faire ce matin, soupira-t-elle, faisant signe à son invitée de la suivre dans l'escalier.

Dès qu'il fut hors de portée, Jaelle dit avec véhémence :

— Quelle honte ! Il est déjà à moitié saoul ! Et il sera ivre mort à l'arrivée de l'intendant, c'est sûr, et pas plus capable de s'occuper des juments que je ne le suis de piloter un vaisseau des Terriens !

Rohana était très pâle, mais elle parla d'une voix égale.

— Ce n'est pas à toi de critiquer ton oncle, Jaelle. Je me félicite qu'il boive seul, sans entraîner ses fils à boire avec lui ; Rian ne tient pas du tout l'alcool, et Kyril est encore pire. Ça ne me fait rien de m'occuper de la reproduction des chevaux.

— Mais pourquoi le laisses-tu se conduire comme une bête, surtout en ce moment ? demanda Jaelle, lançant un regard critique sur le ventre de Rohana.

— Il boit parce qu'il souffre, et ce n'est pas à moi de lui dire ce qu'il doit faire, dit Rohana. Viens, Jaelle, nous allons trouver à Kindra une chambre proche de la tienne. Après, je dois m'assurer que Valentin a été lavé et nourri comme il faut, et que sa nurse l'a emmené se promener au grand air.

— J'aurais cru que c'était Jaelle qui s'occupait de son frère, dit Kindra. Tu es une grande fille maintenant, Jaelle, presque une femme, et tu devrais apprendre les soins à donner aux enfants.

Jaelle eut une grimace de dégoût.

— Je n'aime pas avoir des gosses braillards autour de moi ! Les nurses sont là pour ça, non ?

— Quand même, tu es la plus proche parente de Valentin et il a droit à tes soins et à ta compagnie, insista Kindra. Et tu déchargerais Dame Rohana, qui a assez à faire sans cela.

— Ne la gronde pas, Kindra, dit Dame Rohana en riant. Inutile de lui donner trop jeune la responsabilité d'un enfant si elle n'aime pas ça. Après tout, il n'est pas à l'abandon. Elorie l'aime comme si c'était son petit frère...

— Quelle idiote ! dit Jaelle en riant.

— Mais c'est un enfant adorable, poursuivit Rohana avec véhémence. Si sage, doux et obéissant ! On ne croirait jamais...

— On ne croirait jamais que c'est mon frère ? termina Jaelle. Car je sais bien que je n'ai aucune de ces qualités, et d'ailleurs, je ne désire pas les avoir.

— Ce que j'allais dire, Jaelle, c'est qu'on ne croirait jamais qu'il est du même sang que mes fils, si bruyants et batailleurs, ou descendant d'un clan des Villes Sèches.

Kindra crut entendre ce que Rohana avait voulu dire : *On ne croirait jamais que son père est un bandit séchéen.* Elle s'étonna que Jaelle, appartenant à la caste télépathe des Comyn, n'ait pas perçu ce que pensait Rohana. Mais elle se tut. Elle aimait beaucoup Rohana, et regrettait qu'elle ne fût pas en meilleurs termes avec sa fille adoptive. Rohana lui ouvrit une chambre d'amie et la laissa défaire ses bagages. Jaelle resta avec elle, et s'assit sur ses fontes, ramenant ses genoux sous le menton, l'air furieux et rebelle.

— Tu essayes toujours de faire de moi une Dame Comyn, comme Rohana ! Je devrais faire ceci, faire cela, je devrais m'occuper de mon frère et je ne sais quoi d'autre ! Pourquoi sommes-nous obligées de rester ici ? Pourquoi ne pouvons-nous pas partir demain pour Thendara ? Je veux rentrer à la Maison ! Je croyais que tu venais pour ça — pour m'emmener ! Tu m'avais promis que, si je restais ici un an, je pourrais prêter le Serment ! Alors maintenant, jusqu'à quand vais-je attendre ?

Kindra décida d'assener la vérité à cette enfant gâtée. Malgré ses protestations, elle obligea Jaelle à s'asseoir près d'elle.

— Jaelle, il n'est pas du tout certain que le Conseil t'autorisera à prêter le Serment. La loi considère encore les membres du Conseil Comyn comme tes tuteurs légaux. On a confié ta tutelle à Rohana pendant ta minorité. Une femme des Domaines n'est pas une roturière, commença Kindra. Je ne peux pas prendre le risque d'éveiller l'hostilité de tes tuteurs. Tu sais que la Charte de la Guilde dépend du bon vouloir du Conseil. Si nous te laissons prêter le Serment sans son autorisation, il peut très bien la révoquer...

— C'est scandaleux ! Ils ne peuvent pas faire ça à des citoyens libres ? Non ?

— Ils le peuvent, Jaelle, mais ordinairement, ils n'auraient aucune raison de le faire ; depuis notre fondation, nous prenons grand soin de ne pas empiéter sur leurs privilèges. C'est aussi simple que ça.

— Alors, toutes les belles paroles du Serment sur la liberté — *je renonce à jamais à toute allégeance envers famille, clan, lignée, tuteur ou suzerain, et je ne dois allégeance qu'aux lois, comme le doit tout citoyen libre...* alors, tout ça n'était que du vent ? Tu m'as pourtant appris à y croire, ragea la jeune fille.

— C'est loin de n'être que du vent, Jaelle, répondit Kindra d'une voix égale. Mais c'est un *idéal* qui ne peut pas se réaliser pleinement à toutes les époques et dans toutes les situations. Nos gouvernants ne sont pas encore suffisamment éclairés pour l'admettre dans toute sa perfection. Ce jour viendra peut-être, mais, en attendant, le monde ira comme il veut et non comme tu voudrais qu'il aille.

— Alors, il faut que je reste à Ardais, pour obéir à ce vieil ivrogne sans autorité qui s'épanouit en disant qu'il va faire ceci ou cela, parce qu'elle ne veut pas l'empêcher de boire — ah, elle est belle, la noblesse !

— Je te supplie d'être patiente, Jaelle. Dame Rohana est bien disposée envers nous, et son amitié nous sera très précieuse au Conseil. Mais il serait malavisé de nous aliéner Dom Gabriel.

— Je me ferais vraiment l'effet d'une hypocrite, si je rampais à leurs pieds pour rechercher leur faveur...

— Ils sont de ta famille, Jaelle, et ce n'est pas un crime de rechercher leur bon vouloir, dit Kindra avec lassitude, ne sachant comment expliquer la nécessité de la diplomatie et du compromis à cette jeune fille intransigeante. Veux-tu m'aider à défaire mes bagages, maintenant? Nous reparlerons de cela plus tard. Et j'aimerais voir ton frère. Mes mains ont aidé à le mettre au monde, et j'ai promis à ta mère de veiller sur lui. Or, j'essaye toujours de tenir mes promesses.

— Tu n'as pas tenu celle que tu m'as faite — que je pourrais prêter le Serment dans un an, argumenta Jaelle. Mais devant le regard furieux de Kindra, elle réalisa qu'elle avait épuisé même la patience de sa mère adoptive; alors, elle aida Kindra à vider ses fontes et à disposer ses quelques vêtements dans les coffres.

II

L'entretien de son cheval était l'une de ses rares tâches au Château Ardais que Jaelle jugeât dignes de sa qualité de Renonçante. Dom Gabriel, et même Dame Rohana, auraient trouvé plus convenable qu'elle laissât ce soin à un palefrenier, mais ils ne lui avaient pas positivement interdit l'écurie, et, presque tous les matins, elle s'y rendait à l'aube, pour admirer, nourrir et étriller le beau cheval des plaines que Rohana lui avait donné pour son anniversaire. Elle le montait et l'entraînait presque tous les jours. Contrariée qu'on lui interdît de monter à califourchon, elle obéissait quand même à Rohana, soupçonnant que, si elle ne cédait pas sur ce point, elle ne monterait pas du tout. Personne n'aurait jamais dit ou insinué que Rohana n'était pas bonne cavalière, tout en étant, selon les apparences, la plus conventionnelle des femmes.

Rohana espérait sans doute l'obliger à admettre qu'elle avait autant de plaisir à monter ainsi qu'en culottes et en bottes, pensait Jaelle; mais elle perdait son temps.

Pendant le séjour de Kindra, se dit-elle, peut-être lui permettrait-on de monter comme elle, car Rohana ne pouvait pas contraindre une invitée à modifier ses habitudes. Elle avait bien l'intention d'essayer, en tout cas. Sa tenue de Renonçante, qu'elle portait à son arrivée à Ardais, était trop petite maintenant. Elle avait grandi de près de trois pouces, mais elle ne serait jamais vraiment grande. Peut-être pourrait-elle persuader l'un de ses cousins de lui prêter des culottes jusqu'à ce qu'elle se confectionne des vêtements d'Amazone à son retour à la Maison de la Guilde. Elle n'avait pas l'intention de retourner à Thendara dans la robe ridicule que Rohana trouvait convenable pour une jeune noble. Le genre de tenue que portait sa cousine Elorie — jupe large et élégante jaquette ajustée à parements de velours — ferait d'elle la risée de toutes les Renonçantes !

Elle sortit son cheval de son box et se mit à l'étriller. Elle avait entendu Rohana et Kindra parler d'une chasse au faucon ce jour-là, et elle voulait demander à les accompagner. Bientôt, la robe du cheval brilla comme du cuivre poli, et elle-même transpirait à profusion malgré le froid — si vif que son haleine se condensait en volutes blanches à la sortie de sa bouche. Elle allait ramener le cheval dans son box, quand une main lui toucha l'épaule ; elle fronça les sourcils, reconnaissant ce contact. Son premier mouvement fut de rejeter cette main comme un insecte immonde, le faisant peut-être suivre d'un coup de poing ; mais si elle voulait demander à Kyril de lui prêter une tenue de cheval, il ne fallait pas se l'aliéner définitivement.

Le fils aîné de Rohana avait dix-sept ans, un an de plus que Jaelle ; comme son père, il avait les cheveux noirs et crêpus. Beaucoup d'Ardais étaient bruns, et non pas roux comme les Comyn. Elle avait entendu dire que cela venait de leurs alliances avec les petits hommes basanés des Heller, qui vivaient dans des grottes, extrayaient les métaux des mines, et adoraient la Déesse du Feu. Certains Ardais avaient même les yeux noirs comme les animaux, mais Jaelle n'en avait jamais vu. En tout cas, Kyril n'avait pas les yeux noirs, mais bleus, comme Rohana. Il était grand et large d'épaules, mais mince et élancé. Il avait les traits lourds, et, du moins aux yeux de Jaelle, la bouche boudeuse et le menton fuyant de son père. Kyril aurait meilleure apparence, pensait-elle, quand, ayant grandi, il pourrait se laisser pousser la barbe pour le dissimuler.

Elle se déplaça légèrement, et la main de Kyril tomba d'elle-même.

— Qu'est-ce que tu fais ici de si bonne heure, mon cousin ? demanda-t-elle.

— Je pourrais te poser la même question, dit Kyril en souriant. As-tu rendez-vous avec un jeune palefrenier? Lequel a volé ton cœur ? Rannart ? Il a tout ce qu'une fille peut désirer ; si j'étais une jeune vierge, ses beaux yeux me feraient pâmer, et je sais qu'Elorie lui touche la main chaque fois qu'elle le peut quand il l'aide à se mettre en selle.

Jaelle grimaça de dégoût.

— Tu as l'esprit mal tourné, Kyril. Et tu as déjà bu à cette heure matinale !

— Tu parles comme ma mère, Jaelle ; un petit coup aide à faire descendre le pain et réchauffe le corps. Le tien aurait bien besoin d'être réchauffé.

Il lui fit un clin d'œil suggestif et voulut la prendre par la taille, mais elle dit, dissimulant sa contrariété et reculant aussi loin qu'elle le put dans le box :

— Je viens d'étriller mon cheval, alors je ne risque pas d'avoir froid ; et je préfère l'exercice à la boisson. Une bonne course te réchaufferait plus qu'un whisky, je t'assure. Je n'aime ni l'odeur ni le goût de ce truc, et surtout pas au petit déjeuner.

— Bon, si tu n'aimes pas le whisky, je connais un meilleur moyen de te réchauffer, dit-il, lui bloquant la sortie du box. Allons, Jaelle, tu n'as pas besoin de faire la mijaurée avec moi. Tu as vécu avec les Renonçantes, et tout le monde sait comment elles se comportent avec les hommes. Est-ce qu'une femme monterait à califourchon, en montrant ses jambes, si elle n'avait pas envie qu'un homme les lui écarte ?

Jaelle tenta de se glisser entre lui et la porte. Elle avait été stupide. Elle aurait dû garder le cheval entre eux deux.

— Tu es dégoûtant, Kyril. Si je voulais un homme, ce ne serait pas toi en tout cas.

— Ah, je le savais ; ces amoureuses des femmes et contemptrices des hommes t'ont déjà corrompue. Mais essaye avec un vrai mâle, et je te jure que ça te plaira mieux.

Il la prit par la taille et tenta de la plaquer contre le mur.

— Quel imbécile tu fais, mon cousin ! Tu viens de dire que les Renonçantes ne savaient pas résister aux hommes, et maintenant, tu dis que toutes aiment les femmes. C'est l'un ou l'autre mais pas les deux !

— Jaelle, ne discute pas avec moi. Je te désire depuis l'époque où tu n'étais qu'une petite chose maigrichonne, et maintenant, tu as de quoi rendre fou tous les hommes, dit-il, tentant de l'embrasser dans le cou.

Oubliant son désir de ne pas se l'aliéner, elle le repoussa de toutes ses forces.

— Laisse-moi partir et je ne parlerai pas à ta mère de ta conduite choquante.

— Choquante ? Ce sont les femmes comme toi qui sont choquantes pour tous les hommes, dit Kyril.

Elle le repoussa une fois de plus, lui enfonçant durement deux doigts dans le plexus solaire.

Il grogna de douleur et recula en chancelant.

— Tu ne peux pas reprocher à un homme de tenter sa chance, dit-il, presque avec suffisance. La plupart des femmes considèrent comme un compliment d'être désirées par un homme.

— Tu ne manques sûrement pas de femmes pour réchauffer ton lit, Kyril, dit-elle avec humeur. Tu fais ça simplement pour me contrarier ! Je ne veux pas inquiéter Rohana. Tu sais qu'elle est malade et fatiguée ces temps-ci. Laisse-moi tranquille, c'est tout !

— Ce serait bien fait pour toi si aucun homme ne te désirait jamais, et que tu en sois réduite à épouser un paysan louchon avec neuf enfants, gronda Kyril.

— Qu'est-ce que ça peut te faire, même si j'épouse un *cralmac* ?

— Tu es ma cousine ; c'est une question d'honneur pour la famille que tu deviennes une vraie femme, dit-il.

— Oh, va-t'en ! C'est l'heure du déjeuner, dit-elle, furieuse. Si je suis en retard à cause de toi, je jure que je dirai pourquoi à Rohana, au risque de la rendre aussi malade que moi quand je respire ton haleine pestilentielle !

Elle poussa la porte de l'écurie tandis que Kyril frictionnait ses côtes endolories.

Comme les deux jeunes gens se dirigeaient vers le grand hall, Jaelle vit Dom Gabriel qui approchait des grandes grilles. Il n'était pas seul, mais elle ne fut que vaguement surprise de constater qu'il était sorti de si bonne heure, sans penser pour autant que c'était pour l'amour de l'exercice et du bon air.

Je ne devrais pas m'étonner que Kyril soit déjà si corrompu ; avec un tel père, c'est le contraire qui serait miraculeux. J'espère seulement qu'il n'a pas réveillé Rohana en se levant si tôt, pensa-t-elle, entrant dans le grand hall pour le petit déjeuner.

Dame Rohana, en longue robe de chambre recouverte d'un tablier d'intendante, l'accueillit d'un sourire.

— Tu t'es levée de bonne heure, Jaelle ; pour monter ?

— Non, ma Tante, seulement pour étriller mon cheval, dit Jaelle.

Kyril se glissa furtivement à sa place, et Jaelle l'entendit distraitement ordonner à une servante de lui apporter du vin.

Beurk ! D'ici un an, il sera aussi ivrogne que son père ! pensa Jaelle, tournant son attention sur ses jeunes cousins. Elorie et Rian, accompagnés de leur gouvernante, s'assirent à leur place et attaquèrent de bon appétit leur porridge au miel. Rohana avait une compote dans son assiette, mais elle était pâle et faisait semblant de manger.

Dom Gabriel fit alors son entrée — tout autre mot, pensa Jaelle, aurait été un euphémisme — suivi d'une jolie fille d'environ dix-sept ans. Elle lança à Gabriel un regard presque suppliant, mais il l'ignora, et elle adopta alors un air de défi arrogant.

Jaelle comprit immédiatement : ce n'était pas la première fois que le Seigneur Ardais amenait une femme dans sa maison ; au moins, pensa-t-elle, *celle-ci n'est pas plus jeune que ses fils.*

— Gabriel, nous présenteras-tu ton invitée ? demanda Rohana avec une courtoisie parfaite.

Il se planta à côté d'elle et dit :

— Je te présente Tessa Haldar.

Le nom double annonçait qu'elle était de petite noblesse.

— Séjournera-t-elle ici ? demanda Rohana avec douceur.

— Certainement, dit Gabriel, sans regarder la fille, et Rohana comprit immédiatement.

Jaelle n'était guère télépathe, mais elle reçut la pensée de Rohana.

Croit-il donc que je me soucie de savoir avec qui il couche ?

Gabriel la foudroya, et Jaelle entendit ce qu'il ne pouvait pas exprimer tout haut devant toute la maisonnée : *eh bien, tu ne me sers à rien en ce moment, non ?*

Rohana pâlit de colère.

A qui la faute ? C'est toi qui as voulu un autre enfant !

Jaelle s'efforça de barricader son esprit, inondé de perceptions embarrassantes. Quand elle releva les yeux, Rohana aidait la fille à ôter son manteau en pensant : *Pauvre enfant, ce n'est pas sa faute.* Puis elle ajouta tout haut :

— Tu dois être gelée après cette longue chevauchée, mon enfant. Là, assieds-toi près de Dom Gabriel.

Elle fit signe au majordome.

— Hallard, mets un autre couvert et apporte du thé chaud ; celui-ci est froid.

— Fais-moi grâce de cette lavasse, dit Gabriel avec mépris. Après une chevauchée pareille, un homme a besoin de se réchauffer.

Rohana conserva son calme souriant.

— Du cidre chaud aux épices pour Dom Gabriel et son invitée, dit-elle.

— Du vin chaud aux épices, imbécile ! la corrigea-t-il grossièrement.

Le sourire de Rohana vacilla, mais elle donna l'ordre au majordome. Elle pinça les lèvres, les joues empourprées.

Kindra entra alors et Rohana lui souhaita le bonjour. Puis l'Amazone vint saluer Jaelle et prit place au milieu des enfants.

Dom Gabriel fronça les sourcils, et dit à Rohana, par-dessus Tessa qui baissait la tête :

— Qu'est-ce que cela, Rohana ? Dois-je accepter une femme en culottes à ma propre table ?

— Gabriel, j'ai été polie envers *ton* invitée, dit Rohana, les dents serrées.

Il la foudroya, l'air furieux, mais baissa les yeux et se tut. Jaelle fixait son assiette, avec l'impression que sa tartine allait l'étouffer. Comment Rohana pouvait-elle garder son calme, et permettre à Dom Gabriel d'amener sa nouvelle *barragana* à la table familiale ? Et alors qu'elle était enceinte, en plus ! Pourtant, elle regardait poliment Dom Gabriel qui passait à cette fille des mouillettes trempées dans son vin chaud.

— Maman, est-ce que je peux avoir du vin à la place du thé ? demanda Rian.

— Non, Rian ; tu ne pourras pas suivre tes leçons si tu bois. Je vais te faire apporter du cidre chaud aux épices ; ça te réchauffera mieux que du vin.

— Rohana, ne va pas faire de ce garçon une femmelette ! S'il a envie de boire, laisse-le faire ! grommela Dom Gabriel, mais Rohana secoua la tête à l'adresse du majordome.

— Gabriel, tu m'as donné ta parole que j'assurerais l'éducation des enfants jusqu'à ce qu'ils soient adultes.

— Oh, très bien, fais à ton idée. Écoute ta mère, Rian, comme je le fais toujours, dit Dom Gabriel avec un sourire souffreteux.

— Si j'étais Rohana, je... je chasserais cette fille à coups de pied, je lui grifferais le visage pour lui ôter ce sourire suffisant, dit Jaelle à Kindra en quittant le hall.

Kyril l'entendit et dit avec dérision :

— Que sais-tu des privilèges masculins ?

— Assez pour ne pas vouloir y participer. Je pense l'avoir prouvé ce matin à ta satisfaction, mon cousin.

Rian, frêle garçon de seize ans qui avait l'air perpétuellement soucieux et les cheveux roux de Rohana, dit :

— Maman n'est pas contente, ça se voit. Mais ce n'est pas la première fois. Mon père n'en fait qu'à sa tête, et, quoi qu'il fasse, ma mère dit toujours devant les domestiques que ce qu'il fait est bien — quoi qu'elle pense à part elle. Je suis d'accord avec toi, Jaelle, c'est une honte ; mais si elle ne proteste pas, ni toi, ni moi, ni personne ne pouvons rien y faire.

— Viens dans ma chambre, Jaelle, nous avons à discuter de ça, dit Kindra.

Quand elles furent seules dans la chambre, elle dit :

— De quel droit oses-tu critiquer ta tante Rohana ? Toi qui exiges d'être libre, t'ai-je enseigné à refuser à Rohana la liberté de ses choix ?

— Tu ne me convaincras jamais que c'est par choix qu'elle accepte les maîtresses de son mari sous son toit et à sa table !

— Peut-être préfère-t-elle qu'il se débauche à la maison plutôt que s'inquiéter de savoir où il va quand il s'absente, dit Kindra. Je sais qu'elle s'inquiète de sa santé et craint qu'il ne lui arrive quelque chose s'il s'éloigne. Au moins, ici, elle sait ce qu'il fait et avec qui.

— Je trouve ça dégoûtant, dit Jaelle.

— Ce n'est pas à toi d'en juger ; on ne t'a pas consultée, dit sèchement Kindra. Et tu n'as pas à te plaindre qu'elle ne te consulte pas. Quand elle me demandera mon avis, je ne lui mentirai pas ; et tu n'as pas à mentir non plus. Mais tant qu'elle ne t'a pas faite la gardienne de sa conscience, Jaelle, n'usurpe pas ce rôle.

— Oh, tu ne vaux pas mieux que Rian ! dit Jaelle, frustrée. Avec vous, Rohana a toujours raison.

— Oh, je trouve que c'est un peu exagéré, dit gaiement Rohana, entrant juste à temps pour entendre la fin de sa phrase. Mais je suis bien contente de te l'entendre dire, Jaelle.

— Ce n'est pas moi qui le dis, répondit Jaelle avec humeur.

Sur quoi, elle sortit en claquant la porte.

— Qu'est-ce qu'elle a ? demanda Rohana, haussant les sourcils.

— Oh, elle souffre simplement d'avoir seize ans, et d'être capable de régler tous les problèmes du monde, sauf les siens, dit Kindra, ironique. Elle t'aime, Rohana, et elle est malheureuse de te voir humiliée à ta propre table.

— Oui, en effet, dit Rohana. Mais voudrait-elle que je me venge sur une fille innocente qui se croit aimée par un grand seigneur ? Elle sera détrompée bien assez tôt, et je la plains sincèrement. C'est qu'elle n'est guère plus âgée que Jaelle !

— Je crois que c'est ce qui trouble Jaelle, quoiqu'elle n'en ait peut-être pas conscience, dit Kindra.

— Enfin, elle a tout le temps de choisir un homme, dit Rohana, mais je ne voudrais pas qu'elle croie qu'ils sont tous comme son Séchéen de père — ou comme Gabriel — et qu'elle se détourne d'eux à jamais.

— Crois-tu vraiment qu'elle pourra les juger autrement tant qu'elle sera ici ? demanda Kindra.

Rohana soupira.

— Non, je suppose que non. Kyril ne vaut guère mieux que son père ; j'ai fait ce que j'ai pu pour lui donner le bon exemple, mais c'est bien naturel pour un garçon de vouloir imiter son père. Je devrais peut-être envoyer Jaelle chez ma cousine, qui est heureuse en ménage. Mais elle a tant d'enfants en bas âge — et il n'y a vraiment pas de place sous son toit pour une fille de plus. Mais d'une façon ou d'une autre, il faut qu'elle sache qu'il existe des hommes bons et décents. Peut-être devrait-elle séjourner un certain temps chez une cousine de Melora dans les Basses Terres.

— J'ai eu beaucoup de mal à la faire venir ici, lui rappela Kindra. Elle a accepté uniquement parce qu'elle t'aimait et te respectait. Et je doute qu'elle veuille en apprendre davantage sur les hommes.

De nouveau, Rohana soupira.

— J'ai déjà assez de soucis avec ma propre fille, mais je voulais avoir Jaelle ici, parce qu'elle est tout ce qui me reste de la pauvre Melora. J'aurais peut-être mieux fait de la laisser aller chez Jerana, qui aurait veillé à ce qu'elle soit élevée en vraie fille de Comyn. Néanmoins, je ne voudrais pas qu'elle se tourne totalement contre les hommes, comme on dit que font les Amazones.

Kindra fronça les sourcils et dit gravement :

— Rohana, te déplairait-il vraiment qu'elle aime les femmes ? As-tu tant de préjugés sur ce sujet ?

— Des préjugés ? Oh, je vois, dit Rohana. Non, ça ne me déplairait pas excessivement. Mais je voudrais qu'elle soit heureuse, et je ne suis toujours pas convaincue que le bonheur existe pour les femmes en dehors du mariage.

— Pour moi, j'aurais du mal à croire qu'on puisse trouver le bonheur *dans* le mariage, dit Kindra. Moi, je ne l'y ai pas trouvé ; je t'ai raconté mon histoire devant la maison de Jalak, dans les Villes Sèches.

Rohana se remémora le récit de Kindra, les années défilant devant les yeux du souvenir. Le mari de Kindra était mécontent d'elle parce qu'elle ne lui avait donné que deux filles. Elle avait risqué sa vie pour avoir un troisième enfant, et avait mis au monde le fils tant désiré, après quoi il l'avait couverte de bijoux. *Je n'avais pas de valeur propre*, avait dit Kindra. *Les filles que j'avais mises au monde au péril de ma vie n'avaient pas de valeur ; je n'étais qu'un instrument à lui donner des fils. Alors, dès que j'ai pu marcher, j'ai coupé mes cheveux, j'ai embrassé mes enfants endormis, et je suis allée à la Maison de la Guilde où ma vie a commencé.* Oui, Rohana savait qu'elle n'avait pas pris cette décision à la légère, mais dans l'angoisse et la peine.

Rohana rassembla alors son courage pour lui poser la question qu'elle n'avait jamais osé formuler jusque-là malgré leur amitié.

— Et tes enfants ? Comment as-tu pu les laisser aux mains de ton mari si tu le trouvais si mauvais ?

Kindra, livide, serrait les lèvres.

— Tu fais bien de me le demander. Avant de prendre cette décision, j'avais passé bien des nuits à pleurer. J'avais même pensé à les emmener avec moi, ou à revenir les enlever quand ils seraient assez grands. Qu'Avarra me pardonne, un soir j'ai même failli les égorger pour leur épargner la vie que je ne supportais pas ; mais je savais que je tournerais plutôt mon couteau contre moi.

Elle parlait d'une voix blanche, d'un débit si rapide qu'elle contraignait Rohana à une attention soutenue.

— Mais lui — mon mari —, ce n'était pas un méchant homme. C'est simplement qu'il ne me *voyait* pas. Pour lui, je n'existais pas ; une épouse n'était qu'un instrument à faire ses volontés. Et j'ai parlé à beaucoup d'autres femmes, qui ne comprenaient pas pourquoi j'étais malheureuse et désemparée ; elles étaient toutes contentes de leur sort. Que pouvais-je faire sinon les croire ? La plupart ne comprenaient pas pourquoi je me plaignais. « Il ne te bat pas, non ? » disaient-elles, comme si ça suffisait pour être heureuse ! Alors il m'a semblé que la faute venait de moi, que je ne me contenterais jamais de cette situation, que je mourrais si je n'étais rien de plus que la mère de ses enfants, et qu'il aurait intérêt à être débarrassé de moi pour prendre une femme qui se contenterait de sa place d'épouse, et qui apprendrait à mes filles tout ce qu'il fallait pour trouver un mari... et devenir sa jument reproductrice. Depuis, j'ai entendu dire en ville qu'il avait pris une autre épouse, que mes filles étaient bien mariées, et qu'elles semblaient heureuses. J'ai trois petits-fils que je n'ai jamais tenus dans mes bras ; et je suis sûre que mes filles, si elles me rencontraient dans la rue, s'écarteraient de moi comme si j'avais la peste.

Elle déglutit avec effort, et Rohana vit des larmes dans ses yeux.

— Mais je n'ai jamais regardé en arrière, reprit Kindra. Et je le referais si c'était à refaire.

Rohana l'embrassa sans rien dire et garda longtemps le silence. Elle était touchée de ces confidences, sachant que Kindra en était avare, même envers ses sœurs de la Guilde ; elle avait assez de *laran* pour savoir que Kindra n'avait jamais raconté si longuement son histoire à personne, même aux Mères de la Guilde.

— Je ne jurerais pas que je n'en aurais pas fait autant à ta place, dit Rohana, mais l'occasion ne s'est jamais présentée. J'ai mis mes deux fils au monde *avant* ma fille, et, à ce moment-là, Gabriel a été content de l'avoir. Gabriel avait déjà une fille de son premier mariage, et il l'aimait beaucoup. Elle est à la Tour de Dalereuth et on dit qu'elle a le don des Ardais. Elle a vécu sous notre toit jusqu'à ses quinze ans ; elle nous avait quittés depuis peu quand j'ai appris les ennuis de Melora.

Tu étais assez riche et tu avais assez de serviteurs à tes ordres pour confier tes enfants à leurs soins et partir délivrer Melora, se dit Kindra, mais Rohana perçut sa pensée.

— Ça n'a pas été aussi facile que tu le penses, Kindra. Gabriel ne m'a toujours pas pardonnée.

— Et cet enfant que tu ne voulais pas est le prix à payer pour son pardon ? Tu paies très cher le bon vouloir de ton mari, Dame Rohana, dit Kindra, et Rohana l'embrassa spontanément.

— Oh, mon amie, ne m'appelle pas *Dame* Rohana. Appelle-moi simplement par mon nom ! Et moi, je peux t'appeler mon amie, non ? Ma maison est pleine de femmes, mais je n'ai aucune véritable amie parmi elles. Pas même Jaelle — elle me désapprouve tellement !

— Pas même Domna Alida ? Pas même la sœur de Dom Gabriel ?

— Elle moins que toute autre, dit Rohana, levant les yeux sur Kindra. Ça la contrarie que toutes les affaires du Domaine passent par mes mains ; elle sait très bien que Gabriel n'a plus la compétence nécessaire pour régler ses affaires, mais, comme elle est une Ardais et une *leronis* de surcroît, elle pense que c'est elle qui devrait s'en occuper. Je crois qu'elle me tuerait si elle trouvait un moyen d'échapper au châtiment. Elle m'espionne perpétuellement...

Rohana s'interrompit, consciente d'être au bord de l'hystérie.

— Alors tu vois que j'ai bien besoin d'une amie. Reste avec moi, Kindra. Reste jusqu'à la naissance du bébé !

Impulsivement, Kindra l'embrassa.

— Je resterai aussi longtemps que tu voudras, Rohana, je te le promets. Même si je dois renvoyer Jaelle dans le Sud avant l'hiver avec une caravane.

— Ça ne lui plaira pas, dit Rohana avec un sourire sans joie. Et dire cela, c'est comme prophétiser de la neige au col de Scaravel au Solstice d'Hiver — point n'est besoin de *laran*.

Cela dit, elle se demanda si Kindra avait le *laran*. C'était exceptionnel pour elle de se sentir si bien en compagnie de quelqu'un n'appartenant pas à sa caste.

Kindra lui sourit.

— Je te l'ai dit un jour dans le désert, remarqua Kindra. Je pense que tu ferais une Amazone remarquable, Rohana. Tu en as l'esprit. Quand je partirai pour le Sud avec Jaelle, pourquoi ne pas nous accompagner ? Ou, si tu ne veux pas voyager pendant que tu es enceinte, attends ici sous son toit jusqu'à la naissance de l'enfant. Si c'est une fille, nous l'emmènerons avec nous et l'élèverons à la Maison de Thendara ; si c'est un garçon, laisse-le à Dom Gabriel puisqu'il a des femmes pour s'en occuper et qu'il ne désire de toi qu'un autre fils. Je crois que tu serais heureuse chez les *Com'hi Letzii* assermentées.

Elle sourit. Rohana savait que cette proposition avait été faite en plaisantant à moitié ; mais soudain, elle éprouva le violent désir de partir pour le Sud avec Kindra, comme elle l'avait fait autrefois pour aller dans les Villes Sèches. Désir de tout abandonner derrière elle, et de suivre Kindra n'importe où, même jusqu'au bout du monde.

— Quelle idée folle ! dit-elle d'une voix oppressée. Mais tu la rends très tentante, Kindra. Je...

A sa grande surprise, sa voix s'étrangla.

— Je souhaiterais presque que ce soit possible. Presque.

III

Après avoir quitté Kindra, Rohana supervisa les activités de ses deux cadets, se rendit à la nursery pour s'assurer que Valentin ne manquait de rien, puis se retira au jardin d'hiver où Gabriel vint la retrouver. Il avait l'air malade et fatigué, et le cœur de Rohana s'émut de pitié, comme toujours.

— Comment te sens-tu, Rohana ? Cette grossesse t'a plus fatiguée que toutes les autres. Si je l'avais su, je n'aurais pas insisté pour avoir un dernier enfant.

— Il est bien tard pour y penser, dit-elle avec irritation.

Devant l'air contrit de son mari, elle regretta sa mauvaise humeur et ajouta :

— Je te remercie quand même de t'en rendre compte.

— Et moi, je te remercie de ta gentillesse envers la pauvre petite Tessa tout à l'heure, reprit-il avec hésitation. Je n'avais pas l'intention de t'offenser, crois-moi, mais elle a des problèmes dans sa famille, et je ne voulais pas qu'elle en subisse les conséquences alors que j'en suis responsable.

Rohana haussa les épaules.

— Tu sais parfaitement qu'il m'indiffère de savoir avec qui — ou quoi — tu partages ton lit. Comme tu me l'as si bien dit ce matin, je ne te sers à rien en ce moment.

Le ton était amer, mais elle n'en prit conscience qu'après avoir parlé, et alors, il était trop tard.

Impulsivement, il lui prit les mains et les baisa.

— Rohana, tu sais très bien que tu es la seule femme que j'aie jamais aimée, dit-il d'une voix oppressée.

Elle sourit et referma ses mains sur celles de Gabriel.

— Oui, mon ami, je suppose.

— Rohana, dit-il impulsivement, toujours oppressé, que s'est-il passé ? Nous nous aimions tant autrefois !

— Je ne sais pas, Gabriel, dit-elle, sans lui lâcher les mains. C'est peut-être que nous vieillissons, tout simplement.

Elle lui effleura la joue en une rare caresse.

— Tu n'as pas bonne mine, mon ami. Ce n'est peut-être pas bon pour toi de monter de si bonne heure. Prends-tu toujours le médicament qu'on t'a envoyé de Nevarsin ?

Il secoua la tête en fronçant les sourcils.

— Il n'a aucun effet sur moi, protesta-t-il, et si je bois du vin après, il me donne la nausée.

Elle haussa les épaules.

— C'est à toi de décider, mon cher, dit-elle. Si tu préfères avoir des crises d'épilepsie plutôt que renoncer à la boisson, je ne peux pas choisir à ta place.

Ces paroles l'impatientèrent, ce qu'elle redoutait toujours ; chaque fois qu'elle abordait le problème de son alcoolisme, il se mettait en colère.

— J'étais simplement venu te remercier de ta gentillesse envers Tessa, dit-il avec raideur.

Puis il sortit en claquant la porte. Rohana soupira, puis entra dans le petit bureau où elle traitait les affaires du Domaine avec l'intendant. La nurse lui amena Valentin, qu'elle laissa jouer par terre avec ses cubes. Le fœtus avait commencé à bouger dans son ventre, et elle pensa à ce que ce serait d'élever un autre enfant. Peut-être parviendrait-elle à le soustraire à l'influence de Gabriel, de sorte qu'un jour il pourrait l'aider à gouverner le Domaine ; car elle ne pensait pas que ses deux autres fils en soient capables. Et Elorie était encore trop jeune pour s'intéresser aux affaires.

Elle passa la matinée à discuter avec l'intendant de l'opportunité de replanter des résineux en cette saison, où ils accroissaient les risques d'incendies, et de la nécessité d'acheter du métal aux forgerons pour ferrer les meilleurs chevaux. Par nécessité, elle avait tout appris sur l'utilisation de la résine pour les peintures et les revêtements étanches qui protégeaient de la pourriture bâtiments et clôtures. Mais les résines de haute qualité n'étaient obtenues qu'à partir des arbres présentant les plus grands dangers d'incendie.

En fin d'après-midi, elle renvoya Valentin à la nursery

pour une collation d'œufs durs et de biscottes suivie d'une sieste, et elle se trouva enfin libre. Elle fit parvenir un message à Kindra, l'invitant à venir monter avec elle si le cœur lui disait. Elle passa vivement dans sa chambre pour revêtir une vieille tenue de cheval. Puis Kindra la rejoignit, et elle lui envia sa liberté de monter en culottes et en bottes, liberté qu'elle avait connue lors de son expédition dans les Villes Sèches.

Elles s'apprêtaient à franchir les grilles quand Jaelle arriva en jupe d'équitation.

— S'il te plaît, je peux vous accompagner ? demanda-t-elle à Kindra.

— C'est à ta tutrice d'en décider, répondit l'Amazone en regardant Rohana.

— C'est toi, ma tutrice, répondit Jaelle d'un ton boudeur.

Mais, se tournant poliment vers Rohana, elle demanda quand même :

— S'il te plaît, ma tante, je peux venir ?

— Oui, puisque tu es déjà prête — mais nous n'aurons pas le temps de chasser au faucon. Nous irons simplement en haut de la crête pour inspecter les plantations de résineux, répondit Rohana. Viens si tu es capable de nous suivre.

Jaelle partit en courant chercher sa monture.

— Capable de vous suivre ? Je te garantis que je peux monter mieux et plus longtemps que l'une ou l'autre — ou même que vous deux réunies ! s'écria-t-elle, sautant lestement en selle.

— Certainement mieux et plus vite que je ne le peux en ce moment — ou que ne le peut toute femme enceinte, dit Rohana, feignant de ne pas voir la grimace de dégoût de sa pupille.

— Ça ne t'agace pas d'être ainsi handicapée ?

— Pas du tout, dit Rohana d'une voix égale. N'oublie pas que c'est ma quatrième grossesse, et que je sais à quoi m'attendre. Bon, en route pour la crête ; je veux voir par moi-même dans quel état sont les résineux après l'hiver.

— Pourquoi n'est-ce pas Dom Gabriel qui s'en charge ? demanda Jaelle.

— Parce qu'il n'a jamais eu le sens des affaires, Jaelle. Verrais-tu un inconvénient à ce qu'une femme administre un Domaine ?

— Non, certainement aucun. Mais il te laisse tout faire à sa place, en plus de toutes les charges qui sont normalement celles des femmes — la maison, les repas, les enfants — de sorte que tu fais tout le travail d'une femme, et celui d'un homme, et plus...

— C'est que j'ai toujours été plus solide que Gabriel. Si je le laissais diriger le Domaine, les affaires seraient en grand désordre et nous en grandes difficultés financières. Mais peut-être penses-tu que je devrais demander à Gabriel de langer les bébés, de compter les draps, et peut-être aussi de faire le pain et les gâteaux ?

L'image évoquée par ces paroles était si cocasse que même Jaelle éclata de rire.

— Je trouve qu'il devrait faire sa part, dit Jaelle. S'il ne fait rien, à quoi sert un mari ?

— Ainsi va le monde, dit Rohana en souriant.

— Pas pour moi, dit Jaelle.

— Serais-tu étonnée d'apprendre, Jaelle, que, lorsque Gabriel était plus jeune et en meilleure santé, il berçait les enfants, leur chantait des comptines et se levait la nuit pour que je puisse dormir ? Après notre mariage, il était le meilleur et le plus tendre des pères. Il ne buvait guère à l'époque...

Jaelle trouva cette idée si troublante qu'elle changea de conversation.

— Quand est-ce qu'on s'en va, Kindra, pour que je puisse prêter le Serment ?

Kindra ouvrit la bouche pour répondre, mais Rohana la devança.

— Rien ne presse. J'espérais que tu m'accorderais trois ans, comme à la Guilde, pour vraiment savoir ce que tu veux faire dans la vie.

Les yeux de Jaelle flamboyèrent.

— Non ! Kindra, tu m'avais promis que si je passais

un an dans ma famille Comyn, on ne m'imposerait pas d'autre délai. Et je t'ai donné un an, comme tu le demandais.

Elle ajouta, fronçant les sourcils :

— A l'époque, tu m'as dit de très belles choses sur l'honneur et la valeur de ta parole.

Kindra soupira.

— Je ne cherche pas à te retarder, Jaelle. Mais j'ai promis à ta tante — qui est aussi mon amie — de rester ici jusqu'à la naissance du bébé. Tu ne peux pas prêter le Serment ici.

Jaelle avait l'air orageux.

— Kindra... commença-t-elle.

— Je sais, je n'avais peut-être pas le droit de faire cette promesse étant donné mon engagement envers toi, dit Kindra.

— C'est ma faute, Jaelle, intervint Rohana. Je l'ai suppliée de rester. Voudrais-tu me priver de sa compagnie alors que ma santé est si précaire en ce moment ?

Jaelle fixait le sol défilant entre les sabots du cheval. Elle dit enfin, d'un ton boudeur :

— Si c'est ce que tu désires, Rohana, alors je suis d'accord.

En fait, elle n'était nullement d'accord ; elle s'assombrit encore, pensant : les adultes prennent toujours des décisions sans se soucier de ce que désirent les jeunes.

Rohana entendit ces pensées comme si elle les avait exprimées tout haut, mais elle ne pouvait pas le dire. Montant vers la crête, elle amena son cheval au niveau de celui de Jaelle et lui dit :

— Je promets de ne plus faire obstacle à ta prestation de Serment si c'est toujours ce que tu désires.

— As-tu quelque raison d'en douter ? demanda Jaelle. Trouves-tu ta vie si agréable que j'aie envie de mener la même ?

— Quand même, je préférerais que tu ne prêtes pas le Serment trop jeune, dit Kindra. Tu pourrais attendre un peu ; tu peux avoir envie de te marier un jour.

Jaelle la regarda droit dans les yeux.

— Pour quoi faire ? Pour avoir des enfants d'abord — et puis les abandonner, comme tu as fait ?

— Jaelle ! s'écria Rohana, percevant la souffrance de Kindra avant même que Jaelle ait fini de parler. Comment oses-tu... ?

Kindra gifla Jaelle à toute volée et dit avec calme :

— Tu es insolente. Il est certes préférable de ne pas en venir là ; mais je n'avais pas prévu cette situation et il est toujours mieux de réfléchir avant. Penses-tu qu'il vaudrait mieux violer ton Serment si tu changes d'avis plus tard et désires te marier ?

— Cela a autant de chances d'arriver que de voir le feu remplacer la glace au col de Scaravel, dit Jaelle avec colère, fixant les souches de résineux, vestiges des arbres brisés par les vents du dernier hiver.

— Eh bien, sont-ils récupérables ou faudra-t-il replanter ? demanda Kindra. Je ne m'y connais guère en cette matière.

— Maintenant que j'ai vu l'état des plantations, je déciderai à loisir à la maison, dit Rohana, faisant faire demi-tour à sa monture. Aucune décision ne doit être prise à la hâte, et certainement pas une décision de cette nature.

Elles redescendirent en silence vers le château.

IV

Quelques jours plus tard, Kindra se réveilla de bonne heure, se demandant ce qui l'avait tirée de son sommeil. Jaelle dormait encore dans la chambre voisine ; elle entendait sa respiration paisible par la porte ouverte. Clameurs et rugissements retentissaient dans les couloirs ; incendie ou raid de bandits ? Par les persiennes, elle apercevait la lumière gris-rouge de l'aube.

Kindra enfila des bottes d'intérieur en fourrure, jeta une robe de chambre sur ses épaules et sortit dans le corridor. Elle reconnut alors dans les rugissements la voix de Dom Gabriel ; enroué, presque hystérique, il hurlait, frisant l'incohérence. Kindra ne put s'empêcher de se demander s'il était déjà saoul à cette heure matinale, et si elle devait disparaître avec tact pour ne pas embarrasser Rohana, ou si au contraire la présence d'une étrangère ne serait pas un facteur d'apaisement.

Dom Gabriel parut au bout du couloir. Le jeune Kyril semblait s'efforcer de calmer son père, qui brandissait une cravache en vociférant des menaces.

— Je ne te conseille pas d'essayer, Père, articula Kyril d'une voix claire. Ce n'est peut-être pas moi qui serais fouetté. Ce n'est pas ma faute si nos femmes me trouvent plus séduisant que toi.

Kindra vit alors la jeune Tessa, en tenue suggestive même pour une chemise de nuit, se cramponner à Kyril tout en s'efforçant de séparer les deux hommes. Rian parut, interrompit son père au milieu d'un cri, les écarta prestement l'un de l'autre — à l'évidence, à l'aide d'une prise de lutte —, et poussa Dom Gabriel, brusquement frappé de mutisme, dans l'un des fauteuils disposés à intervalles réguliers dans le hall. Dame Rohana, à demi vêtue, arriva à son tour, consternée de voir cette nombreuse assistance.

— Merci, Rian, dit-elle doucement. S'il te plaît, va immédiatement chercher son valet, car je crains qu'il n'ait la nausée. Gabriel, veux-tu revenir te coucher maintenant ? demanda-t-elle, se penchant sur son mari tout tremblant. Oui, bien sûr, Tessa viendra avec toi — n'est-ce pas, mon enfant ?

— Sale petite catin, grommela Gabriel. Tu n'as pas entendu ? Elle devrait être fouettée, et c'est moi qui devrais...

Il voulut se lever mais ses jambes se refusèrent à ce service et il retomba dans son fauteuil.

Kyril s'avança et entoura d'un bras protecteur les épaules de Tessa.

— Pose la main sur elle, Père, et je te jure qu'il t'en cuira.

Gabriel se mit péniblement debout.

— Canaille ! Lâchez-moi ! Tu veux te battre ? Alors, en garde si tu es un homme !

Chancelant, il se rua sur Kyril qui lui expédia une droite ; mais Rohana, qui s'était jetée entre eux, reçut le coup sur la tempe.

— Maman ! cria Kyril, en état de choc, tendant les bras pour l'empêcher de tomber.

Gabriel eut une réaction identique, mais, voyant Rohana presque sans connaissance dans les bras de son fils, il tituba à reculons et se laissa choir dans un fauteuil en marmonnant :

— Rohana ? Tu n'es pas blessée, Rohana ?

— Pourtant tu as tout fait pour ça, dit Kyril avec colère, asseyant doucement sa mère sur un canapé.

Entre-temps, Rian était revenu avec le valet de Dom Gabriel qui s'affairait autour de Rohana et lui faisait respirer des sels. Elle releva la tête et dit :

— Kyril...

— Oui, mets-moi tout sur le dos, comme d'habitude, dit le jeune homme, tenant Tessa par la taille. Si j'avais un endroit où aller avec elle, tout ça ne serait jamais arrivé.

— Je devrais... jeter dehors... cette petite catin... marmonna Dom Gabriel.

Serrant contre lui la jeune effarouchée, Kyril avait une pose presque héroïque.

— Si elle s'en va, Père, prends garde — je pars avec elle ! Et à partir de maintenant, ne touche plus à *mes* femmes — compris ?

Dom Gabriel releva son visage déformé par la colère, fronça les sourcils et brandit le poing, s'efforçant de parler ; puis il se convulsa et tomba, se cognant la tête par terre, et perdit connaissance, le corps agité de spasmes. Rohana s'élança vers lui, mais son valet savait quoi faire en ces circonstances ; il enfonça un mouchoir dans la bouche de son maître pour l'empêcher de se mordre la langue, lui redressa les membres quand les convulsions se calmèrent, et, agenouillé près de lui, lui murmura des paroles rassurantes quand il ouvrit les yeux. Des yeux qu'il braqua, sans le voir, sur Kyril, qui recula.

— C'est terminé, Kyril, dit Dame Rohana avec lassitude. Quand il reprendra ses esprits, il ne se souviendra de rien.

— Écoute, Mère, je ne suis pas responsable de cette scène...

— Pas entièrement; mais tu devrais savoir que, lorsqu'il a bu pendant des jours, la moindre contrariété le met dans cet état.

Elle ajouta à l'adresse du valet :

— Appelle un ou deux serviteurs et mettez-le au lit; il ne le quittera pas d'aujourd'hui, et sans doute pas non plus de demain toute la journée. Et quand il se réveillera, proposez-lui de la soupe ou du bouillon, mais pas une goutte de vin, quels que soient ses ordres. Si vous ne pouvez pas refuser, appelez-moi et je le raisonnerai.

Quand ils eurent porté Dom Gabriel dans sa chambre, elle considéra la famille assemblée dans le hall.

— Inutile de vous dire de retourner dormir après ça, je suppose, dit-elle. Ne pleure pas, Elorie, ce n'est pas la première fois que Papa a ce genre de crise; c'est très impressionnant, mais il n'en mourra pas. Nous devons simplement faire davantage d'efforts pour l'empêcher de boire et lui éviter toute contrariété.

Se tournant vers Kyril, qui enlaçait toujours Tessa, elle lui dit d'un ton glacial :

— Tu n'es pas très fidèle à ton seigneur, mon enfant.

— Non, Mère, c'est le contraire ! protesta Kyril. Père savait parfaitement ce qu'il y a entre Tessa et moi. Il l'a amenée ici pour m'embêter, c'est tout, espérant peut-être faire croire à tout le monde que l'enfant qu'elle porte est de lui. Mais comment un vieux bouc de son espèce... ?

Il s'interrompit, sa voix s'étranglant dans sa gorge quand son regard tomba sur sa mère. Dans sa légère chemise, sa grossesse était très apparente. Il baissa la tête en bredouillant. Jaelle porta la main à sa bouche pour étouffer un ricanement. Kindra lui lança un regard furieux, et elle braqua les yeux sur le sol.

— Eh bien, il faudra monitorer cette petite, dit Rohana avec lassitude. Si l'enfant est un Ardais, et quel que soit son père, Tessa a droit à la protection qu'il est de mon devoir de lui accorder. Alida, pourras-tu la monitorer aujourd'hui ?

— Certainement, dit la *leronis*. Gabriel m'avait déjà parlé de cet enfant...

— Mais alors, il ne savait pas... il croyait alors... murmura Rohana.

Puis elle chancela, et Kindra dut la soutenir.

— Rohana, cela dépasse tes forces, dit-elle d'un ton pressant.

— Si chacun veut bien... aller s'habiller... je vais faire servir le petit déjeuner à la salle à manger... dit Rohana d'une voix mal assurée.

— Non, ma Tante, tu es malade, dit Jaelle d'un ton ferme. Dom Gabriel est bien soigné par ses serviteurs ; toi, retourne te coucher. Je m'occuperai du petit déjeuner avec Elorie. Kindra, ramène-la dans sa chambre — appelle une de ses femmes pour t'aider ; ne la laissez pas marcher, dans l'intérêt de l'enfant...

— Merci, Jaelle, dit Rohana, surprise, s'abandonnant aux bras de Kindra, terrassée par un nouvel accès de faiblesse.

Elle ne sut jamais qui la porta dans sa chambre ou son lit.

Le soleil était haut dans le ciel quand elle se réveilla, et Kindra était assise à son chevet.

Jaelle ouvrit la porte.

— Kindra, comment va-t-elle ? chuchota-t-elle.

— Tu n'as pas besoin de chuchoter, Jaelle, je suis réveillée, dit-elle, surprise de s'entendre parler d'une voix si tremblante. Tout va bien en bas ?

— Oui, tout le monde a déjeuné. Elorie a commandé du pain d'épices aux cuisinières, et elle a fait servir du cidre chaud aux hommes de peine. Rian a dit à tout le monde que le Maître était malade, qu'on commencerait à replanter les résineux à midi — et qu'il viendrait superviser le travail...

— Rian est un brave enfant, dit Rohana avec douceur.

— Oui ; il connaît bien le Domaine, et si Kyril le laissait faire, il pourrait éviter bien des problèmes à mon oncle, dit Jaelle. Mais Kyril est si jaloux de l'influence que Rian pourrait avoir sur son père...

Elle haussa les épaules.

— C'est Kyril qui a monté son bouillon à Dom Gabriel et le lui a fait boire, reprit-elle. La scène devait être touchante, j'en suis sûre. Mais j'ai entendu Dom Gabriel crier aussi fort qu'il pouvait (ce qui, pour le moment, n'est pas très fort) de jeter cette lavasse et de lui apporter du vin.

— Oh, mon Dieu ! dit Rohana, s'efforçant de s'asseoir. Il faut que j'aille le voir pour le raisonner...

— Il n'en est pas question, dit Kindra. Tu dois rester au lit, Rohana, sinon, tu risques une fausse couche. Et, s'il avait toute sa tête, cela déplairait encore plus à Dom Gabriel que le refus de son valet d'exécuter ses ordres.

Rohana se rallongea en soupirant, sachant que Kindra avait raison. Gabriel n'aurait qu'à accepter l'inévitable, tout simplement; bien que toujours irritable après ces crises, il les redoutait assez pour écouter l'avertissement.

— Mais dites-lui pourquoi je ne viens pas à son chevet lui tenir compagnie, dit Rohana.

— Je lui ai déjà fait porter le message par la guérisseuse, ma Tante, dit Jaelle. Et j'ai envoyé chercher la sage-femme ; elle saura si ton enfant est en danger.

Ainsi rassurée, Rohana se renfonça sous ses couvertures et somnola toute la matinée. Elle s'aperçut à peine de la visite de la sage-femme, qui l'examina brièvement, et conclut qu'elle n'était pas en danger immédiat de faire une fausse couche, mais qu'un ou deux jours de repos ne pouvaient lui faire que du bien, la Dame ayant tendance à trop travailler pour sa santé. Quand elle se réveilla en fin d'après-midi, Kindra cousait près de son lit.

— Tiens, qu'est-ce que tu fais ? Jaelle coud si rarement que je n'associe jamais la couture aux Amazones... aux Renonçantes.

— Je trouve ce travail reposant ; c'est un col, dit Kindra. Je n'ai pas souvent le temps de m'asseoir pour me consacrer à ce genre d'ouvrage. Si tu veux, je ferai une broderie pour un cache-maillot ; ainsi, si ton enfant est une fille...

— Non, dit Rohana. J'aurais bien aimé une fille, mais c'est un garçon, et Gabriel, au moins, sera content.

— Tu le sais par le *laran*, je suppose, dit Kindra, et Rohana sembla stupéfaite.

— Oui, sans doute ; je n'y avais jamais pensé — je n'imagine pas qu'on puisse être enceinte et ne pas savoir si c'est un garçon ou une fille. Y a-t-il des femmes qui ne le savent pas ?

— Bien sûr, dit Kindra, quoique je l'aie toujours su aussi. C'était peut-être mon imagination — en tout cas, j'avais une chance sur deux d'avoir raison.

Un coup léger fut frappé à la porte, et Dame Alida entra.

— Tu te sens mieux, Rohana ? Ne t'inquiète de rien, d'absolument rien. Je m'occupe de tout, d'absolument tout, dit-elle, avec un sourire qui rappela à Kindra la satisfaction d'un chaton tombé dans une jatte de crème.

— Je n'en ai jamais douté, murmura Rohana.

— Mais il y a quelques petites choses qu'il faut régler sans délai, poursuivit Alida. Kyril doit quitter le château immédiatement ; l'hostilité qui règne entre lui et son père est mauvaise pour tous les deux. Il devrait aller à Nevarsin ; il a besoin de discipline et d'instruction. C'est presque un homme maintenant ; ce n'est pas bon pour lui d'assister à tes disputes avec Gabriel.

— C'est ce que j'ai proposé l'année dernière, mais Gabriel n'a pas voulu, dit Rohana, et Alida fit de nouveau son sourire félin.

— Alors, l'altercation de ce matin sera peut-être un bien ; Gabriel sera content d'être débarrassé de lui, je crois. Et il y a autre chose ; j'ai monitoré la jeune Tessa, et Kyril est bien le père de l'enfant qu'elle porte.

Elle prit un air dégoûté.

— La garderas-tu vraiment sous ton toit ?

— Est-ce que j'ai le choix ? Si l'enfant est un Ardais... même un *nedesto* a le droit d'habiter dans la maison de son père, dit Rohana.

Alida fit la grimace.

— Je n'ai jamais tant regretté d'avoir prêté le Serment de moniteur, dit-elle. J'étais très tentée de lui dire qu'elle mentait — elle disait vrai, bien sûr — et de la jeter dehors. J'avoue que je ne suis pas aussi charitable que toi, Rohana.

— L'idée d'avoir un petit-fils, même *nedesto*, ne me déplaît pas, dit Rohana, mais Alida secoua la tête.

— Ce n'est qu'une fille. Désolée de te décevoir.

— J'accueillerai aussi volontiers une petite-fille, si elle est forte et vigoureuse, dit Rohana. Chez sa mère, elle pourrait être affamée ou maltraitée. Prends toutes les mesures nécessaires, Alida : trouve-lui une chambre et une servante, et qu'elle ne soit privée de rien sous prétexte que Kyril ne sera pas là pour le voir. Autre chose ?

— Oui.

Alida, qui jusque-là arpentait la chambre, vint s'asseoir près du lit.

— Rohana, savais-tu que Rian est un puissant télépathe émetteur-récepteur, et sans doute empathe de surcroît ? Je me demande d'où il tient ça — ce n'est pas un trait des Ardais.

— Je n'en suis pas si sûre, dit Rohana. Avant d'être si malade, Gabriel avait une bonne dose d'empathie ; c'est ce que j'aimais en lui.

Elle s'interrompit pour réfléchir.

— Ainsi, Rian a hérité de ce don ? Pas étonnant qu'il soit si tiraillé...

— Entre son amour pour toi et celui pour son père, dit Alida sans ambages. Ce conflit le déchire. Il devrait être dans une Tour.

— J'espérais d'abord pour lui un an ou deux d'instruction à Nevarsin... protesta Rohana.

— Absolument pas, dit fermement Alida. Il est trop sensible et scrupuleux ; il appliquerait tout ce qu'on lui dit à la lettre. Tu sais sans doute que la plupart des garçons n'écoutent leurs aînés que d'une oreille distraite — Kyril, quant à lui, n'a jamais rien écouté —, mais Rian prendrait à cœur le moindre précepte, et resterait prisonnier toute sa vie des scrupules des *cristoforos*. Non, Rohana; le seul endroit où il sera en sécurité, c'est une Tour; j'ai déjà été dans les relais, et Arilinn l'acceptera volontiers. Ne t'inquiète pas; il y sera aussi bien instruit qu'à Nevarsin, sois-en sûre.

Je devrais lui être reconnaissante, je suppose pensa Rohana, *car elle n'a pas épargné sa peine en faveur de mes fils. Mais son zèle m'exaspère; elle est ravie de tout diriger. Elle se délecte à l'idée que, pendant que je suis réduite à l'impuissance, elle a tout administré aussi bien ou mieux que moi.*

Mais elle s'efforça de barricader ses pensées et de remercier Alida de bonne grâce.

— Tu as si bien tout organisé, belle-sœur, que je vais me retrouver sans enfants — à part Elorie qui est fiancée — et je ne serai plus qu'une vieille femme oisive.

— Oisive ? Toi ? s'écria Kindra. Tu as encore Valentin et Jaelle.

— Jaelle ne fait pas mystère de son désir de partir, dit Rohana.

— Il ne faut pas le lui permettre, dit Alida. Elle doit prendre la place de sa mère dans une Tour; je suis sûre que nous pourrons en trouver une qui serait bien contente de l'accueillir.

— As-tu jamais constaté qu'elle a assez de *laran* pour ça? Moi, je pense qu'elle serait très malheureuse dans une Tour.

— Tu sais aussi bien que moi qu'elle bloque son *laran*, dit Alida avec humeur. Et tu sais pourquoi. Tu m'as raconté comment sa mère était morte, à la naissance de Valentin. Elle n'est pas la première dont le *laran* aurait été brutalement ouvert par un choc qu'elle ne pouvait pas éviter et qu'elle n'était pas assez mûre pour supporter — dans son cas, une naissance traumatisante, trop proche pour s'en protéger, et la mort d'une mère aimée.

Bonne description de la mort de Melora dans le désert, pensa Rohana.

— Mais elle ne pourra pas éternellement bloquer son *laran* ; tôt ou tard, il fera surface dans toute sa force, et elle devrait suivre l'enseignement d'une Tour en prévision de ce jour. Bien sûr, son ascendance — ce père séchéen — joue contre elle, mais on pourra persuader une Tour de l'accepter. Certainement pas Arilinn. Ils tiennent beaucoup à l'hérédité Comyn, et ils ont déjà accepté Rian. Mais je suis certaine qu'une Tour moins importante accueillerait volontiers Jaelle. Margwenn à Thendara, peut-être, ou encore Leominda à Neskaya. Dois-je prendre des mesures en ce sens ? Je serais heureuse de...

— J'en suis certaine, Alida, dit Rohana avec lassitude. Mais dans ce cas, tes dons d'organisation sont superflus. J'ai promis à Jaelle que si elle passait une année parmi nous, je ne m'opposerais plus à ce qu'elle prête le Serment de Renonçante.

La mâchoire d'Alida s'affaissa, ses grands yeux bleus dardèrent sur Rohana un regard incrédule.

— Je sais que tu le lui avais dit quand elle était petite, dit-elle, mais vas-tu vraiment t'en tenir là ? Même si elle a le *laran* ?

— J'ai promis, dit Rohana, et je tiens toujours ma parole. Je ne mens pas, même aux enfants.

— Mais... dit Alida, l'air plus désemparé et troublé que jamais. Le Conseil... ils seront mécontents, Rohana. Il reste si peu de femmes Aillard vivantes.

— Je crois pouvoir convaincre le Conseil, Alida.

Alida soupira.

— Tu en auras bientôt l'occasion, dit-elle. Ils font mander Gabriel pour la saison, et comme tu portes toujours le nom d'Aillard, et non pas d'Ardais, et que tu sièges au Conseil sous la bannière des Aillard, cela te concerne aussi. Mais maintenant que Jaelle est majeure, et comme tu es enceinte, j'étais sûre...

— Tellement sûre que tu leur as dit que la fille de Melora serait prête à prendre son siège au Conseil cette saison, n'est-ce pas, Alida ? dit doucement Rohana. Eh bien, tu n'auras qu'à leur dire que tu mentais ou que tu fantasmais, n'est-ce pas ?

Les yeux bleux d'Alida flamboyèrent d'indignation.

— Moi, mentir ? Comment oses-tu ? Comment pouvais-je imaginer que tu permettrais à la fille de Melora de se soustraire à son devoir par cet engagement illégal ?

— Pas illégal, dit Rohana. La Charte des Renonçantes stipule que toute femme née libre a le droit de prêter le Serment en leur sein. Il fut un temps, il est vrai, où je pensais que les filles des Comyn naissaient moins libres que les filles de petits vassaux ; je n'avais jamais pensé que tu serais d'accord avec moi sur ce point, ma belle-sœur.

— Tu veux me faire passer pour une imbécile, Rohana ?

— Non, mon amie, tu t'en tires admirablement bien toute seule. Quand tu as informé le Conseil que la fille de Melora était prête à y siéger, tu as pris un engagement que tu n'avais pas le droit de prendre, tu t'es mêlée de ce qui ne te regardait pas. Je ne t'avais pas priée de parler de cela au Conseil, et tu n'auras qu'à te débrouiller toute seule pour te dépêtrer de tes mensonges.

Rohana se renversa sur ses oreillers, et, derrière son visage impassible, Kindra senti qu'elle souriait.

— Rohana, implora Alida, tu ne peux pas faire ça ; le Conseil ne le permettra pas.

Rohana se redressa brusquement.

— Tu crois qu'ils peuvent m'en empêcher ?

— Il y a sûrement une autre solution...

— Certainement, dit Rohana avec lassitude. Je pourrais demander à prêter le Serment moi-même.

— Tu ne ferais pas ça ! s'écria Alida. Tu plaisantes !

— Pas du tout, dit Rohana. Il est vrai que je ne le ferai sans doute pas. Pourtant, afin d'assurer la liberté de Jaelle, je pourrais très bien dire que Gabriel est incapable de remplir son rôle de tuteur, témoigner qu'il m'a humiliée et insultée devant toute ma maison, demander la dissolution de mon mariage et supplier qu'on l'enferme dans un asile de fous et qu'on lui retire sa place au Conseil et sa charge de Chef et Gardien d'Ardais. Si Kyril n'était pas pire que son père, c'est ce que je ferais.

— Oh, Rohana, dit Alida, qui sanglotait maintenant, pour l'honneur des Comyn... ce serait un scandale dans les Sept Domaines... Tu ne veux pas traîner l'honneur des Ardais dans la boue, non ?

— Je suis fatiguée de t'entendre divaguer sur l'honneur des Ardais, dit Rohana. Qu'as-tu fait pour le préserver ? Il ne te déplaît pas que Gabriel soit incapable de s'occuper de ses affaires, car ainsi tu peux les diriger sans craindre qu'il ne te l'interdise. As-tu pensé que si Gabriel continue à boire ainsi, il en mourra ou finira par provoquer un scandale trop grand pour que nous puissions l'étouffer entre ces murs ? C'est mon mari, et je l'aimais autrefois ; pour son bien, il devrait être confié aux soins de quelqu'un qui l'empêcherait de se détruire. Moi, je n'y parviens pas.

— Crois-tu que je désire sa mort ? demanda Alida.

— En tout cas, tu ne fais rien pour la prévenir, et j'ai l'impression que tu combats tout ce que je tente pour l'empêcher, dit Rohana. Pourquoi ne veux-tu pas reconnaître que je fais au mieux pour le Domaine et même pour Gabriel ? Même si tu me détestes...

— Je t'en prie, ne dis pas ça, l'interrompit Alida. Je ne te déteste pas ; je t'admire et te respecte...

Rohana soupira, ferma les yeux et dit, sans essayer de répondre :

— Les représentants du Conseil sont arrivés ?

— Ils attendent d'être reçus en audience par Gabriel, ou par toi s'il n'est pas disponible.

— Il vaut peut-être mieux qu'ils le voient, dit Rohana avec lassitude, afin qu'ils ne pensent pas que j'essaie simplement d'éviter...

— Mais quelle honte s'ils le voient dans cet état ! protesta Alida.

— Ce n'est pas moi qui lui ai dit de s'abrutir d'alcool ou de s'exciter jusqu'à la catalepsie, dit Rohana. Ils doivent le voir, Alida, sinon, ils pourraient penser — comme Kyril le pense, il me semble — que j'essaye d'usurper le gouvernement du Domaine à mon profit. Va chercher le majordome.

Toujours protestant, Alida s'exécuta, et Kindra, qui avait écouté en silence dans l'ombre des rideaux, s'approcha du lit.

— Auras-tu la force d'assumer tout cela, Rohana ?

— Il faudra bien que quelqu'un le fasse, dit Rohana, et à part moi, il n'y a personne qui le puisse. Mais tu ne devrais pas... personne ne devrait se laisser assujettir par ma famille.

— Toi non plus, tu ne devrais pas te laisser assujettir par ta famille, dit Kindra, avec un grand élan de tendresse envers Rohana. *Si je pouvais seulement lui éviter toutes ces contrariétés.*

Les yeux clos, Rohana garda le silence, rassemblant ses forces. Au bout d'une attente considérable, on frappa doucement à la porte, et Rohana s'assit en disant :

— Qu'on les fasse entrer. Il faut que je leur parle.

Trois jeunes hommes entrèrent et s'inclinèrent très bas devant Rohana. Tous trois arboraient fièrement les cheveux roux flamboyants des Comyn.

— Dame Ardais, dit le chef, je suis désolé de la maladie de votre seigneur ; il n'est que trop évident qu'il ne pourra pas assister au Conseil cette saison. Prendrez-vous son siège, comme de coutume ?

— Comme vous pouvez le voir, j'en serai incapable cette année, dit Dama Rohana. Ma santé me l'interdit. Si mon enfant naît fort et vigoureux, je viendrai peut-être vers la fin de la saison.

— Qu'adviendra-t-il donc de votre pupille — la fille de Melora Aillard ? s'enquit le jeune homme. Pouvons-nous la voir et lui demander si elle est prête à jurer devant le Conseil qu'elle accepte l'héritage d'Aillard ?

— Il vous faut voir cela avec Jaelle elle-même, dit Rohana.

Quand ils furent sortis, elle envoya chercher Jaelle qui entra, l'air renfrogné.

— Jaelle, les représentants du Conseil sont ici ; tu dois partir avec eux pour le Conseil Comyn et leur déclarer toi-même que tu renonces à tes droits au Conseil, que tu tiens de Melora.

— Tu m'avais promis que je pourrais prêter le Serment ! protesta-t-elle.

— Et tu le prêteras si c'est ce que tu désires, dit Rohana. Mais je ne peux pas renoncer à tes droits à ta place ; cela, tu dois le faire toi-même.

— Mais comment... ?

— Ils te prieront de te présenter devant le Conseil, et là, ils te demanderont si tu es prête à prendre ta place parmi eux, dit Kindra. Si tu es assez grande pour prêter le Serment, tu l'es aussi pour renoncer à tes privilèges de Comyn.

— Mais qu'est-ce que je ferai après ?

— Ce que tu voudras, dit Kindra. Tu pourras immédiatement aller à la Maison de Thendara, et attendre mon retour pour prêter le Serment si tu tiens à ma présence.

— Mais je pensais que nous repartirions ensemble, dit Jaelle, boudeuse.

— Eh bien, ce n'est pas possible, dit sèchement Kindra. Pour le moment, mon devoir est ici, et le tien au Conseil de Thendara.

— Très bien, dit Jaelle avec colère. Si c'est plus important pour toi que d'assister à ma prestation de serment !

Elle sortit en claquant la porte, et Rohana l'entendit parler dans le couloir avec les trois envoyés du Conseil.

— Me pardonnera-t-elle jamais, Kindra ?

— Certainement ; son plus grand problème, c'est d'avoir seize ans, et ça ne durera pas, dit Kindra. En ce moment, elle est plus furieuse contre moi que contre toi. Donne-lui un ou deux ans. J'aurais dit moins d'un an si elle participait au gouvernement d'un Domaine, mais même ainsi, elle te pardonnera. Elle me pardonnera même ma fidélité envers toi. Un jour.

Il restait à Rohana encore une entrevue à subir ce jour-là. Kyril demanda à voir sa mère, entra, et lui baisa respectueusement la main.

— Je suis désolé que tu sois malade, Mère. Quand il l'a appris, Père a voulu se lever pour t'assister, mais son valet ne l'a pas laissé quitter son lit.

— Je me réjouis qu'il y ait un homme de bon sens auprès de lui, dit Rohana. Qu'est-ce que tu veux, Kyril ? Tu n'es certainement pas venu uniquement pour me présenter tes vœux de rétablissement.

— Pourquoi pas, Mère ? Tu t'es épuisée à assumer les responsabilités de mon père à sa place ; pourquoi ne pas lui laisser sa part des charges ?...

— Encore ça, Kyril ?

— Tu as fait de mon père une non-entité, et la risée de tous les Domaines.

— Non, mon enfant, ce sont les dieux. Je lui épargne la pression des décisions qu'il est incapable de prendre, et j'essaye de préserver son honneur aux yeux du monde.

Au bout d'un moment, elle ajouta :

— Serait-ce mieux si les champs n'étaient pas ensemencés, les juments pas couvertes, la résine pas récoltée ? Es-tu capable d'effectuer toutes ces tâches ? Dans ce cas, je m'en déchargerais volontiers sur toi.

— Te moques-tu de mon ignorance, Mère ? Je n'en suis pas responsable. Mais maintenant que je vais à Nevarsin, j'y apprendrai peut-être la gestion d'un Domaine.

— Que les dieux t'entendent, Kyril, dit-elle.

Il s'agenouilla pour recevoir la bénédiction, qu'elle lui donna avec ferveur, posant les deux mains sur sa tête bouclée.

Puis il se releva et la considéra en fronçant les sourcils.

— Est-ce vrai, ce que dit Jaelle — qu'elle va devenir Amazone Libre ?

— La loi le permet à toute femme née libre, Kyril. C'est ce qu'elle a choisi.

— Alors, c'est une loi perverse qui ne devrait pas exister, dit Kyril. Elle devrait se marier, si l'on peut trouver quelqu'un d'indifférent à son parentage.

— Cela nous épargne la peine de lui trouver un tel mari, dit Rohana. Ne t'occupe pas de ça, Kyril. Tu ne peux rien y faire.

— J'ai essayé... commença-t-il avec colère, puis il se tut brusquement.

Mais Rohana comprit ce qu'il voulait dire. Il s'empourpra.

— Tu as essayé de lui montrer ce qu'elle perdrait si elle renonçait au mariage ? dit-elle d'un ton cinglant. Et tu ne lui pardonnes pas de ne pas être tombée dans tes bras ? C'est une honte, Kyril, et un grave manquement à l'hospitalité, car elle est ma pupille. Sous ce toit, tu aurais dû la respecter comme ta propre sœur ! Mais elle part ce soir pour Thendara ; alors, n'en parlons plus.

Au bout d'un moment, elle reprit :

— Kyril, nous nous quittons ce soir, nous aussi, car tu t'en vas à Nevarsin. Alors, séparons-nous sans hostilité. Souhaite-moi une bonne santé, et va en paix dire au revoir à ton père.

Kyril se jeta à genoux et lui baisa les mains.

— Je te remercie de ta bonté envers Tessa, dit-il d'un ton soumis. Je m'inquiétais pour elle. M'envoies-tu au loin à cause de la scène de ce matin — où j'ai fait passer mon père pour un imbécile ?

— Non, mon enfant, l'assura doucement Rohana. Il est grand temps que tu te prépares à prendre ta place dans la vie et au Domaine. Voilà des années que tu aurais dû partir. Va maintenant dire adieu à ton père, et évite de te quereller avec lui si tu peux. Tu te mettras en route à l'aube.

— Et Rian va aller dans une Tour ? dit Kyril. J'en suis heureux pour lui ; il fera un bon *laranzu*, et, au moins, il ne me contestera pas l'héritage du Domaine.

— Tu n'as jamais pu croire qu'il le contesterait, j'espère, dit-elle, le serrant dans ses bras. Au revoir, mon cher fils. Apprends tout ce que tu pourras et mets à profit toutes les occasions de te perfectionner. Quand tu reviendras...

— Quand je reviendrai, le Domaine n'aura plus besoin d'une femme pour le gouverner, dit Kyril, et toi, Mère, tu pourras te reposer et limiter tes activités aux tâches des femmes.

— J'en serai heureuse, dit doucement Rohana.

Quand Kyril fut sorti, elle soupira et dit à Kindra :

— C'était le petit garçon le plus doux et gentil qu'on puisse rêver. A quel moment me suis-je trompée dans son éducation pour qu'il devienne ainsi ?

— Tu n'as pas été le seul facteur dans son éducation, dit Kindra. Le monde va comme il veut, et non comme tu voudrais qu'il aille. Et c'est également vrai de nos enfants, je le crains. Des tiens et des miens, Rohana.

V

Tout parut bien silencieux à Ardais après le départ des jeunes gens. Kindra se félicita de cette tranquillité dans l'intérêt de Rohana. Gabriel était de nouveau sur pied, plus ou moins, faible et flageolant, mais, avec l'aide de son valet, il put se montrer en public et fit comme s'il supervisait la plantation des résineux.

Bien que n'étant plus confinée dans son lit, Rohana ne pouvait ni monter ni trop sortir ; elle demanda au majordome d'assister Gabriel dans la surveillance des plantations, et se contenta elle-même de se promener dans la cour. Kindra souffrait un peu de cette sédentarité, mais elle ne voulait pas quitter Rohana, ni contrarier *Dom* Gabriel en paraissant en sa présence sans qu'il l'ait fait demander. Quant à Jaelle, Kindra s'attrista de son départ, mais l'absence de sa personnalité critique et rebelle facilita la vie à tout le monde, et surtout à Rohana.

Tessa, la seule jeunesse qui restait, tentait de se faire oublier en l'absence de Kyril et venait rarement à la salle à manger ; Rohana, plutôt contente de sa discrétion, lui faisait monter ses repas dans sa chambre, sans lui reprocher ce service supplémentaire demandé aux domestiques. Ainsi, elle ne rappelait pas constamment à Gabriel l'humiliation que lui avait fait subir son fils aîné. Parfois, à l'invitation de Rohana, elle venait au jardin d'hiver coudre avec les femmes. Aux yeux de Kindra, c'était une petite chose inoffensive, qui n'avait rien de spécialement recommandable. Kyril ne semblait pas lui manquer, et elle ne fit aucun effort pour rentrer dans les bonnes grâces de Dom Gabriel.

Pendant près d'une décade, la vie à Ardais s'écoula ainsi paisiblement. Un matin, Kindra s'éveilla au bruit d'une violente tempête, qui, gémissant et hurlant autour du château, étouffait toutes les conversations. Regardant par la fenêtre, elle vit à perte de vue des tourbillons de feuilles, des arbres ployés presque jusqu'au sol, et dont les troncs cassaient parfois comme des brindilles. Malgré l'approche de la quarantaine, elle n'avait jamais rien vu de pareil, ni même d'approchant, de sa vie. Personne ne s'aventurait dehors, sauf pour alimenter les bêtes, car personne n'arrivait à tenir debout dans cette tempête, à part les plus solides paysans. Kindra sortit sur le balcon, et dut se cramponner à la balustrade pour ne pas être plaquée en arrière contre le mur. L'air semblait crépiter d'une étrange énergie, et pourtant il ne tonnait pas. Rohana, l'air troublé, refusa d'approcher du balcon.

— C'est le vent qui t'effraie ? demanda Kindra. Je n'en ai jamais vu de semblable ; je suis pourtant solide, mais il a bien failli me jeter par terre. Tu pourrais faire une mauvaise chute — dangereuse dans ton état.

— Crois-tu que je me soucie de ce qui peut m'arriver ? J'en ai assez de ne rien faire ! Je me moque bien de mon sort...

Elle s'interrompit, l'air coupable.

— Mais à ce stade de ma grossesse, mon enfant est déjà vigoureux et je le sens remuer dans mon ventre ; je ne peux pas mettre sa vie en danger.

Kindra resta atterrée ; elle ne soupçonnait pas Rohana d'entretenir des idées si macabres. Elle en fut profondément troublée pour elle.

— Ce n'est pas le vent qui m'inquiète, reprit Rohana, mais l'énergie qu'il y a dans l'air ; elle peut allumer des feux quand les résineux sont très secs. Il n'a pas neigé assez l'hiver dernier. A moins qu'il ne pleuve avant que le vent tombe, j'enverrai des guetteurs à l'aube pour prévenir les incendies.

C'était nouveau pour Kindra ; elle savait que la foudre pouvait allumer des feux, mais elle n'avait jamais connu une tempête semblable, sans tonnerre ni éclairs.

Le soleil demeurait invisible ; les tourbillons du vent, chargés de feuilles, de neige et de gravier, cachaient l'astre sanglant ; un crépuscule jaunâtre se répandit peu à peu dans tout le ciel, virant au verdâtre à l'approche de la nuit. Il n'y eut pas de coucher de soleil visible ; la lumière baissa graduellement jusqu'à disparaître. Dans la nuit, le vent continua à hurler comme un chœur de démons hystériques. Les torches et les chandelles qu'on allumait dans les couloirs étaient immédiatement éteintes par les courants d'air ; on eut du mal à allumer un feu dans l'âtre du grand hall, car les vents s'engouffraient dans la cheminée et l'éteignaient. Elorie enveloppa Valentin dans des couvertures et rejoignit les autres devant le feu qui fumait et menaçait de s'éteindre à tout instant. Il s'agita, apeuré, jusqu'au moment où, à la surprise de Kindra, Dom Gabriel le prit sur ses genoux et, pour le distraire, lui chanta des marches militaires d'une voix tremblotante.

— Ce doit être terrible d'être dehors par ce temps, Papa, dit Elorie. Crois-tu que Kyril et Rian sont maintenant en sûreté à Nevarsin ou ailleurs ?

— Bien sûr ; ils doivent être à Nevarsin maintenant, dit Gabriel, comptant les jours sur ses doigts. Rohana, qu'est-ce qu'il a, ce diable de feu ?

— Le vent qui pénètre dans la cheminée ne cesse de l'éteindre, dit Rohana. Je vais tâcher de l'ensorceler pour qu'il reprenne.

Elle sortit sa matrice de son corsage, et fixa la pierre-étoile. Les flammes bleues jaillirent, et, pendant un moment, conservèrent un éclat constant. Rohana avait mis une chandelle dans un verre de lampe, pour qu'elle continue à brûler aussi ; malgré les hurlements du vent, les flammes de la bougie et de l'âtre leur donnèrent l'illusion insolite que tout était normal. Mais au bout d'un moment, les flammes recommencèrent à vaciller. Derrière eux, les grandes tapisseries se gonflaient et claquaient comme des voiles. On aurait dit, pensa Rohana, que tous ceux qui étaient nés et morts au château revenaient glapir et rugir comme un troupeau de banshees. Pourtant, ce n'était que le vent. Les domestiques commencèrent à servir le dîner, que Rohana leur fit disposer sur de petites tables près du feu.

— Tu as fait au mieux par ce temps, dit-elle à la cuisinière. Les feux brûlent-ils convenablement à la cuisine?

— Nous avons un fourneau fermé, répondit la femme; c'est pourquoi nous avons pu rôtir un peu de viande; mais il n'y a pas de pain, car le four ne tire pas. Le feu de votre cheminée est le seul qui brûle dans toute la maison. On peut peut-être y faire chauffer de l'eau pour le thé.

— Pourquoi pas du vin aux épices? dit Dom Gabriel de sa voix rocailleuse.

— Oui, bonne idée, dit Rohana.

Par ce temps, tout ce qui pouvait lui faire plaisir était bon. Il but, faisant goûter le breuvage à Valentin, qui cracha et toussa mais sembla content de cette attention. Elorie protesta, mais Rohana secoua la tête.

— Ça l'aidera à s'endormir, dit-elle. Pour une fois, ce n'est pas grave.

Puis elle découpa la volaille, et ils mangèrent devant le feu, leur assiette en équilibre sur les genoux.

Mais, malgré les efforts de Rohana, les flammes recommencèrent bientôt à baisser et vaciller. Leur frugal repas terminé, Rohana laissa le feu s'éteindre; elle se fatiguait trop à l'entretenir.

— Conduis Dom Gabriel à sa chambre, Hallar, dit-elle au majordome, sa voix à peine audible dans les hurlements du vent et les bruits de branches et de volets battant contre les murs.

Tandis qu'Hallar aidait son maître à se lever, Valentin se cramponna à Rohana en disant :

— On dirait que la maison va s'écrouler. Est-ce que je vais dormir tout seul à la nursery avec ce vent? Je peux avoir une chandelle?

— Ce soir, aucune chandelle ne brûlera, *chiyu*, dit Elorie, le prenant dans ses bras. Tu dormiras dans ma chambre sur le lit de camp.

— Pourquoi ne pas le remettre au berceau pendant que tu y es ? bougonna Dom Gabriel. Tu es un grand garçon maintenant, hein, Val ? Tu n'es pas une femmelette, hein, mon garçon ? Tu n'as pas besoin d'une veilleuse et d'une nounou, hein, mon grand ?

— Si, dit Valentin, se cramponnant à la jupe d'Elorie, qui le serra contre elle.

— Ça vaudra mieux que le laisser mourir de peur tout seul, Papa.

— Bon ! Enfin, ce n'est pas mon fils, gronda Dom Gabriel. Ce ne sera pas ma faute s'il ne devient jamais un homme.

Mieux vaut qu'il ne soit jamais un homme que d'être un homme comme toi, pensa Rohana, mais elle n'était plus sûre que Gabriel pût encore recevoir sa pensée. Autrefois, il aurait compris immédiatement. Enfin, peu importait. Tout haut, elle souhaita bonne nuit à Gabriel, et, soutenue par Kindra, s'enfonça dans les sombres corridors menant chez elle.

Ses femmes étaient blotties dans un coin de sa chambre, gémissant de terreur, leurs cris presque couverts par les hurlements de la tempête. Au moment où elle entra, un volet fut arraché, projeté dans la chambre et se fracassa contre un mur, les morceaux s'envolant dans toutes les directions. Une lamelle frappa Kindra qui ne put retenir un cri de douleur, et les servantes gémirent de plus belle.

— Ce n'est qu'un bout de bois ! dit sèchement Kindra.

— Mais il t'a coupée au front, dit Rohana.

Plongeant une serviette dans une jarre d'eau posée sur sa commode, elle épongea le sang qui perlait sur la peau. Les femmes bataillèrent pour refermer les autres volets. Leurs claquements évoquaient des monstres griffus qui s'efforçeraient d'entrer. Mais les loquets s'étaient brisés, de sorte qu'il était impossible de les fixer, et le vent faisait rage dans la chambre.

— Tu ne peux pas dormir ici, dit Kindra, car le sol était jonché de poussière, de neige et de feuilles mortes apportées par les bourrasques, et la porte du couloir, qui s'était ouverte, claquait contre le mur. Je suis bien contente de ne pas avoir à balayer ces pièces demain !

— La chambre de Jaelle est abritée, dit Rohana.

Elle conduisit Kindra au bout du corridor, et entra avec soulagement dans une petite pièce protégée par un coin rentrant du château. Il y avait moins de bruit et elles s'entendaient mieux. Kindra aida Rohana à se déshabiller, la sentant encore tendue, devinant qu'elle prêtait l'oreille, s'attendant au pire.

— Je suis aussi sotte que Valentin, dit Rohana. Effrayée de dormir seule sans chandelle, redoutant que les murs ne s'écroulent autour de moi.

— Je vais rester avec toi, dit Kindra, se glissant dans le lit.

Les deux femmes se blottirent l'une contre l'autre dans le noir, écoutant les volets qui claquaient, les branches qui fouettaient les murs, les rares vitres qui se brisaient.

Après l'une de ces explosions sonores, Rohana murmura :

— Gabriel sera désespéré ; nous avons si peu de vitres, et le verre est si cher et si difficile à poser ! Voilà des années qu'il s'efforce d'améliorer l'étanchéité du château, mais après une tempête pareille...

Elle se tut quelques instants.

— Il y a seulement quelques mois, je serais allée près de lui pour le calmer, mais maintenant, il se moquerait de moi — ou il serait en compagnie de quelqu'un qui se moquerait de moi... Je serais même reconnaissante à cette Tessa si elle allait le réconforter...

Sa voix mourut dans le silence.

— Chut, dit Kindra. Tu dois dormir.

— Oui, je le dois — car après un ouragan pareil, il y aura du travail pour tout le monde demain, dit Rohana, fermant les yeux et se blottissant plus étroitement contre Kindra.

Elle perçut un claquement lointain, et se demanda quoi d'autre avait pu se casser. Puis il y eut un grand bruit d'eau, clapotant contre les volets.

— La pluie, dit Rohana. Le vent la projette contre les

murs comme des vagues. Mais au moins, nous n'avons pas à redouter le feu avant l'aube.

Le bruit était celui d'une rivière en crue, mais Rohana s'était détendue.

Kindra la serra plus fort, sachant que tout le poids du Domaine reposait sur ce corps si frêle, et pourtant si étonnamment fort. *Tout ce poids pèse sur elle; et dans ce chaos où tout semble s'anéantir, elle porte tout sur ses épaules — ou dans son corps, comme son enfant.* Kindra aurait voulu la soulager d'une partie de ce fardeau. *C'est trop lourd pour une seule femme. J'ai toujours pensé que les femmes des riches étaient oisives, et laissaient leurs maris décider à leur place; mais Rohana est aussi puissante et résolue que n'importe quelle Renonçante. Le Domaine ne pourrait pas être mieux administré par cinq hommes forts!* pensa-t-elle, serrant tendrement Rohana dans ses bras. *Pourtant, elle est frêle, et pas même en bonne santé.*

Peu à peu, les hurlements du vent diminuèrent, s'affaiblirent jusqu'à n'être plus qu'une douce mélodie au rythme de laquelle elle berça Rohana, qui s'endormit enfin. Et Kindra s'endormit aussi, malgré le vent.

VI

Rohana s'éveilla dans le silence; vers le matin, le vent était tombé. Elle était toujours blottie dans les bras de Kindra, et, pendant quelques instants, elle en fut gênée; *j'ai dormi cramponnée à elle comme une enfant.*

Cela lui rappela l'époque où elle croyait encore que Gabriel était fort et contrôlait tout parfaitement. Comme elle se sentait en sécurité, alors, certaine que, si quelque chose dépassait ses compétences, elle pouvait se tourner vers Gabriel pour l'aider. Maintenant, et depuis des années, non seulement Gabriel ne l'aidait plus, mais il n'avait pas même la force de porter sa part du fardeau, et elle devait veiller à son bien-être comme à celui de ses enfants. Elle remerciait les Dieux d'avoir toujours eu l'énergie de s'acquitter de tous ses devoirs, mais elle avait bien aimé sentir près d'elle la force et la protection de Gabriel — et son amour. Voilà bien longtemps qu'elle ne pouvait plus s'appuyer sur personne.

L'amour. Elle avait presque oublié qu'il y avait eu un temps où elle aimait vraiment Gabriel — et où il l'aimait vraiment. Elle s'était raccrochée à cette idée longtemps après qu'il eut cessé de l'aimer, longtemps après que son amour pour lui fut mort, tué par le manque de réciprocité, se cramponnant à l'illusion que, si elle continuait à l'aimer, il finirait pas la payer de retour.

L'amour était-il donc toujours une illusion ? Elle supposait que Gabriel l'aimait à sa façon — une certaine tendresse née de l'habitude, pourvu qu'elle ne lui demande rien. Elle éprouvait toujours de l'affection pour lui, au souvenir de ce qu'il avait été. *J'aime mon propre souvenir de l'illusion qu'était autrefois l'amour de Gabriel*, pensa-t-elle, se retournant dans son lit, tout en sachant qu'elle aurait dû éveiller les serviteurs ; il y aurait beaucoup à faire après la tempête de la veille.

Puis elle se pétrifia, car dans la grande tour, une cloche s'était mise à sonner avec une régularité insistante, clang ! CLANG ! clang ! clang ! CLANG ! clang ! Elle se dressa dans son lit, haletante. Près d'elle, Kindra murmura :

— Qu'est-ce qu'il y a ?

— C'est l'alarme d'incendie ; quelque part sur les terres, un foyer a été signalé. Sans doute qu'un feu s'est allumé dans le vent, qui a continué à couver, trop abrité pour être éteint par la pluie. Ce n'est pas encore le signal du danger.

Elle posa les pieds par terre et s'assit, puis s'appuya à une colonne, car la chambre se mettait à tourner autour d'elle.

Elle parvint quand même à se lever, cherchant ses pantoufles du pied pour éviter le contact du sol glacial. Kindra se leva aussi, enfila une robe de chambre et suivit Rohana dans le couloir. Les dalles étaient couvertes de poussière, de feuilles mortes, de branchages et de gravats. *Quel travail pour nettoyer tout ça !* La cloche continuait à carillonner lentement.

Le grand hall était bondé de gens attirés par la cloche, rassemblement obligatoire pour combattre le plus grand danger régnant dans les montagnes, et même dans les Domaines, le feu. Le petit Valentin, ravi comme tous les enfants de tout changement dans la routine quotidienne, courait partout en hurlant ; Rohana tenta de l'attraper, mais renonça bientôt, s'assit et dit d'une voix ferme :

— Viens ici, Val.

L'air craintif, il s'arrêta à quelques pas devant elle ; elle l'attrapa par son pan de chemise et fit signe à Elorie.

— Trouve sa nurse, et dis-lui que son unique responsabilité aujourd'hui consistera à surveiller Val, pour qu'il soit en sécurité, et ne traîne pas dans les pieds de tout le monde.

— Je pourrais m'en charger, Mère, proposa Elorie.

— J'en suis certaine ; mais j'ai d'autres projets pour toi. Aujourd'hui, tu seras mon ambassadrice, Lori. Tout d'abord...

Une servante lui apporta du vin chaud, tandis que la vieille nurse emmenait Val, qui hurlait de rage à l'idée d'être exclu de toutes ces réjouissances.

— Maintenant, dit-elle, s'efforçant de se rappeler tout ce qu'il y avait à faire, va voir la cuisinière en chef, et dis-lui que, s'il est possible d'allumer les fours, elle doit faire au moins une douzaine de pains, et autant de gâteaux aux noix. Si quelqu'un a abattu des bêtes, il faut rôtir trois cuissots de chervine pour les hommes ; de plus, elle devra tuer des volailles pour faire de la soupe. Ensuite, tu iras au cellier ouest, et tu rapporteras trois tonneaux — prends avec toi deux solides serviteurs, car tu ne pourrais pas en soulever un toute seule, et deux servantes pour les mettre en perce ; tu leur diras d'apporter aussi une centaine de bols et de chopes chacune. Et pour le camp, au moins huit douzaines de couvertures, trois ou quatre sacs de haricots et de champignons secs, et de l'orge. Et dis à Hallert d'atteler la grande charrette pour monter les hommes jusqu'à la crête.

Elorie se hâta vers la cuisine, et Rohana fit signe à un majordome.

— Aujourd'hui, l'un de vous devra rester auprès du Maître, dit-elle, s'adressant à Hallard ; toi ou Darren. Faites en sorte qu'il ne s'excite pas trop.

Il était impossible de l'empêcher de boire, alors que la loi et la coutume exigeaient qu'on fournisse vin et bière à volonté à tout combattant du feu ; mais si Gabriel s'effondrait ou avait une attaque sur les lignes de feu, elle devait prendre les mesures nécessaires pour que cela ne perturbe pas les opérations.

— Je m'occuperai du Maître, promit Hallard, qui était dans la famille depuis la mort du père de Dom Gabriel.

— Merci, dit Rohana avec ferveur.

Dehors, ils entendirent la vieille charrette approcher cahin-caha et s'arrêter devant la porte ; les hommes y grimpèrent aussitôt, suivis des femmes les plus jeunes et valides. Rohana allait les imiter quand Dame Alida se planta devant elle.

— Tu sais qu'il serait dangereux pour toi de cahoter dans cette vieille carriole, lui lança-t-elle à voix basse.

Rohana soupira ; elle le savait. Elle se sentait lourde et nauséeuse, constamment consciente du poids de sa grossesse, malade de frayeur pour l'enfant à naître, et déchirée entre ses deux devoirs.

— Je n'ai pas le choix, Alida. Je ne peux pas laisser brûler toute la crête.

— Si tu veux bien me faire confiance, Rohana — ce ne serait pas le premier camp que j'aurais dirigé, dit Kindra.

Une bouffée de douce gratitude envahit Rohana. Oui, Kindra était là, solide, fidèle, et parfaitement capable de remplir le rôle que Rohana n'avait pas la force de jouer.

— Tu ferais cela, Kindra ? Comme je suis contente ! Alors, je remets la situation entre tes mains, dit-elle avec chaleur.

— Bien sûr que je le ferai, dit Kindra, lui prenant les mains et l'asseyant dans un fauteuil.

Alida fronça les sourcils.

— Ils n'obéiront pas à une Amazone, fit-elle remarquer. Ce n'est pas une Ardais.

— Pourtant, ils devront lui obéir comme à moi-même, dit Rohana. Ou à *toi* ; tu devras y veiller, Alida ; c'est ça, ou alors, il faudra que je vienne.

Alida, elle le savait, était capable de saboter par dépit tous les efforts de Kindra ; elle ne connaissait pas assez l'Amazone pour lui faire confiance simplement dans l'intérêt du Domaine.

— Promets-le-moi, Alida, pour le bien de nos terres. Gabriel n'est pas en état de s'en charger et — pour le moment — moi non plus. Et ne viens pas me dire que tu pourrais diriger une bande de paysans.

— Non, certes pas. Où l'aurais-je appris ? demanda Alida avec hauteur.

— De la même façon que moi, dit Rohana, mais heureusement, Kindra n'ha Mhari veut bien assumer cette tâche dans l'intérêt d'Ardais. *Si* tu la soutiens.

Alida regarda Rohana avec colère, et Rohana comprit que c'était contre sa nature de se soumettre à l'autorité d'une Amazone.

— Dans l'intérêt du Domaine, je te le promets, dit Alida.

Rohana entendit ce qu'elle ajouta mentalement, n'osant le dire tout haut : *Tu me le paieras un jour, Rohana.*

— Sans aucun doute, dit-elle à voix haute. Quand ce jour sera venu, demande-moi des comptes, Alida ; mais pour le moment, je fais ce que je dois, rien de plus. Promets-moi, sur l'honneur des Ardais, de soutenir Kindra.

— Je le promets, dit Alida, qui ajouta à l'adresse de Kindra : *mestra*, quiconque ne t'obéira pas comme à moi-même sera considéré comme traître.

— Merci, Dame Alida, dit solennellement Kindra.

Elle grimpa dans la charrette, enjambant les bêtes avec agilité, et prit place devant tous les paysans. Le cocher fit claquer sa langue, et le véhicule s'ébranla. Alida, debout près de Rohana, lui dit avec un regard de reproche :

— Comment se fait-il que tu aies trouvé mes propos

déraisonnables, mais que tu les aies tout de suite approuvés dans la bouche de cette Amazone ?...

Rohana répondit, plus gentiment qu'elle n'en avait l'intention :

— Parce que je connais depuis longtemps Kindra et son efficacité ; tout ce qu'elle fera sera aussi bien fait que si je le faisais moi-même.

Elle rentra dans la maison et alla conférer avec les cuisinières ; une heure ou deux plus tard, la petite charrette, chargée de vivres et de fourneaux de campagne, monta vers le camp, où les hommes pouvaient manger, et être soignés en cas d'urgence.

Puis elle n'eut plus rien à faire, à part, pour tuer le temps, confectionner la layette — passe-temps bien négligé ces derniers temps. Lors de ses précédentes grossesses, elle avait un trousseau tout prêt au moins un mois avant la naissance. Ses femmes, du moins celles qui n'étaient pas allées sur les lignes de feu à cause de leur âge ou de leur inexpérience, se réjouirent de la voir enfin préparer l'arrivée de l'enfant, et s'empressèrent de l'aider. A midi, elles avaient confectionné un plein panier de couvertures et de langes, et transformé quelques robes et jupons brodés venant des autres enfants. Tout en s'efforçant de le dissimuler, Rohana n'avait pas la tête entièrement à son ouvrage. Elle dit soudain :

— Ah ! voilà ce que je craignais.

Elle se hâta gauchement jusqu'à la cour. Ce n'était pas la petite charrette, ainsi qu'elle l'avait cru au bruit, mais une brouette — seul véhicule disponible —, où le majordome avait chargé Dom Gabriel sans connaissance, et qu'il ramenait au château. Rohana le remercia, et, avec l'aide d'Alida, lui donna un cordial et le mit au lit. Avec des paroles apaisantes, elle lui montra le panier de layette, sachant que ça lui ferait plaisir de penser à l'enfant ; après tout, c'était lui qui l'avait voulu.

Enfin, Gabriel s'endormit et Rohana regagna sa chambre et se coucha. Elle dormit d'un sommeil agité ; deux fois, elle rêva qu'elle était entrée en travail sur les lignes de feu, et se réveilla en criant. Pourtant, elle devrait encore attendre sa délivrance pendant des jours, peut-être une lunaison entière ; les enfants avaient tendance à naître quand Liriel, la plus grosse des lunes, était dans son plein, et Liriel n'était encore qu'un mince croissant dans le ciel.

Elle n'était pas pressée ; elle redoutait d'accoucher dans une maison aussi désorganisée... les hommes au loin, et les dommages de la tempête pas encore réparés. Et, bien qu'elle n'eût pas compté avec beaucoup d'exactitude, cela lui semblait trop tôt ; elle sentait que l'enfant n'était pas encore prêt. Mais ses rêves constants — elle le savait par expérience — signifiaient que le *laran* du fœtus interférait avec le sien. Si elle devait avoir un enfant, elle préférait qu'il soit fort et vigoureux, plutôt que faible et prématuré, et exigeant des soins constants. Cela lui rappela qu'à moins d'avoir l'intention de l'allaiter elle-même — ce qui n'était pas le cas — elle devait demander au majordome ou à la sage-femme quelle paysanne accoucherait à peu près en même temps qu'elle pour le lui donner en nourrice. *Si je dois aller au Conseil, je ne pourrai pas nourrir un enfant.* Elle résolut de remplir ses devoirs envers le Conseil Comyn sans négliger pour autant ceux qu'elle avait envers cet enfant non désiré arrivant si tard dans sa vie.

Pardonne-moi, mon enfant, de ne pas te désirer. Ce n'est pas toi que je ne désire pas, c'est le souci d'avoir un nourrisson à mon âge. Elle se demanda si quelqu'un pourrait la comprendre. Les femmes à qui elle parlait semblaient la trouver exceptionnellement bénie des Dieux d'avoir un enfant passé l'âge normal auquel on peut espérer une naissance. Mais était-ce vraiment ce qu'elles pensaient, ou seulement ce qu'elles étaient censées penser ? Kindra parlait de femmes apparemment contentes de leur sort. Suis-je simplement, comme Jaelle, toujours rebelle et insatisfaite ? Je m'étais crue totalement résignée ; les Renonçantes sont-elles aussi dangereuses pour l'institution du mariage que le pensent Gabriel et Alida ?

En tout cas, Kindra était la seule personne qui ait jamais *semblé* comprendre ce qu'elle ressentait. *Et cela peut effectivement être dangereux*, se dit-elle, sans se soucier de se demander pourquoi.

L'après-midi du lendemain, l'odeur de la fumée flottait encore dans l'air; Gabriel était levé et s'affairait, mais il semblait las et abattu. Il passa une bonne partie de la journée allongé sur un balcon d'où l'on voyait la crête, mais il était trop languissant pour se soucier de l'incendie. Rohana s'en souciait pour deux, et s'aperçut que son inquiétude tournait surtout autour de Kindra. Allait-elle prendre des risques inconsidérés, ou avoir assez de bon sens pour se garder des plus grands dangers?

VII

Le soleil était toujours invisible, le ciel s'assombrissait et la nuit tombait. Rohana se redressa en sursaut, comme douloureusement piquée par une aiguille; quelque part dans son esprit, un brillant éclair avait fulguré; c'était un avertissement. Mais avec quel *laran* avait-elle involontairement établi le contact? Vision de flammes, de peur...

Sur les lignes de feu, personne n'avait assez de *laran* pour l'atteindre, sauf Alida; Alida qui était elle-même *leronis*, et qui, comme Rohana, avait passé plusieurs années de formation dans une Tour. Mais le manque de sympathie qu'il y avait entre elles devait prévenir un contact accidentel de ce genre; cette fois, il semblait bien qu'Alida, pour une raison inconnue, avait délibérément cherché à la contacter.

Avertie par ce signal silencieux, Rohana isola son esprit de ce qui se passait autour d'elle et se concentra sur sa matrice.

Qu'y a-t-il? C'est toi, Alida?

Il faut que tu viennes, Rohana. Le vent s'est de nouveau levé; il nous faut faire pleuvoir; ou tout au moins prévenir la foudre qui va sans doute tomber.

Un effroi soudain s'empara de Rohana, un pressentiment de danger incontestable. A ce stade de sa grossesse, il était dangereux de faire appel au *laran*, sauf pour les usages les plus bénins. Pourtant, la contrepartie pouvait être un incendie qui ravagerait tout le Domaine d'Ardais, et menacerait d'anéantir toute vie sur leurs terres. Elle n'avait pas le choix.

Impossible de venir jusqu'aux lignes de feu ; je ne peux pas monter en ce moment, et je ne peux pas quitter Gabriel. Il faudra que tu reviennes ici, et nous ferons ce que nous pourrons.

Acquiescement silencieux, puis le contact fut rompu. Rohana demeura immobile, les yeux clos. Gabriel avait trop peu de *laran* pour savoir avec précision ce qui se passait, mais il était par ailleurs trop sensible pour ne pas avoir conscience qu'il se passait quelque chose ; il demanda doucement :

— Quelque chose ne va pas, Rohana ?

— Signal *laran* lancé des lignes de feu, murmura-t-elle, heureuse de pouvoir formuler ses inquiétudes. Nous avons désespérément besoin de pluie, et il n'y a aucune possibilité de rassembler un cercle de matrices. Alida revient, et nous essaierons de faire quelque chose à nous deux — d'empêcher au moins que le vent ne reprenne trop de force.

Il resta immobile, trop las pour faire aucun mouvement, et, tournant simplement les yeux vers elle, il murmura :

— C'est dans des moments pareils que je regrette de n'avoir rien fait pour apprendre à me servir de mon *laran*. Sans lui, je ne suis pas entier.

— Je sais, dit-elle d'un ton apaisant, mais ta santé n'a jamais été assez solide pour t'en permettre l'emploi.

— Quand même, je regrette de ne pas en avoir fait davantage, insista-t-il. Je ne serais pas maintenant totalement inutile au Domaine. Avec l'incendie qui se rapproche, je me sens impuissant — plus impuissant qu'une femme — puisque c'est vous, les femmes, qui devez tenter de sauver le Domaine, tandis que je suis inutile, ou pire — un corps de plus à protéger. Peut-être nous sommes-nous trop hâtés d'envoyer les garçons au loin, Rohana ; tous deux ont le *laran*.

— Cela n'aurait servi à rien, Gabriel. Je ne pourrais pas travailler dans un cercle de matrices avec mes propres fils.

— Tiens ? Pourquoi ?

— Il y a bien des justifications à cela, dont la première est que ça ne se fait pas.

Rohana ne voulait pas entrer dans le détail des raisons pour lesquelles il était interdit aux parents et à leurs enfants adultes de travailler dans le même cercle.

— Tu n'as pas lieu de te tourmenter, mon ami, dit-elle d'un ton apaisant. Alida et moi, nous ferons ce que nous pourrons ; personne ne peut nous en demander plus. Et tâche de ne pas trop t'inquiéter, car tes craintes pourraient troubler le cercle.

Elle se demanda distraitement si elle ne devrait pas l'enivrer ou le droguer avant qu'elles commencent. Puis, à la limite de ses perceptions, elle prit conscience de l'approche d'un cheval au galop — généralement, Alida était une cavalière prudente, voire timorée ; pour l'heure, elle avait peur et revenait vers le Château Ardais à un train d'enfer. Rohana fut saisie d'effroi : pour vaincre la prudence de sa belle-sœur, le danger devait être bien grand. Elle résista à la tentation de regarder l'incendie par les yeux d'Alida ; cela ne pouvait que renforcer ses propres peurs, et elle devait conserver son calme et son assurance.

Puis elle entendit les sabots du cheval dans la cour, sous le balcon où elle était assise. Elle posa son ouvrage, regardant ses broderies avec dédain, et se félicitant d'avoir autre chose à donner au Domaine et à son peuple. Que ressentait Gabriel en un moment pareil ? Eh bien, elle le savait ; il le lui avait dit : il se sentait impuissant, *impuissant comme une femme. Mais je suis une femme, et je ne suis pas impuissante ; je suppose que c'est juste une façon de parler pour Gabriel ; il associe l'impuissance aux femmes, bien que moi, qui suis une femme, je sois la personne la plus forte dans sa vie.*

Alida descendait de cheval dans la cour, et, au grand soulagement de Rohana, Kindra l'accompagnait.

— Vite, au travail ! dit-elle, et elles montèrent toutes les trois au jardin d'hiver.

Rohana et Alida s'assirent face à face dans deux fauteuils, genoux contre genoux.

— Puis-je faire quelque chose pour vous aider ? demanda Kindra.

— Pas grand-chose, j'en ai peur, mais ta bonne volonté ne peut pas nous faire de mal, dit Rohana.

Comprenant pour une fois l'état d'esprit de Rohana, Alida ajouta avec tact :

— Assieds-toi près de nous, et veille à ce qu'on ne nous dérange pas.

Alida avait sa matrice à la main.

— Ne regarde pas la pierre, dit-elle, écartant vivement Kindra du geste. Tu n'es pas entraînée et cela pourrait provoquer chez toi désorientation ou nausée.

Impuissante comme nous, mais, contrairement à nous, elle ne le sait pas.

Rohana, sachant qu'elle temporisait, concentra alors toute son attention sur la pierre, puis, sortant du château et prenant de l'altitude, contempla l'incendie qui faisait rage sur la crête. La portée de ses sens centuplée, elle voyait les courants qui attisaient le feu... comme portée sur leurs ailes. L'ivresse du vol faillit l'emporter, mais, consciente du lien mental l'unissant à Alida, elle se maîtrisa et chercha des remèdes à la force inexorable du feu.

Si ces nuages charriaient assez d'humidité pour se condenser en fortes pluies...

Mais ce n'était pas le cas ; les nuages pouvaient se condenser en pluie ; mais pas assez forte pour éteindre l'incendie. Elle sentit Alida sortir de son corps et arpenter le surmonde. Elle eut l'impression que des mains la saisissaient, que des ailes battaient sous elles et les emportaient.

Comment peut-on vous aider, mes sœurs ?

Par la pluie ; c'est le feu que nous affrontons ; donnez-nous des nuages de pluie.

Les voix désincarnées — Rohana sentit qu'elles émanaient de la Tour de Tramontana — s'emparèrent d'elles et déployèrent sous leurs yeux, en une image géante, les montagnes et les rares nuages qui, poussés vers Ardais, aviveraient le vent par leur mouvement sans faire pleuvoir suffisamment pour éteindre les flammes, si bien que leur action serait pire que le mal.

Les voix de Tramontana s'étaient tues, et Rohana, découragée et impuissante, comprit qu'il n'y avait rien d'autre à faire que laisser le feu descendre vers Ardais, où il serait arrêté par les champs labourés et la pierre du château.

Elle ouvrit les yeux, et se renversa dans son fauteuil, épuisée.

— Je ne me suis jamais sentie si impuissante, dit Alida.

— Ce n'est pas ta faute, Alida; c'est simplement qu'il y a des situations où l'on ne peut rien faire, c'est tout.

Soudain, elle fut prise d'un accès de faiblesse, d'une douleur sourde lui rappelant que le travail des matrices à ce stade d'une grossesse pouvait provoquer un accouchement prématuré. Avec une grande amertume, elle se dit qu'elle venait de risquer la vie de son dernier enfant, sans même la satisfaction d'avoir sauvé Ardais. Pliée en deux par la douleur, elle haleta :

— Alida, avertis tout le monde que le feu vient vers nous, qu'il faudra le combattre jusqu'à nos portes...

Une vague de ténèbres l'engloutit. Elle revint à elle dans son lit, Kindra à son chevet.

— Le feu.

— Dame Alida rassemble toute la domesticité, avec des draps et des couvertures mouillés; j'ignorais qu'elle pouvait être si forte en temps de crise.

Rohana répondit d'un ton cavalier :

— Je n'ai jamais voulu lui donner le temps de développer cette force, mais maintenant, je suis bien contente qu'elle la possède.

Elle voulut se lever mais une douleur l'en empêcha, et Kindra la retint.

— Tes femmes seront là d'un instant à l'autre ; on a dû ramener Dom Gabriel chez lui et le mettre au lit, dit Kindra.

Rohana s'était rallongée, et, immobile, se concentrait sur les forces puissantes à l'œuvre dans son corps. Résignée à l'inévitable, elle ressentit la terreur coutumière ; impossible de lui échapper. Elle se cramponna fiévreusement aux mains de Kindra, mais la Renonçante ne fit aucun mouvement pour s'éloigner, malgré ses vêtements maculés de suie, sentant encore la fumée.

Les sages-femmes arrivèrent, l'examinèrent rapidement, mais aucune ne put dire si elle était entrée en travail ; il fallait attendre. Rohana, sachant que rien de ce qu'elle pourrait dire ou faire n'influencerait le cours des événements, s'efforça de se reposer, mangea et but ce qu'on lui donna et essaya de dormir. Au loin, elle entendait des voix et des cris ; mais il était impossible que les flammes franchissent les grandes étendues de champs labourés entourant le château — tous les dieux soient loués, ce n'était pas encore l'époque de la moisson où elles pourraient se propager rapidement dans les tiges sèches —, et, en dernier ressort, la pierre même du château les arrêterait. Elle se félicitait qu'on eût couché Gabriel, car voir l'incendie à sa porte le mettrait dans un état d'agitation insoutenable. Elle espérait qu'Alida lui avait fait administrer un somnifère.

Cette tentative avortée de combattre le feu par le *laran* avec Alida était son premier échec dans l'emploi de ses facultés psychiques. Et elle détestait l'échec, tout en sachant que même un Cercle de Tour parfaitement entraîné n'aurait pas fait mieux. Les cuisinières elles-mêmes, armées de draps mouillés, avaient eu de meilleurs résultats ; l'une d'elle avait marché sur une braise qui avait transpercé sa semelle, heureusement sans la brûler grièvement. Le château n'avait pas souffert, mais elle conservait cette intangible impression de ratage. *Tout le monde rencontre un jour une tâche qui le ou la dépasse*, se dit-elle, sans le croire ; elle ne s'était jamais donné le droit d'échouer en quoi que ce fût.

Elle dormit d'un sommeil agité, et, quand elle se réveilla, la matinée du lendemain se terminait. Le soleil brillait dans un ciel enfumé, et elle sut qu'elle avait échappé aux conséquences de son imprudence; elle n'était pas en travail, pas encore — son enfant ne naîtrait pas ce jour-là.

Kindra arriva avec les femmes de Rohana, qui lui tendit les bras.

— Comment pourrai-je jamais te remercier? Tu as tant fait pour moi — pour nous tous.

— Non, la gronda Kindra, j'ai juste fait l'indispensable; et quels que soient mes hôtes, je ne refuserai jamais cette aide à personne.

Elle se pencha en souriant et embrassa Rohana.

— Je suis heureuse que nous n'ayons pas eu à affronter le pire. Et ce matin, tu as bonne mine.

— J'ai beaucoup de chance, dit Rohana avec sincérité, et la moindre n'est pas d'avoir une amie comme toi.

Kindra baissa les yeux, mais elle souriait.

— Assieds-toi près de moi; mes femmes affirment que je dois garder le lit et ne pas m'activer plus qu'un chou en fleur sous peine d'exciter mon méchant bébé à tenter de naître avant l'heure! Comme je m'ennuie! s'écria Rohana. Je ne suis pas faite pour la vie végétative! Et ces femmes ont l'air de penser que je devrais accepter mon état avec la placidité d'une vache!

Kindra ne put s'empêcher de rire à cette image.

— Toi, mener une vie végétative? Jamais! Mais tu pourrais tenter d'imiter la placidité d'un nuage flottant dans le ciel...

— Quand j'étais enfant, j'avais un cousin qui avait vu la mer; il m'avait raconté que certains animaux marins sont d'une grâce incroyable dans l'eau, mais qu'à terre, leur corps ne peut pas supporter leur poids et qu'ils rampent lamentablement, dit Rohana, se tournant lourdement dans son lit pour montrer à Kindra ce qu'elle voulait dire. Tu vois, je suis comme ces créatures échouées sur le rivage. Ce doit être un très gros bébé, je n'étais pas si lourde une décade avant la naissance de Rian, qui était le plus gros de mes enfants.

Kindra s'assit sur le lit et lui tapota la main pour la réconforter.

— Je crois me rappeler que toutes les femmes se sentent plus lourdes et plus nerveuses lors d'une grossesse tardive, dit-elle. On oublie comme la dernière fut difficile. Et c'est sans doute aussi bien, sinon qui se risquerait à avoir un second enfant, sans parler d'un troisième ?

— Je suis certainement moins patiente qu'à dix-neuf ans, à la naissance de Kyril. J'avais gaulé des noix jusqu'à la nuit avec d'autres jeunes femmes, dit Rohana, et, quand je me suis réveillée au milieu de la nuit, j'ai simplement pensé que j'avais été trop gourmande et que j'avais une indigestion. Cela a duré une heure avant que Gabriel pense à appeler la sage-femme... pourtant, il avait de l'expérience ; il avait un enfant de sa première épouse. La sage-femme éclata de rire, disant que rien ne se passerait avant midi, au plus tôt — mais Kyril naquit une heure avant l'aube. Même ma mère n'arrivait pas à croire que tout fût terminé si vite !

— Alors, tu fais partie des privilégiées qui accouchent facilement ? demanda Kindra.

Rohana grimaça.

— Seulement cette fois-là. Rian a mis deux jours à naître après avoir signalé qu'il était prêt — et il a toujours été en retard depuis, que ce soit au dîner ou aux goûters d'anniversaire. Quant à Elorie... je ne dirai jamais grand-chose à personne de sa naissance pour ne pas effrayer les jeunes filles. Mais j'espère que cela se passera mieux cette fois.

Elle frissonna, et Kindra serra sa main dans la sienne.

— Tu auras peut-être plus de chance pour le dernier.

Une servante parut, apportant le petit déjeuner de Rohana sur un plateau sculpté.

— Dame Alida a dit que vous ne deviez pas vous lever de la journée, Maîtresse.

— Pour une fois, dit Rohana, je lui suis reconnaissante de montrer qu'elle peut tout diriger aussi bien que moi. Voyons ce que doit manger une femme enceinte, à son avis. Quelques toasts au miel, peut-être? A moins qu'elle n'ait eu le bon sens de consulter la sage-femme?

Elle découvrit le plateau : porridge au miel, avec un grand pot de crème, œufs durs et une coupelle de fruits frais épluchés. A l'évidence, Alida *avait* consulté la sage-femme — ou Gabriel, qui savait qu'une grossesse n'affectait jamais son appétit. Ayant ainsi pensé à Gabriel, elle demanda :

— Et le Maître? Il paraît qu'il a encore été malade cette nuit...

— Oui, dit la femme. Dame Alida a ordonné de lui donner un somnifère; il s'est levé tard ce matin, et maintenant, il erre en bas dans le château, les yeux gonflés, et grondant comme s'il cherchait un sujet de querelle.

Oh, mon Dieu! Enfin, elle ne pouvait pas se lever pour le moment. Peut-être Alida aurait-elle l'idée de lui donner quelque chose pour contrebalancer les séquelles du somnifère. Rohana attaqua son déjeuner, avec un appétit à peine diminué par l'idée que Gabriel rôdait en bas, cherchant les occasions de gronder et tempêter. Ici, elle était à l'abri et en sécurité.

— Tu m'as dit un jour que j'étais comme une Amazone, mais pas tout à fait, dit-elle à Kindra, terminant son porridge. Tu es plus brave que moi, je suppose. Tu ne te cacherais pas pour éviter les problèmes. Tandis que moi, je voudrais pouvoir rester dans ce lit jusqu'à la naissance du bébé — comme ça, Gabriel ne pourrait rien me reprocher.

— Nous avons un dicton qui affirme : prends garde à ce que tu souhaites, tu pourrais l'obtenir, dit Kindra, acceptant une tranche de fruit. Mais si tu désires garder le lit, qui peut t'en empêcher?

— Mon sens du devoir, dit Rohana. Je ne peux pas justifier plus de... disons deux jours de lit, étant donné que je me sens très bien. Mais il faudrait recommencer à tout assumer. Gabriel ne s'améliore pas, et je crains que son alcoolisme ne soit la dernière étape de sa déchéance.

Comme la servante sortait avec le plateau, Kindra demanda :

— Comment se fait-il que tu aies épousé le Seigneur Ardais, Rohana ? Était-ce un mariage arrangé par la famille ? Car il ne me semble par le genre d'homme avec qui tu aurais voulu te marier.

— Je pourrais dire non, pour ma défense, car il est sûr que mes parents étaient plus enthousiastes que moi à l'idée de ce mariage, dit Rohana. Pourtant, ce ne serait pas tout à fait vrai. Autrefois, j'aimais bien Gabriel — non, je l'aimais tout court. Il faut dire qu'il était alors très différent, ajouta-t-elle vivement. Sa maladie mentale ne s'était pas pleinement déclarée, elle n'était encore qu'une ombre qui passait sur lui par instants — un moment d'absence, un oubli, il ne se rappelait pas une promesse ou une conversation. Et il n'avait pas encore commencé à boire. Je croyais alors qu'il buvait simplement pour ne pas se singulariser au milieu de ses compagnons de bamboche, et non par plaisir.

— Je continue à penser que la nature t'avait faite pour autre chose que les tâches domestiques, dit Kindra.

Rohana sourit, d'un sourire malicieux qui, pensa Kindra, jurait un peu avec son visage bouffi et son ventre distendu.

— Kindra, est-ce une façon polie de me dire que je manque de dignité pour une femme enceinte d'âge mûr, mère de trois enfants presque adultes ?

Au bout d'un moment, Kindra réalisa que ces paroles cavalières cachaient une très profonde insécurité, et elle s'empressa de la rassurer.

— Non, pas du tout. Je voulais dire seulement... tu me sembles avoir de trop grandes capacités pour te limiter au train-train domestique. Tu aurais dû être *leronis* ou... j'ai une amie à la Guilde qui est magistrat, et je trouve que tu remplirais cette charge aussi bien qu'elle.

— Bref, j'aurais dû être une Amazone, dit Rohana.

— Je ne peux pas m'empêcher de le penser, dit Kindra, sur la défensive. Et je souhaiterais que ce soit encore possible.

Rohana lui prit la main et dit :

— Depuis que j'ai voyagé avec toi, je regrette qu'il

n'en ait pas été ainsi. Si j'avais vraiment eu le choix, je serais peut-être restée à la Tour comme *leronis* ; Melora et moi, nous le désirions toutes les deux. Tu sais ce qui est arrivé à Melora — et en un sens, quand je me suis mariée comme ma famille le désirait, j'ai eu le sentiment que ça les consolait de ce que Melora...

Sa voix mourut. Elle serra la main de Kindra et poursuivit à voix basse :

— Je crois que Melora comptait plus pour moi que personne d'autre ; et c'est pourquoi Jaelle m'est si chère. *Il y a des moments où j'ai l'impression que tu me comprends aussi bien qu'elle...* Elles se turent, puis Kindra se pencha et serra Rohana dans ses bras. A cet instant, la porte s'ouvrit brusquement et Dom Gabriel s'arrêta sur le seuil.

— Rohana ! rugit-il. Que diable se passe-t-il ? D'abord, je trouve ta catin de fille dans le foin avec un palefrenier, et maintenant, c'est toi...

Il ne termina pas, l'air atterré.

— Maintenant, je commence à comprendre pourquoi tu évites mon lit depuis des mois, reprit-il. Mais si tu voulais te consoler, tu ne pouvais pas trouver un homme — et pas une femme en culottes ?

Rohana, souffle coupé, eut l'impression d'avoir reçu un coup de pied dans le ventre. Kindra aurait voulu s'écarter, mais Rohana la retenait par les poignets.

— Gabriel, dit-elle, je soupçonnais depuis longtemps que tu étais non seulement malade, mais dément ; maintenant, j'en suis sûre.

Elle ajouta, la voix caustique comme de l'acide :

— Sors d'ici jusqu'à ce que tu sois capable de te conduire décemment envers notre invitée, ou je te ferai jeter dehors par le majordome !

Il la fixa, les yeux plissés, et Rohana lut dans son esprit des suppositions d'une telle obscénité que son cœur faillit s'arrêter de battre. Elle se sentait salie ; elle avait envie de hurler, de lui crier des mots orduriers qu'elle ne comprenait qu'à moitié.

Kindra les sortit de cette impasse ; elle se leva, et dit à la femme de chambre :

— Ta maîtresse est malade, va chercher la sage-femme !

Rohana ferma les yeux ; sa main lâcha celle de Kindra, et elle se renversa contre ses oreillers, à demi évanouie, tandis que la servante sortait en hâte.

— Je parle dans le vide, car les femmes de ce Domaine ne font que ce qui leur plaît ! gronda Dom Gabriel. Y a-t-il encore quelqu'un qui m'obéisse ?

La sage-femme qui arrivait l'entendit — en fait, Kindra la soupçonnait d'avoir attendu dans la chambre voisine — et, avant d'examiner Rohana, elle dit :

— Seigneur Ardais, vous pouvez donner des ordres partout sauf dans cette chambre ; je vous en prie, commandez là où l'on peut vous obéir. Dois-je appeler vos gens ?

— Rohana n'est pas si malade que ça ; il est temps que je lui fasse comprendre certaines choses, entre autres celles que je ne supporterai pas ! gronda Dom Gabriel. Ainsi, tu veux me chasser de la chambre de ma propre femme ? Alors, jette aussi dehors cette maudite femelle en culottes !

— Je vous en supplie, Seigneur, si vous voulez rester ici, taisez-vous, dit la sage-femme.

Rohana entendit tout cela comme de très loin, comme à travers le vent et la pluie. Elle s'efforça de s'asseoir, car elle entendit un autre son, un son lointain — transmis par le *laran* ? —, un bruit de sanglots hystériques. Puis Elorie fit irruption dans la chambre et se jeta au pied du lit de Rohana.

— Il ne faut pas perturber votre mère, Dame Lori, dit la sage-femme, mais Rohana parvint à s'asseoir.

— Elorie, qu'y a-t-il, ma chérie ?

— Papa... bredouilla-t-elle en sanglotant. Il m'a traitée de... il...

Elle avait le visage congestionné par les larmes, barré d'une longue estafilade, et un œil qui commençait à enfler et noircir.

— Gabriel, dit Rohana avec fermeté, qu'est-ce que ça signifie ? Je croyais que tu avais promis de ne jamais frapper les enfants quand tu étais en état d'ébriété.

Gabriel baissa la tête, l'air malheureux.

— Dois-je rester sans rien faire quand je la vois faire la catin avec un palefrenier ?...

— Non ! gémit Elorie. C'était Shann. Tu le connais ; on jouait ensemble quand on avait quatre ans ! Je l'ai grondé parce qu'il n'avait pas bien étrillé mon poney, et je lui ai pris l'étrille des mains pour lui montrer comment faire ! Et quand on a eu fini, on a regardé tous les deux dans un box...

— ... regardé l'étalon en faisant toutes sortes de plaisanteries inconvenantes, gronda Dom Gabriel. Je les ai entendues de mes oreilles !

— Oh, Gabriel, ce sont des enfants de la campagne, et tu ne peux pas leur demander de ne jamais parler de ces choses, dit Rohana. Quelle tempête dans un verre d'eau ! Elorie ?...

Elle regarda sa fille, qui s'essuya les yeux et dit :

— Nous parlions du poulain de Pied Gris, c'est vrai — mais Shann n'y voyait pas malice, et quand Papa a commencé à le frapper de sa cravache, j'ai tenté de la lui arracher... Maman, est-ce qu'il est vraiment *fou* ?

— Bien sûr, ma chérie, je croyais que tu le savais, dit Rohana avec lassitude. Tu devrais savoir qu'il ne faut pas le provoquer ainsi. Je voudrais que tu apprennes à être assez raisonnable et discrète pour ne pas le contrarier.

— Je n'ai rien fait de mal, protesta Elorie.

— Je le sais, mais tu connais ton père, et tu sais très bien ce qui le bouleverse.

Kindra l'interrompit.

— Elorie, ne vois-tu pas que ta mère ne va pas bien non plus ? Si tu veux faire l'enfant, va donc pleurer dans le giron de ta nurse et laisse ta mère tranquille. Si ça continue, elle va entrer prématurément en travail, et cela serait dangereux pour elle et ton futur petit frère — ou ta future petite sœur.

Elorie s'essuya les yeux en reniflant.

— Je ne vois pas pourquoi elle veut un autre bébé à son âge ; les autres dames n'en ont pas, bougonna-t-elle.

Le valet de Gabriel était entré, et dit d'un ton respectueux, en lui offrant son bras :

— Si vous permettez, Seigneur ?

Gabriel le repoussa et s'approcha du lit.

— Tu vas les laisser me jeter dehors ?

— Gabriel, je t'en prie, dit Rohana d'une voix étouffée. Franchement, je me sens trop mal pour m'occuper de cela en ce moment. Demain, quand j'irai mieux, nous en parlerons — je te le promets. Mais je t'en supplie, va-t'en maintenant.

— Comme tu voudras, ma chérie, marmonna-t-il.

Il se retourna avant de sortir et ajouta :

— Toi non plus, Elorie, n'importune pas ta mère.

La porte se referma.

Rohana avait envie de pleurer, de se noyer dans un lac de larmes. Elle parvint à se dominer, mais son cœur battait la chamade. Elle tendit les bras à Elorie, qui sanglotait de plus belle.

— Maman, ne tombe pas malade, ne meurs pas ! supplia-t-elle, et Rohana sentit son corps frêle trembler dans ses bras.

— Ne dis pas de bêtises, ma chérie ; mais il faut que je me repose, c'est tout, dit-elle. Ton père m'a terriblement bouleversée. Alors, sauve-toi maintenant.

La sage-femme, assise au pied du lit, se leva et dit :

— Il lui faut du calme.

Et Elorie, sanglotant toujours et essuyant ses larmes, sortit précipitamment.

Rohana serrait toujours la main de Kindra ; quand tout le monde fut parti, elle murmura :

— Ne me quitte pas. Je ne t'en voudrais pas si tu refusais de rester une minute de plus, mais je te supplie de ne pas me laisser seule avec...

Sa voix s'étrangla.

— Mais pourquoi resterais-tu ? reprit-elle. Je n'aurais jamais dû t'exposer à ces... à des accusations aussi infamantes — c'est ma faute...

Kindra serra sa main plus fort.

— Il n'y a aucun honneur à discuter avec un fou ou un ivrogne. J'ai entendu pire. Et — je t'ai déjà posé la question sous une autre forme — trouves-tu donc cela si infamant ?

Stupéfaite et choquée — c'était bien la dernière chose qu'elle s'attendait à entendre —, Rohana répondit :

— Oh, ça? Oui, je vois. Non, j'aimais Melora et j'avais prêté serment avec elle. C'est plutôt la façon dont s'est exprimé Gabriel ; comme si c'était la pire chose qu'il puisse penser et dire — sur toi *ou* sur moi...

— Tout est obscène pour les esprits impurs, dit Kindra. Il n'épargne même pas sa propre fille, et avec des preuves encore plus fragiles. La vérité, c'est que je t'aime vraiment, Rohana, et que je n'en ai pas honte, coutume ou pas. Je ne t'en aurais pas parlé dans ton état et avec toutes tes préoccupations ; mais il a lui-même soulevé la question. Je ne vois aucun mal à aimer une femme, et si *Dom* Gabriel était l'exemple même de l'homme à aimer, j'éprouverais du dégoût pour toute femme qui choisirait un homme.

Rohana dit à voix basse :

— Je te comprends facilement. Je t'ai dit un jour — dans les Villes Sèches — que si deux garçons des Domaines se liaient le serment de *bredin*, ils restaient amis toute leur vie, et que femme et enfants ne pouvaient pas les séparer ; mais si deux filles se lient par le même serment, personne ne le prend au sérieux, et au mieux, cette promesse signifie simplement : *je t'aimerai jusqu'à ce qu'un homme nous sépare*. Pourquoi cette différence ?

— Je dirais — et je ne sais pas si tu seras d'accord — que c'est parce que les hommes ne prennent jamais au sérieux ce que font les femmes, sauf si ça concerne un homme. Et c'est pourquoi je suis une Renonçante, et toi pas. Mais je prêterais volontiers serment avec toi, Rohana.

Et si tu étais une Renonçante, je pourrais t'aimer sans me soucier de ce que les autres en penseraient. Mes premières obligations sont envers mes sœurs.

Ce n'était pas la première fois que Rohana soupçonnait Kindra d'avoir plus qu'un peu de *laran*. Elle fut confondue et touchée de son amour. Jusque-là, elle pensait que la Renonçante était la seule personne qui la comprenait ; mais il semblait que l'accusation de Gabriel eût perverti une situation qu'elle croyait parfaitement innocente. *Non, elle se trompe sur moi à cet égard; je l'aime, mais pas de cette façon*, et, presque inconsciemment, elle retira sa main à Kindra.

Le visage de l'Amazone s'attrista, mais, comme elle venait de le dire, c'était la raison pour laquelle elle était Amazone, et pas Rohana. Elle ne s'attendait pas à ce que Rohana la comprenne — et surtout pas dans son état actuel. Elle reprit avec douceur :

— Chut, ne pense plus à tout ça; nous aurons tout le temps d'en reparler quand tu iras mieux.

Rohana fut presque soulagée de l'extrême lassitude qui s'empara d'elle. Tendant les bras, elle serra Kindra contre elle comme une enfant, heureuse de sentir sa force et sa bonté.

— Tu es si bonne pour moi, murmura-t-elle. La meilleure des amies.

Kindra pensa : *j'aurais voulu lui éviter cette scène avec* Dom *Gabriel. Mais il est comme ça, et elle devra regarder la situation en face tôt ou tard.*

Elle embrassa Rohana sur le front et sortit sans bruit. *Si nous avons de la chance, toutes ces contrariétés ne déclencheront pas prématurément la naissance.*

VIII

Rohana s'éveilla d'un cauchemar, où elle entrait en travail, seule et abandonnée en plein désert, non loin des Villes Sèches. Puis elle réalisa, avec un immense soulagement, qu'elle n'était pas en travail, et que, dans son ventre, l'enfant n'avait que des mouvements endormis. Elle savait quand même par expérience — après tout, elle avait déjà vécu cela trois fois — que ce genre de rêve constituait un avertissement. La naissance n'était pas imminente, mais elle approchait. Elle se leva paresseusement, et passa une vieille robe de chambre. L'idée d'aller déjeuner à la salle à manger lui répugnait, et Alida ne serait que trop contente de la remplacer. Elle se fit apporter des fruits et du thé, et, quand elle eut fini, une de ses femmes parut à la porte.

— Dame Rohana, dit-elle, le Maître demande à vous voir.

Au moins, il n'était pas entré de force, sans se faire annoncer. Elle soupira.

— Ivre, je suppose.

— Non, *domna*. Il a l'air malade, mais sobre.

— Très bien ; fais-le entrer.

Après tout, elle ne pourrait pas éviter sa présence éternellement, ici, à Ardais.

Mais quand cet enfant sera né, j'irai à Thendara pour le Conseil, ou chez ma sœur Sabrina, ou encore dans ma maison natale de Valeron...

Gabriel paraissait tout petit, presque ratatiné, dans ses vieux vêtements de paysan. Il avait le visage bouffi et couperosé du buveur invétéré, mais il n'avait pas bu. Ses mains tremblaient, et il essayait de les dissimuler dans ses manches ; mais il avait voulu se raser soigneusement, et son visage était plein de petites coupures.

— Mon ami, dit-elle impulsivement, tu devrais demander à ton valet de te raser quand tu es malade.

— Oh, tu sais, ma chérie, c'est difficile de demander...

— Sottise, c'est son devoir, dit-elle sèchement, surprise de la dureté de sa voix. Tu ne devrais pas avoir à demander. Je lui dirai deux mots.

— Non, non, ma chérie, c'est sans importance. Je ne suis pas venu pour ça. Je suis content de voir que tu as bonne mine. Et notre petit gredin — il ne s'annonce toujours pas ?

— Je ne crois pas que ce sera pour aujourd'hui, ni sans doute pour demain, mais ça ne tardera pas. Nous avons de la chance — avec l'incendie...

Et la terrible scène d'hier — elle s'abstint de formuler cette pensée tout haut, mais il la perçut quand même et prit Rohana par la taille. Pour une fois, il ne sentait pas le vin, et elle ne s'écarta pas quand il l'embrassa sur la joue. Elle sentit quand même, à son contact, sa confusion mentale et son hébétude, et cela lui répugna.

— Je savais que je ne devais pas boire au cas où tu entrerais en travail, dit-il, tentant d'établir le *rapport* comme autrefois.

Instinctivement, elle eut un mouvement de recul, et il n'insista pas, mais dit tout haut :

— Je sais que tu es furieuse après moi ; tu as raison, j'étais ivre mort. Je n'aurais pas dû être si grossier ; quelles que soient ses mœurs, à elle, je connais les tiennes, Rohana. Tu me pardonnes ?

Ne t'ai-je pas toujours pardonné ? demanda-t-elle mentalement, mais elle frémit à l'idée des longues heures de travail pendant lesquelles, selon la coutume, ils devraient vivre la naissance en étroit rapport mental, télépathiquement enlacés. *Mentalement emprisonnés ensemble...* Elle ne pourrait pas le supporter. Il était si différent à la naissance de Kyril ; et lors de celle de Rian, qui avait été longue et difficile, elle s'était cramponnée à sa force comme à un rocher dans le flot qui l'entraînait ; ses mains, sa voix, son contact l'avaient sauvée de la noyade, l'avaient arrachée à la mort qui l'emportait. Ce serait la quatrième fois qu'ils affronteraient ensemble les marées inexorables de la naissance.

Pourtant, comment pourrait-elle le supporter après toutes ces années de discorde et d'humiliation, après ses accusations obscènes ? Il était bien intentionné ; elle était touchée de l'effort héroïque qu'il avait fait pour se présenter devant elle ce matin, sobre et rasé, après une terrible beuverie. *Ses pauvres mains tremblantes, son pauvre visage tailladé*, pensa-t-elle, avec sa bouffée de tendresse coutumière. Mais elle se cramponna farouchement à sa colère et à son orgueil ; s'il voulait se revivre en père fort et inébranlable, qu'il aille assister Tessa quand son enfant naîtrait ! Puis elle se rappela : ce n'était pas lui le père de l'enfant, mais il avait des raisons de le penser. Quelle infamie ! Qu'il n'aille surtout pas croire qu'un jour de sobriété et d'égards pouvait effacer une décennie d'indifférence, d'abandon et d'humiliation !

Pourtant, il n'y avait pas d'alternative ; la coutume exigeait qu'il vive la naissance avec la mère, et on ne lui donnerait pas le choix. Elle devait se préparer à vivre ces longues heures en communion intime avec lui, et remercier les dieux s'il n'était pas saoul.

Rohana demanda à dessein, choquée de la cruauté de sa propre voix :

— As-tu rendu visite à Tessa ce matin? Elle serait ravie, j'en suis sûre, de te voir sobre et sur pied.

Son visage se convulsa, mi-furieux, mi-humilié.

— Oh, la petite amie de Kyril... si tu veux, ma chérie, je vais la renvoyer. Nous pourrions la marier à un brave garçon...

— Non, dit-elle d'une voix ferme. D'après Alida, son enfant est un Ardais, sans l'ombre d'un doute, et elle a le droit de vivre sous le toit du père. Sa présence ne m'offense pas.

— Tu es meilleure que je ne le mérite, marmonna-t-il. Je regrette de l'avoir amenée ici.

— Peu importe, dit Rohana. Gabriel, je suis très lasse, et je devrais me reposer; toi aussi. Merci de ta visite... *et merci d'avoir été sobre et gentil; je ne pourrais pas supporter une nouvelle scène...*

Il l'embrassa gauchement sur la joue, lui souhaitant une bonne santé, puis s'en alla sans bruit. Rohana fixa la porte qui s'était refermée sur lui, avec quelque chose comme de l'horreur. Au moins, quand il était ivre, elle pouvait se protéger en le méprisant; mais quelle protection avait-elle contre son humilité et ses bonnes intentions?

Ni aujourd'hui ni demain, avait-elle dit à Gabriel; et à mesure que ce jour-là et le suivant déclinaient vers le soir, elle se traîna du grand hall au jardin d'hiver, du jardin d'hiver à la cuisine, surveillant tout dans la maison, mais lasse à en mourir. En vain se répétait-elle ce qu'elle avait dit à d'autres femmes dans son état — que les dix derniers jours étaient plus longs que tous les mois précédents mis ensemble. Elle ne se décidait à rien, ni à lire, ni à broder, ni à coudre, ni à jouer de la harpe ou du *rryl*; elle passait sans relâche d'une activité à une autre, nerveuse, avec l'impression qu'elle avait toujours été enceinte, et qu'elle le serait jusqu'à la fin de sa vie, sinon pendant l'éternité.

Comme l'après-midi du troisième jour s'avançait, Rohana regarda décliner le soleil avec appréhension ; encore un jour qui se terminait, et une nuit qui l'attendait, durant laquelle elle ne dormirait pas, mais se tournerait dans son lit, écoutant la pendule sonner toutes les heures... elle ne se rappelait pas à quand remontait sa dernière bonne nuit de sommeil.

Elle avait réglé toutes les affaires du Domaine — elle avait même mis à jour le registre des pedigrees, et noté les ventes acceptées lors de la dernière foire : deux de leurs meilleures juments reproductrices iraient dans les basses terres, et une dans les monts Kilghard — le Maître de MacAran viendrait les chercher, mais elles étaient déjà payées. Il leur fallait un autre cheval de selle — Elorie devenait trop grande pour son poney, mais aucun cheval du Domaine ne lui convenait. Elle avait pensé à celui de Rian — mais c'était un grand vilain hongre efflanqué qui n'allait pas pour une fille... du moins pas pour une fille comme Elorie, très attachée à la beauté et à l'élégance de sa tenue et de sa monture. Pourquoi Elorie s'intéressait-elle tant aux apparences, Rohana n'en avait pas la moindre idée ; sans doute qu'elle n'avait pas su lui apprendre la hiérarchie des valeurs ; mais elle ne pouvait pas y remédier au cours des prochains jours.

— Quel dommage que les Maisons de la Guilde n'éduquent pas les filles comme les *cristoforos* de Nevarsin le font pour les garçons ! dit-elle à Kindra. Je suis sûre qu'une année dans une Maison de Renonçantes ferait le plus grand bien à Elorie.

— C'est possible, dit Kindra. Nous devrions y penser. Mais hélas, les hommes craindraient que nous ne leur apprenions ce qu'elles ne doivent pas savoir ; et notre enseignement déplairait fort à leurs pères, et même à la plupart des mères, j'en ai peur.

— Il devrait quand même exister un lieu d'enseignement pour les filles — ne serait-ce que par charité, pour empêcher leurs mères de devenir folles, dit Rohana. Mais tu ne peux pas savoir, tu as quitté tes filles quand elles étaient encore tout enfants.

— Et depuis, je ne cesse d'élever les filles adolescentes d'autres femmes — ce qui, en un sens, est plus facile, puisqu'elles ne sont pas à moi, et que si elles décident de faire l'âne pour avoir du son, ce n'est pas *mon* orgueil qui en souffre. Et tôt ou tard, elles grandissent et nous font honneur. Lori aussi, tu verras.

— Piètre réconfort pour le moment, dit Rohana. Quand je la regarde, j'ai l'impression d'avoir élevé une débile qui ne s'intéresse qu'à la couleur des rubans de sa robe de bal, et aux boucles ou tresses de sa coiffure.

— Tu n'as jamais fait la même chose ? demanda doucement Kindra.

— Jamais ; à son âge, j'étais *leronis* et trop occupée pour m'intéresser à ces choses, dit Rohana avec humeur.

Elle sortit dans la cour, sa longue robe traînant derrière elle, et se dirigea vers les écuries.

— Où vas-tu ? demanda Kindra.

— Nulle part. Je ne sais pas. J'en ai assez de rester dans la maison. Je vais bien trouver quelque chose.

Elle parlait d'un ton distrait et irrité. Elle entra dans l'écurie et offrit un sucre à sa jument favorite.

— Désolée, ma belle, je ne peux pas te monter aujourd'hui, murmura-t-elle, caressant le nez de l'animal.

Elle passa tous les chevaux en revue, caressant l'un, offrant une friandise à l'autre, puis reculant pour les examiner.

Lorsque Kindra entra, pour s'enquérir de ce qu'elle faisait, elle répondit :

— Je prépare la prochaine foire, qui aura lieu dans quelques décades... cette année, il faudrait faire dresser un pavillon de toile, pour pouvoir discuter les affaires à l'abri du soleil.

Kindra trouva extraordinaire qu'elle pût penser à la foire à quelques jours de son accouchement, mais c'était sans doute la force de l'habitude — de toutes ces années où elle pensait d'abord et surtout à la gestion du Domaine.

Rohana sortit de l'écurie, s'approcha de deux hommes qui réparaient des selles, et leur dit :

— Attelez la petite carriole.

— Qu'as-tu en tête maintenant? demanda Kindra. Tu ne vas quand même pas t'éloigner de la maison...

— Seulement pour aller jusqu'en haut de la crête, dit Rohana. Il faut que j'évalue par moi-même les ravages du feu, et que je surveille les plantations.

— Ça ne presse pas. Non, Rohana, c'est impossible. Et si tu entrais en travail sur la route...

— Ne t'inquiète pas, je suis sûre que non. Et si c'était le cas, je serais débarrassée !

Kindra ne pouvait pas insister. Malgré l'extrême courtoisie de Rohana, Kindra fut brusquement rappelée à la réalité — son amie était une dame Comyn, qui gouvernait un grand Domaine, et de plus, Kindra était son invitée, et ce n'était pas à elle à lui dire ce qu'elle pouvait faire ou non. Elle regarda la scène, impuissante. A la Guilde, on aurait interdit à une femme — à ce stade de sa grossesse, et après plusieurs fausses alertes d'accouchement prématuré — d'aller plus loin que le jardin !

La carriole fut attelée, et Rohana y monta.

— Viens avec moi, Kindra. C'est notre jument la plus douce. Elle pourrait sans doute monter jusqu'à la crête sans cocher. Elorie la conduisait déjà à l'âge de sept ans. Et avant ça, elle emmenait partout les enfants et leurs nurses.

Kindra, qui répugnait à laisser Rohana partir seule, monta et prit les rênes ; Rohana la laissa faire.

Et il est vrai que la vieille jument avançait en douceur. Le long de la crête, on voyait encore des traces de l'incendie, mais déjà un groupe de paysans replantaient des résineux sur les pentes.

Proche de la crête, qui se détachait crûment sur le ciel, se dressait une hutte, refuge pour les ouvriers ou les voyageurs. Rohana descendit de la carriole et tourna ses pas vers elle. Impuissante, Kindra la suivit.

— Que fais-tu, Rohana ?

— Je dois inspecter le refuge ; la loi exige qu'il soit

toujours en bon état et approvisionné ; et Gabriel pourrait venir ici cent fois sans mettre le nez à l'intérieur.

Elle disparut dans la cabane, et Kindra la suivit.

— Quelle honte ! explosa Rohana. Les matelas sont rongés par les rats, les pots ont été cassés, les couvertures volées. J'enverrai quelqu'un dès ce soir pour remédier à tout cela. Si je tenais le criminel qui a mis le refuge dans cet état... je le fendrais en deux ! Faire une chose pareille... ce n'est pas seulement de la désinvolture, c'est un crime passible de pendaison ! Car ça condamne à mourir de froid quiconque arrive ici au milieu d'une tempête !

Elle chancela légèrement et se laissa choir sur le banc. Kindra ne s'attendait pas à cette colère ; même à l'arrivée de Tessa avec Dom Gabriel, elle avait su garder son calme. Pourtant, toujours dans une extrême agitation, Rohana brandissait le poing dans la cabane. Kindra s'approcha pour la soutenir ; elle la sentit trembler, vit le sang pulser à ses tempes.

— Je t'en supplie, ne t'excite pas comme ça ; je vais appeler quelqu'un pour donner ces ordres à ta place, dit Kindra, prenant un ton apaisant.

— Et regarde ! Quelqu'un a apporté ici une brassée de foin. Pour se tenir chaud, je suppose, mais en cette saison, ça risque de prendre feu. C'est inconcevable !

Rohana arpentait la hutte, très agitée et fronçant les sourcils. Elle s'immobilisa soudain, et se rassit, l'air éberlué.

— Qu'y a-t-il, Rohana ? demanda Kindra, mais elle connaissait la réponse avant d'avoir fini de parler. Le bébé arrive ?

Rohana battit des paupières, stupéfaite.

— Oui... je crois. Je n'avais rien remarqué, mais... oui, c'est ça, dit-elle et Kindra laissa échapper un gémissement.

— Non ! Tu ne peux pas cahoter jusqu'au château dans cette carriole !

— Effectivement, dit Rohana, presque souriante. Je suis là, et j'y resterai jusqu'à la fin. Ne fais pas cette tête-là, Kindra. Je ne serai certainement pas la première ni la dernière à accoucher dans une grange ; envoie quelqu'un chercher la sage-femme et une ou deux de mes servantes — celles que j'avais choisies pour m'assister.

— Tu veux que j'y aille moi-même ? demanda Kindra.

— Non, je t'en prie, dit Rohana d'une voix soudain tremblante. Ne me quitte pas, Kindra, reste avec moi.

Pour contrariée qu'elle fût de la situation, Kindra fut néanmoins touchée de ces paroles et comprit qu'elle ne devait pas s'éloigner.

— Bien sûr que je reste avec toi, dit-elle avec douceur. Mais laisse-moi sortir pour renvoyer la carriole chercher tes femmes.

Rohana lui lâcha la main à regret, et elle dit au paysan qui les avait accompagnées :

— Redescends vite au château. Dame Rohana est en travail et ne peut pas être déplacée. Ramène ici la sage-femme et quelques servantes, avec des couvertures et tout ce qu'il faudra pour l'accouchement. Et aussi Dom Gabriel et Dame Alida, naturellement, ajouta-t-elle après coup.

Elle n'était pas certaine que Rohana désirât leur présence, mais elle ne pouvait pas prendre l'initiative de les écarter.

— Tout de suite, dit l'homme. Pour ne rien vous cacher, *mestra*, c'est ce que je craignais quand je l'ai vue monter ici. Quelque chose dans son visage... quand ma femme approche de son terme, elle n'arrête pas de s'agiter comme ça.

— Je regrette que tu ne m'aies pas prévenue, grommela Kindra à part elle.

IX

Rohana s'allongea dans le foin, se félicitant distraitement de l'heureuse coïncidence qui l'avait préservé intact, alors que tout le reste était endommagé ou détruit dans le refuge.

Avec l'assurance d'une *leronis* entraînée à monitorer, elle concentra tous ses sens sur ce qui se passait dans son corps. Le travail, pourtant commencé depuis peu, avançait très vite. Déjà, les contractions survenaient à quelques minutes d'intervalle. Tout semblait bien se passer pour le bébé, déjà plongé dans une profonde transe prénatale. Sinon c'était une extrême agitation, où se mêlaient la rage et la terreur de la naissance, et Rohana fut soulagée de ne pas avoir à épuiser ses forces à calmer le nourrisson — comme elle avait dû le faire pour Rian. A Arilinn et ailleurs, elle avait souvent entendu les *laranzu'in* débattre de ce qui, de ces deux états, était préférable pour l'avenir de l'enfant. Mais Rohana n'était pas sûre qu'ils en savaient plus qu'elle sur ce sujet, et sur le moment elle apprécia le calme du fœtus. Elle n'aurait pas imposé cette transe à un bébé terrorisé, comme le préconisaient certaines femmes, pour sa commodité personnelle ; mais elle murmura à l'enfant : *dors, mon tout petit ; laisse-moi agir seule, et tu te réveilleras quand tout sera fini.*

Les contractions étaient maintenant très douloureuses, mais, soulagée que l'attente soit terminée, Rohana ne s'en plaignit pas ; elle espérait quand même tenir jusqu'à l'arrivée de la sage-femme, car elle ne voulait pas que son bébé arrive sans témoins. Un enfant né en ces circonstances, même d'une ascendance au-dessus de tout soupçon, en souffrait généralement toute sa vie, tous, à part les plus charitables, remettant toujours son hérédité en question. Elle s'efforça de se détendre, sachant que, même si tout se passait bien et vite, elle en avait encore pour un bon moment.

Le temps lui parut très long. Le jour avait considérablement baissé dans la cabane quand elle entendit crisser les roues de la carriole. Annina, la sage-femme en chef d'Ardais, se rua à l'intérieur, avec une lanterne, une brassée de couvertures et ce qui lui parut être une pleine charrette d'autres fournitures. Elle prit immédiatement le commandement des opérations.

— Marga et Yllana, étalez des couvertures et un drap

sur le foin... là, maintenant, soulevez-la — doucement — et allongez-la dessus. Alors, Maîtresse, on se sent mieux comme ça ?

Effectivement, le foin ne la piquait plus et elle apprécia le changement ; et quand on lui enfila une chaude chemise de nuit, elle se sentit tout à fait bien. La sage-femme alluma un petit fourneau de campagne, et Rohana respira bientôt une bonne odeur de tisane, espérant qu'elle serait bientôt prête, car elle avait soif.

Alida s'agenouilla près d'elle.

— Rohana, comme tu nous as inquiétés, ma chérie ! Tu n'aurais jamais dû monter à la crête ; cette Amazone est impardonnable de t'y avoir emmenée, mais tu n'aurais pas dû l'écouter. Enfin, tu es à l'abri et au chaud — parce qu'on dirait qu'il va neiger ce soir...

Rohana, en proie aux contractions, avait du mal à se concentrer sur le babillage d'Alida.

— Tais-toi, Alida, dit-elle entre deux de ces respirations profondes qui lui permettaient, au moins mentalement, de dominer la douleur. Je dois penser à l'enfant. Ne critique pas Kindra. C'est moi qui ai voulu venir ; elle a cherché à m'en empêcher, mais comme elle savait que je partirais seule s'il le fallait, elle a choisi de m'accompagner.

Elle se tut, de nouveau concentrée sur sa respiration, et broyant la main de Kindra dans la sienne. C'était bon de s'appuyer sur la force de Kindra, qui, avec ses perceptions centuplées par le *laran*, lui paraissait aussi tangible que la chaleur du fourneau ou le bruit de la pluie contre les volets.

Mais au réconfort de ce contact se mêla bientôt un autre contact familier, comme si les yeux de Gabriel fixaient leurs deux mains enlacées.

— Quelle peur tu nous as faite, ma chérie, dit Gabriel, mais sa tendresse sonna faux aux oreilles de Rohana. Enfin, tu es en sécurité maintenant. Veux-tu que je renvoie tous ces gens pour que nous puissions commencer notre travail ? Annina peut rester, bien sûr, c'est son rôle — mais pas les autres, d'accord ?

Rohana relâcha un peu sa concentration ; une contraction échappa à son contrôle, et, le corps parcouru d'une onde de souffrance, elle dut faire un effort surhumain pour ne pas hurler.

Elle prit une profonde inspiration, pour se préparer à la suivante.

— Non ! cria-t-elle. Non, va-t'en, Gabriel ! Je ne te veux pas ici !

Et, rassemblant ses dernières forces, elle cria mentalement : *va-t'en !*

— Oh, il ne faut pas parler comme ça, roucoula Alida. Gabriel, elle ne sait plus ce qu'elle dit ! Ne t'inquiète pas, Rohana, il n'est pas en colère, n'est-ce pas, Gabriel ? Bien sûr que non, dans un moment pareil...

— Bien sûr que non, dit Gabriel buvant une gorgée de vin, puis portant la coupe aux lèvres de Rohana. Tiens, ma chérie, bois, ça te fera du bien...

Malgré son hébétude, Rohana réalisa avec stupéfaction qu'elle avait volontiers accepté ce rituel aux naissances de Kyril et Rian. Maintenant, il lui donnait envie de vomir. *Ce serait bien fait pour lui que je vomisse sur sa plus belle chemise*, pensa-t-elle, entre le rire et les larmes. Elle repoussa la coupe qui se renversa sur la main de Gabriel.

— Non, je veux du thé, Annina. Du thé, vous entendez ? Gabriel, dehors maintenant. Dehors, dehors, DEHORS !

Elle hurlait, presque hystérique. L'onde mentale de révulsion, purement machinale, frappa de plein fouet Gabriel et Alida, qui pâlit et sortit précipitamment. Rohana l'entendit vomir devant le refuge.

Eh bien, elle a reçu le message, pensa Rohana ; *je regrette que Gabriel ne soit pas aussi sensible, cela m'épargnerait bien des ennuis.* Car Gabriel était toujours agenouillé près du lit, avec un sourire béat.

— Ne t'inquiète pas, ma fille ; je sais qu'elle ne pense pas ce qu'elle dit, confia-t-il à la sage-femme. Je ne veux pas la quitter en un moment pareil...

— Si tu ne sors pas, dit-elle, s'efforçant de concentrer sa fureur sur lui seul, je vais...

Je vais m'évanouir, je vais mourir, je vais vomir sur toi, je vais me lever et m'enfuir en hurlant et accoucher au fond des bois, et à la nuit, nous serons dévorés par les banshees...

Elle vit avec satisfaction que Gabriel pâlissait, puis il se rua dehors. Cela ferait scandale dans tout le Domaine et les monts Kilghard, mais elle ne pouvait absolument plus supporter sa présence. Elle resserra ses doigts sur ceux de Kindra, et la sage-femme lui tapota la main.

Enfin, c'est terminé, pensa-t-elle sans la moindre impression de triomphe ; mais maintenant, débarrassée de la présence de Gabriel, elle pouvait respirer librement. *Bon, finissons-en...*

X

La nuit se traînait, interminable ; la flamme de la lampe baissa, et il fallut l'alimenter ; Rohana avait l'impression de flotter hors de son corps, uniquement rattachée à la vie par la présence de Kindra.

Pourquoi survivre à cette épreuve ? Gabriel ne me pardonnera jamais. J'ai vécu trop longtemps ; mes aînés n'ont plus besoin de moi ; mieux vaut mourir que de me séparer à jamais de Gabriel et d'Ardais. Pourtant, si je vis, je ne pourrai plus retourner à la vie que j'ai menée ces dernières années. Et je n'accepterai plus jamais de porter un enfant pour satisfaire l'orgueil paternel de Gabriel, ou pour le Domaine...

Cela lui rappela une phrase du Serment des Renonçantes : *ne jamais porter un enfant pour satisfaire l'orgueil d'un homme, pour la situation sociale, pour le clan ou pour l'héritage...*

Je n'aurais jamais dû revenir près de Gabriel ; au retour des Villes Sèches, j'aurais dû rester chez les Amazones Libres ; au moins Kindra m'y aurait accueillie à bras ouverts... et je ne serais pas en train de lutter pour la vie d'un enfant qui n'aurait jamais dû être conçu, d'un enfant que je ne désirais pas...

Puis elle réalisa brusquement : *ce n'est pas pour la vie de l'enfant que je lutte, c'est pour la mienne. Pour ma propre vie. Mais à quoi me servira la vie maintenant?* Question à laquelle elle ne put pas répondre. *Pourquoi continuer à vivre pour dorloter un ivrogne ? Mon fils aîné est encore plus mauvais que son père, je ne peux donc pas dire que je conserve le Domaine pour Kyril. Et quiconque viendra après Kyril sera peut-être encore pire que lui. Pourquoi ne pas laisser le Domaine s'effondrer, comme ce serait arrivé autrefois si je n'avais pas épousé Gabriel? Les Domaines survivront, comme ils ont survécu sous les Ardais. Ou il passera aux Terriens, si impatients de s'en emparer... pour le cartographier et tout connaître sur lui.*

Ma vie est finie de toute façon...

Puis, ouvrant les yeux entre deux contractions, elle plongea son regard dans les yeux compatissants de Kindra et pensa :

Si je survis à cette épreuve, ma vie ne sera pas terminée, tandis qu'elle le sera irrémédiablement si je meurs ; et alors, je ne saurai jamais ce qui aurait pu être.

Elle se remit à écouter les suggestions insistantes de la sage-femme, les instructions qu'elle lui murmurait. Non, elle ne mourrait pas ; elle lutterait pour sa vie, et pour la vie de son enfant. Derrière les volets, le jour s'était levé, et le vent était tombé, de sorte qu'elle entendait le bruit étouffé des flocons.

Elle apprit plus tard que Gabriel avait passé toute la nuit dehors dans la neige, attendant qu'on l'appelle, croyant qu'elle allait mourir, et espérant qu'elle lui pardonnerait avant de disparaître. Mais cela, elle ne l'apprit que beaucoup plus tard ; pour le moment, elle ne voulait rien savoir.

Elle n'avait conscience que d'une souffrance interminable et d'une lutte qui lui demandait plus d'efforts que si elle s'était laissée mourir.

Elle avait l'impression qu'on lui imposait des exigences de plus en plus grandes.

— Je ne peux pas, murmura-t-elle.

Puis, le défi lui parvint mentalement : *Tu le dois...*

Alors, à la limite de son endurance, il y eut un instant de sursis, de repos ; et elle sut (*par expérience*) qu'elle aurait dû se sentir soulagée et triomphante ; enfin, elle entendit l'exclamation triomphale de la sage-femme.

— Un garçon ! Un fils pour Ardais !

Pas pour moi, se surprit à penser Rohana, tout en souhaitant s'endormir. Mais Gabriel parut, le visage congestionné (et, loués soient tous les Dieux, encore sobre pour une fois), prenant doucement l'enfant dans ses mains tremblantes, se penchant gauchement pour embrasser sa femme, et berçant dans ses bras le nourrisson tout ridé, enveloppé dans une vieille couverture qu'elle avait tricotée douze ans plus tôt pour Elorie. Elle croyait que sa fille s'en était emparée depuis longtemps pour emmailloter ses poupées.

— Tu ne veux pas regarder ton fils, Rohana ? Ton troisième fils. Tu n'es pas contente que je l'aie désiré, maintenant que c'est fini ?

— Fini pour toi, dit-elle. Pour moi, ça ne fait que commencer, Gabriel. Quinze ans de problèmes en perspective, ou plus. Devrai-je aussi élever celui-là dans la crainte et le mépris de son père ?

— Non, dit-il d'une voix tremblante, je le jure par tous les Dieux que tu voudras, Rohana. Cette nuit — cette nuit j'ai compris que si je te perdais, je perdrais la seule bonne chose qui me soit arrivée dans la vie.

Oui, mais ce n'est pas la première fois que tu jures de t'amender... tu l'as fait tant de fois, se dit-elle, mais elle ne prit pas la peine de formuler sa pensée tout haut. Elle prit dans ses bras le bébé enveloppé de sa couverture, et le coucha sur sa poitrine nue ; immédiatement, elle fut prise de l'idée obsessionnelle, comme lors de ses accouchements précédents, de défaire la couverture, pour compter les précieux petits doigts et orteils, puis de les recompter au cas où elle se serait trompée, de caresser amoureusement la douce petite tête ronde. Elle se rappela une histoire entendue à Arilinn — selon laquelle les bébés se souviennent de leurs vies passées pendant une heure après leur naissance, avant que le voile de l'oubli retombe sur eux. Il était réveillé et fixait sur elle ses grands yeux bleus.

— C'est un bel enfant, Rohana, dit Gabriel. Mais mon garçon, s'il t'arrive encore de faire autant souffrir ta mère, tu auras affaire à moi...

— Fi donc, Gabriel, quelle façon d'accueillir ce pauvre petit — en menaçant de le battre ! murmura-t-elle, sans écouter vraiment son mari, et se concentrant sur l'enfant.

Elle chuchota très bas, soulignant ses paroles d'un léger rapport télépathique :

— Bienvenue, mon chéri ; je suis ta mère. Tu connaîtras ton père plus tard... il vient de te tenir dans ses bras, mais tu ne l'as sans doute pas remarqué.

C'est aussi bien, se dit-elle, tout en essayant de barricader cette pensée : il était bien trop jeune pour affronter l'hostilité.

— Tu as deux frères — je crains qu'ils ne te soient pas d'un grand secours... et une sœur ; elle au moins t'aimera, car elle aime tous les bébés. J'ai décidé de te nommer Keith... j'espère que ce nom te plaira. C'est un très vieux nom de ma famille, mais à ma connaissance, ignoré dans celle de Gabriel...

Elle ne trouva rien d'autre à lui dire, alors elle se remit à caresser son petit corps, comme si ses mains voulaient apprendre sa forme par cœur, et elle le sentit projeter vers elle un flot d'amour si désespéré qu'elle eut du mal à le supporter. *Et dire que je ne te désirais pas!* C'était comme le contact du moniteur qu'elle avait appris voilà si longtemps...

Elle continua à le caresser, comme si ses mains aimantes pouvaient l'envelopper à jamais dans sa tendresse, le protéger de tous les dangers. Mais elle savait déjà la vérité, elle la sut à l'instant même où son dernier enfant échappa à son contact et ne lui laissa dans les bras qu'un petit paquet de chair inerte. Elle se jeta en sanglotant dans les bras de Kindra, et ne sut jamais à quel moment on la monta dans la carriole pour l'emmener à Ardais sous la neige, à quel moment on la monta dans sa chambre, puis dans son lit, serrant toujours dans ses bras le petit corps enveloppé de sa couverture, s'efforçant de l'apaiser, cherchant où il avait pu s'en aller, seul dans la tempête de neige... elle ne protesta pas quand on le lui enleva, et elle entendit Gabriel qui pleurait lui aussi. Mais pourquoi pleurait-il ? Il n'avait pas connu l'enfant, comme elle l'avait connu au cours de son unique heure de vie.

— Non, Seigneur, dit la sage-femme d'un ton ferme. Ce serait arrivé même si l'enfant était né ici dans ce lit et dans ces coussins. Cela ne vient de rien qu'ait fait notre Maîtresse ou *mestra* Kindra, de rien que quiconque ait pu savoir ou prévenir. Son cœur n'était pas formé pour battre correctement.

Rohana pleurait toujours ; elle savait qu'elle ne cesserait pas de pleurer, jusqu'à sa mort...

Elle pleura pendant deux jours ; vers la fin du second, Elorie entra, pleurant aussi, dans sa chambre, et elle la serra sur son cœur, pensant : *ainsi c'est elle qui sera mon bébé maintenant, le plus jeune de mes enfants à jamais.*

— Elorie, veux-tu lui donner ta couverture de poupée pour lui servir de linceul ? Je n'avais pas eu le temps de lui en confectionner une, et ce fut son seul vêtement pendant sa courte vie, la seule chose que j'aie pu lui donner...

— Oui, Maman, je la lui donne, répondit Elorie, les yeux rouges. Je suis triste, Maman, si triste.

Oui, elle l'est : elle voulait un autre bébé pour jouer. Je regrette qu'elle ne l'ait pas. Quand Elorie fut partie, Rohana demeura dans sa somnolence, n'osant bouger — c'était trop douloureux — ou faire quoi que ce fût, sauf se rappeler les quelques minutes où elle avait tenu le nourrisson dans ses bras, s'efforçant d'arrêter le temps. Mais déjà ces moments fugitifs s'estompaient dans son souvenir, et Keith n'était plus qu'un rêve. Il était parti là où vont les morts, et elle ne pouvait pas le suivre.

La vie continue, pensa-t-elle avec désespoir. *Je ne sais pas pourquoi, mais c'est un fait.* Maintenant, elle se rappelait les plans nébuleux faits avant la naissance ; *quand tout cela sera terminé, je partirai d'ici pour aller vers le Sud.* Elle réalisa douloureusement que, malgré la sincérité de sa peine, malgré la nostalgie de son corps et de son âme pour l'enfant disparu, elle était maintenant libre de les mettre à exécution, sans en être empêchée par les soins à dispenser à un nourrisson, pendant au moins un an. Mais elle en éprouva des remords, comme si, cette liberté étant bienvenue, elle avait créé la situation et était coupable de l'avoir désirée.

Je ne voulais pas cet enfant ; alors maintenant que je ne l'ai plus, je devrais me réjouir, pensa-t-elle ; mais son chagrin était encore trop neuf, trop vif, trop réel pour accepter cette idée. Elle commençait pourtant à entrevoir qu'une fois passé le traumatisme de cette naissance et de cette mort, elle serait libérée, que sa prostration actuelle résultait simplement du choc inattendu.

Ayant compris cela, la première fois où une de ses femmes entra sur la pointe des pieds pour savoir si elle désirait quelque chose, elle fit un gros effort pour s'asseoir dans son lit et répondit :

— Oui, je veux faire ma toilette et manger de la soupe.

Ses servantes lui apportèrent le nécessaire, et, avec l'aide de Kindra, elle se lava et mangea un bol de potage. Elle réalisa que Kindra ne l'avait jamais quittée plus de quelques secondes depuis la naissance, et qu'elle avait trouvé cela naturel ; maintenant qu'elle en prenait conscience, et qu'elle parvenait à sortir de la douloureuse angoisse des deux derniers jours, elle lui en fut reconnaissante. Elle avait l'impression de refaire surface après un plongeon en eaux profondes, les poumons et l'esprit enfin débarrassés de l'eau qui les étouffait...

— Dès que j'irai mieux, je partirai vers le Sud, dit-elle. Peut-être pour le Conseil ; mais de toute façon, je ne peux pas rester ici. Voyagerons-nous ensemble, Kindra ? Tu ne seras pas fâchée, je crois, de quitter le château.

— Non, en effet, avoua Kindra. Non que tu aies failli à l'hospitalité en quoi que ce soit...

Rohana eut un rire sans joie.

— Je crois que l'hospitalité de cette maison est maudite, dit-elle. Je jure de ne plus jamais l'imposer à personne.

Kindra lui sourit.

— Je t'ai déjà dit que tu as l'esprit d'une Amazone Libre, Rohana. Je souhaiterais que tu rentres avec moi à la Maison de Guilde pour y prêter serment...

— J'essaye de décider si je peux le faire dans l'honneur, Kindra. Il est clair que je ne suis plus ni utile ni désirée ici.

— J'ai prié pendant des jours pour que tu réalises comme cette solution serait juste, dit Kindra, les yeux brillants. Si tu n'es plus désirée par personne ici tu serais accueillie à bras ouverts parmi nous.

Elle ajouta presque en un murmure :

— De plus... je me lierais à toi par serment.

— Et moi à toi, répondit Rohana d'une voix presque inaudible, mais Kindra l'entendit quand même et l'embrassa impulsivement.

Rohana se rappela l'instant — qui lui semblait si éloigné maintenant — où Gabriel avait fait irruption dans sa chambre avec d'infâmes accusations ; aujourd'hui, elle ne se souciait plus de ce qu'il pensait et disait.

Qui n'aurait pas préféré la compagnie et l'affection de Kindra à celles de Gabriel ? Et s'il faisait de ce choix quelque chose de mauvais et de pervers, c'était une preuve de plus qu'il avait l'esprit corrompu.

Mais je ne peux pas retenir égoïstement Kindra plus longtemps ; elle a des tâches et des devoirs à elle, qu'elle a généreusement sacrifiés pour rester près de moi alors que j'avais tant besoin de sa présence. Elle essaya de le dire à Kindra, qui répondit simplement :

— Il n'est rien qui ne puisse attendre jusqu'à ce que tu sois en état de voyager, et alors, nous partirons ensemble.

— Ensemble, répéta Rohana comme un serment.

Oh, être libérée du poids et du fardeau du Domaine, de l'idée que le bien-être de quiconque, de Scaravel à Nevarsin, dépendait d'elle, de la gestion des affaires, depuis les plantations jusqu'au registre des pedigrees — eh bien, maintenant, Alida pourrait s'en occuper, et elle ne demandait que ça.

Pour la première fois depuis des années, elle se mit à réfléchir à ce qu'elle emporterait, non seulement pour les quelques décades du Conseil, mais pour un séjour indéterminé, peut-être définitif — soit à Valeron dans le Domaine de sa famille, soit dans une Maison de la Guilde où elle ne serait plus Dame Rohana d'Ardais et d'Aillard, mais simplement Rohana fille de Lhane. Elle abandonnerait sans regret sa situation éminente, qu'elle avait occupée trop longtemps. Elle ne prendrait pas grand-chose avec elle : ses vêtements (mais pas tous, car la plupart ne convenaient pas à une Renonçante; quelques tenues de cheval et de la lingerie de rechange), sa pierre-étoile, quelques mèches de cheveux des enfants... non, pas de souvenirs; elle devait mettre définitivement derrière elle la Rohana qui avait été la Dame d'Ardais. *La Dame d'Ardais disparaîtra complètement. Quelqu'un saura-t-il jamais ce que je suis devenue ? En tout cas, personne n'aura jamais l'idée d'aller me chercher dans une Maison de la Guilde...*

J'ai siégé au Conseil pendant des années, participant à l'élaboration des lois de ce pays. Qui me remplacera, qui parlera pour Ardais ? Se trouvera-t-il quelqu'un pour parler au nom de mon peuple ? Sera-t-il livré aux caprices de Gabriel ou à l'égoïsme de Kyril ? Ou à l'orgueil d'Alida ?

Cela ne me regarde plus; pendant des années, j'ai porté ce fardeau qui d'ailleurs ne m'était pas destiné, simplement parce que Gabriel ne le voulait pas — ou ne le pouvait pas, peu importe. Maintenant, il devra l'assumer ou tout partira à vau-l'eau. Il ne pourra plus le transférer sur moi qui n'en ai jamais voulu. J'ai servi assez longtemps; je ne servirai plus.

L'après-midi, elle se sentit plus forte, et quand Gabriel demanda à la voir, elle dit à ses femmes de l'introduire. Elle s'étonna qu'il ne fût pas ivre; c'était sa plus longue période de sobriété depuis bien des années. Mais peu lui importait maintenant qu'il fût ivre ou non; elle était devenue indifférente à ce qu'il faisait. Elle se demanda vaguement pourquoi il n'avait jamais fait cet effort à l'époque où cela aurait tellement compté pour elle, à l'époque où elle s'épuisait à le maintenir en forme suffisante pour qu'il puisse s'occuper un peu des affaires du Domaine, à l'époque où elle l'aimait encore.

Ses mains tremblaient, mais il commençait à retrouver l'apparence du jeune et beau Dom Gabriel qu'elle avait épousé dix-huit ans plus tôt. Ses yeux s'éclaircissaient; elle avait oublié comme ils étaient bleus.

— Tu as meilleure mine, Rohana.

— Merci, mon ami; je vais mieux. Physiquement, au moins.

— Dommage, dit-il avec brusquerie. J'attendais ce petit gars avec impatience. C'était quelqu'un à aimer.

Il ajouta avec une profonde amertume :

— Quelqu'un pour qui j'aurais pu essayer de rester sobre. Toi, ça ne t'intéresse plus ?

La brutalité de la question lui fit mal, mais ce nouveau Gabriel avait droit à la vérité.

— Non, Gabriel, ça ne m'intéresse plus, j'en ai peur. J'en suis désolée. Je voudrais qu'il en soit autrement.

Elle ajouta après un court silence :

— Mais tu peux essayer pour Elorie, mon ami. Son père compte beaucoup pour elle.

— Je suppose que ça n'aurait pas de sens, dit-il sombrement. Tôt ou tard...

Tôt ou tard, il recommencerait à avoir des crises, et seul l'alcool pourrait atténuer sa souffrance et sa peur. Il n'avait aucune raison de se désintoxiquer. Il était trop tard pour tout recommencer. Si l'enfant avait vécu... peut-être aurait-il eu une raison de tenter de reconstruire sa vie conjugale. C'est peut-être ce qu'ils auraient fait avec un enfant. Mais même ainsi, il aurait sans doute été trop tard pour Gabriel. Il ne pourrait pas supporter les souffrances du manque, du retour à une sobriété qu'il ne verrait que sous l'angle de la privation. Avec l'enfant, ils auraient eu une raison d'essayer. Maintenant, ils n'avaient plus de raison, et elle était libre; la peine qu'elle ressentait était celle qu'on éprouve lorsqu'une porte se referme.

Elle ne put s'empêcher de revoir Gabriel, les regardant, elle et Kindra, et les accusant de l'impensable. Et quand il saurait qu'elle était partie avec Kindra, rien ne pourrait plus le détromper ; peut-être, pensa-t-elle douloureusement, ne s'était-il pas trompé, après tout. Elle avait peut-être échoué avec Gabriel parce que ce qu'elle désirait dans le tréfonds de son être était quelque chose que Gabriel ne pouvait pas lui donner. Ce qu'elle avait toujours désiré, c'était peut-être la force et la tendresse féminines que Kindra lui donnerait. De sorte que, dans ses accusations d'ivrogne, Gabriel était plus proche de la vérité qu'il ne le pensait.

Est-ce exact ? Et dans ce cas, est-ce ma faute ? Ou si c'est ma faute, est-ce un crime ? M'a-t-on jamais consultée pour savoir si je voulais prendre mari, ou si ce mari devait être Gabriel ? Je n'ai certainement jamais pensé à épouser personne d'autre, et depuis dix-huit ans que je fréquente toutes les assemblées de Comyn, d'hommes de ma propre caste, je n'ai jamais éprouvé de désir pour aucun, ni regretté que le sort ne m'ait pas jetée dans d'autres bras que ceux de Gabriel. Les femmes malheureuses en ménage vont chercher ailleurs — je ne suis pas naïve au point de l'ignorer. Mais si c'est simplement que je n'ai pas épousé l'homme qu'il me fallait, pourquoi, au nom d'Evanda — qui est la Déesse de l'Amour, aussi bien profane que sacré —, pourquoi est-ce que je ne rêve pas de quelque jeune et beau Comyn ? Pourquoi tous mes rêves de liberté se concentrent-ils sur une femme — sur une Amazone Libre —, bref, sur Kindra ? Pourquoi ?

J'ai été donnée en mariage à Gabriel, et j'ai fait mon devoir — et le sien — pendant dix-huit ans. N'ai-je pas droit maintenant à un peu de liberté et de bonheur ? Pourquoi sacrifier le reste de ma vie en plus de tout ce que j'ai déjà sacrifié ?

Gabriel s'était détourné et arpentait la chambre d'un pas qui la rendait nerveuse ; elle se demandait chaque fois ce qu'il voulait d'elle. Elle se demanda s'il se doutait de la décision qu'elle méditait. A une époque, il savait toujours ce qu'elle pensait. Eh bien, s'il savait, elle n'avait pas besoin de s'expliquer. Et s'il ne savait pas, il ne méritait pas d'explications. Elle ferait ce qu'elle devait; elle reprendrait sa liberté. Personne ne pouvait lui demander plus qu'elle n'avait déjà donné. Les femmes de sa famille, celles du Domaine d'Aillard, comprendraient. Et si elles ne comprenaient pas — eh bien, elle aurait au moins trouvé la liberté.

Les paroles du Serment de Renonçante, que Kindra lui avait expliquées tant d'années plus tôt, résonnaient dans sa tête.

A partir de ce jour, j'abjure toute allégeance à famille, clan, maison, tuteur ou suzerain, et je fais serment de ne prêter allégeance qu'aux lois du pays, comme le doit tout citoyen : au royaume, à la couronne et aux Dieux.

Elle ne serait plus le symbole d'un grand Domaine, mais seulement et simplement elle-même. J'ai vécu toutes ces années pour ce que je devais aux autres, jamais pour ce que je devais à moi-même.

Elle regarda Gabriel sortir de sa chambre et descendre au grand hall. Elle supposa qu'il allait boire un verre. Non, essayer de reconstruire leur vie serait une folie. Et que diraient-ils au Conseil en apprenant que Dame Rohana, Chef du Domaine d'Aillard, et, par défaut, Régente du Domaine d'Ardais à la place de Gabriel, avait été perdue pour eux au profit de la Maison de la Guilde ?

Les Renonçantes tenaient leur charte du bon vouloir du Conseil. Kindra lui avait expliqué un jour que les Renonçantes n'étaient pas autorisées à recruter, mais simplement à accepter les femmes venant chez elles de leur propre mouvement.

Peu importait si quelques épouses d'artisans ou quelques filles de fermiers, quelques femmes battues et quelques adolescentes maltraitées venaient chercher refuge à la Guilde. Mais tolérerait-on que la Guilde s'empare du chef de deux Domaines ? Le Conseil demanderait-il réparation à la Guilde ? Leur charte survivrait-elle si les Amazones arrachaient à son devoir... disons, la Gardienne d'Arilinn ? Pour risible que fût l'image d'une Léonie Hastur fuyant la Tour dans ses voiles écarlates pour se réfugier à la Guilde, c'était quand même une éventualité à envisager. Et si elle, Rohana, pouvait être entraînée à fuir ses devoirs, aucune femme des Domaines était-elle à l'abri de cette contagion ? Cela amènerait-il la destruction des Comyn ? Mais fallait-il préserver les Comyn à ce prix — l'asservissement des femmes ?

Non, il n'en était plus question. Elle était libre de faire ce qu'elle voulait ; mais alors elle devait prendre la décision de vivre pour elle sans penser à ce qu'elle devait aux autres. Devait-elle sacrifier le Domaine, la famille, le peuple, pour faire ce qui lui plaisait et vivre uniquement pour elle ? Pour Kindra, le prix à payer était trop fort, elle avait choisi le devoir envers elle-même ; mais Kindra n'avait jamais eu de devoirs envers personne, ni choisi ces devoirs ; Kindra avait été mariée, sans son consentement, c'était certain ; alors qu'elle, Rohana, avait longtemps joui des privilèges d'une dame Comyn. Avait-elle le droit d'en profiter quand on n'exigeait rien d'elle en échange, et de fuir ses devoirs quand le fardeau s'alourdissait ? Et si elle choisissait de vivre à sa guise, le Conseil n'allait-il pas se venger sur la Guilde — reconsidérer la tolérance dont jouissaient les Amazones et abroger la Charte accordée aux Renonçantes ? *Cela pourrait détruire Kindra, également...*

Non ! avec tout le prestige dont je dispose, je combattrai pour leur droit — moi vivante, personne ne touchera aux privilèges de la Guilde. Je suis Comyn ; qui pourrait me refuser ce que peut obtenir toute fille de paysan... ma liberté ?

Gabriel était dans le grand hall. Rohana, chancelant encore un peu sur ses pieds, descendit à sa suite et le vit se servir un verre. Elle soupira, elle n'avait qu'à garder le silence, et il n'y aurait ni confrontation ni choix. S'apercevrait-il seulement qu'elle était partie ? Et s'en soucierait-il ? Ne serait-il pas soulagé, au contraire, de se savoir seul avec sa bouteille, et d'y trouver la mort qu'il recherchait certainement ? Avait-elle encore des responsabilités envers lui ? Il vida sa coupe d'un trait, fit signe au majordome de le resservir.

— Non. Pas davantage, dit Rohana.

Elle se posta devant le majordome, se soutenant des deux mains au buffet.

— Écoute-moi bien, Hallard, dit-elle. A partir de maintenant, quand tu donneras à boire au Maître plus qu'il n'en faut pour étancher sa soif, ce n'est pas sa colère que tu encourras, c'est la mienne. Comprends-tu ? *La mienne*. Le Maître doit être fort et en bonne santé en prévision des épreuves qui nous attendent.

Elle vit Gabriel froncer les sourcils et dit d'un ton pressant :

— Je t'aiderai, mais il faudra que tu y mettes du tien. Kyril n'est pas prêt pour le Domaine. Il faut que tu restes assez fort pour qu'il ne te — ne nous — l'enlève pas, ce qu'il ne ferait que trop volontiers.

Un instant, son ancienne détermination brilla dans les yeux de Gabriel. Cela suffisait pour le moment ; tout ne serait pas facile, Gabriel se remettrait à combattre ses décisions, mais d'une façon ou d'une autre, elle lui conserverait le Domaine. Et le temps que Kyril soit pleinement adulte, il aurait peut-être assez mûri pour prendre la succession de son père. Sinon — on verrait bien le moment venu. Au moins, ce moment ne viendrait pas cette année, ni la suivante.

— Tu as raison, dit Gabriel. Ce jeune prétentieux... il n'est pas prêt pour le Domaine. Nous le conserverons encore un peu.

Rohana réalisa soudain que sans aucune démarche consciente, elle avait pris sa décision ; elle avait agi sans y penser. Et par conséquent, il ne pouvait y avoir d'autre choix pour elle ; tel était son destin, telle était la route où elle devait marcher, qu'elle le veuille ou non. Le monde allait comme il voulait, et non comme elle l'aurait voulu.

Elle eut une terrible impression d'abandon ; elle avait perdu tout le reste depuis si longtemps, et maintenant, sans choix ou renoncement délibéré de sa part, elle venait aussi de perdre Kindra, et tous ses espoirs d'une vie nouvelle.

Elle dit au majordome :

— Le Maître a soif; apporte-lui du cidre ou du jus de pommes.

Il s'éloigna rapidement, et Rohana soupira, imaginant le visage déçu de Kindra quand elle apprendrait sa décision, quand elle verrait devant elle la longue route qu'elle devrait maintenant parcourir seule. Kindra était la liberté, et — oui — l'amour, mais cet amour et cette liberté ne pourraient jamais être l'apanage de Rohana. Elle n'était même pas assez libre pour rechercher la liberté.

POSTFACE

LES CHRONIQUES DE TÉNÉBREUSE

Marion Zimmer Bradley a écrit de bien belles nouvelles (dont *Les Voix de l'espace*[1] donnent un brillant aperçu) mais elle a surtout fait une carrière de romancière. Dès l'origine, la planète Ténébreuse a été conçue comme un univers romanesque, et sa créatrice, publiant en même temps les deux premiers romans qu'elle y avait situés, n'imaginait pas qu'elle allait faire rêver les fans et qu'on lui demanderait de remplir les blancs de la carte et du récit. Parmi les lecteurs de *The Sword of Aldones* (1962), beaucoup auraient voulu savoir ce qui était arrivé à Lew Alton pendant sa jeunesse. Marion se déclara incapable de répondre, ouvrant la voie à toutes les spéculations. Jacqueline Lichtenberg lui proposa un scénario; Marion n'avait pas encore acquis le doigté des vieux diplomates et ne sut dire qu'une chose : ça ne pouvait pas s'être passé comme ça.

Pourtant elle avait en elle tout ce qu'il fallait d'enfance pour comprendre ceux qui voulaient partager son rêve; elle avait assez le goût du jeu pour fréquenter les conventions de S.-F. et s'y produire déguisée en personnage de Tolkien. Le temps passa; les romans s'ajoutèrent aux romans; et le moment vint où de jeunes fans se présentèrent aux conventions en tenue ténébrane. Des réunions se tinrent en marge des activités officielles; on fonda une

1. Éd. Pocket, n° 5470.

Société des Amis de Ténébreuse (« the Friends of Darkover ») qui publia une lettre périodique (1975) puis un Fanzine, *Starstone* (1977), dont le contenu fut réédité en deux recueils : *Tales of the Free Amazons* et *More Tales of the Free Amazons*.

Marion accepta de patronner ces activités : sans rien perdre de sa réserve, elle comprenait qu'elle devait répondre à l'enthousiasme des fans. Ce sont eux qui, au moins en partie, l'ont incitée à ordonner un peu l'univers de Ténébreuse — une tâche qui d'ailleurs fut partiellement déléguée à son mari de l'époque, Walter Breen, auteur de la *Darkover Concordance* (1979). Elle accepta de mettre en forme quelques fragments qui n'avaient pas trouvé leur place dans ses romans précédents et de les publier dans *Starstone*. Elle lut les nouvelles reçues par la rédaction, elle sélectionna les meilleures et parfois les réécrivit. Et c'est ainsi que tout doucement l'univers de Ténébreuse cessa d'être complètement à elle.

Il est tentant pour un écrivain débutant d'aller se loger pour quelque temps dans les mondes d'autrui : Marion elle-même avait débuté dans la carrière en pastichant Leigh Brackett, d'ailleurs inconsciemment, et celle-ci avait eu la sagesse de ne rien dire. Mais le partage des univers, au cours des années soixante-dix, devint un phénomène courant dans la presse amateur. La cause en est la série *Star Trek*, qui eut le double effet d'imposer un univers plus fortement que toutes les séries précédentes et d'y accueillir des femmes en grand nombre (en qualité de fans ou d'auteurs) pour la première fois dans l'histoire de la S.-F. : une véritable « déségrégation[1] ». Marion estime que la « fan fiction » de Jacqueline Lichtenberg est très proche de *Star Trek*[2] ; il est vrai que, selon cette dernière, « Ténébreuse est juste une version avancée de *Star Trek* pour ceux qui ont grandi[3]. »

Marion ne s'est jamais beaucoup compromise dans ce

1. Introduction à *Marion Zimmer Bradley's Darkover*, 1993.
2. Introduction à *Domains of Darkover*, 1990.
3. Introduction à *The Keeper's Price*, 1980.

genre d'amabilités. Sa vraie réponse à Jacqueline Lichtenberg, on la trouve dans *L'Héritage d'Hastur*, la « prequel » à *The Sword of Aldones* qu'elle prit enfin le temps d'écrire et qu'elle publia en 1975. Mais dans le contexte créé par *Starstone*, elle reçut un texte faisant la jonction entre les deux romans; et cette fois, elle l'adopta. *The Other Side of the Mirror* de Patricia Floss ne fut publié que tardivement dans le recueil du même nom (1987) mais Marion n'a jamais cessé de dire que cet ouvrage représente à ses yeux la vérité officielle sur une courte période de l'histoire de Ténébreuse.

Certains des auteurs qu'elle a ainsi découverts lui paraissent très semblables à elle-même : c'est notamment le cas de Diana Paxson — qui a clarifié l'histoire de la période antérieure aux Ages du Chaos — ou d'Elizabeth Waters. Mais d'autres lui paraissent moins proches de sa vision personnelle de Ténébreuse, ce qui d'ailleurs ne la gêne pas particulièrement : en fait, elle ne croit pas avoir « inventé » Ténébreuse mais seulement l'avoir « découverte ». On peut refaire le voyage, y compris dans l'un des nombreux univers parallèles à celui de Marion. Elle se contente de choisir les meilleurs textes (ou les plus originaux) et d'y apporter des retouches minimes[1].

Le phénomène prit une grande ampleur quand Don Wollheim, impressionné par le succès de Ténébreuse, demanda à Marion de réunir les meilleurs textes de *Starstone* (déjà repris, on l'a vu, dans deux recueils à diffusion restreinte) dans des anthologies périodiques où son nom serait associé à celui des jeunes auteurs qui partageaient son univers. Les Amis de Ténébreuse se chargèrent de répandre la nouvelle et Marion, à partir de 1978, fut littéralement submergée de textes et se retrouva, sans l'avoir vraiment voulu, dans une position de chef d'école[2] : douze volumes sont parus de *The Keeper's Price* (1980) à *Snows of Darkover* (1994); 84 auteurs ont été publiés, dont 10 ont ultérieurement publié des livres et 24 de plus

1. *Ibid.*
2. Introduction à *The Sword of Chaos*, 1982.

ont publié des nouvelles dans d'autres supports que les anthologies de Marion Zimmer Bradley[1]. Des auteurs comme Mercedes Lackey, Jennifer Roberson, Susan Shwartz et Deborah Wheeler y ont peut-être puisé des encouragements décisifs pour se lancer dans la carrière et y remporter les succès que l'on sait.

Les univers partagés ont connu dans les années quatre-vingt un formidable développement, le plus souvent à l'insu de leurs auteurs, qui n'y ont vu que des opérations commerciales. Marion est peut-être une des seules qui s'y soient pleinement investies et accomplies. Elle a d'ailleurs montré la voie à d'autres auteurs féminins comme Mercedes Lackey et... Jacqueline Lichtenberg qui, à leur tour, ont encouragé de jeunes romancières à s'établir dans les mondes qu'elles avaient inventés[2]. Elle a rayonné sur d'innombrables *newsletters*, fanzines et « conseils », au point qu'actuellement les Amis de Ténébreuse ont cessé de publier. Mais vous pouvez encore les contacter à leur adresse :

The Friends of Darkover
Thendara Council
Box 72, Berkeley, CA 94701
États-Unis

Et n'oubliez pas de joindre un coupon-réponse international !

J.G.

1. Introduction à *Snows of Darkover*, 1994.
2. Introduction à *Marion Zimmer Bradley's Darkover*, 1993.

DICTIONNAIRE DES AUTEURS

Margaret L. CARTER. Auteur d'un doctorat sur *Le Doute narratif concernant le surnaturel dans la fiction gothique*, elle s'est fait connaître très tôt par une anthologie de textes classiques (*Demon Lovers and Strange Seductions*, Fawcett, 1972) et un recueil d'essais (*C.S. Lewis as Critic*, Kent State Universtiy). Spécialiste des vampires, épouse d'un officier de marine, mère de quatre enfants, elle a beaucoup changé d'adresse avant de se fixer à San Diego. Elle a écrit à ce jour quatre récits publiés dans les anthologies de Marion Zimmer Bradley.

Kelly B. JAGGERS. Diplômée de l'université du Kansas en archéologie et anthropologie, elle n'aime pas beaucoup parler d'elle-même. On dit pourtant qu'elle adore les voyages et la diversité des cultures, dans le passé comme dans le présent.

Linda MacKENDRICK. Elle est graphiste et, dit sa biographie, très gracieuse avec une belle chevelure. Membre de l'Association américaine des Amis de Ténébreuse, elle est extrêmement active au « Conseil d'Arilinn » et fait merveille dans des costumes ténébrans qu'elle dessine elle-même.

Patricia MATHEWS. Vivant à Albuquerque, elle affronte avec courage un destin féminin classique : divorcée, mère de deux filles, débordant d'activité, elle a donné quatre nouvelles aux anthologies de Marion Zimmer

Bradley. Camilla est l'héroïne d'une de ces nouvelles, mais elle trouve un grand accent de vérité pour en dédier une autre à un prêtre mort en 1966, et qui est peut-être son père. Elle peut exprimer les rapports masculin-féminin dans toute leur éventuelle violence, mais elle n'en ignore pas la complexité.

Roxana PIERSON. Fille d'un apiculteur, elle a appris dès l'enfance à aimer les insectes et à vivre au milieu des abeilles sans se protéger. Elle aurait voulu étudier l'entomologie, mais son père ne croyait pas à l'éducation des filles et elle n'a pu aller à l'université qu'après un mariage désastreux. Elle a fait ses débuts littéraires à la fin des années quatre-vingt, mais elle est vite devenue une collaboratrice régulière de Marion Zimmer Bradley, donnant d'abord des histoires courtes et humoristiques avant d'aborder des textes plus longs, qui, comme des rivières tranquilles, découvrent le pathétique au détour d'un méandre.

Annette RODRIGUEZ. Cubaine d'origine, elle a une maîtrise de biologie. Mais le seul texte que nous connaissions d'elle traite un tout autre problème : qu'arrive-t-il à une Amazone qui tombe amoureuse ?

Maureen SHANNON. Elle habite à la campagne (à Clifton, Illinois) avec des chiens, des chats et un cheval. Mère de deux filles — nées dans les années soixante — et grand-mère, elle enseigne l'écriture créative au Kankakee Community College. Sa nouvelle s'inscrit dans le sillage de celle de Pat Mathews, et elle n'est pas la seule dans ce volume.

Joan Marie VERBA. Primée au concours de nouvelles de la Convention de Minneapolis et publiée dans *Starstone*, elle a fait ses débuts d'écrivain professionnel en 1985 grâce à Marion Zimmer Bradley, mais elle a aussi donné des textes à la *Science Fiction Review*. Diplômée de physique des universités du Minnesota et de Chicago, elle a enseigné l'astronomie à l'université d'Indiana et publié un livre : *Voyager : Exploring the Outer Planets* (1991).

TABLE DES MATIÈRES

Achevé d'imprimer en septembre 1995
sur les presses de l'Imprimerie Bussière
à Saint-Amand (Cher)

POCKET - 12, avenue d'Italie - 75627 Paris Cedex 13
Tél. : 44-16-05-00

— N° d'imp. 2381. —
Dépôt légal : octobre 1995.

Imprimé en France